剑来

⑮ 天地无拘束

◎ 烽火戏诸侯 著

001　第一章　画卷中

024　第二章　西山老狐乱嫁女

046　第三章　天上白玉京

071　第四章　好人兄

092　第五章　自古剑仙需饮酒

117　第六章　财源广进

139　第七章　天地无拘束

165　第八章　天经地义

186　第九章　压下一条线

207　第十章　剑仙在剑仙之手

第一章
画卷中

老舟子继续在河底撑篙,渡船如一尾游鱼,直奔下游,风驰电掣。

在凡夫俗子眼中浑浊不清的水,于他而言,洞若观火,并且那些星星点点的水运精华,更是瞧着喜人。

去往河神祠庙的这条水路当中,偶尔会有孤魂野鬼游弋而过,见着了老舟子,都会主动跪下磕头。

摇曳河水运浓郁,加上河神薛元盛并未大肆攫取,悉数收入祠庙,使得在此溺死的冤魂沦为丧失灵智的厉鬼的可能性小了许多,亦是功德一桩。只不过摇曳河祠庙为此付出的代价,就是减慢香火精华的孕育速度,日积月累,今年少一斤,明年缺八两,本该用来塑造、淬炼金身品秩的香火精华缺失的份额就相当巨大了,落在别处江水正神眼中,大概就是这位河神脑子真进水了——他只是一位靠人间香火吃饭的山水神灵,又不是修道之人。关键摇曳河祠庙只认骸骨滩为根本,并不在任何一个王朝山水谱牒之列。为此,摇曳河上游途经的王朝皇帝藩属君主对于那座建造在辖境之外的祠庙的态度都很微妙,不封正不禁绝,不支持百姓南下烧香,各处沿途关隘也不阻拦,故而薛元盛还是一位不属于一洲礼制正统的淫祠水神,竟然去追求那虚无缥缈的阴德,竹篮打水,留得住吗?此处栽树,别处开花,意义何在?

功德一事,最是天意难测,若是入了神祇谱牒,就等于有据可查,只要一地山河气运稳固,朝廷礼部按部就班,勘验之后,按例封赏,诸多后遗症,一国朝廷就会在无形中帮着抵御消弭许多业障,这就是旱涝保收的好处。可没了那重身份就难说了,一旦某个百姓许愿祈福成功,谁敢保证后边没有一团乱麻的因果纠缠?

那位走出壁画的神女心情不佳,神色郁郁。

涉及各自大道,老舟子这个老邻居不好多说什么,此时安慰人的言语未必不是往伤口上撒盐。

壁画城八幅神女天官图存世已久,甚至比披麻宗还要历史悠远。当初披麻宗那些老祖跨洲来到北俱芦洲十分艰辛,选址于一洲最南端是不得已而为之——当时他们惹上了北方数位行事跋扈的剑仙,无法立足,既有远离是非之地的考量,无意中发掘出这些说不清道不明的古老壁画,因此将骸骨滩视为一处风水宝地,也是重要原因,只是这里边的艰辛困苦,不足为外人道也。

老舟子是亲眼看着披麻宗一点一点建立起来的,光是处理那些占地为王的古战场阴兵阴将,披麻宗为此陨落的地仙就不下二十人,连玉璞境修士都战死过两位,可以说,如果不曾被排挤,能够在北俱芦洲中部开山,如今的披麻宗极有可能是跻身前五的大宗,这还是在披麻宗修士从无剑仙,也从不邀请剑仙担任山门供奉的前提下。

老舟子其实还是第一次见到神女真身。以往八位天官神女当中,春官可以于梦中远游,类似大修士的阴神出窍,并且全然无视诸多禁制,借此与人间修士短暂交流。早年这位神女拜访过摇曳河祠庙,只是之后没多久便与长檠、斩勘一样,选中了自己相中的侍奉对象,离开了骸骨滩。当时双方秘密约定,老舟子会帮她们设置一两场象征性的考验,作为报答,她们愿意在将来摇曳河祠庙危难之际出手相助三次。在那之后,宝盖、灵芝也陆续离开壁画城。又五百多年过去,剩下的三幅壁画始终沉寂。摇曳河如今已经用掉两次机会渡过难关,所以老舟子才会如此上心,希望又有新的机缘落在俗子或是修士头上。

千年以来,风云变幻,五幅壁画中的神女,为主人战死一位,选择与主人一同兵解消亡两位,仅存俗称"仙杖"的斩勘神女以及那位不知为何销声匿迹的春官神女。其中前者选中的寒酸书生如今已是仙人境的一洲山巅修士,也是先前剑修远赴倒悬山的队伍当中为数不多的剑修之外的得道修士。

当下这位乘坐渡船的神女身边并无画卷上的那只七彩鹿陪同,大概正因为如此,壁画才未褪色,不然老舟子得陪着神女一起尴尬到无地自容。

漫长的等待,好不容易选中了一个生死相随的侍奉之人,结果人家没半点眼力见儿,没通过那点芝麻大小的考验不说,还直接脚底抹油跑路了。如果壁画城那边再变成了白描画卷,岂不是要害得这位神女好似无家可归?这跟摇曳河中那些游来荡去的溺死鬼、骸骨滩鬼蜮谷那么多徘徊阴灵有什么两样?

至于这八位神女的真正根脚,老舟子即便是此地河神,也毫不知情。不出意外,披麻宗修士也知之甚少,极有可能硕果仅存的三位高龄老祖也只是知道个一鳞半爪。

最奇怪的地方，在于当年那位春官神女与老舟子有过那场开诚布公的秘密会晤，坦言她们自己也没有了记忆，不知沉睡了多久，直到披麻宗修士开辟洞府，牵动阵法，这才醒了过来。八幅壁画看似在壁画城各据一方，实则连为一体，按照当时修士的说法，就是一处破碎秘境。她们也曾凭借里边的山水建筑、花草古木、书籍等遗物进行推衍，试图顺藤摸瓜，查清楚自己的身世，可惜始终如有天堑横亘，迷雾重重，无法破解。

临近河神祠庙，老舟子忍不住喟叹一声。站在渡船另一边的神女也幽幽叹息，尤为缠绵悱恻，仿佛是一种人间不曾有的天籁。

老舟子忍不住有些埋怨那个年轻后生到底咋想的，明明是脑瓜子挺灵光一人，也重规矩，不像个小气的，为何福缘临头就开始犯浑？真是命里不该有、到手也抓不住？可也不对啊，能够让神女青眼相加，以万金之躯离开画卷，本身就说明了许多。

这位神女转头看了一眼："先前站在河畔的修士不是披麻宗三位老祖之一吧？"

老舟子摇摇头："山上三位老祖我都认得，哪怕下山露面，都不是喜好摆弄障眼法的豪迈人物。"

神女想了想："观其气度，倒是记起早有位姐妹差点看中一人，是个年纪轻轻的外乡金丹修士，只是秉性实在太无情了些，跟在他身边，不吃苦不受气，就是会无趣。"

老舟子愣了一下，问了大致时间，得到答案后，便有些头疼，自言自语道："不会是那个姓姜的色坯吧？那可是个坏到流脓的坏种。"

不承想神女点头道："好像确实姓姜。当时年轻人口气颇大，说终有一日，便是神仙姐姐们一位都瞧不上他，也要将八幅画全部取走，他好每天对着吃饭饮酒。不过此人虽言语轻佻，心境却是不俗。"

老舟子疑惑道："这家伙当年可是个处处留情的风流种，怎的就无情无趣了？"

神女摇头道："我们的观人之法，直指心性，不说与修士大不相同，与你们山水神祇似乎也不太一样，这是我们一门与生俱来的神通。我们其实也不觉得全是好事，一眼望去，尽是些浑浊心湖、龌龊念头，或是爬满蛇蝎的洞窟，或有人首妖身的妖媚之物扎堆缠绕，诸多丑陋画面，不堪入目。所以我们经常会故意沉睡，眼不见心不烦，如此一来，若是哪天骤然醒来，大致便知机缘已至，才会开眼望去。"

老舟子赞叹道："大千世界，神异非凡。"

这位骑鹿神女猛然转头望向壁画城，眯起一双眼眸，神色冷峻："这厮胆敢擅闯府邸！"

老舟子面无表情，心想不用猜了，肯定是那声名狼藉的姜尚真。

壁画城那边，一大片山上秘制的灯笼骤然熄灭。本该灯火长明、百年才需一换的灯笼出了问题，自然引起恐慌，一旦大修士在此倾力交手，能够伤及披麻宗山水阵法的根本,那么壁画城一塌,后果不堪设想,故而几位负责看管三幅壁画的披麻宗祖师堂嫡传修士纷纷御风凌空,望向那片骚动混乱地,试图找出罪魁祸首,一旦被认定是有修士毁坏壁画城,伺机盗画,他们有权将其就地正法,先斩后奏。

其中一幅神女图附近,在披麻宗看守修士分心远眺之际,有一缕青烟先是攀附墙壁,如灵蛇游走,然后瞬间蹿入壁画当中,不知用了什么手段,直接破开壁画本身的仙术禁制,一闪而逝,如雨滴入湖,动静细微,可仍是让附近那位披麻宗地仙修士皱了皱眉头,转头望去,没能看出端倪,犹不放心,与那位壁画神女告罪一声,御风行走,来到壁画一丈之外,运转披麻宗独有的神通,一双眼眸呈现出淡金色,视线巡视整幅壁画,以免错过任何蛛丝马迹,可反复查看两遍,到最后也没能发现异常。

眼前这幅壁画城仅剩三份福缘之一的古老壁画,是八幅神女天官图中极为重要的一幅,在披麻宗秘档中,画中所绘神女骑乘七彩鹿,背负一把剑身一侧篆文为"快哉风"的木剑,地位尊崇,排在第二,重要性犹在斩勘神女之上,所以披麻宗才会让一位有望跻身上五境的金丹地仙在此监管。

中年修士没能找到答案,但仍是不敢掉以轻心,犹豫了一下,望向壁画城中挂砚神女图那边的店铺,以心湖涟漪之声告诉那个少年,让他立即返回披麻宗祖山,告诉祖师堂骑鹿神女这边有点异样,务必请一位老祖亲自来督查。

那少年虽然在帮青梅竹马的少女做生意一事上很不开窍,可是遇到大事,心境极稳,与少女告辞一声,走出店铺后,神色肃穆,双指掐诀,轻轻跺脚,立即有一位披麻宗辖境内的土地破土而出,竟是个袅袅婷婷的豆蔻少女。只见她双臂高抬,托有一把剑气凛然的无鞘古剑,不过从离开披麻宗地底深处的山根地宫,到托剑现身、毕恭毕敬地将那把必须常年在地下磨炼的古剑递出去,这位模样俏丽的"土地婆"都施展了障眼法,地仙之下,无人可见。

少年道了一声谢,双指并拢轻轻一抹,古剑颤鸣,破空而去。少年踩在剑上,剑尖直指壁画城顶部,竟是近乎笔直一线冲去,被山水阵法加持的厚重土层也毫不阻滞少年御剑,一人一剑冲霄而起,一鼓作气破开了那片如同一条披麻宗祖山"白玉腰带"的云海,飞速前往祖师堂。

中年修士落回地面,抚须而笑。这个少年虽然与自己不在祖师堂同支,但是宗门上下无一不对他器重和喜欢。披麻宗死板规矩多,例如除了屈指可数的几人,其余修士必须在半山腰处的挂剑亭开始徒步登山,任你天快塌下来了也要乖乖走路,而这个自幼便得到那把半仙兵秘密认主的少年就是例外。中年修士不是不可以飞剑传信回祖师堂,但是这里边内幕重重,哪怕少年自己都浑然不觉,这亦是山上修道的玄妙之处,"知之为不知",旁人点破了,自己看似知道了,原本可能到手的机缘也就跑了。所以最好还是让少年去禀报此事,让其多承担一些因果,未必肯定成事,但至少不是坏事。

披麻宗虽然度量极大，不介意外人取走八幅神女图的福缘，可少年是披麻宗开山立宗以来最有希望靠自己抓住一份壁画城大道机缘的。当年披麻宗打造山水大阵出动了数以百计的开山傀儡力士，还有十数只搬山猿、撵山犬，几乎将壁画城再往下十数里翻了个底朝天。那么多在披麻宗祖谱上留名的大修士都未能成功找到那把开山鼻祖遗留下来的古剑，而这把半仙兵相传又与那位骑鹿神女有着千丝万缕的牵连，所以披麻宗对于这幅壁画的机缘是要争上一争的——"天与不取，反受其咎"。

少年在那云海之上，御剑直去祖师堂。

披麻宗三位祖师爷，一位老祖闭关，一位驻扎在鬼蜮谷，继续开疆拓土。唯一一位负责坐镇山头的站在祖师堂门口笑问："兰溪，这么火急火燎，是壁画城出了纰漏？"

持剑少年便将金丹师兄的说辞重复了一遍。

老祖师皱了皱眉头："是那幅骑鹿神女图？"

少年点点头。

老祖师一把抓起少年肩头，山河缩地，转瞬间来到壁画城，先将少年送往店铺，然后独自来到那幅画卷之下，神色凝重。中年修士见状才意识到事态的严重超乎想象。

老祖师冷笑道："好家伙，能够无声无息破开两家的双重禁制，闯入秘境！"

中年修士脸色微变。

老祖师挥挥手："小心是那调虎离山之计，你去兰溪那边护着，也不用太紧张，终究是自家地盘。我得再回一趟祖师堂，按照规矩，烧香敲门。"

中年修士点点头，去往店铺。

店铺里，少女悄悄问道："咋回事？"

少年笑道："跑了趟祖师堂。"

中年修士走入店铺，少年疑惑道："杨师兄，你怎么来了？"

中年修士笑道："随便看看。"

眼前少年，虽然如今才洞府境修为，却是他的小师弟，名叫庞兰溪。少年的爷爷是披麻宗的客卿，正是店铺所有神女图廊填本的主笔人。天赋绝佳的庞兰溪是披麻宗从未出现过的剑仙坯子，更是披麻宗三位老祖之一的开山弟子，同时也是关门弟子，因为这位被誉为北俱芦洲南方杀力稳居前十的玉璞老祖曾经在祖师堂立誓此生只收一名弟子。这本该是一桩可喜可贺的盛事，但是脾气古怪的老祖却让披麻宗不用声张，只说了一句极其符合他脾气的话："不用急，等我这徒儿跻身了金丹再宴请八方，反正用不了几年。"

中年修士看着无忧无虑的庞兰溪，心中苦笑不已：小师弟，当下可是你的大道关键时期。

一处仿佛仙宫的秘境当中，一名中年男子蓦然现身，一个趔趄，抖了抖袖子，笑道："总算得偿所愿，能够来此瞧瞧仙女姐姐们的绝世风采。喂，有人在吗？"

他缓缓散步，环顾四周，欣赏仙境风光，突然抬起手，捂住眼睛，念叨道："这是仙女姐姐们的闺阁之地，我可莫要瞧见不该看的。"

骸骨滩以北，有一名年轻女冠离开粗具规模的宗门山头。作为北俱芦洲历史上最年轻的仙家宗主，她独自驾驭一艘天君师兄赠送的流霞舟火速往南。作为一件仙家至宝，流霞舟的速度犹胜跨洲渡船，竟是能够直接在相距千百里的两处云霞之中，好似修士施展缩地成寸之术，一闪而过，无声无息。

骸骨滩鬼蜮谷边境上，头戴斗笠的年轻剑客在当地驻守修士打理的铺子里购买了一本专门解释鬼蜮谷注意事项的厚重图书，书中详细记载了诸多禁忌和各处险地。他坐在一旁晒着太阳，慢慢翻书，不着急交一笔过路费，然后进入鬼蜮谷历练，磨刀不误砍柴工。

冬日和煦，年轻人抬头看了眼天色，万里无云——天气真是不错。

姜尚真行走其间的这一处仙家秘境，虽无洞天之名，却胜似洞天。

此地琼楼玉宇，奇花异草，鸾鹤长鸣，灵气充沛如水雾，每一步都走得教人心旷神怡。姜尚真啧啧称奇，他自认是见过不少世面的，手握享誉天下的云窟福地，当年去往藕花福地虚度光阴一甲子，只不过是为了帮助好友陆舫解开心结，顺便借着机会怡情散心而已。如姜尚真这般闲云野鹤的修道之人其实不多，修行登高，关隘重重，福缘当然重要，可"厚积薄发"四字，从来都是修士不得不认的千古至理。

姜尚真当年游历壁画城，撂下那几句豪言壮语，最终不曾获得壁画神女青睐。他其实没觉得有什么，不过出于好奇，返回桐叶洲玉圭宗后，还是与老宗主荀渊讨教了些披麻宗和壁画城的机密。这算是问对了人，仙人境修士荀渊对于天下众多仙子神女的熟稔，用姜尚真的话说，就是到了令人发指的地步。当年荀渊还专程跑了一趟中土神洲的竹海洞天，就为了一睹青神山夫人的仙容，结果在青神山四周流连忘返，恋恋不舍，到最后都没能见着青神山夫人一面不说，还差点错过了继承宗主之位的大事，还是上任宗主跨洲飞剑传信给一位世代交好的中土神洲飞升境大修士，才把荀渊从竹海洞天强行带走。传言荀渊返回宗门后山之际，即便身心已如枯朽腐木的老宗主即将坐地兵解，仍是强提一口气，把弟子荀渊给骂了个狗血淋头，还气得直接将祖师堂宗主信物丢在了地上。当然，这些都是以讹传讹的小道消息，毕竟当时除了上任老宗主和荀渊之外，也就只有几位早已不理俗事的玉圭宗老祖在场，玉圭宗的老修士都当是一桩美谈说给各自弟子听。不过姜尚真倒是觉得，按照那对师徒臭味相投的脾气，传言应该是真,说不定上任老宗主之所以如此气愤,荀渊不曾目睹青神山夫人恰好就是原因之一。

姜尚真放下装模作样的双手,负后而行,想到一些只会在山巅小范围流传的秘事,唏嘘不已。再看此地绝美风景,便有些心疼那些仙女姐姐了。

老宗主荀渊曾言,披麻宗选择骸骨滩作为开山之地,八幅壁画神女的机缘是重中之重,说不定一开始就决意在一洲最南端立宗,所谓的与北俱芦洲本土剑仙交恶都是顺势为之,为的就是掩人耳目,"被迫"选址南端。荀渊这辈子翻阅过不少中土神洲顶尖仙家世代相传的密档,尤其是儒家掌礼一脉古老家族的记录,推测那八位天庭女官有些类似如今人间王朝官场的御史台、六科给事中,巡游天地八方,专门负责监督上古天庭的雷部神人、风伯雨师之流,以免某司神人擅权横行,故而八位不知被哪位上古大修士封禁于壁画中的天官神女,曾担任远古天庭里边位卑权重的职务,不容小觑。

天庭碎裂,神道崩坏,上古功德圣人分出了一个天地有别的大格局,那些侥幸没有彻底陨落的古老神灵,本命神通广大,几乎全部被流放、圈禁在几处不为人知的"山顶",将功赎罪,帮助人间风调雨顺,水火相济。

据说东宝瓶洲兵家祖庭真武山的一座大殿,还有风雪庙的祖师堂重地,就可以与某些上古神灵直接交流,儒家文庙甚至对此并不禁绝。反观东宝瓶洲仙家执牛耳者的神诰宗、祖上出过数位"大祝"的云林姜氏,都没有这份待遇。

姜尚真抖了抖袖子,灵气充沛,惊世骇俗,以至于他此刻如雨后行走山林小径,水露沾衣。姜尚真心想,恐怕飞升境之下,连同自己在内,只要能够在此结茅修行,都可以大受裨益,至于飞升境修士,修道之地的灵气厚薄反而已经不是最重要的事情。

姜尚真抬起手臂,嗅了嗅袖子:"真是沁人心脾,应该是带着神仙姐姐们的香味。"

他笑着抬头,远处有一座匾额金字模糊不清的府邸,灵气尤为浓郁,仙雾缭绕在一位站在大门口的神女腰间,起起伏伏,神女腰间悬挂的那方"掣电"古砚,隐约可见。

还有一位神女坐在屋脊上,手指轻轻旋转,一朵玲珑可爱的祥云如雪白鸟雀萦绕飞旋。她俯瞰姜尚真,似笑非笑。

挂砚神女冷笑道:"好大的胆子!仗着玉璞境修为,就敢只以阴神远游至此。"

坐在屋顶上的行雨神女微笑道:"难怪能够瞒天过海,悄然破开披麻宗山水阵法和我们仙宫禁制。"

姜尚真作揖道:"两位姐姐,时隔多年,姜尚真又与你们见面了,真是祖上积德,三生有幸。"

挂砚神女有紫色电光萦绕双袖,显而易见,此人的油腔滑调让她心生不悦了。

行雨神女问道:"壁画城以外,我们曾经与披麻宗有过约定,不好多看,你那真身可是去找我们姐姐了?"

双方言语之间,远处有一只七彩鹿在一座座屋脊之上跳跃,轻灵神异。

姜尚真点了点头，视线凝聚在那只七彩鹿身上，好奇问道："早年听闻东宝瓶洲神诰宗有仙子贺小凉，福缘冠绝一洲，如今更是在咱们北俱芦洲开宗立派，身边始终有一只神鹿相随，不知道彼鹿与此鹿可有渊源？"

挂砚神女有些不耐烦："你这俗子，速速退出仙宫！"

姜尚真神色肃穆，一本正经道："两位姐姐若是厌烦，只管打骂，我绝不还手。可如果是那披麻宗修士来此撵人，姜尚真没啥大本事，只是颇有几斤风骨，是万万不会走的。"

挂砚神女骤然间一身电光暴涨，衣带飞摇，宛如身披一件紫色仙裙。看得出来，无须披麻宗老祖烧香敲门进入此地，按照约定不许世人打搅她们清修，她就已经打算亲自出手。只是那位身材修长、梳朝云髻的行雨神女缓缓起身，身姿曼妙地飘落在挂砚神女身边，轻声道："等姐姐回来再说。"

挂砚神女远远不如身边行雨神女性情婉约，不太情愿，仍是想要出手教训一下这个嘴上抹油的登徒子。玉璞境修士又如何，阴神独来，又在自家仙宫之内，至多便是元婴境修为，莫说是她们两个都在，便是只有她，将其驱逐出境也是十拿九稳。可是行雨神女轻轻扯了一下挂砚神女的袖子，后者这才隐忍不发，一身紫电缓缓流淌入腰间那方古拙的行囊砚中。

壁画之外，响起三次敲门之声，落在仙宫秘境之内，重如天边神人擂鼓，响彻天地。

行雨神女抬头望去，轻声道："虢池仙师，好久不见。"

姜尚真转头仰望，一双巨大的绣花鞋先后踩破云海，等到这位仙师真身降临在地，已经恢复寻常身高——是一个姿色平平的妇人，个子不高，但是气势凌人，腰间挂有一把法刀，刀柄为骊龙衔珠样式。

饶是姜尚真都有些头疼，这妇人模样瞧着不好看，脾气那是真的臭，当年自己在她手上可是吃过苦头的。当时两人同为金丹境的地仙修士，这位女修只是听信了关于自己的丁点儿"谣言"，就跨过千重山水，追杀自己足足小半年光阴，其间三次交手，自己又不好真往死里下手，对方终究是女子啊。加上她身份特殊，是当时披麻宗宗主的独女，姜尚真不希望自己的返乡之路给一帮脑子拎不清的家伙堵死，所以难得有姜尚真在北俱芦洲接连吃亏的时候。

如今这位虢池仙师竺泉已是披麻宗的宗主，跌跌撞撞，勉强跻身玉璞境，大道前程不算太好，只是没办法，披麻宗选当家人历来不太看重修为，往往是谁的脾气最硬，最敢舍得一身剐，谁就来担任宗主。所以姜尚真这趟跟随陈平安来到骸骨滩，不愿逗留，很大原因就是这个早年被他取了个"矮脚母老虎"绰号的虢池仙师。

不过有些意外，这位女修本该在鬼蜮谷内厮杀才对，若是祖师堂那位玉璞境来此，姜尚真那是半点不慌的。论捉对厮杀的本事，搁在整个浩然天下，姜尚真不觉得自己如何拔尖,哪怕在那与北俱芦洲一般无二的大洲桐叶洲都闯出了"一片柳叶斩地仙"及"宁与玉圭宗结仇,莫被姜尚真惦念"的说法,姜尚真也从来不当回事,可是要说到跑路功夫,姜尚真还真不是自夸,由衷觉得自己是有些天赋和能耐的。当年在自家云窟福地,宗门某位老祖联手福地那些逆贼蟊蚁一起设下了个必死之局,一样给他跑掉了。之后玉圭宗内部和云窟福地很快迎来了两场血腥清洗,荀渊袖手旁观,云窟福地内所有已是地仙和有望成为陆地神仙的中五境修士,给姜尚真带人直接打开"天门",拼着姜氏损失惨重,依然果断将其一锅端。要知道,姜尚真一直有句口头禅在桐叶洲广为流传:"男欢女爱,必须长长久久,可隔夜仇如那隔夜饭,不好吃,老子吃屎也定要吃一口热乎的。"

竺泉伸手按住刀柄,死死盯住那个远道而来的"贵客",微笑道:"自投罗网,那就怪不得我关门打狗了。"

姜尚真眨了眨眼睛,似乎认不得这位虢池仙师了,片刻之后,恍然大悟道:"可是泉儿?你怎的出落得如此水灵了?!泉儿,你这要是哪天跻身了仙人境,不做大动,只需稍改容颜,那还不得让我一双狗眼都瞪出来?"

竺泉眯起眼,一手按刀,一手伸出手掌,皮笑肉不笑道:"容你多说几句遗言。"

姜尚真"痴痴"望着她:"果然如此,泉儿与那些徒有皮囊的庸脂俗粉到底是不一样的。平心而论,泉儿虽然姿色不算世间最出彩,可当年是如此,如今更是如此,只要男子一眼看到了,就再难忘记。"

竺泉笑呵呵道:"嗯,这番言语,听着熟悉啊。雷泽宗的高柳,还记得吧?当年北俱芦洲中部数一数二的美人,至今尚无道侣,曾经私底下与我提起过你,尤其是这番措辞,她可是铭记在心,多少年了,依旧念念不忘。姜尚真,这么多年过去了,你境界高了不少,可嘴皮子功夫为何没半点长进?太让我失望了!"

姜尚真神色自若,微笑道:"确实是我的错,这些年光顾着修行,有些荒废本业了。泉儿,还是你待我真诚,我今后一定为了你再接再厉。"

挂砚神女嗤笑道:"这种人是怎么活到今天的?"

行雨神女说道:"等下你出手相助虢池仙师吧,我不拦着你。"

姜尚真环顾四周:"此时此景,真是牡丹花下。"

行雨神女突然神色凝重起来,凝神屏气,定睛望向一处。

挂砚神女如临大敌,示意竺泉稍等片刻。

壁画城中,一名来自狮子峰的年轻女子站在一幅神女图下,伸手一探,以心声淡然道:"还不出来?"

几乎同时,挂砚神女也心神震动,望向另外一处。那里,一名远游北俱芦洲的外乡男子正仰头望向"自己",神色疲惫,但是他心有灵犀,对画卷中神女会心而笑道:"魂牵梦萦,夜夜相见不得见,总算找到你了。"

而摇曳河祠庙畔,骑鹿神女与姜尚真的真身并肩而行,一艘流霞舟急坠而落,其内走出一位女宗主。见到她之后,骑鹿神女的心境如被拂去那点尘垢,虽然依旧不解其中缘由,但是无比确定,眼前这位气象宏大的年轻女冠才是她真正应该追随侍奉的主人。

摇曳河边,姿容绝美的年轻女冠望向姜尚真,皱了皱眉头:"你是他的护道人?"

这个问题问得很突兀,但是姜尚真却瞬间了然。有些真相,过程弯弯绕绕,半点不清楚,其实不妨事。

姜尚真哈哈笑道:"哪里哪里,不敢不敢。"

骑鹿神女却说了一句杀机四伏的拆台话:"方才此人言语隐晦,大意仍是劝说我追随那个年轻游侠,居心叵测,差点误了主人与我的道缘。"

姜尚真揉了揉下巴,苦兮兮道:"看来北俱芦洲不太欢迎我,该跑路了。"

骑鹿神女突然神色幽幽,轻声道:"主人,我那两个姐妹好像也机缘已至,没有想到一天之内就要各奔东西了。"

贵为一宗之主的年轻女冠对此并不上心,风尘仆仆赶来此地的她眉头紧蹙,破天荒有些犹豫不决。

直到这一刻,姜尚真才开始惊讶,因为眼前这位已经被他猜出身份的女冠起了杀心。山上的男女情爱,打是亲骂是爱,姜尚真那是最熟悉不过了。愿意动杀心的,那真是缘来情根深种,缘去依然不可自拔。

年轻女冠没有理会姜尚真,对骑鹿神女笑道:"我们走一趟鬼蜮谷的白骨京观城。"

骑鹿神女轻声提醒道:"主人如今堪堪跻身玉璞境,境界尚未稳固,可能会有些不妥。"

年轻女冠摇头道:"没关系,这是小事。"

她有大事,要做了断。

鬼蜮谷入口处是一排巨大的牌坊楼,最前边的一座是那规模惊人的五间六柱十一楼,以名贵的黄、绿琉璃砖嵌砌壁面,每条龙柱上都雕刻有历代披麻宗老祖的降魔图,匾额为"气壮观奇"。

修道之人和纯粹武夫往往眼力极好,只是先前陈平安望向牌坊之后,根本看不清道路的尽头,而且似乎还不是障眼法的缘故。不过比起接连倒悬山和剑气长城的那道门,此处牌坊楼的玄妙,倒是没让他如何惊奇。

陈平安随便坐在牌坊附近翻书,因为看得细致,不愿遗漏任何细节,所以一个多时辰过去才看了小半,就打算今天先在不远处的集市客栈歇息,明天再作打算,是再浏览一下鬼蜮谷的边境风景，还是通过那排牌坊楼进入鬼蜮谷，深入腹地历练，都不着急。

陈平安收起书，走向那片繁荣集市。这里被披麻宗租赁给了骸骨滩一个小门派，披麻宗修士并不亲自参与经营，毕竟，披麻宗总共不到两百号人，家业又大，事事亲力亲为，耽误大道修行，得不偿失。只不过苏姓元婴坐镇跨洲渡船、杨姓金丹负责巡视壁画城是例外，因为这两桩事涉及披麻宗的面子和里子。

如今的落魄山已经有了些山头大宅的雏形，朱敛和石柔就像分别担任着内外管事，一个在山上操持庶务，一个在骑龙巷打理生意。直到真正离开了龙泉郡，陈平安在跨洲渡船上的偶尔练拳间隙，也会回头再看再想，才觉出这里边颇是有趣。两位管事模样的家伙，竟然一位是远游境武夫，一位是身穿仙人遗蜕的枯骨女鬼，谁能想象？

陈平安离开落魄山之前，就已经跟朱敛打好招呼，自己一般不会轻易飞剑传信回牛角山，而那只小剑冢里边所藏的两柄飞剑无法跨洲，所以这次远游北俱芦洲，是名副其实的孑然一身，了无牵挂。毕竟如今的落魄山很安稳，应该忌惮的，是别人才对。

陈平安走在路上，扶了扶斗笠，自顾自笑了起来，自己这个包袱斋，也该挣点钱了。

骸骨滩是个无须讲那儒家礼法的地方，小集市没名字，当地人俗称"奈何关"，喊惯了之后，来来往往都认。

哪怕日头高照，集市的街巷依旧显得阴气森森，十分沁凉。按照那本披麻宗版刻图书《放心集》所说，是鬼蜮谷阴气外泄的缘故，所以身体孱弱之人勿近。不过这些听上去很吓人的阴气，书上黑纸白字明确记载，已经被披麻宗的山水阵法淬炼，相对纯粹且均匀，一定程度上适宜修士直接汲取，所以只要练气士御风凌空，放眼望去，就会发现不单单是集市周边，整条鬼蜮谷边境沿线多有练气士结茅修道，一座座素雅却不简陋的茅屋星罗棋布，疏密得当。这些茅屋都由擅长风水堪舆的披麻宗修士专门请人建造在阴气浓郁的"泉眼"上，而且每座茅屋都摆有三郎庙秘制的蒲团，修道之人可以短期租借一座茅屋，财大气粗的也可以全盘买下，那本《放心集》上都列有详细的价格。

这大概就是披麻宗的生财之道，以后落魄山得好好学一学。

陈平安进入集市后，一路闲逛，发现几乎所有商铺都会贩卖一种晶莹如玉的白骨，这是《放心集》货殖篇里详细介绍的一种后天灵宝，颇为珍稀，是炼制众多阴冥法器的绝佳材料。一开始，诞生于古战场遗址的众多鬼物纷纷在鬼蜮谷内聚拢，半数被披麻宗修士以巨大代价驱逐至此，免得肆意为祸整片骸骨滩。后来这些阴物中的一部分在种种机缘巧合之下演化为宛如山水神祇的英灵，更多的则是沦为横行无忌的暴虐厉鬼。岁月悠悠，又有专门"以鬼为食"的强大阴灵出现，双方纠缠厮杀，落败者魂飞魄散，转化为鬼蜮谷的阴气，连投胎转世的机会都已失去，而那些品秩高低不一的累累白骨则散落四方，一般都会被胜者作为战利品收藏、储存起来。练气士和纯粹武夫进入鬼蜮谷历练，这些洁白如玉的尸骨就成了一笔相当不俗的彩头。

陈平安最后走入一间集市最大的铺子，其内游客众多，拥挤不堪，都在打量一件被封禁在琉璃柜中的镇店之宝。那是一具阴灵骨架，高一丈，被故意摆放为坐姿，双手握拳，搁放在膝盖上，目视远方，即便是彻彻底底的死物，仍有一方霸主的睥睨之姿。这具白骨全身布满天然银线，交错繁密，光华流转不定。

　　据说这具骨架的主人"生前"是一位境界相当于元婴地仙的英灵，桀骜不驯，率领麾下八千鬼物自立为王，四处征战，与那位玉璞境修为的鬼蜮谷共主多有摩擦。但是《放心集》上并未记载这尊英灵的陨落过程，而按照店铺当下那个唾沫四溅的年轻伙计的说法，是自家掌柜早年结识了一位深藏不露的北方剑仙，故意以洞府境示人，掌柜却与之意气相投，以礼相待，结果那位剑仙走了一趟鬼蜮谷后，就带出了这具价值连城的白骨，并直接赠予铺子，说就当是先前赊欠的那些酒水钱，也未留下真实姓名，就此离去。在别处，听到这种噱头十足的荒诞故事，陈平安肯定全然不信，但是在这北俱芦洲，陈平安半信半疑。

　　这具仿佛地仙"金枝玉叶"骨骼的英灵白骨，是当之无愧的上品法宝，店铺伙计说一般情况不卖，但是如果真有诚意，可以商量。不过伙计也说得明明白白，兜里没个四五十枚谷雨钱，就提也莫提，免得双方都浪费口水。哪怕如此天价，陈平安还是发现店铺内有几拨人跃跃欲试。

　　陈平安就不凑这个热闹了，离了店铺，找了家客栈，房间并不豪奢，就是干净清爽些。类似摇曳河那座渡口茶摊，这里也不待见黄金白银，一枚雪花钱起步，可以住三天，不包伙食酒水。若是在山下的俗世王朝，即便是富贾如云的大骊京城，如果一间仿佛螺蛳壳大小的客栈屋舍敢收一天三百多两银子，估计一样早给唾沫淹死了。

　　陈平安摘下斗笠和背后剑仙，继续翻阅那本越看越让人不放心的《放心集》。

　　骸骨滩是北俱芦洲十大古战场遗址之一，鬼蜮谷更是特殊，是一处光阴旋涡，自成小天地，如同阴冥，疆域丝毫不比"阳间"的骸骨滩小。其中有一位如今相当于玉璞境修为的巨大英灵最早脱颖而出，一呼百应，聚拢了数万阴兵阴将，打造出一座声名赫赫的白骨京观城，宛如王朝京城，周边大小数十座城池有半数依附京观城，其余半数是由一些道行高深的鬼物经营创造，与京观城遥遥对峙，不甘心寄人篱下，担任附庸，千年之间，合纵连横，鬼蜮谷内的鬼物越来越少，但是也越来越强大。

　　历史上鬼蜮谷阴物曾经两次试图突破界限，想要出关大掠骸骨滩，最好是能够沿着摇曳河北上，一鼓作气吃掉沿途两个国家，掳走活人带回鬼蜮谷，以阴毒秘术炮制新生阴物鬼魅，壮大兵马，所幸都被披麻宗修士阻拦，可这也使得披麻宗两度元气大伤，声势从巅峰跌入谷底。

　　披麻宗在北俱芦洲从站稳脚跟到开疆拓土，可谓诸事不顺。不过北俱芦洲底蕴之深厚，由此可见一斑。一个骸骨滩，光是披麻宗就拥有三位玉璞境老祖，鬼蜮谷也有一位。反观东宝瓶洲,如果不提那一撮秘密渗透进来的高人隐士,只说在东宝瓶洲土生土长的修道之人,位于山巅的上五境修士屈指可数。

不过关于此事,崔东山早有提醒,说东宝瓶洲疆域不到北俱芦洲三成,东宝瓶洲的玉璞境是那凤毛麟角的存在,比不得别洲声势,但是东宝瓶洲只要是跻身了上五境的修道之人,就不是什么省油的灯,例如那书简湖刘老成以及风雪庙魏晋这种天之骄子,都是分了些一洲气运的古怪存在,若是与北俱芦洲或是桐叶洲同境修士,尤其是那些养尊处优的谱牒仙师厮杀搏命,刘老成和魏晋的胜算极大。

练气士和武夫一旦选择入谷历练,就等于与披麻宗签了一道生死状,是富贵是暴毙,全凭本事和运气。挣了横财,披麻宗不眼红不垂涎,一文钱不多收;死在了鬼蜮谷,从此生生死死不得超脱,也别怨天尤人。

这是一条不成文的规矩,历史上不是没有仙家府邸心疼门内得意弟子的夭折,事后不服,呼朋唤友,浩浩荡荡,来骸骨滩与披麻宗理论一二,既是问罪,也有跟披麻宗要些补偿的念头。披麻宗修士从来不解释一个字,来了人,在山门口摆下一张桌子,上过了一杯阴沉茶待客,之后就开打,要么对方打上自家祖师堂,要么就打得对方交出身上所有法宝和神仙钱,然后往摇曳河一丢,让他们自己凫水回北方家乡。所以摇曳河也有个别称——饺子河,里面可是下过好几次饺子的。

不过披麻宗也不会让来此修行的外人死在谷里,《放心集》上就清清楚楚地标注出了三条北行路线,推荐练气士和武夫仔细掂量自己的境界,一开始先寻觅四处游荡的孤魂野鬼,之后可以与几座势力不大的城池打打交道,最后如果艺高胆大,犹不尽兴,再去腹地几座城池碰碰运气。鬼蜮谷内所有地仙、英灵、鬼王的境界,擅长的术法,傍身的法宝及压箱底的本事,书上都有清晰记载。

而且披麻宗修士在鬼蜮谷内建造有两座小镇,宗主竺泉亲自驻守其一,一般人往往见不着她。不过镇上有两拨专职狩猎阴灵鬼将的披麻宗内门修士,外人可以跟随或是邀请他们一起游历鬼蜮谷,所有收获,披麻宗修士分文不取。但是书上也坦言,披麻宗修士不会给任何人担任扈从,见死不救很正常。只不过若是有仙家豪阀子弟嫌自家钱多压手,来鬼蜮谷游玩,只需全程听从披麻宗修士的叮嘱,披麻宗便可以保证他们看过鬼蜮谷风景后全须全尾地离开险境,只要他们恪守规矩,游玩期内出现任何意外损失,披麻宗修士不但赔钱,还赔命。

夜幕中,陈平安合上厚厚的一本《放心集》,起身来到窗口,斜靠着喝酒。

一本书看到最后,除了记住了那些烦琐的禁忌事宜,更在书中看到了披麻宗修士的豪气。

遥想当年,骊珠洞天一个草鞋少年高高扬起头,看到了毕生难忘的一幕:无数剑修仙人御剑跨洲远游,去往剑气长城抵御妖族。求利求名?磨剑而已。

难怪她会说这寒苦之地却自古多豪杰，只有这样的土壤才能涌现出浩然天下最多的剑仙。

你肯赠我几壶酒，我便愿意还你一具价值数十枚谷雨钱的英灵白骨。

讲道理吗？不讲。没道理吗？很有。

陈平安转头望向搁放在桌上的剑仙，轻声道："放心，在这里，我不会给你丢脸的。"

他的视线微微偏移，望向那只竹编斗笠，微笑道："因为我叫陈平安，平平安安的平安。我是一名剑客。"

沉默片刻，陈平安揉了揉下巴，喃喃道："是不是把'平平安安的平安'略去，更有气势些？"

壁画城遇上了百年不遇的怪事。

披麻宗修士开始封禁那三堵福缘尚存的墙壁，不许任何游客靠近，便是店铺掌柜和伙计都必须暂时搬离，等待披麻宗的告示。一时间怨声载道，骂娘声此起彼伏。

一个运气不好的，跳脚大骂的时候附近刚好经过个披麻宗修士，被那修士二话不说就一袖子撂倒在地，翻了个白眼便晕厥过去。然后那个可怜虫的朋友二话不说，扛起就跑，既不给披麻宗神仙道歉，也不撂半句狠话。

北俱芦洲便是如此，我有胆子敢指着别人的鼻子骂天骂地是我的事情，可给人揍趴下了那也是我本事不济，等哪天拳头硬过对方了再找回场子便是。

那位姓杨的金丹修士有些头疼，他身边的师弟庞兰溪更是无奈。

原来，在一幅壁画之下，有个衣衫褴褛的年轻人跪地不停磕头，血流不止，苦求壁画上的那位行雨神女给他一份机缘，说他有血海深仇不得不报，只要神女愿意施舍一份大道福缘，他愿意生生世世给她做牛做马，哪怕是报完了仇，要他立即粉身碎骨都可以。

年轻人在磕头之前就掏出了一枚不知从何处寻来的古老玉牌轻轻放在地上，中年金丹修士摆摆手，示意一位外门修士不用驱赶此人。庞兰溪想要劝说些什么，也给中年修士按住肩头。他更多的注意力还是放在了那个身姿纤细如杨柳的女子身上。当她出现后，披麻宗设置在壁画这边的山水大阵毫无动静，可是仙宫秘境的天然禁制却开始起了涟漪。

至于挂砚神女那边反而谈不上手忙脚乱，一个外乡人已经获得了神女认可，披麻宗听之任之，并无阻拦他们离去。挂砚神女也投桃报李，主动与主人一起徒步登山，去往他们披麻宗的祖师堂。所以挂砚神女图是率先变成白描的一幅。

随后，一只七彩鹿从那幅骑鹿神女图上纵身一跃，身影瞬间消逝，成为今天的第二幅白描壁画。

中年修士先前心中震惊不已，毕竟这幅神女天官图是披麻宗唯一一幅志在必得的壁画，披麻宗上上下下都无比希望他身边的师弟庞兰溪能够顺利接手这份大道机缘。所以他差点没有忍住，试图出手阻拦那只七彩鹿的倏忽远去，只是宗主竺泉很快从壁画中走出，让他退下，只管去守住最后一幅神女图，然后就返回了鬼蜮谷驻地，说是有贵客临门，必须由她来亲自接待，至于挂砚神女与她新主人的上山拜访，就只能交由祖师堂的师伯处理了。

中年修士其实一头雾水：能够让自家宗主出面迎客，难不成是一位大宗之主？

行雨神女终于现身，竟是脸色惨白。她走出画卷后，看了眼那个眼神冷漠的女子，再看看地上那枚正反篆文"行云""流水"的古老玉牌，这位最精通推衍之术的神女像是陷入了两难境地。

中年修士看出了一点端倪：这是壁画城其余七位神女都不曾碰到的一个天大难题。那个瞧着十分柔弱温婉的女子，如果不留心她的眼神，不是刚好站在了这幅壁画下，就连他这个金丹修士都不会太过注意。

无法想象，一位神女竟有如此可怜无助的一面。

行雨神女跟披麻宗打的交道最多，相传是仙宫秘境神女中最足智多谋的一位，尤其精于弈棋。老祖曾笑言，若是有人能够侥幸获得行雨神女的青睐，打打杀杀未必太厉害，可是一座仙家府邸其实最需要这位神女的襄助。

那女子瞥了眼不断磕头、几见额头白骨的年轻人，再望向行雨神女道："你去助他渡过难关，甲子之后，再来给我请罪。"

行雨神女心神摇曳不定，以至于整座壁画城都显得水雾弥漫。她只觉得见着了这位明明境界不算太高的女子，却仿佛那山下的官场胥吏瞧见了一位吏部天官。

行雨神女颤声道："事后如何去找主人？"

那女子淡然说道："狮子峰。"

披麻宗中年修士皱了皱眉头。狮子峰确实有一位强大元婴不容小觑，但却是一位年岁已然不小的男修士。可即便是那位元婴修士亲自站在这里，哪里会让行雨神女如此战战兢兢？

那女子对中年修士微笑着自我介绍："狮子峰，李柳。"

中年修士依旧不曾听闻这个名字，但还是回道："披麻宗，杨麟。"

名叫李柳的年轻女子就这么离开壁画城，似乎都懒得再看一眼行雨神女。

呆呆站在一旁的庞兰溪抹了把额头，感慨道："杨师兄，这位李柳前辈好吓人。"

杨麟笑道："这话在我这儿说说就算了，让你师父听见了，要训你一句修心不够。"

少年心性单纯，只觉得杨师兄果然性情沉稳，将来一定会是披麻宗的顶梁柱之一，却没有看出这位金丹师兄的复杂眼神。因为庞兰溪自己还茫然不知，自己已经失去了那幅骑鹿神女图的福缘。

鬼蜮谷内，一行人没有走那入口牌坊，而是让其中一人直接以本命物破开一道大门，随后一艘流霞舟一冲而入。船头之上站着一位身穿道袍、头顶莲花冠的年轻女宗主，一位身边跟随七彩鹿的神女，还有那个改了主意要一起游历鬼蜮谷的姜尚真。

那艘天君谢实亲手赠予的流霞舟虽是仙家至宝，可在鬼蜮谷的重重浓雾迷障内飞掠，速度还是慢了许多。它如同一颗彗星划破鬼蜮谷天空，极其瞩目。宝舟与阴煞瘴气摩擦，绽放出绚烂的七彩琉璃色，同时破空声响如同雷声大作，地上许多阴物鬼魅四散奔走，底下许多沿途城池更是迅速戒严。

姜尚真伸出手掌在额头，举目远眺，笑道："贺宗主，白骨京观城就快到了，这流霞舟真是个宝贝，卖不卖？"

贺小凉置若罔闻。

骑鹿神女与主人如出一辙，不愿搭理这个口无遮拦的家伙。

姜尚真突然转头问道："贺宗主，若是你执意杀他，你们双方境界差了这么多，我可是要拦上一拦的。当然了，在这之前，那京观城如果想要欺负两位，也要问过我姜某人的柳叶答不答应。"

贺小凉还是不说话。

姜尚真叹了口气。世间男女，欠钱好说，情债难还。这个陈平安到底是怎么招惹的她？年纪不大，本事倒高。

如果陈平安在场，姜尚真都要伸出大拇指，赞一声"我辈楷模"了。

天微微亮，陈平安离开客栈，与趴在柜台打盹的伙计说要退房。年轻伙计也不以为意，点点头，算是知晓了。

虽说那位头戴斗笠的年轻游侠提前两天退房，可这份钱又落不进自己兜里，年轻伙计便有些提不起劲儿，让客栈打杂的女子去清扫房间，等会儿再说吧。

年轻伙计转过头，望向客栈外边的冷清街道，那里已经没了年轻游侠的身影。

年轻伙计一想到从壁画城传来的小道消息便有些不开心，三幅神女天官图的机缘都给外人拐跑了，亏得自己有事没事就往那边跑。他心想，这三位神女也仙气不到哪里去，肯定是奔着男子的相貌、家世去的。可他越这么想，便越泄气，老鼠生儿打地洞，气死个人。

陈平安离开集市，去了鬼蜮谷入口处的牌坊，交了五枚雪花钱给披麻宗守门修士，得了一块九叠篆的通关玉牌，篆文为"赫赫天威，震杀万鬼"，若是活着离开鬼蜮谷，拿着玉牌能讨要回两枚雪花钱。

过路费不算贵，十几碗摇曳河阴沉茶而已。而且这笔钱还可以与披麻宗赊欠，所以骸骨滩北方诸国许多走投无路的亡命之徒进了骸骨滩就做三件事：在摇曳河祠庙花几文钱烧过三炷香，与那位河神祈福，然后去壁画城神女图那边碰碰运气，再去奈何关集市买一本《放心集》，过了牌坊楼就可以把性命交予老天爷处置了。

靠近鬼蜮谷南方城池的强大阴灵大多不会主动招惹悬佩玉牌的家伙，毕竟披麻宗宗主竺泉常年驻守鬼蜮谷，经常领着两镇修士狩猎阴物，但是大小城主却也不会为此刻意拘束麾下厉鬼游魂。早期南方诸多城主不信邪，偏偏喜欢伺机虐杀悬挂玉牌之人，结果被竺泉不计代价地领着几位祖师堂嫡传地仙修士数次孤军深入腹地，拼着大道根本受损，也要将几个罪魁祸首斩首示众。竺泉之所以跻身玉璞境如此缓慢，与她的涉险杀敌关系极大，实在是在元婴境滞留太久了。

形势最为险峻的一次，只有竺泉一人重伤返回，腰间悬挂着三颗城主阴灵的头颅。此后，她就被老宗主拘押在后山牢狱当中，下令一天不跻身上五境就一天不许下山。等到她终于得以出山，第一件事情就是重返鬼蜮谷，如果不是开山老祖兵解离世之前立下法旨严令，不许历代宗主擅自启动那件中土上宗赐下的仙兵，调动豢养其中的十万阴兵攻入鬼蜮谷，恐怕以竺泉的脾气，早就拼着宗门再次元气大伤，也要率军杀到白骨京观城了。

此时除了孤身一人的陈平安，还有三拨人等在那边，既有与朋友同游的，也有扈从贴身跟随的，一起等着卯时来临。

进入鬼蜮谷历练，只要不是赌命，都讲究一个良辰吉时。一些家族或是师门的前辈各自叮嘱身边年纪不大的晚辈，进了鬼蜮谷务必多加小心，许多提醒其实都是老调重弹，《放心集》上都有。

陈平安将玉牌系在腰间，站得有些远，独自呵手取暖。

卯时一到，站在第一座两色琉璃牌坊楼中央的披麻宗老修士让出道路，说了句吉利话："预祝各位顺风顺水，一路平安。"

陈平安会心一笑。自己真是有个好名字。

他走在最后，一座座牌坊，不同的形制，不同的匾额内容，让人大开眼界。

此次进入鬼蜮谷，陈平安穿着紫阳府雌蛟吴懿赠送的名为青草的法袍青衫，从方寸物当中取出了青峡岛刘志茂赠送的核桃手串，与昨夜画好的一摞黄纸符箓一起藏在左手袖中。符箓多是《丹书真迹》上入门品秩的挑灯符、破障符，当然还有三张方寸符，其中一张以金色材质的珍稀符纸画就，耗费了陈平安许多精气神，可以用来逃命，也可以用来搏命，配合神人擂鼓式效果最佳。

这条道路，众人竟然足足走了一炷香工夫，途经十二座牌坊，左右两侧矗立着一尊尊两丈余高的披甲武将，分别是打造出骸骨滩古战场遗址的对阵双方。那场两大王朝和十六藩属国搅和在一起厮杀了整整十年的惨烈战事,杀到最后都杀红了眼,已经全然不顾什么国祚,据说当年来自北方远游观战的山上练气士多达万余人。

陈平安回首望去,把守门口的披麻宗修士身影已经模糊不可见。众人先后停步,豁然开朗,天高地阔,只是愁云惨淡。这座小天地的浓郁阴气一瞬间如海水倒灌各大窍穴气府,令人呼吸不畅,倍觉凝重。《放心集》上的行路篇有详细阐述对应之法,前边三拨练气士和纯粹武夫都已按部就班,各自抵御阴气攻伐。

其中一位身穿泥金色长袍的少年练气士依然小觑了鬼蜮谷气势汹汹的阴气,有些措手不及,刹那之间脸色涨红。他身边一个佩刀挎弓的女子赶忙递过去一只青瓷瓶,少年喝了一口瓶中自家山头酿造的三郎庙甘霖后,脸色这才转为正常。少年有些难为情,对着扈从模样的女子歉意一笑。女子也笑了笑,开始环顾四周,与一位始终站在少年身后的黑袍老者眼神交汇,老者示意她不用担心。

鬼蜮谷既是历练的好地方,也是仇家派遣死士刺杀的好时机。女子与老人都是扈从,约莫三十岁的女子是位刚刚跻身六境的纯粹武夫,极为罕见。

北俱芦洲虽然江湖气象极大,可得一个"小宗师"美誉的女武夫本就不多,这般年轻就能够跻身六境的更是凤毛麟角,往往只有"宗"字头仙家和王朝豪阀才能够培养出这类出类拔萃的家生子,并且使其忠心耿耿。至于黑袍老人更是深不可测,让人连他是纯粹武夫还是练气士都分辨不出。

另外一拨练气士中,一名身材壮硕的男子手握甲丸,穿上了一副雪白色的兵家甘露甲,莹光流转,附近阴气随之不得近身。

一名老修士摘下背后箱子,发出一阵瓷器磕碰的细微声响后,取出了一只形制曼妙如女子身段的玉壶春瓶,显然是件品秩不低的灵器,被老修士托在手心后,只见那四面八方丝丝缕缕的纯粹阴气开始往瓶内聚拢。只是天地阴气来得快去得也快,片刻工夫,壶口处只是凝聚出小如粟米的一粒水珠子,轻轻悬空流转,不曾下坠摔入壶中。

一名中年修士一抖袖子,掌心出现一把翠绿可人的蕉叶小幡子,双指拈住花梨木幡柄一晃,就变成了一只等臂长的幡子,木柄处系有一根金色长穗。中年修士将它悬挂在手腕上,默念口诀,阴气顿时如溪水洗涮蕉叶幡子表面,如人捧水洗面。这是一种最简单的淬炼之法,无非是将灵器取出即可。只是一洲之地又有几处风水宝地,阴气能够浓郁且纯粹?即便有,也早已给大门派占了去,严密圈禁起来,不许外人染指,哪里会像披麻宗这样任由外人随意汲取。

两名结伴游历鬼蜮谷的修士相视一笑,鬼蜮谷内阴灵之气的精纯确实与众不同,最适合他们这些精于鬼道的练气士。真是入了金山银山,接下来就看能搬走多少了!

至于那位拥有一枚甲丸的兵家修士,是他们重金聘请的护卫。鬼蜮谷孕育而出的先天阴气,比起骸骨滩与鬼蜮谷接壤地带、已经被披麻宗山水阵法筛选过的那些阴气,不但更充沛,寒煞之气更重,而且越靠近腹地就越值钱,当然危险系数也会越来越大,说不得沿途就要与阴灵厉鬼厮杀。成了,得几具白骨,又是一笔赚头;不成,万事皆休,下场凄惨至极,练气士比那凡夫俗子更是知晓沦为鬼蜮谷阴物的可怜。

陈平安瞥了几眼就不再看。入谷汲取阴气是犯了大忌讳的,披麻宗在《放心集》上明确提醒,此举很容易招来鬼蜮谷当地阴灵的仇视,毕竟,谁愿意自己家里来毛贼呢?只不过各人有各人的缘法,本事够高,胆子够大,披麻宗不会阻拦。

最后两位,瞧着像是一对年轻道侣,各自都背着一只奇大的木箱,像是来鬼蜮谷捡漏的。鬼蜮谷内除了阴气和白骨两物最是珍贵,其实还有许多生长在内的奇花异草和灵禽异兽,《放心集》上多有记载,只不过披麻宗开门已千年,来此碰运气的人不计其数,披麻宗修士本身也有专人常年寻觅各种天材地宝,故而最近百年已经极少有人洪福齐天,成功找到什么惹人眼红的灵物地宝了。

陈平安蹲下身,抓起一把土壤,攥在手心轻轻捻动,果然十分阴凉,酷似坟冢之地的千年土。他丢了土壤,捡起附近一颗周围处处可见的石子,双指轻轻一捏,皱了皱眉头:石质近乎泥,相当柔软。不愧是鬼蜮谷,好怪的水土。

披麻宗在鬼蜮谷内建有两镇,一镇名为兰麝,一镇名为青庐。前者位于最南方,规模如那奈何关集市大小,后者位于靠近鬼蜮谷中部的最西边一座山坳中,是宗主竺泉的半个修行之地。这位虢池仙师常年留守于此,三百年内,京观城的城主曾经两次独自"拜访"青庐镇,与以竺泉为首的披麻宗地仙修士交手,打得天翻地覆,被本命物是一把法刀的竺泉削去附近山头无数,鬼蜮谷两条北行之路也因此而生。

去往兰麝镇最安生,距离也近,几乎是一条直线,不过八十里路。路程虽短,但是兰麝镇周边又有几处地方不得不去,既有供人游历的风景名胜,例如一处荒废已久的古老地宫以及那山石嶙峋、洁白如雪的白头峰,还有一座选择依附披麻宗的城池,城主是生前擅长道家符箓的国师阴灵,经常会与外来修士以物易物。

去往青庐镇,则由于山水的弯弯绕绕,路途竟长达八百余里。若想御风御剑,或是驾驭法宝飞掠,《放心集》上说得直白,任你是位金丹地仙,依旧是寻死而已。至于元婴境的大修士,除非是鬼修,否则来了阴气森森、煞气如潮的鬼蜮谷,已无历练的意义,甚至还会消磨道行。何况元婴修士一向不愿涉足红尘,极少离开自家的洞天福地,没得耽误光阴。如那披麻宗苏姓元婴,管着一艘跨洲渡船实在是无望破境的无奈之举,也怨不得他有些郁郁。所以元婴境和飞升境分别被笑称为千年的乌龟、万年的王八。

陈平安选择直接去往青庐镇,而且未必会走那条披麻宗辛苦开辟出来的"官道"。

那个明显是大山头子弟的少年与那鬼修和兵家散修结伴的三人队伍选择去往兰麝镇,至于之后是否涉险再走一趟青庐镇,不好猜。

让陈平安有些意外的是,那对道侣瞧着修为不高,竟然也选择走青庐镇这条险路。

他们轻声言语，携手北行，相互打气，虽然有些憧憬，可神色中带着一丝决然之色——真是把脑袋拴在裤腰带上挣钱了。

陈平安加快步伐，先行一步，与他们拉开一大段距离。自己走在前头，总好过尾随对方，免得受了对方猜忌。对方也有意无意放慢了脚步，而且经常停步，或捻泥或拔草，甚至还会掘土挖石，挑挑选选。

双方距离越来越大，那对野修道侣再一抬头，已经不见了那位年轻游侠的身影。

鬼蜮谷内天空灰暗，如那阴雨天气的光景，视线多少有些受阻。

陈平安越走越快。去往青庐镇的这条羊肠小道尽量避开了在鬼蜮谷南方藩镇割据的大小城池，可阳间活人行走于死人怨气凝结的鬼蜮谷，本就是夜幕中的萤火点点，十分惹眼，许多彻底丧失灵智的厉鬼对于阳气的嗅觉极其敏锐，一个不小心，动静稍稍大了，就会惹来一拨又一拨的厉鬼。对于坐镇一方的强大阴灵而言，这些战力不俗的厉鬼如同鸡肋，招徕麾下，既不服管束，也不听号令，说不得就要相互厮杀，自损兵力，所以任由它们游荡荒野，有时也会将它们作为练兵的演武对象。

在一群乌鸦安静栖枝的路旁密林，陈平安停步，转头望去。林深处影影绰绰，白衣晃荡，骤然出现，倏忽消逝。陈平安干脆离了小路，走向密林。乌鸦振翅而飞，枯枝震颤，如鬼魅张牙舞爪。只是当陈平安步入其中，除了一些从泥地里露出一角的腐朽铠甲、生锈兵械，并无异样。

陈平安脚尖一点，掠上一棵枯木高枝，环视一圈后，依旧没有发现古怪端倪，只是当他突然转移视线，定睛望去，终于看到一棵树后露出半张惨白脸庞，女子模样，嘴唇猩红，在这了无生气的密林当中，独独与陈平安对视，那一双眼珠子的转动十分僵硬古板，好似在打量着陈平安。

陈平安扶了扶斗笠，打算不理睬那只鬼祟阴物，正要跃下高枝，却发现脚下树枝毫无征兆地绷断。他挪开一步，低头望去，折断处缓缓渗出了鲜血，滴落在树下泥土中，然后那些深埋于土、早已锈迹斑斑的铠甲仿佛被人披挂在身，兵器也被从地底下"拔出"，最终摇摇晃晃，立起了十几尊空荡荡的"甲士"，围住了陈平安站立的这棵高大枯树。

陈平安一跃而下，刚好站在一尊甲士的肩头，不承想铠甲立即如灰烬散落于地，陈平安随手一挥袖，些许罡风拂过，所有甲士便如出一辙，纷纷化作飞灰。

陈平安转头望向身后一处，那个始终只露出半张脸庞的白衣女子躲在树后，掩嘴娇笑状，却无半点声响发出。陈平安笑问道："这附近山水，哪里有厉鬼出没？"

女子动作生硬，缓缓抬起一条胳膊，指了指自己。

陈平安笑着摇头："我是说那种一拳打不死的。"

白衣女子愣了一下，顿时脸色狰狞起来，惨白肌肤之下如有一条条蚯蚓滚走。她一手作掌刀，如切豆腐般砍断粗如水井口的大树，然后一掌重拍，向陈平安轰砸而来。

陈平安一手向前递出，罡气如墙列阵在前，断木撞击之后化作齑粉，一时间碎屑遮天蔽日。脚下凉意阵阵，陈平安低头一看，见是两只雪白袖子缠绕住双脚，然后泥地中钻出一颗女子头颅。

难怪要以半张脸面示人，原来她虽然半面惨白，可好歹还能看出容貌，剩余半张脸庞只剩薄薄一层皮肤包裹的白骨，乍一看，就像只生了半张脸的丑陋女子。

她半张容颜如可怜女子泫然欲泣，颤声道："将军恨我负心，杀我即可，莫要以刀剐脸，我吃不住疼的。"

陈平安任由她双袖缠绕束缚自己双脚："你就是附近肤腻城城主的四名心腹鬼将之一吧，为何要如此靠近道路？我有披麻宗玉牌在身，你不该来这边寻找吃食的，不怕披麻宗修士找你麻烦？"

那白衣女鬼只是不听，伸出两根手指撕裂无脸的半张面皮，里边的森森白骨上布满了利器剐痕，足可见她死前遭受了不同寻常的切肤之痛。她哭而无声，以手指着半张脸庞的裸露白骨道："将军，疼，疼。"

陈平安竟是蹲下身，双手笼袖，与她对视："行了，你那点迷心术对我无用。我听说肤腻城与披麻宗关系一直不错，但是你们有一拨死对头，为首的是一个擅长近身厮杀的地仙阴灵，麾下兵马稀少，但是经常流窜犯事，如那边关精锐斥候，来去不定。那个金丹阴灵最喜欢生食活人，尤其是练气士，落在他们手上，生不如死，如人豢养猪犬，今天割下一条腿，明天切走一块肉，不伤性命。他们倒也识趣，不敢冒犯大城鬼物，专拣软柿子拿捏，针对你们肤腻城，隔三岔五就偷偷抓走一两只女阴物，处境更是惨烈。"

白衣女鬼置若罔闻，只是喃喃道："真的疼，真的疼……我知错了，将军下刀轻些。"

此时此刻，陈平安四周已经白雾弥漫，如同被一只无形的蚕茧包裹其中。他肩头微动，罡气大震，白雾粉碎。

那女鬼心知不妙，正要钻土逃遁，被陈平安迅猛一拳砸中额头，打得一身阴气流转凝滞阻塞，然后又被陈平安伸手攥住脖颈，硬生生从泥土中拽出，一抖腕，将其重重摔在地上。白衣女鬼蜷缩起来，如一条雪白山蛇给人打烂了筋骨，瘫软在地。

陈平安叹了口气："你再这么磨蹭下去，我可就真下重手了。"

白衣女鬼咯咯而笑，飘荡起身，竟是变成了一只身高三丈的阴物，身上雪白衣裳也随之变大。

《放心集》曾有简明扼要的几句话来介绍这只肤腻城阴物。

女鬼自称半面妆，生前是一位功勋武将的侍妾，死后化作怨灵。由于拥有一件来历不明的法袍，擅长幻化美人，以雾障蒙蔽修士心窍，任其宰割，敲骨吸髓，吸食灵气如饮酒。女鬼极难斩杀，曾经被游历鬼蜮谷的地仙剑修一剑击中，依旧得以存活下来。

身材巨大的白衣女鬼半面妆衣袖飘摇,如河水浪花涟漪晃动。她伸出一只大如蒲团的手掌,在脸上往下一抹。她凝视陈平安,仅剩一只眼眸焕发出七彩琉璃色。然后刹那之间,竟凭空变出一张脸庞来。

陈平安眯起眼:"这就是你自己找死了。"

半面妆开始围绕着陈平安飘摇游荡,嘴唇未动,却有莺声燕语在陈平安四周徘徊不去,极其腻人,蛊惑人心:"你舍得杀我?你杀得了我?不如与我缠绵一番。损耗些阳气灵气而已,便能得偿所愿,我赚了,你不亏,何乐而不为?"

此前无论是游历东宝瓶洲还是桐叶洲,或是那次误入藕花福地,陈平安都会小心翼翼藏好压箱底的本事,对手有几斤几两就出多少力气和手段,可谓谨小慎微,步步为营。如果是在以往别处遇见这只白衣阴物,肯定是先以拳法较量,再来一些符箓手段,接着请出养剑葫里的飞剑十五,最后才是背后那把剑仙出鞘。但是今天这次,陈平安直接拔剑出鞘,手持剑仙,随手一剑砍掉了这阴物的头颅。尸首分离后,那颗恢复本来面目的头颅出现片刻的滞空,然后笔直坠地,骤然间从头颅半张女子面容处爆发出巨大的哀号,正要有所动作,已经给陈平安一剑钉死在原地,随手一抓,将那件雪白法袍攥在手心,变成一条丝巾大小,轻如鸿毛,灵气盎然,入手微凉却无阴煞气息,是件不错的法袍,说不定不比自己身上这件青草法袍逊色。

这只女鬼谈不上什么战力,就像陈平安所说,一拳打个半死丝毫不难,但是一来对方的真身其实不在此处,不管如何打杀,伤不到她的根本,极其难缠。再者,在这阴气浓郁之地,并无实体的女鬼说不定还可以仗着秘术在陈平安眼前死去活来个无数回,直到类似阴神远游的"皮囊"孕育阴气消耗殆尽,与真身断了牵连才会消停。

飞剑初一、十五也一样,它们暂时终究无法像那传说中陆地剑仙的本命飞剑一般可以穿透光阴流水,无视千百里山水屏障,只要循着丁点儿蛛丝马迹就可以杀敌于无形。唯独背后这把剑仙不同。莫名其妙来又莫名其妙没了的肤腻城女鬼不但这副皮囊眨眼工夫便彻底魂飞魄散,而且必然已经伤及某处的本命真身。剑仙自行掠回剑鞘,寂静无声。

陈平安刚刚将那件玲珑法袍收入袖中,就看到不远处一个佝偻老妪看似脚步缓慢,实则缩地成寸,在陈平安身前十数步外站定。

老妪脸色阴沉:"不过是些不痛不痒的试探,你何必如此痛下杀手,真当我肤腻城是软柿子了?城主已经赶来,你就等着受死吧。"

陈平安抬头望去,空中有一架巨大辇车御风而游,四周仪仗浩大,女官如云,有人撑宝盖遮阳,有人捧玉笏开道,还有障风尘的巨大羽扇,众星拱月,使得这架辇车如同帝王巡游。

看来是肤腻城的城主亲临了。在鬼蜮谷,割地为王的英灵也好,占据一方山水的强势阴灵也罢,都要比书简湖大大小小的岛主还要无法无天。这伙肤腻城女鬼不过是势力不够,能够做的坏事也就大不到哪里去,与其他城池对比之下,口碑才显得稍微好些。

陈平安扶了扶斗笠,收回视线,望向那个神色阴晴不定的老妪,道:"我又不是吓大的。"

第二章
西山老狐乱嫁女

老妪冷笑道:"你伤了我家姐妹的修行根本,这笔账,有的算。便是手持神兵利器的地仙剑修又如何,还不是在劫难逃!"

陈平安默不作声。

老妪眼见着城主辇车即将驾临,便念念有词,施展术法。那些枯树如人生脚,开始挪动,犁开泥土,很快就腾出一大片空地来。在辇车缓缓下降之际,有两只手捧象牙玉笏负责开道的绿衣女鬼率先落地,丢出手中玉笏,一阵白光如泉水流泻大地,密林泥地变成了一座白玉广场,平整异常,纤尘不染。陈平安在"水流"经过脚边的时候轻轻跃起,挥手驭来附近一截半人高的枯枝,手腕一抖,钉入地面,而后站在枯枝之上。当年跟随茅小冬在大隋京城一起对敌,茅小冬事后专门解释过阵师的厉害之处。

两只宫女模样的鬼物相视一笑:教白娘娘吃了那么大苦头的外乡高人,不承想竟是个胆小如鼠的。

老妪嗤笑道:"这位公子真是好胆识。"

陈平安回了一句:"老嬷嬷好眼力。"

两只容貌俏丽的绿衣女鬼觉得有趣,掩嘴而笑。在魑魅魍魉遍地走的鬼蜮谷本就活人难见,有意思的阳间男子就更是稀罕物了。

恍如一座女子闺阁小楼的巨大辇车缓缓落地,立即有身穿诰命华美服饰的两只女鬼动作轻柔地同时拉开帷幕,其中一只躬身柔声道:"城主,到了。"

陈平安抬头望去,辇车当中坐着一个凤冠霞帔的女童,胭脂涂抹得有些过分浓重了,眼神呆呆的,如同一具没有魂魄的傀儡,裙摆蔓延如一片奇大莲叶,占了辇车绝大部分,衬托得小女孩如那小荷才露尖尖角,十分滑稽。

肤腻城城主名为范云萝,死后占据一城,专门笼络女鬼在肤腻城各司其职,厌恶男子。她自封"脂粉侯",因为天生就如此体态玲珑,虽然身材极其矮小,但是据说骨肉匀称,并且擅长诗词歌赋,也有无数男子拜服在她的石榴裙下。她生前是一位皇帝宠溺非凡的公主,身轻如燕,历史上曾经有掌上舞的典故传世。

另外一只宫装女鬼有些无奈,不得不再次出声提醒道:"城主,醒醒,咱们到啦。"

范云萝打了个激灵,晃了晃脑子,眼神渐渐恢复清明,打了个哈欠,伸手遮掩。她的手掌戴有丝套,宝光流转,露出一截羊脂美玉似的手腕。她俯瞰那个站在枯枝上的斗笠男子:"就是你这不解风情的家伙害得我家白爱卿重伤,不得不在洗魂池内沉睡?你知不知道,她是得了我的旨意,来此与你商量一桩日进斗金的买卖的?好心当成驴肝肺,是要遭报应的。"

范云萝见那年轻人没有说话的迹象,也不恼火,继续道:"对了,那件雪花法袍呢,被你藏在哪里了?又不是白爱卿赠予你的定情信物,藏藏掖掖作甚?拿出来吧,这是她的心爱之物,珍若性命,要是没了,她会伤心死的。我们肤腻城好心寻你合作,你这厮歹意相报,这笔账先不提,鬼蜮谷内还是要靠拳头说话的,你得了那件雪花法袍,算你本事,你现在开个价,我将其买回便是。"

陈平安笑问道:"在范城主眼中,这件法袍价值几许?"

范云萝一本正经道:"怎么也该值个三五枚谷雨钱,又是白爱卿的心头好,我代替她赎回,金口一开,怎么都该翻一番,再折中,就当是八枚谷雨钱。"

陈平安问道:"接下来范城主是不是就要问我,自己这条小命值多少钱,然后扣去八枚谷雨钱折算,还给肤腻城法袍后,再双手递上一大笔赔罪的神仙钱?"

范云萝眼睛一亮,身体前倾,那张稚嫩脸庞上充满了好奇神色:"你这厮怎的如此伶俐,该不会是我肚里的蛔虫吧,为何我怎么想的,你都晓得了?"她抖了抖大袖子,"很好,赔钱道歉之后,我自会送你一桩泼天富贵,保管让你赚个盆满钵盈,放心便是。"

陈平安问道:"什么买卖?"

范云萝向前伸出两只手,微笑道:"交了雪花法袍、谷雨钱,我们再来谈这桩能够让你子子孙孙都坐享富贵的买卖。"

陈平安问道:"为何范城主不去找披麻宗修士或是别的游历高人做这买卖。"

范云萝眯起眼:"那帮一心斩妖除魔的老古板从来不贪钱财,可瞧不起这份买卖。一般的练气士,境界低了撑不起来,浪费我肤腻城的精力;境界太高,双方分账一事就不好谈了,指不定还要黑吃黑,都是些扰我清梦的麻烦事。所以白爱卿她们辛苦找了百余年,还是你瞧着最合适。"说完这些话,范云萝依旧伸着双手,没有缩回去,脸上有了几分煞气,"你就这么让我僵着动作?很累人的,知不知道?"

陈平安陷入沉思。包括肤腻城在内的鬼蜮谷南方诸多大小城池,虽然与披麻宗修士大致保持一个相安无事的微妙态势,可要想与骸骨滩修士交流,难如登天,所以许多城主都会各凭底蕴和眼光,寻找一位或是几位修士帮着牵线搭桥,以便与外界进行生意往来,各取所需,不然鬼蜮谷阴物难逃一个坐吃山空、立地吃陷的尴尬处境。

若说鬼蜮谷的阴气,不论再多,依旧是一个定量的"一",只要鬼蜮谷的阴物境界够高、眼界够广,登高望远,俯瞰整片鬼蜮谷,多少看得到一些气运流转的痕迹,故而每一只强势英灵的成长,都意味着其余阴灵鬼物的损耗。这就是一局棋,地盘争抢,从来是你多我少,绝无双方和气生财的可能。

鬼蜮谷北方疆土被白骨京观城囊括大半,还经常举兵往南侵袭,次次大掠而返,那么"开源"一事,就成了南方城主们的当务之急。披麻宗守住明面上的出口牌坊楼,看似围城,实则不禁南方城主培植傀儡与外界交易,未尝没有自己的谋划:不愿南方势力太过孱弱,以免应了强者强运的那句老话,使得京观城成功一统鬼蜮谷。

那老妪厉色道:"大胆,城主问你话,还敢发呆?"

她与以半面妆示人的白娘娘一般无二,也是肤腻城范云萝的四名心腹鬼将之一,生前是皇宫大内的教习嬷嬷,同时也是皇室供奉,虽是练气士,却也擅长近身厮杀,所以先前白娘娘受了重创,肤腻城依旧敢让她来与陈平安打招呼,不然一下子折损两名鬼将,家业不大的肤腻城岌岌可危,周边几座城池可都不是善茬。

范云萝突然抬起一只手,示意老妪不要催促,面上流露出一丝戒备神色。只见那年轻游侠缓缓抬起头,摘了斗笠。

斗笠凭空消失,让老妪和辇车上两只宫装妙龄女鬼心中都微微一紧:果然是个身揣方寸物、小武库之流仙家至宝的家伙。

陈平安将斗笠随手收入咫尺物当中。斗笠只是寻常物,是魏檗和朱敛提醒他平日行走江湖,戴着斗笠的时候就该多注意一身气息不要流泻太多,免得太过扎眼,打草惊蛇。尤其是在大泽深山、鬼物横行之地,需要更加留心,不然就像在荒郊野岭的坟冢之间提灯夜游不说,还要敲锣打鼓,学那裴钱在额头上张贴符箓,怨不得小鬼被震慑畏缩、大鬼却要怒气冲冲找上门来。

陈平安在书简湖南方的群山之中其实就已经发现了这一点,当时百思不得其解。金色文胆已碎,照理来说,那份"道德在身,万邪辟易"的浩然气象就该随之崩散消逝才对。曾掖、马笃宜还有当时的顾璨更是一头雾水,不知其中缘由。

重返家乡,到了落魄山竹楼,随着陈平安的境界攀升,跻身六境武夫,其实已经可以熟稔收敛那份气机。但是小心起见,陈平安随后游历东宝瓶洲中部,依旧还是戴了这顶斗笠,作为自省。

没了斗笠之后，陈平安依旧有意压制气势，笑了笑，道："以前形势所迫，也曾不得不与明明结了死仇的人做买卖。可如今我跟你们肤腻城都谈不上有什么太大的仇怨，怎么看都该好好商量，最不济也可以试试看，能否买卖不成仁义在。不过我刚才想明白了，咱们生意当然可以做，我如今算是半个包袱斋，确实是想着挣钱的，但是，不能耽误了我的正事。"他重新取出那条雪白丝巾模样的雪花袍子，"法袍可以还给肤腻城，作为交换，你们告诉我那只地仙鬼物的踪迹。这笔买卖，我做了，其他的，免了。"

范云萝缓缓起身。即便是站在辇车中，她也不过与辇车外台阶下的两只宫装妙龄女鬼等高。她板着脸问道："絮叨了这么多，一看就不像个有胆子玉石俱焚的。我这辈子最厌烦别人讨价还价，既然你不领情，那就剥了你一魂一魄留在肤腻城点灯，咱们再来做买卖。这是你自找的苦头，放着大把神仙钱不赚，只能挣点蝇头小利吊命了。"

陈平安笑道："受教了。"

所以要入乡随俗，在这北俱芦洲，磨嘴皮瞎扯道理是最下乘的路数。想那位书院圣人，不也是亲自出马，打得三位大修士认错？

陈平安瞥了眼天幕。本想着循序渐进，从势力相对单薄的那只金丹鬼物开始练手，现在看来需要改变一下策略了。

单枪匹马，一人游斗整座肤腻城，也是机会难得的历练。而且由于肤腻城位于鬼蜮谷最南方，离兰麝镇不远，陈平安可战可退。

不过陈平安已经打定主意，既然开打，就别留后患了，即便每次撤退，都是为了与肤腻城鬼物的下一场厮杀。不然孤身往北，却要时时刻刻担心背后偷袭，那才是真正的拖泥带水。而且如此一来，说不定还可以省去一张金色材质的缩地符。

陈平安先前一路北行，仔细掂量了一下这鬼蜮谷的阴阳屏障，觉得自己若是手持剑仙倾力一击，说不定真可以短暂劈开一条缝隙。只不过劈出了道路，自己力竭，一旦距离那扇小门太远，依旧很难离去，所以陈平安打算再写一张金色材质的缩地符，两张在手，便是离着天地屏障远了，又有强敌环伺，半路阻截，依旧有机会逃离鬼蜮谷，到达骸骨滩。只是此事急不得，必须在一处僻静处画符，否则一旦泄露了底细，别说两张金色材质的缩地符，二十张都毫无神益。

鬼蜮谷内地仙强者众多，更别提那位玉璞境修为的京观城城主，他想要离开鬼蜮谷应该不难，只不过怕就怕披麻宗修士在骸骨滩占据地利，守株待兔。不过说不定披麻宗反而希望这位玉璞境鬼物能够离开鬼蜮谷，毕竟鬼蜮谷从来钩心斗角，千年以来厮杀惨烈，相互之间怨恨深结，一旦没了主心骨，就会是一盘散沙。

范云萝以心声告之麾下众鬼："小心此人身后背着的那把剑，极有可能是一件地仙剑修才能拥有的法宝。"她眼神灼热，双掌摩挲，两只手套光华暴涨，这是她这位"胭脂侯"能够在鬼蜮谷南方自创城池并且屹立不倒的凭仗之一。

范云萝扯了扯嘴角。只要将那个年轻人擒拿，就必然是一笔极其可观的意外横财！他身上那件青衫法袍已经不算差了，还有腰间那只酒壶，说不定是高人施展了障眼法，实际品秩更高。加上那把剑，今年交给白笼城的纳贡之物不但有了着落，肤腻城还能有大大的盈余，只要再扩充千余兵马，到时候说不定就可以不用如此仰人鼻息，苟延残喘。说到底，当时派遣战力不高但是擅长迷幻术的白娘娘来此试探，本就是两手准备。硬骨头不好嚼烂，那就退一步，做细水长流的生意。可如果此人身怀重宝而本事不济，那就怪不得肤腻城近水楼台先得月，独占一个天大便宜了。

在鬼蜮谷，莫说是吃人，连鬼都吃！

陈平安伸手绕过肩头："自己要去，记得务求一击毙命，并且别伤了对方的骨架，这些女鬼的一具具白骨我都要收下来当本钱的，稀碎了，卖不出好价钱。"然后他又一拍养剑葫，"同理。"

一条金色长线从陈平安背后掠出，腰间那只养剑葫亦是掠出雪白、幽绿两道流萤。

这座白玉广场上，数十只已经形成包围之势的肤腻城女鬼只觉得一道金光掠过，眼眸灼热难耐，如见烈日，下一刻便香消玉殒，更有一点光芒从她们眉心处一穿而过。

陈平安不急不缓，卷起了青衫袖管，从脚下那截枯木上轻轻跃下，笔直往那架辇车行去。

怜香惜玉？梳水国破败古寺内，草鞋少年曾经一拳拳如雨般落在一只女鬼头颅之上，将那卖弄风骚的丰腴艳鬼直接打了个粉碎。在彩衣国城隍阁曾经与当时还是枯骨艳鬼的石柔一战，更是干脆利落。最早的时候，云霞山蔡金简在陋巷中，脖颈处也吃了一记突如其来的瓷片。

那老妪战战兢兢，似乎在犹豫要不要为城主护驾，誓死拦阻此人去路。

范云萝面色冷若冰霜，只是下一刻又蓦然如春花绽放，笑容迷人，道："这位剑仙，不然咱们坐下来好好聊聊？价钱好商量，反正都是剑仙大人说了算。"

陈平安脚下骤然发力，裂出一张蛛网，整个白玉广场顿时如瓷器摔碎一般，碎片溅射四方。

陈平安笔直一线向辇车直冲而去，两只女鬼试图拦阻，直接被陈平安两侧磅礴拳罡弹飞出去。

范云萝脸色微变，双袖挥舞，大如荷叶占据辇车绝大地盘的裙摆荡漾起来，咯咯而笑，只是眼中怨毒之意清晰可见，嘴上娇滴滴说着腻人言语："怕了你啦，回见回见，有本事就来肤腻城与我卿卿我我。"

辇车一个晃荡，将两名心腹直接从辇车上抖搂在地。

陈平安高高跃起，伸手一探，心有灵犀的剑仙一掠而至，被陈平安握在手中，一剑劈下。巨大辇车一个灵巧翻滚，堪堪躲过那一剑，然后瞬间没入密林地底，传来一阵沉闷声响,遁地而逃。

陈平安脚尖一点,踩在赶来的飞剑初一之上,身形拔高十数丈,循着地下的声响最终凝神望向一处,手中剑仙脱手掠出,如一根床子弩箭矢激射而去。那架辇车匆忙改变轨迹,躲过剑仙一刺。

这一稍稍阻滞,范云萝的逃窜速度便难免慢了几分。陈平安脚踩初一、十五,一次次蜻蜓点水,高高举起手臂,一拳砸在地面。

大地之下轰隆隆作响,如幽冥之地春雷生发。地底一阵阵宝光摇晃,还有范云萝气急败坏的一连串诅咒言语,最终嗓音越来越小,似乎是辇车一鼓作气往深处遁去了。

陈平安心知这是辇车遁地秘法,想必亦有约束,越是地表"浮游",辇车速度越快,越往深处钻土游走,在这鬼蜮谷水土奇怪的地底下受阻越多。起先那范云萝心存侥幸,现在吃了大亏,就只好两害相权取其轻,宁可慢些返回肤腻城,也要躲避自己的拳罡震土与剑仙的刺杀。

剑仙与陈平安心意相通,由着他踩在脚下,并不升空太高,尽可能紧贴着地面,去往肤腻城。至于飞剑初一和十五,则入地追随那架辇车。

不管如何,总不能让范云萝太过轻松就躲入肤腻城,而且陈平安还要试一试肤腻城的护城大阵挡不挡得住自己的倾力一剑。

在一处小山头,陈平安悬停剑仙。

那边站着一只身穿儒衫却无半点血肉的白骨鬼物,腰间仗剑。他微笑道:"兔子急了还要咬人,你何必对那范云萝赶尽杀绝。她素来欺软怕硬,最会审时度势,你不用担心她对你纠缠不休。她这么多年,聪明反被聪明误不止一两次了,哑巴吃黄连,早已习惯,既然吓破了胆,只会向你低头赔罪。何况你真要杀了范云萝,就是坏了竺泉与京观城城主订立的某个规矩,被一众城主群起而杀,蚂蚁啃象,你就只能退出鬼蜮谷。好心提醒一句,你再往北去,即便贴地御剑,也会被临近城主发现踪迹。"

陈平安问道:"你是?"

一袭儒衫的骷髅剑客微笑道:"范云萝凑巧帮忙挡了灾的那只金丹鬼物在我城中挂名,只不过也仅是如此了。我劝你赶紧返回乌鸦岭,不然你多半会白忙活一场,给那只金丹鬼物掳走所有战利品。事先说好,鬼蜮谷的君臣、主仆之分就是个笑话,谁都不当真的,利字当头,天王老子也不认。信与不信,是你的事情。"

陈平安笑道:"原来是白笼城城主。"

那具披着儒衫、悬佩长剑的白骨骷髅架子明明看似可笑,但是不给人半点荒诞之感。他点头笑道:"幸会。"

陈平安思量一番,而后笑着一拍养剑葫,飞剑初一和十五纷纷掠回壶中。

陈平安双手笼袖,其中左手拈住一张金色材质的缩地符,右手攥住那核桃手串:

"城主还有什么建议吗？"

白笼城城主摇摇头："没了。"

陈平安驾驭剑仙，画弧远去。白笼城城主轻轻跺脚："出来吧。"

一架辇车从山坡脚翻滚而出。这件肤腻城重宝损坏严重，足可见先前那一剑一拳的威势。范云萝坐在辇车中，双手掩面，哭哭啼啼，这会儿倒真像是个天真无邪的女童了。

白笼城城主笑道："你啊你，什么时候可以做一桩不赔本的买卖？你也不好好想一想，一个年轻人，处处小心谨慎，却胆敢直接去往青庐镇，会是来送死的吗？"

范云萝梨花带雨，趴在辇车中，哀怨不已，号啕大哭。

回到乌鸦岭，陈平安松了口气。除了那老妪已经不见，其余毙命女鬼阴物的白骨犹在。

方才御剑而返，比起先前追杀范云萝，陈平安故意升高几分，在白笼城挂名的那只金丹鬼物果然很快就带头远去。

陈平安不是不想付出些代价，争取将其一锅端了，至少也该游斗厮杀一番，原本这趟去往青庐镇，这拨在鬼蜮谷南方流窜的阴物正是他的首选。可是那位白笼城城主蒲禳的横空出世，让陈平安改变了主意。《放心集》上记载这尊英灵的文字近乎烦琐，一桩桩一件件，丝毫不吝笔墨，陈平安初看这本书的时候，差点都要以为撰写《放心集》的披麻宗主笔修士是这位蒲禳的仰慕者了。

书上那些字里行间仿佛犹有血腥气的溢美之词都不影响陈平安的决定，真正让陈平安肯息事宁人的，就只有四个字——元婴巅峰。既然对方最终亲自露了面，却没有选择出手，陈平安就愿意跟着退让一步。

陈平安看着地上不下二十具晶莹如玉的白骨。被剑仙和初一、十五击杀，这些肤腻城女鬼的魂魄早已消散，沦为这方小天地的阴气本元。

陈平安正要将这些白骨收拢入咫尺物，突然眉头紧皱，驾驭剑仙就要离开此处，但是略作思量，仍是停歇片刻，将绝大部分白骨都收起，只剩下五具莹莹生辉的白骨在林中，这才御剑火速离开乌鸦岭。

遥遥看到了羊肠小道上的那两个身影，陈平安这才松了口气，仍是不太放心，收剑入鞘，戴好斗笠，在僻静处飘落在地，走到路上，站在原地，安静等待那对道侣走近。他们也看到了陈平安，便像先前那般，打算绕出小路，装作寻觅一些可以换钱的药草石土，但是他们发现那位年轻游侠只是摘了斗笠，没有挪步，夫妇二人对视一眼，有些无奈，只得硬着头皮走回道路，男子在前，女子在后，一起走向陈平安。是福不是祸，是祸躲不过，他们在心中默默祈求三清老爷庇护。

在那对道侣走近后，陈平安一手持斗笠，一手指了指身后的密林，说道："方才在那乌鸦岭，我与一拨厉鬼恶斗了一场，虽然险胜，可是逃逸的鬼物极多，与他们算是结了死仇，随后难免还有厮杀，你们若是不怕被我牵连，想要继续北行，一定要多加小心。"

那对道侣面面相觑，神色惨然。

在牌坊楼出的过路费，一人五枚雪花钱还好说，可像他们夫妇二人这种无根浮萍的五境野修，又不是那精于鬼道术法的练气士，进了鬼蜮谷，无时无刻不在消耗灵气，身心难熬不说，为此还专程买了一瓶价格不菲的丹药，就是为了能够尽量在鬼蜮谷走远些，在一些个人迹罕至的地方靠着意外收获找补回来，不然如果只是为了安稳，就该选择那条给前人走烂了的兰麝镇道路。只要能够成为修士，涉足长生路，有几个会是蠢人？尤其是野修，为了挣钱，那更是用殚精竭虑、机关算尽来形容都不为过。

夫妇二人脸色惨白，年轻女子扯了扯男子的袖子："算了吧，命该如此，修行慢些，总好过送死。"

男子摇摇头，反手握住女子的手，轻声道："你不能再等了，水满溢，月满亏，再拖下去只会害了你，好事就成了祸事。"

男子松开她的手，面朝陈平安，眼神坚毅，抱拳感谢道："修行路上多有不测风云，既然我们夫妇二人境界低微，唯有听天由命而已，实在怨不得公子。我与拙荆还是要谢过公子的好心提醒。"

陈平安问道："这位夫人可是即将跻身洞府境，却碍于根基不稳，需要靠神仙钱和法器增加破境的可能性？"

女子轻轻叹息，男子点头道："公子慧眼，确实如此。"

陈平安问道："冒昧问一句，缺口多大？"

男子无奈道："对我们夫妇而言，数目极大，不然也不至于走这趟鬼蜮谷，真是硬着头皮闯鬼门关了。"

陈平安试探性问道："差了多少神仙钱？"

男子犹豫了一下，满脸苦涩道："实不相瞒，我们夫妇二人前些年辗转十数国，千挑万选，才在骸骨滩西边一间神仙铺子相中了一件最适宜拙荆炼化的本命器物，已经算是最公道的价格了，仍需要八百枚雪花钱，这还是那铺子掌柜菩萨心肠，愿意留下那件完全不愁销路的灵器，只需要我们夫妇二人在五年之内凑足费用就可以随时买走。我们都是下五境散修，这些年游历各国市井，什么钱都愿意挣，无奈本事不济，仍是缺了五百枚雪花钱。"

女子心中悲苦。其实自己夫君还有些话没讲，委实是难以启齿。这次为了进入鬼蜮谷挣足五百枚雪花钱，那瓶用来补气的丹药又花费了一百多枚雪花钱。方才他们夫妇一路行来，所得连一枚雪花钱都不到。鬼蜮谷的钱财，哪里是那么容易挣到手的。

他们见那背剑的年轻游侠伸手按住腰间那只朱红色酒壶,似乎在犹豫什么,便不再念叨,免得有诉苦嫌疑。修行路上,野修遇上境界更高的神仙,双方能够相安无事就已经是天大的幸事,不敢奢望更多。多年闯荡山下江湖,这对道侣见惯了野修横死的场景,连兔死狐悲的伤感都没了。

当那个年轻游侠抬起头,夫妇二人都心中一紧。

陈平安问道:"我此次进入鬼蜮谷是为了历练,起先并无求财的念头,所以就没有携带可以装东西的物件。不承想先前在乌鸦岭,莫名其妙就遭了厉鬼凶魅的围攻,虽说后患无穷,可也算小有收获。你看这样行不行,你们夫妇二人刚好带着大箱,就算是帮我带走那几具白骨,我估摸着怎么都能卖几枚小暑钱。你们可以先在奈何关集市卖了白骨,然后等我一个月,若是等着了我,就可以分走两成利润,若是我没有出现,那你们就更不用等我了,不管卖了多少神仙钱,都是你们夫妇二人的私产。"

女子愕然,正要说话,男子一把握住她的手,死死攥紧,截过话头:"公子可曾想过,如果我们卖了白骨,得了小暑钱,一走了之,公子难道就不担心?"

陈平安笑道:"我既然敢这么做买卖,还怕事后找不到你们两个野修?"

男子又问:"公子为何不干脆与我们一起离开鬼蜮谷?我们夫妇便是给公子当一回脚夫,挣些辛苦钱,不亏就行,公子还可以自己卖出白骨。"

陈平安皱眉道:"我说过,鬼蜮谷之行,是为砥砺修为,不为求财。要是你们担心有陷阱,就此作罢。"

男子瞥了眼远处密林,朗声笑道:"那我就随公子走一趟乌鸦岭。天降横财,这等美事,错过了,岂不是要遭天谴。公子只管放一百个心,我们夫妇二人肯定在奈何关集市等足一个月!"

男子不容妻子拒绝,让她摘下大箱子,一手拎一只,跟随陈平安去往乌鸦岭。当他见到了那五具品秩极好的白骨,瞠目结舌,小心翼翼地将它们装入木箱当中。而那个头戴斗笠的年轻人,蹲在不远处翻看一些生锈的铠甲兵器。最后,那对道侣各自背着沉甸甸的箱子走在归途小路上时,都觉得恍若隔世,不敢置信。

男子沉默许久,咧嘴笑道:"做梦一般。"

女子轻声道:"天底下真有这般好事?"

男子回首望去,早已没有了那人的身影,转头后,安慰道:"高人行事,出人意料,就当是我们遇上了剑仙。"

他逐渐回过味来,低声说道:"你想啊,有几个山泽野修敢说'怎么都能卖个几枚小暑钱'?这等口气,我们说得出口吗?便是硬着头皮装蒜,能像那位年轻公子说得如此自然而然吗?我猜那位肯定是那些'宗'字头仙府的嫡传弟子,决然不是我们一开始猜测的野修,出手才可以如此阔绰,行事风格如此豪气。还有那句威胁咱们的话,听听,保管是一位家世惊人的谱牒仙师。"

女子想了想，柔柔一笑："我怎么觉得那位公子的某些话是故意说给我们听的。"

男子龇牙咧嘴："哪有这么费劲当好人的修行之人，奇了怪哉，难道是我们先前在摇曳河祠庙虔诚烧香，显灵了？"

女子笑道："谁说不是呢。"

陈平安站在一处高枝上，眺望着那夫妇二人的身影远去。他眼神温暖，许久没有收回视线，斜靠着树干，摘下养剑葫喝了口酒，笑道："蒲城主这么有闲情逸致？除了坐拥白笼城，还要接受南方肤腻城在内八座城池的纳贡孝敬，如果《放心集》没有写错，今年刚好是甲子一次的收钱日子，应该很忙才对。"

蒲襄站在不远处一棵树上，微笑道："菩萨心肠，在鬼蜮谷可活不长久。"

陈平安道："我明白了，是好奇为何我分明不是剑修，却能够娴熟驾驭背后这把剑，想要看看我到底损耗了本命窍穴的几成灵气，蒲城主好决定是不是出手？"

蒲襄点头道："有些失望，灵气竟然损耗不多，看来是一件认主的半仙兵无疑了。"

陈平安疑惑道："我这点境界，却拥有这么一把好剑，蒲城主真就不动心？"

因为这位白笼城城主，好像没有半点杀气和杀意。

杀气易藏，杀心难掩。

蒲襄是当初那场荡气回肠的诸国混战当中少数从旁观修士投身战场的练气士，最终丧命于一群各国地仙供奉的围杀当中。他不是没有机会逃离，只是不知为何，力竭不退。《放心集》上关于此事也无答案，写书人还假公济私，特意写了几句题外话："吾曾托付竺宗主在拜访白笼城之际开口询问蒲襄，一位大道有望的元婴野修当初为何在山下沙场求死。蒲襄却未理会，千年悬案，实为憾事。"

这些自然是好话，可书上关于蒲襄的坏话一样不少。例如蒲襄行事跋扈，不可理喻，来鬼蜮谷历练的剑修死在他手上的几乎占了半数，其中不少出身头等仙家府邸的年轻骄子那可是北俱芦洲南方一等一的剑仙坯子。为此，一座有剑仙坐镇的"宗"字头势力还亲自出马，南下骸骨滩，仗剑拜访白笼城，最后两败俱伤，玉璞境剑仙差点直接跌境，在以飞剑破开天幕屏障之际更是被京观城城主阴险偷袭，差点当场毙命，身上那件祖师堂代代相传的防身至宝就此毁弃，雪上加霜，损失惨重至极。这还是蒲襄没有趁机痛打落水狗，不然鬼蜮谷说不定就要多出一位史无前例的上五境剑仙阴灵了。不但如此，蒲襄还数次主动与披麻宗两任宗主捉对厮杀，竺泉的境界受损，迟迟无法跻身上五境，蒲襄是头号"功臣"。当然，蒲襄经过那几场死战，自己也因此而彻底断绝了跻身玉璞境的机会，损失更大。

这会儿蒲襄瞥了眼陈平安背后的长剑："剑客？"

陈平安点点头。

蒲禳问道:"那为何有此问?难道天底下剑客只许活人做得,死人便没了机会?"

陈平安先是茫然,随即释然,抱拳行礼。

蒲禳扯了扯嘴角白骨,算是一笑置之,然后身影消逝不见。

陈平安离开乌鸦岭后,沿着那条鬼蜮谷"官路"继续北游,不过只要道路旁边有岔开的小路,就一定要走上一走,直到道路断头为止,可能是一处隐匿于崇山峻岭间的深涧,也可能是悬崖峭壁。不愧是鬼蜮谷,处处藏有玄机。

陈平安当时在山涧之畔就察觉到了有水族伏在涧底,潜灵养性,只是陈平安蹲在河边掬了一捧水洗脸,隐匿水底的妖物仍是耐得住性子,没有选择出水偷袭。既然对方谨慎,陈平安也就不主动出手。至于那双山对峙的悬崖一侧悬挂有一条铁索桥,木板早已腐朽殆尽,只剩下铁链在风中微微摇晃。对于练气士和纯粹武夫而言,行走不难,但是陈平安却看得到,在铁索桥中央地带,不但缠绕了一条廊柱圆木粗细的漆黑大蟒,轻轻吐着芯子,不远处还有一张极宽蛛网,专门捕杀山间飞鸟,那蜘蛛精魅的头颅仅仅拳头大小,已经成功幻化成女子面容。

若是道士僧人游历至此,瞧见了这一幕,说不定就要出手斩妖除魔,积攒阴德。可在陈平安看来,此处妖魔,就算想要吃个人、造个孽,那也得有人给他们撞见才行。

陈平安这次又沿着岔路步入深山老林,竟然在一座高山的山脚遇见了一座行亭小庙模样的破败建筑,书上倒是不曾记载。陈平安打算栖息片刻再去登山,小庙无名,这座山却是名气不小,《放心集》上说此山名为宝镜山,山腰有一处溪涧,传说远古有仙人云游四海,遇上雷公电母一干神灵行云布雨,仙人不小心遗落了一件仙家重宝光明镜,山涧便是那面镜子坠地所化而成。披麻宗修士在书上猜测这面上古宝镜极有可能是一件品秩为法宝,却暗藏惊人福缘的奇珍异宝,陈平安就想要去瞅瞅,反正在鬼蜮谷游历,谈不上绕不绕路。陈平安以往对于机缘一事十分认命,笃定了不会好事临头,如今改变了许多,只是壁画城神女天官图这种机缘依旧不能沾碰,至于其余的,秘境仙府的无主之物、应运而生的天材地宝,陈平安都想要碰碰运气。

陈平安在破庙内点燃一堆篝火,火光泛着淡淡的幽绿,如同坟茔间的鬼火。他正吃着干粮,发现外边小路上走来一位手持木杖的矮小老人,杖挂葫芦。

老人站在小庙门口,笑问道:"公子可是打算去往宝镜山的那处深涧?"

陈平安点头道:"正是。"

老人感慨道:"公子,非是老朽故作惊人言语,那处地方实在是惊险万分,虽名为涧,实则深陡宽阔,大如湖泊,水光澄澈见底。约莫是真应了那句'水至清则无鱼',涧内绝无一条游鱼,鸦雀飞禽之属、蛇蟒狐犬走兽更是不敢来此饮水,经常会有飞鸟投涧而亡,久而久之,便有了拘魂涧的说法。湖底白骨累累,除了飞禽走兽,还有许多修行之人不信邪,同样观湖而亡,一身道行白白沦为山涧水运。"

陈平安笑问道:"那敢问老先生,到底是希望我去观湖呢,还是就此转头返回?"

"公子此话怎讲?"老人疑惑道,"老朽自然是希望公子莫要涉险赏景。公子既然是修道之人,天上地下,什么样的壮丽风光没瞧过,何必为了一处山涧担风险。千年以来,不单是披麻宗修士查不出谜底,多少进入此山的陆地神仙都不曾取走机缘。公子一看就是出身豪门,千金之子坐不垂堂,老朽言尽于此,不然还要被公子误会。"

陈平安瞥了眼老人手中那根长有几粒绿芽的木杖,问道:"老先生难道是此地的土地爷?"

老人一手持杖,一手抚须微笑道:"鬼蜮谷群山之中,无土地公之名,倒也真有土地爷之实,老朽算是踩了狗屎,得以位列其中。我这小小宝镜山半吊子土地,米粒之光,而那些占据高城巨镇吃香火、食气数的英灵老爷,可谓日月之辉。"

陈平安问道:"敢问老先生的真身是?"

老人吹胡子瞪眼睛,恼火道:"你这年轻娃儿忒不知礼数,市井王朝尚且僧不言名道不言寿,你作为修行之人,山水遇神,哪有问前世的!我看你定然不是个谱牒仙师,怎的,小小野修,在外边混不下去了,才要来鬼蜮谷,来我这座宝镜山用命换福缘,死了拉倒,不死就发财?"老人摇摇头,转身离去,"看来山涧水底又要多出一具尸骨喽。"

老人杖头所系的葫芦如同刚刚从藤蔓上摘下,青翠欲滴。陈平安伸手烤火,笑了笑。自称宝镜山土地爷的老翁那点糊弄人的伎俩和障眼法真是好似八面漏风,不值一提。难为他找来那根如同枯木逢春犹发绿芽的木杖和那只散发山野清香的翠绿葫芦。但是老翁一身的狐狸味道仍是遮掩得不太好,而在浩然天下,世间狐精不可成为山神是铁律。

陈平安猜测这老狐的真实身份应该是那条山涧的河伯神祇,既希望自己不小心投湖而死,又害怕自己万一取走那份宝镜机缘,害他失去了大道根本,所以才要来此亲眼确定一番。当然,老狐也可能是宝镜山某位山水神祇的狗腿帮闲。不过关于鬼蜮谷的神祇,《放心集》上记载不多,只说数量稀少,一般只有城主英灵才算半个,其余高山大河之地自行"封正"的阴物,太过名不正言不顺。

陈平安正喝着酒,只见那老狐又来到破庙外,一脸难为情道:"想必公子已经看穿老朽身份,这点雕虫小技,贻笑大方了。确实,老朽乃西山老狐也,而这宝镜山其实也从无土地、河伯之流的山水神祇。老朽自幼在宝镜山一带生长、修行,确实倚仗那山涧的灵气,但是老朽膝下有一女,她在幻化人形的得道之日曾立下誓言,无论是修行之人还是精怪鬼物,只要谁能够在山涧凫水,取出她年幼时不小心遗落水中的那支金钗,她就愿意嫁给他。老朽这一等就等了好几百年,可怜我那女儿生得国色天香,不知多少附近鬼将与我提亲,我都给推了,已经惹下好些不快。再这样下去,老朽便是在宝镜山一带都要厮混不下去,所以今儿见着了相貌堂堂的公子,便想着公子若是能够取出金钗,也好治了老朽这桩天大的心病。至于取出金钗之后,公子离开鬼蜮谷的时候要不要将我那小女带在身边,老朽是管不着了,便是愿意与她同宿同飞,至于当她是妾室还是丫鬟,老朽更不在意,我们西山狐族,从来不计较这些人间礼节。"

陈平安摆摆手道:"我不管你有什么算计,别再凑上来了,你都多少次画蛇添足了,要不然我帮你数一数?"

老狐试探性问道:"金钗一事,老朽又说得过火了?"

陈平安点头道:"你说呢?"

老狐捶胸顿足,气呼呼转身离去,突然停步转头,恨恨道:"你们这些外边的人怎的如此奸诈难骗,难不成鬼蜮谷以外是骗子窝不成?"

陈平安哑然失笑。

老狐瞥了眼陈平安手中干粮,骂骂咧咧:"也是个穷鬼!要钱没钱,要相貌没相貌,我那女儿哪里瞧得上你,赶紧滚蛋吧,臭不要脸的玩意儿,还敢来宝镜山寻宝……"

陈平安扬起手中所剩不多的干粮,微笑道:"等我吃完,再跟你算账。"

那只西山老狐赶紧远遁。

陈平安吃过干粮,休憩片刻,熄灭了篝火,叹了口气,捡起一截尚未烧完的柴火,走出破庙。远处,一名穿红戴绿的女子姗姗而来,瘦骨嶙峋也就罢了,关键是陈平安一下就认出了"她"的真身,正是那只不知将木杖和葫芦藏在何处的西山老狐,也就不再客气,丢出手中那截柴火,刚好击中那障眼法和易容术比起朱敛打造的面皮差了十万八千里的西山老狐额头。老狐如断线风筝般倒飞出去,抽搐了两下,昏死过去,一时半刻应该清醒不过来了。

终于得了一份清静光阴的陈平安缓缓登山,到了那山涧附近,愣了一下。还来?真是阴魂不散了!陈平安二话不说,伸手一抓,掂量了一下手中石子分量,丢掷而去,稍稍加重了力道。先前在山脚破庙,自己还是心慈手软了。

山涧畔有名女子正背对着陈平安,侧身盘腿坐在一处雪白石崖上,身边整齐地放着一双绣花鞋。她斜撑着一把碧绿小伞,轻轻拧转伞柄。若是没有先前恶心人的场景,只看这一幅画卷,陈平安肯定不会出手。结果陈平安那颗石子穿破了碧绿小伞,砸中女子的脑袋,砰然一声,女子直接瘫软倒地。

陈平安还算有讲究,没有直接击中她的后脑勺——不然她就要摔入这古怪山涧当中——而只是打得那家伙歪斜倒地,晕厥过去,又不至于滚落水中。

陈平安深吸一口气,小心翼翼走到水边,凝神望去。山涧之水果然深邃,却清澈见底,唯有水底白骨嶙嶙,又有几点微微光亮,多半是练气士身上携带的灵宝器物,经过千百年的水流冲刷,将灵气销蚀得只剩下这一点点光亮。估摸着就算是一件法宝,如今也未必比一件灵器值钱了。陈平安心存侥幸,想循着那些光点寻找看看有无一两件五行属水的法宝器物，它们一旦坠入这山涧水底，品秩说不定反而可以打磨得更好。不过他也始终提防着这条拘魂涧，毕竟这里有生灵喜好投水自尽的古怪。

陈平安突然转过头去，只见树林当中跑出一个手持木杖系挂葫芦的矮小老翁，一路飞奔向水边，哀号着"我那苦命的女儿啊，怎的还未嫁人就命丧于此啊"。

陈平安有些头疼了。他举目望向深涧对岸一处坑坑洼洼的雪白石崖，里边坐起一个衣衫褴褛的男子，伸着懒腰，大摇大摆走到水边，一屁股坐下，双脚伸入水中，哈哈大笑道："白云过顶做高冠，我入青山身穿袍，绿水当我脚上履，我不是神仙，谁是神仙？"

那只西山老狐突然嗓门更大，怒骂道："你这个穷得就要破裤裆的王八蛋，还在这儿拽你大爷的酸文！你不是总嚷嚷着要当我女婿吗？现在我女儿都给恶人打死了，你到底是咋个说法？"

那男子身体前倾，双手也放入水中，瞥了眼陈平安，转头望向西山老狐，笑道："放心，你女儿只是昏过去了。此人出手太过轻巧软绵，害我都没脸皮去做英雄救美的勾当，不然你这卑贱老狐就真要多出一位乘龙快婿了，说不得那蒲襄都要与你呼朋唤友，京观城都邀请你去当座上宾。"

老狐怀中女子幽幽醒来，茫然皱眉。老狐激动得差点老泪纵横，颤声道："吓死我了，女儿你若是没了，未来女婿的聘礼岂不是也没了。"

少女抿嘴一笑，对于老父亲的这些盘算早习以为常，何况山泽精怪与阴灵鬼物本就迥异于那世俗市井的人间礼教。

陈平安转头望向她，说道："这位姑娘，对不住了。"

少女转过头，似是生性娇羞胆怯不敢见人，不但如此，她还一手遮掩侧脸，一手捡起那把多出个窟窿的碧绿小伞，这才松了口气。

老狐一把推开碍事的碧绿小伞，伸长了脖子，朝向那个头戴斗笠的年轻王八蛋撕心裂肺喊道："说一句对不住就行了？我女儿倾国倾城的容貌，掉了一根青丝都是天大的损失，何况是给你这么重重一砸。赔钱！至少五枚……不行，必须是十枚雪花钱！"

陈平安轻轻抛出十枚雪花钱，但是视线一直停留在对面的男子身上。

西山老狐像是一下子给人掐住了脖颈，接住了那一把雪花钱捧在手心，低头望去，眼神复杂。

对面还在胡乱拍水洗脸的男子抬起头笑道："看我做什么，我又没杀你的念头。"

陈平安笑道："那就好。"

那男子伸手指了指手撑碧绿小伞的少女，对陈平安说道："可如果你跟我抢她，就不好说了。"

陈平安摇摇头，懒得说话。

就在此时，少女细若蚊蝇的嗓音从碧绿小伞下柔柔溢出："敢问公子姓名，为何要以石子将我打晕过去,方才可曾见到水底金钗?"

西山老狐骤然高声道:"两个穷光蛋,谁有钱谁就是我女婿!"

陈平安置若罔闻,那男子弯腰坐在水边,一手托腮帮,视线在那把碧绿小伞和竹编斗笠上游移不定,随手抖了抖衣袖,山涧水竟是如一粒粒雪白珠子摔入水中,笑问道:"这位公子,事已至此,怎么讲?"

陈平安说道:"我没什么钱,不与你争。"

男子神色大喜,点头道:"那我承你一份情。"

西山老狐却不乐意了,用木杖重重戳地,然后伸出两根岔开的手指,刚好分别指向陈平安和褴褛男子:"老朽说了,谁有钱谁当我女婿,没有半点情面好讲!你这戴斗笠的年轻后生出手阔气,我又三番两次故意试探你的品行,都给你过了关。事已至此,只差没有生米煮成熟饭了,你当珍惜!我这女儿若是跟了你,这辈子多半吃穿不愁,穿金戴银,说不定就能比肤腻城范云萝手底下的那些女官更像位千金小姐了。

"至于那个乞丐,在这儿喝了好几个月的西北风,到底是怎么个鸟样,老朽心里跟明镜似的,天大地大都没他口气大。不成不成,我这女儿,生来就是享福的命,吃不得苦,老朽绝对不会眼睁睁看着宝贝闺女跳入火坑!"

陈平安算是开了眼界。这些年游历各地,见过山神娶亲,见过狐魅诱骗书生,更见过城隍纳妾,却还真没有见过这么胡乱嫁女的。

那其貌不扬的褴褛男子无奈道:"老丈人,小婿身上是没钱,这不好骗你。可小婿来鬼蜮谷之前,实实在在做了桩大买卖,不得已将一件武库咫尺物与里边的神仙钱并诸多法器一并折价贱卖了出去,小婿其实不穷的。"

老狐大怒,以木杖使劲敲地数次,声嘶力竭道:"又来诈我!滚你娘的,老朽这双眼里只认钱!"

陈平安掏出一把雪花钱:"我身上就这么点神仙钱了。"

西山老狐病恹恹道:"你这娃儿说话拐弯抹角,云遮雾绕,我吃不准真假,但是没关系,总好过那乞丐。女婿就是你了!以后我们西山狐族的开枝散叶就都靠你了,趁着年轻力壮,多出把力。对了,我这女儿名叫韦太真,闺名,她还有个弟弟叫韦高武,是个不成才的。进了一家门就是一家人,以后你对这小舅子记得多照拂些,将来一起离开鬼蜮谷,到了外边,有机会帮他娶十七八个仙家女子……"

可是陈平安却伸手向那男子,男子会心笑道:"这些神仙钱,借我也行,送我更好,如此一来,我就有钱了。"

西山老狐眼珠子滴溜溜转:这人该不是那乞丐请来的帮手,联手拐骗自己的闺女吧?

躲在碧绿小伞后边的少女韦太真怯生生问道:"公子,我只问一件事,你可曾瞧见水底有一支金钗?"

陈平安摇头坦诚道:"不曾瞧见。"

韦太真幽幽叹息,缓缓起身,身姿婀娜,依旧低面深藏碧伞中,就是如主人一般娇俏可爱的小伞有个石子大小的窟窿有些煞风景。

韦太真的嗓音其实冷冷清清,却天然有一番狐媚风韵,这大概就是世间狐媚的本命神通了:"公子莫要怪罪我爹,只当个笑话来听便是。"

她扯了扯老狐的袖子,柔声道:"爹,走了。"

西山老狐狠狠剜了一眼陈平安,越看他越像个骗子,冷哼一声:"婚嫁一事,不容儿戏,咱们回头再议。"

二人匆匆离开,由于脚步凌乱,西山老狐木杖系挂的那只翠绿葫芦晃荡不已。

他们一走,山涧很快恢复寂静。飞鸟绝迹,山水静谧,安详中其实透着一股了无生气的死寂。

陈平安收了那把雪花钱入袖,那男子笑道:"算我杨崇玄欠你半个人情。"

陈平安摇摇头:"不用如此客气,我只是想着多一事不如少一事。"

杨崇玄不再多说什么,大概是饿得没力气了,找了一处稍稍平坦的石崖躺着发呆。

陈平安摘了斗笠,凝视着山涧中那些如夏夜萤火点点的光亮。

既然来了宝镜山,当然还是奔着机缘、法器来的,虽说希望不大,可事在人为,天底下确实有那躺着就来的福缘横财,只不过到底是少之又少,更多的还是野修赚钱的路数,燕子衔泥,蚂蚁搬家;一旦侥幸遇上了真正的修道机缘,也是危机与福缘并存,需要慎之又慎,说不定还要搏命。就像那对如今应该已经身在奈何关集市的下五境道侣,直到乌鸦岭之前,翻翻捡捡,诸多辛苦,其实一枚雪花钱都没能挣到。如果再往北边的青庐镇走去,说不定就要双双陨落,无愧道侣身份,真成了一对亡命鸳鸯。

至于"杨崇玄"这个名字,陈平安在脑子里过了一遍,没有半点记忆,《放心集》并未记载,暂且记下便是。应该不是鬼蜮谷里如同一地神祇的英灵城主,或是某位于白笼城听调不听宣的强势阴灵,想必是一位来此历练的奇人异士,至于修为,不容小觑,因为陈平安完全看不出他的根脚和深浅。像之前那拨一起走过牌坊的黑袍老者,神华内敛,真灵深藏,陈平安依旧猜出那是一位至少金丹境的地仙剑修。当然更大的可能,杨崇玄这根本就是一个化名。

对于白笼城蒲禳,陈平安的忌惮,更多在于对方的修为太高。但是不知为何,这个杨崇玄带给陈平安的危险气息还要多于蒲禳,这绝对不是因为杨崇玄的境界高过元婴巅峰的蒲禳。即便陈平安看不破此人深浅,可是依稀能感觉到杨崇玄相较于好似与天地合一的蒲禳,还是差了那么"一点意思"。修行路上,这一点,往往就是一道天堑。

杨崇玄躺在对岸,跷着二郎腿,笑道:"你若是为了宝镜山最大的机缘而来,我劝你还是算了。观水觅宝一事，也劝你适可而止，看久了，你的魂魄就会在某个时刻，骤然之间冷战不已，身不由己，心神不定，魂魄离身，如水流泻于山涧之中，再难收回，而在这个过程当中，地仙境界之下只会浑然不觉。与你说这些宝镜山悄无声息吃人魂魄的秘事，我先前欠你的那半个人情便还清了。"

这处山涧由宝镜坠地而生的说法是披麻宗那部《放心集》故意唬人的，倒不是那些当年跟死人、冥器打交道的老古董担心外人抢了机缘，而是此物难找不说，寻常修士进山寻宝很容易与水底那些飞鸟走兽、骷髅架子的下场一样，沦为此山水运精华。不但如此，地仙之流，半数魂魄还要被拘押水中不得脱困，剩余半数魂魄转入轮回后，即便得以投胎转世，继续为人，可对练气士来说，魂魄残缺是大忌。

"至于为何我可以在这儿修行，自然是有备而来。"杨崇玄话说一半，说多了，估计对方反而会生出疑心，他晃荡着一条腿，懒洋洋道，"我这人心性不定，喜欢什么都学一点，杂而不精。"

陈平安闻言后收回视线，重新戴好斗笠，打算就此离开。

应运而生的天材地宝、仙山秘境的奇花异草，得之有道，取之有术，两者缺一不可，极其讲究天时地利人和。什么人在什么地点、什么节气时辰，以什么手法，又携带什么秘宝用来承载，环环相扣。境界高，远远不足以决定一切。

《放心集》上便有明文记载，仙祠城城主对宝镜山机缘势在必得，只是苦耗百年光阴仍是无法破解，一不做二不休，兴师动众，除了自己城池的鬼众，还借调周围三座交好城池的千余阴物，再向白笼城蒲禳借了一拨专门用以开峰搬峦的符箓力士，试图直接将宝镜山搬走，迁徙去往仙祠城，可人力物力耗费无数，到头来仍是竹篮打水一场空，宝镜山这桩福缘的难以捉摸由此可见。

想要与壁画城神女天官图"看对眼"，大概只能靠命。而想要取走那面宝镜，连到底要靠什么都不知道，披麻宗不知，鬼蜮谷也不知。

只是陈平安很快改变了主意，好歹试试看。有些根深蒂固的老旧想法得改一改，不能总觉得自己抓不住额外的机缘。

西山老狐走下宝镜山，一手持杖，一手捻须，一路唉声叹气。见韦太真有些心不在焉，他突然问道："太真，不如就嫁了三斗城鬼帅？那阴物好歹是三斗城城主麾下的头号猛将，相较于那些动辄血盆大口或是瘦骨嶙峋没半两肉的，生得总还算齐整，在咱们这地儿，说是个俊俏后生都不过分了。"

韦太真仍旧愁眉不展，老狐无奈道："是，当年那云游道人是说过你的姻缘，你的如意郎君必须是个能见着深涧金钗的。可这都多少年过去了，两百年？三百年？搁在鬼蜮谷外边的市井坊间，你这般岁数，孙子的孙子的孙子都该娶妻生子了……"

韦太真百无聊赖,轻轻拧转那把破了个窟窿的碧绿小伞,转头望向宝镜山的半山腰,呢喃道:"爹,莫要催女儿了,再等等吧,最多百年,若是还等不到,女儿嫁便嫁了。"

老狐哀叹一声:"那一定要嫁个有钱人家,最好别太鬼精鬼精的,千万要有孝心,晓得对老丈人好些,丰厚聘礼之外,时不时就孝敬孝敬老丈人。还有你,嫁出去可别真成了泼出去的水,爹这后半辈子能不能过上几天舒坦日子,可都指望你和未来女婿呢。"

韦太真犹豫片刻,突然问道:"爹,真如三斗城那鬼帅所说,若是女儿嫁了他,三斗城城主就能帮你在宝镜山建造祠庙,当那吃香火的水神?"

老狐嗤笑道:"人话尚且信不得,何况是鬼说的鬼话。鬼蜮谷的山水神祇有多金贵,你心里没数?南北那么多城主老爷,才几个?虽说咱们这等出身,塑金身、成山神那是万万不敢奢望,儒家圣人们的规矩死死的,谁敢悖逆?不过一方水神嘛,还算有点儿谱,可惜爹清楚自己的斤两,没那命。爹修行的残卷秘籍上那点水法仙术,偷偷喝点宝镜山水运,靠着笨法子一点点增长修为已经是极致。"

韦太真嫣然而笑:"爹,你是怕成为神灵必须要遭受那'形销骨立、油煎魂魄'的苦楚吧?"

老狐也是个脸皮厚的:"那是自然,天底下无论是活人死物还是咱们这些山泽精怪,人世间走这一遭,都是奔着享福去的。王朝英灵成神为何相对简单,那是有国运庇护,功德傍身。精怪鬼物成神为何就会凶险万分?还不是离着世俗远了,攒不下阴德,跟那老天爷赊账。爹在这鬼蜮谷,一辈子才见着几个活人?有个屁的阴德。何况见着了一个就往死里坑害,骗了那么多练气士去山涧观水,害他们丢了魂魄,爹这几百年来,每次到了清明就绕宝镜山一圈撮土焚香,你当是好玩啊?这是爹心里边愧疚着呢。"

老狐没来由地跺脚,恼火道:"闺女你长得这么水灵,为何那几位城主都瞧不上你?不然别说是麻雀变凤凰,做了某位城主的原配正妻,便是当个受宠的小妾,爹与你那个没出息的弟弟也该飞黄腾达了,哪里还需要窝在这鸟不拉屎的宝镜山大眼瞪小眼,混吃等死。就说粉郎城那个大色坯,先前还嚷着要将你八抬大轿明媒正娶,怎的这些年就清心寡欲,偏偏不再动心了?"

韦太真神色有些无辜。别人喜不喜欢自己,也能强求不成?

老狐唏嘘不已。西山狐族日渐凋零,没几个年头了。听说东宝瓶洲有一处地方狐族昌盛,老狐坚信自家闺女就算去了那边,肯定还是艳甲一方的绝色。

肤腻城城主府邸门口的那座白玉广场上,莹莹如镜,光可照人。

一名女童双手握拳放在胸前,皱着脸、噘着嘴,对着那架破损不堪的辇车欲哭无泪。她在接连两次逃出生天后,并无半点庆幸,唯有痛心。

第一次,她其实认栽,技不如人,在鬼蜮谷是常有的事,好些历史上风光无限的城主如今的日子还不如她呢。但是第二次,看似云淡风轻,半点血腥气都没有,反而是最让她揪心的。欠鬼蜮谷那个大名鼎鼎的"白骨剑仙"的人情,从来都是要还的。

范云萝抽了抽鼻子,抹了把脸,绕着宝贝辇车行走一圈,这儿摸摸那儿擦擦,心疼不已。想要修复如新,可不得要好些小暑钱!在鬼蜮谷,不动家底,想要挣点新鲜的神仙钱有多难!

范云萝突然之间以额头撞辇,使劲干号起来,看得那个侥幸活着返回城中的老妪越发心虚。当时在乌鸦岭,她与那些宫装女鬼四散而逃,一些个时运不济的,屋漏偏逢连夜雨,给那只金丹鬼物带着手下掳走了。她躲得快,事后还拢起了几名肤腻城女官,算是小小的将功补过,可现在看到城主的模样,便有些心里打鼓:看城主这架势,该不会是要她拿出私房钱来修补这架宝辇吧?一时间,老妪都有了改投别城的念头了。

在鬼蜮谷,大鱼吃小鱼,小鱼吃虾米,最底层的虾米就只能吃泥巴了。一旦出现损兵折将的情况,后果不堪设想,很容易招来周边势力的觊觎。一旦几方势力暗中结盟,一拥而上,那肤腻城就注定是四分五裂的下场。

在这里,只要是厮杀,最忌讳僵持不下,或是杀敌一千自损八百,因为经常会被更大的势力乘虚而入,打生打死的双方若是为他人作嫁衣裳,何苦来哉。可鬼蜮谷某座城池一旦决意出手,多半是百般权衡之后吃定了猎物,故而往往一击毙命,十拿九稳。

范云萝虽是金丹修为,但肤腻城依旧显得势单力薄,所以范云萝最喜欢故弄玄虚。比如她半遮半掩地对外泄露自己与披麻宗关系相当不错,认了一位披麻宗驻守青庐镇的祖师堂嫡传修士当义兄,可老妪却知根知底,这是瞎扯呢,若是对方肯点这个头,别说是平辈相交的义兄,便是认了做干爹,甚至是老祖宗,范云萝都愿意。所幸那位修士潜心问道,不问世事,在披麻宗内与那壁画城杨麟一般,都是大道有望的天之骄子,懒得与肤腻城计较这点腌臜心思。她们这肤腻城本就是鬼蜮谷南方诸城中最垫底的势力,带去乌鸦岭的那拨女鬼都是范云萝手底下能打的心腹,这一趟真是伤了肤腻城的根本。

那位白娘娘已经受了重伤,少则甲子,长则百年,只能半死不活地躺在池中。少了一分战力不算什么,这位白娘娘本就不以战力见长,可她是粉郎城城主偷偷养在外边的姘头,这是鬼蜮谷南方众所周知的事实,算不得什么秘密,而那位城主的妻子不但与城主是道侣,也是真正管事的,为了白娘娘这件事,粉郎城一直看肤腻城极其不顺眼。

老妪微微低头,脸色阴晴不定,便想着一不做二不休,不如偷了肤腻城护城大阵的中枢法器,投了粉郎城那位夫人?只要粉郎城吃掉了肤腻城,说不定下一任肤腻城城主之位都有希望是自己的。

鬼蜮谷南北大小城池总计三十六座,一向是流水的城主、铁打的城池,换了城主,不过是各凭喜好,换一个名称而已。

这是鬼蜮谷一条不成文的规矩,据说是从白骨京观城传出来的。攻城拔寨,相互倾轧，任你胜利一方斩草除根，如何生吞活剥、虐杀鬼物都无所谓，唯独不许大肆破坏，以至于将城池摧毁成废墟。除非是有那底蕴和本钱，十年之内在废墟上重建一城，不然十年一到，京观城几大地仙鬼帅就会率军南下，那才是真正的鸡犬不留。

老妪犹豫不决。虽说她更倾向于背叛肤腻城和不成气候的范云萝，可还是有些犯难。这等卖主求荣的龌龊事，在鬼蜮谷终究还是不太讨喜，便是换了主人侍奉，一样会给功勋元老排挤得厉害，借机生事。唯一的希冀，就是那个粉郎城夫人，由于同样是女子，不会在意这些忠心不忠心的。

范云萝突然停下那个疯疯癫癫的动作，转向老妪，楚楚可怜道："白笼城那姓蒲的在救下我后说今年还有下一次的贡品，要双份。常嬷嬷，你说这可如何是好？咱们肤腻城这么点残兵败将，现在上哪儿去找上得台面、入得白笼城法眼的法器？"

老妪心头一颤，笑道："城主，这可是不幸中的万幸，是好事啊！既然蒲大城主开了金口，咱们肤腻城最少百年之内是不用担心任何贼人惦念了。"

范云萝那张稚嫩脸庞上依旧愁云密布："可是肤腻城入不敷出，次次都要掏空家底，强撑百年，晚死还不是死。"

老妪只得挤出笑脸，安慰道："城主无须灰心丧气，百年光阴说长不长说短不短，只要时来运转个一两次，咱们肤腻城说不得就会摇身一变，成为南方一等一的大城了。到时候城主别说是看那香祠城、粉郎城的脸色，说不得蒲城主都要仰仗城主呢。"

范云萝点点头，伸出手指，如小猫儿抹脸，挠了挠眼角，疑惑道："我都如此伤心欲绝了，怎的也没几滴眼泪，有些不像话了。"

老妪哑口无言。

范云萝大手一挥，将辇车收入大袖中，走向府邸大门，嚷嚷道："我这就扎个草人去，戳死那个戴斗笠的混蛋！"

老妪跟在身后，心思急转。城主这番言语，是在敲打自己，还是无心之语？

范云萝脚步不停，突然转头问道："对了，那人姓甚名谁？"

老妪尴尬道："对方好像没有自报名号。"

范云萝停下身形，呆若木鸡，蓦然双袖挥动，双脚乱跺，悲苦万分道："我最拿手的草人都扎不成了。"

老妪无可奈何。城主府邸内的那间闺房都堆放多少个小草人了，哪一次管用？

范云萝本就身材矮小，衣裙又大，行走府邸之间，其实挺像……一根会走路的萝卜。

宝镜山深涧，下定决心的陈平安用了不少法子，例如掏出一根书简湖紫竹岛的钓竿，瞅准水底一物后，不敢观水过多，很快闭气凝神，然后将鱼钩甩入水中，试图从水底钩起几具晶莹白骨，或是钩住那几件散发出淡淡金光的残破法器，然后拖曳出涧。只是试了几次，陈平安惊讶地发现湖底景象好似那海市蜃楼，幻影而已，次次提竿，空空如也。他不信邪，又试了几种法子，始终无法从水底取出任何一件东西。

觉得可能是这深涧孕育天地灵气，形成了类似山水阵法的屏障，陈平安最后还拈出了一张黄色符纸的破障符，以此开道，迅猛丢入水中，再抛竿跟随那条小路闯入水底。只是符箓在水运阴沉的水中燃烧极快，依旧无功而返。

陈平安蹲在水边，有些心疼那张破障符。杨崇玄躺在对岸雪白石崖上，笑道："别说你这等花哨的取巧手段，历史上多少地仙修士法宝尽出，甚至还有修士借用了一只价值连城的饮水瓶，耗费灵气，运转神通，从此涧中汲水无数，饮水瓶中的水都足够淹没一座王朝大城，可还是不曾从此涧中取出任何一件东西，一笔买卖亏惨了，知道原因吗？"

陈平安笑道："还望杨道友解惑。"

游历在外，喊人道友，最不会犯错。

杨崇玄双手叠放作枕头，晒着太阳，眯眼望向天空，缓缓道："许多山头喜欢让花容月貌的女修以那镜花水月的术法作为谋财手段，世间男修士看那一碗水，水幕之中，风情万种的仙子们一个个近在咫尺，似乎触手可及，可真实距离有多远？你这鱼线，又能有多长？十万八千里有没有？"

陈平安恍然道："原来如此，看来是我想多了。"

杨崇玄说道："世间异宝，除非是刚刚现世的那种，勉强能算见者有份，至于这宝镜山，千百年来已经给无数修士踏遍的老地方，没点福缘，哪有那么容易收入囊中。我在这边待了这么些年，不也一样苦等而已，所以你不用觉得丢人现眼，当年我更可笑的法子都用上了，直接跳入深涧，想要探底，结果往下容易，归路难走，游了足足一个月，差点没溺死在里头。"

陈平安由衷称赞道："杨道友好高的修为。"

杨崇玄叹了口气："凑合吧。京观城那位城主据说入水探幽长达一年之久，一样没能找到那支开门见镜的金钗。虽说这位城主是死物，占了天大的便宜，可我哪怕死而为鬼，相信仍是支撑不到一年。"

陈平安好奇问道："这山涧水终究阴气浓郁，到了鬼蜮谷以外，找到合适买家，说不定几斤水就能卖枚雪花钱，那位当年借用饮水瓶的修士在瓶中储藏了那么多山涧水，为何不是赚大了，而是亏惨了？"

杨崇玄笑道："这水离了宝镜山地界，阴气就流散极快，除非是藏在咫尺物、方寸物当中，不然一旦窃取山涧之水过多，到了外边，便会如洪水决堤。当年那位上五境修士就是一着不慎，到了骸骨滩后，将那法宝品秩的饮水瓶从咫尺物当中取出，储水过多的饮水瓶扛不住那股阴气冲击，当场炸裂。所幸是在骸骨滩，离着摇曳河不远，若是在别处,这家伙说不定还要被书院圣人追责。"

杨崇玄笑道:"十斤未经提炼水运的山涧水在骸骨滩卖一枚雪花钱不难,前提条件是你得有方寸物或咫尺物,再就是有一两件类似饮水瓶的法器,品秩别太高,高了容易坏事,太低就太占地方。地仙之下不敢来此取水,身为地仙,又哪里稀罕这几枚雪花钱?"

陈平安便摘下养剑葫放入山涧中,汲水满葫。

自己终究是开辟了水府的半吊子练气士,当初掏钱喝那摇曳河畔茶摊的阴沉茶也有弥补水气的考量,若是能够装上这一葫芦山涧水,勉强不算白跑一趟宝镜山。不过离开鬼蜮谷之前,确实可以再跑一趟宝镜山。传说中的饮水瓶是不用奢望了,可以多备一些瓶瓶罐罐,装个几千斤山涧水,回头到了骸骨滩,看能否与那茶摊掌柜做笔生意,也是一笔不菲的收入。

杨崇玄只是瞥了眼陈平安手中的朱红色酒壶,略微讶异,却也不太上心。

"感谢道友之言。"陈平安站起身,抱拳,"既然宝镜山与我注定无缘,杨道友,告辞。"

杨崇玄坐起身,似乎很意外:"这就走了?"

陈平安点点头,戴好斗笠。

杨崇玄躺回石崖,开始闭目养神,片刻之后,睁开眼睛:"还真走了?是该说你行事果决呢,还是没有半点耐心?"

先前那人收放竹竿,分明用上了方寸物,没有刻意遮掩,就像他大大方方伸脚入水,其实也是示好的小动作。

在这北俱芦洲,想要少打架,就要学会抖搂些家底,不然好多本事不大、脾气不小的蝼蚁,你用脚尖碾死了对方,他们却至死都还在那边骂骂咧咧,喷你一口唾沫星子,死不悔改。杀人又不能当饭吃,这种事情遇得多了,杨崇玄就觉得越发腻歪,实在无趣,这才逐渐转了性子,变得越发"与人为善",例如那只西山老狐,生了那么一张臭嘴,换成之前的自己,老狐死了没有一百回也该有八十次了。

那个年轻游侠离开宝镜山后,他的心情也变得好了点。

对方有句话,真是说到他的心坎里去了:多一事不如少一事。更何况当下是他获取机缘的关键时期。

杨崇玄坐起身,眯起眼,死死盯住仿佛可以被一眼看穿的深涧。

这面宝镜,《放心集》上的猜测是错的,根本不是什么光明镜,更绝非什么针对妖魅精怪的至宝照妖镜,而是一面失传已久的三山九侯镜,更是一件半仙兵。

第三章
天上白玉京

陈平安已经远离宝镜山。为了走这趟，他已经偏离青庐镇路线颇多。

看来碰运气这种事，确实不太适合自己，如果换成陆抬或是李槐，就不好说了。

离开宝镜山后，陈平安依旧拣选崇山峻岭，逐渐往青庐镇靠拢。那只金丹阴灵和麾下鬼物迟迟没有露面，这也在情理之中，毕竟当初自己在乌鸦岭一役没有刻意隐藏实力，以范云萝这位金丹为首的肤腴城一方简直就是兵败如山倒，相信那拨能够在鬼蜮谷流窜多年的"马贼"是不会主动来触霉头的。

北行之路，山水无碍，许多可能会导致一位中五境修士夭折的鬼魅精怪大多谨慎，远远瞥一眼陈平安便缩回山林巢穴。例如那铁索桥上的巨蟒和蜘蛛精，对于那对道侣而言，兴许只需要打了个照面，都不用他们冒险过桥，就会是一场杀身之祸。

这一天黄昏，陈平安在一片桃树林内歇脚休憩。

桃林自然有古怪，哪有大冬天依旧桃花盛开的道理。只是陈平安这趟负剑游历鬼蜮谷，怕的不是千奇百怪，而是没有古怪。

桃林外竖立有高矮不一的两块石碑，像是怄气较劲的一对邻居，分别篆刻有"大圆月寺""小玄都观"字样。如果不是"玄都观"之前还有个"小"字，陈平安打死都不会走入桃林，因为那座真正的玄都观是青冥天下一处胆敢不服三位掌教管束的仙家重地，传闻道老二在成为一脉掌教后，唯一一次在自家天下动用那把仙剑就是在玄都观内。

虽然确定石碑上撰写的"小玄都观"绝非那座名气大到浩然天下都如雷贯耳的道门圣地，可陈平安入林之前还是脚踩飞剑初一、十五升空俯瞰，发现这片占地不下千亩的广袤桃林应该并无任何寺庙道观建筑。

这处桃林，《放心集》并无一字记录，想必并无凶鬼大妖。

陈平安发现四周竟然没有半根桃木枯枝，头顶唯有夸张的荫翳，桃花芬芳，已经不是怡人，闻久了，几乎浓郁到了腻人的地步。他摘了斗笠盘腿而坐，双指从袖中拈出一张阳气挑灯符，轻轻一搓，符箓缓缓燃烧，与鬼蜮谷道路上的燃烧速度无异。

看来此地阴煞之气确实一般，只是这桃林弥漫的香味有些过分。陈平安松开双指，弯腰将符纸放在身前，然后开始练习剑炉立桩，运转那一口纯粹真气，如火龙游走各处气府，正好防止此地香气侵体，自己阴沟里翻船。

地底传来一阵银铃般的女子笑声，陈平安置若罔闻。

笑声渐停，改为妖媚言语："这位好生俊俏的小郎君，入我粉红帐，嗅我发丝香，艳福不浅。我若是你，便再也不走了，就留在这儿，生生世世。"

陈平安睁开眼睛，凝神望去。地面上荡漾起一层蒸腾水雾，却不升高，只在一尺高度以下晃来晃去。

陈平安有些讶异："为何披麻宗有意忽略掉你这只桃魅的存在？"

整片桃林开始缓缓摇曳，如一个个粉裙佳人翩翩起舞，好似这桃林千万株真是她的头发而已。

陈平安发现自己视野中的景象开始微微摇晃。

桃魅不知藏匿地底何方，娇笑不已，诱人嗓音透出地面："当然是披麻宗的修士怕了我，还能如何？小郎君长得如此俊朗，却笨了些，不然真是一个十全十美的良配哩。"

片刻之后，她突然收敛笑意，询问道："咦，你怎的能够身不动，心也不动？难道是个没剃光头的和尚、不穿道袍的臭牛鼻子？"

陈平安笑道："再装神弄鬼，我可就要砍掉所有桃树，当是练剑，让你当尼姑了。"

桃魅不怒反笑，雀跃道："好呀好呀，妾身恭候小郎君的仙家剑术。"

陈平安举目望去。一个手挽拂尘的小道童缩地成寸一掠而来，唇红齿白，真气淋漓，遮掩不住的灵性流溢气象，竟是一位即将跻身金丹地仙的世外高人。

小道童眼神冰冷，瞥了眼陈平安："此处是师父与道友相邻结茅的修行之地，千年以降，已是鬼蜮谷公认的世外桃源，素来不喜外人打搅，便是白笼城蒲禳，如非要事，都不会轻易入林。你一个历练之人，与这小小桃魅掰扯作甚？速速离去！"

那桃魅显然十分敬畏这小道童，嘀嘀咕咕，略带愤懑："什么世外桃源，不过是用了仙家神通将我强行拘押此地，好护着那道观寺庙的残余灵气不外泻。"

"放肆！"小道童面露厉色，拂尘一挥，竟是有一道粗如手臂的雷光瞬间炸入地底。桃魅在地底深处闷闷哀号，地上桃花簌簌而落。

陈平安有些了然。鬼蜮谷内，肯定会有一些不惧阴煞之气的得道高人在这里扎根，反过来还要靠着那浩浩荡荡充塞天地间的充沛阴气砥砺道行。

小道童犹不解恨，又是拂尘一旋，雷电交加，交织出一张仙家渔网，没入地面，地底下顿时响起轰隆隆的声音："三天不打上房揭瓦！若不是我师父开恩，你这只会些障眼法的小小桃魅如何能够在鬼蜮谷立足？还要偷听我师父与道友论道说法，凭此机缘，才缓缓修行到龙门境，你这忘本的精魅……"

那桃魅哀号不已，苦苦祈求出手凌厉的小道童法外开恩。

小道童越说越恼火，拂尘又动，竟是惹来了云海高处的异象，就要降下一道门派秘藏的天雷教训那桃魅。陈平安只得开口道："小道爷息怒，我这就离开桃林。"

一片乌云离开云海，独自缓缓沉下，雷电穿梭，气势惊人。

小道童冷笑道："若不是我们在这桃林修行，你误闯此地，早就给这只擅长先天媚术的桃魅吸光阳气精元了。不知好歹的玩意儿，滥起怜悯之心。师父说得对，你们这些日日在外边浸染红尘的凡夫俗子……"

陈平安一脚后撤，向那云海高处一拳迅猛递出，以云蒸大泽式将那蓄势待发的雷云打散，气机四散而开，如山风涌动，殃及地面桃林，吹拂得艳红桃花更是纷纷如雨落。

小道童皱眉不语。他怕倒是不怕，就是有些意外罢了：如此年轻的武道小宗师？观其方才一拳的气象，凝练且恢宏，虽然尚未跻身金身境，但是相差不远了。

不过小道童自己倒是忘了，他何尝不是"如此年轻"的一位龙门境修士。虽说因为太早跻身洞府境，当时师父阐述修行路上的重重玄机，问他是否要借此机会保持容颜。当时他年少无知，觉得身体只是一副臭皮囊，既然不妨碍以后修道，那么不再"生长"也不坏，从此相貌便定了型。此后这一甲子当中，"小道童"差点悔青了肠子，怎么也该让身体成长到男子及冠模样再"停步"才对。所以他每次偷溜出去散心，偶遇女童模样的范云萝都十分烦躁，那老和尚还要火上浇油，调侃他与范云萝真可谓金童玉女。

陈平安收拳后，笑道："你讲的道理是对的，但是讲理一事，如果真是为了对方听得进去，而不是只求一个自己的心安理得，那么心态与口气也很重要。心平气和一些，总不是什么坏事。"

那只差点被吓破胆的桃魅赶紧附和道："有理有理，这话应该听上一听。"

小道童手臂挽着那把以英灵白骨做柄的雪白尘尾，犹豫不决。一言不合打打杀杀，这不是小玄都观道人该做的事情。可对方既然是来鬼蜮谷历练的武夫，双方切磋一番，总没有错吧？师父不会怪罪吧？

就在此时，一名金甲力士大踏步而来，望向小道童的背影，沉声道："徐竦，真君请这位公子去观内一叙。"

名为徐竦的小道童怒道："这家伙何德何能，能够进咱们小玄都观？！"

金甲力士对他的火冒三丈视而不见，已经转头望向刚刚戴好斗笠的陈平安："这位公子,我家真君有请,若是不急着赶路,可以去我们小玄都观饮一杯千年桃浆茶。"

陈平安抱拳婉拒道:"误入桃林,已是打搅你家真君清修,实在不敢去贵观叨扰,就此离去。"

金甲力士点点头:"既然如此,我也不便挽留,以后若是再想入观饮茶,只管来此号令桃魅,让其领路。"

陈平安转身离开桃林。

徐㻋冷哼道:"走了更好,省下一杯那蒲骨头才喝过三次的桃浆茶!"

桃魅在地底下谄媚道:"是哩是哩,这人好生不长眼,天大福缘也给错过了。下次再来桃林,我便躲起来,再不见他了。"

徐㻋怒道:"师父法旨,你也敢儿戏?!"

桃魅立即求饶道:"不敢不敢,万万不敢。"

一座遍植桃树的古雅道观内,一位鹤发童颜的老道人正与一位干瘦老僧相对而坐,老僧骨瘦如柴,却披着一件异常宽大的袈裟。

老道人微笑道:"这一拳如何?"

老僧缓缓道:"过刚易折。"

老道人瞥了眼桌上的茶,又问:"你觉得这杯桃浆茶需不需要留着?你猜那年轻人会不会重返桃林,来这观中一饮而尽?"

老僧神色木讷:"言多必失。"

老道人未戴道冠,系了逍遥巾而已,身上道袍老旧寻常,也无半点仙家风采。他轻轻叹息:"壁画城三位神女已经走出画卷,各随其主。又有别洲上五境修士与那贺小凉联袂闯入鬼蜮谷,去往京观城。杨崇玄还有抓住福缘的迹象,如果那蒲襬再折腾出一点动静,惹了竺泉亲自出手,这鬼蜮谷彻底乱成一锅粥后,咱们这处仅剩的世外桃源,说不定也要与清净无缘了。"

老僧点头道:"真君远见。"听到"蒲襬"二字之时,他心中默念,佛唱一声。

老道人其实已经察觉到对方的心境异样,只是双方知根知底,无须多说。

老道人举目望去:"你说于我们修道之人而言,连生死界限都模糊了,那么天地何处才不是牢笼?越不知道,越易心安,知道了,如何能够真正心安?"

老僧思量片刻,低头合十,露出那一双干枯却呈现出金黄色的手掌:"贫僧佛法尚且撑不起这件袈裟,如何能见佛祖,如何能问一问这千古疑难?"他缓缓起身,双手合十,行了一礼。

老道人不与这位老友讲究繁文缛节,点头而已。

老僧一步跨出便身形消逝,返回了那座大圆月寺,与小玄都观如出一辙,都是桃林当中自成小天地的仙家府邸，除非元婴，不然任人在桃林兜转千年，也见不着、走不入。

寺庙内梵音袅袅，有老和尚在蒲团上坐定，有中年僧人在廊道上低头缓行，有小沙弥在树下勤快扫地，各自忙碌，两两之间，并无言语交汇。

老僧站在原地，视野中，那些僧众其实都是一具具白骨而已。

绕过了那座云雾弥漫不见金佛的大雄宝殿，老僧双手合十，神色虔诚，默默向前行去。这位金身罗汉几乎大圆满的老僧身旁，陆陆续续，有五名与他眉眼相似却年龄悬殊的和尚，身披不同袈裟凭空出现，各有问话。老僧视而不见，听而不闻，只是前行。

一名年少僧人神色惋惜，道："为何不饮下那杯桃浆茶？喝了就可以少去数年修行，离着西方净土佛国便更近了一步，哪怕半步也好啊。"

一名中年僧人怒气冲冲，对着老僧暴喝如雷："你修的什么佛法？鬼蜮谷那么多魑魅魍魉，为何不去超度！"

一名身披华美袈裟的僧人神色倨傲，斜视老僧，嗤之以鼻："这般苦修，非是正法。"

一个年龄相貌与老僧最接近的老和尚轻声问道："你是我？我是你？"

最后一名身材修长的年轻僧人，背对着始终步伐坚定、缓缓前行的老僧，望向一处桃花烂漫的竹木藩篱，痴痴念道："桃花嫣然出篱笑，似开未开最有情。"

老僧身形微滞，只是很快就大步向前，片刻之后又恢复平常脚步。

若是不抬头看，凡夫俗子进了这座寺庙，只会觉得阳光普照。其实一抬头，就会看到是一轮钩月悬空的光景。

小玄都观内，老道人来到一棵高耸入云的桃树下，蹲下身，双指拈出一些泥土，轻轻搓动。这泥土是那山上修士梦寐以求的万年土，重如金铁。

老道人沉默无言。

土壤实则也有年岁一说，也分那"生老病死"。世人皆言不动如山，其实不全然。归根结底，还是俗子阳寿有数，光阴有限，看得模糊，既不真切，也不长远。所以佛家有云，佛观一钵水，四万八千虫，而大圆月寺那个老僧便以此作为禅定之法，只是看得更大一些，是赏月。至于这位老道人，则是看得更静一些，看这些泥土死物的岁月变迁。

道观寺庙为邻，与那老僧更是各说各法已千年，还是没能争出个高低。现在就看是自己先成天君，还是老僧先证菩萨了。

徐竦战战兢兢地来到师父身边，发现师父正在沉思，便噤口不言。

老道人没有转头，开口笑问道："在观外，非但没能抖搂威风，还给一个年轻武夫教训了一通，你觉得他那番话说得有理吗？"

徐竦手捧拂尘，闷闷不乐道："说得有理，与我何干？"

老道人点点头，丢了土壤，以洁白如玉的手掌轻轻抹平，站起身后，说道："有灵万物,以及有情众生,渐次登高,就会越来越明白大道的无情。你要是能够学那龙虎山道人斩妖除魔、日行善事、积攒功德也不坏,可随我学无情之法,问道求真,是更好。无情之法,不是教你暴虐行事,滥杀无辜,而是要多看看那四时成岁,天地有常。"

徐㻪郑重其事地向师父打了个稽首。

老道人转头望向大圆月寺方向,轻声道:"贪嗔痴慢疑,若五毒不除而一味埋头苦修,那终究不是正法禅定,而是邪定。"

老道人再望向桃林之外的北边:"徐㻪,你若是暂时悟不出大道,不妨去尝试一下,选择当个世俗眼中的好人。只是切记,涉世行善,跟这个世道还给你的好与坏关系不大。殊途同归,这也是无情之法……之一,道法自然。"

徐㻪摇头道:"做不来那种好人。"

老道人不置可否。

徐㻪小心翼翼问道:"师父,真正的玄都观也是这般四季如春、桃花盛开吗?"

老道人笑道:"那你不该待在浩然天下,去那道家做主的青冥天下亲眼看看便知真假了。你要真有此意,回头师父让桃魅驮山而走,离了鬼蜮谷后,你可以先去那姓贺的年轻宗主身边修行,再找机会去往青冥天下,拜访玄都观的机会自然会更大一些。"

徐㻪使劲摇头道:"不去不去!师父在哪儿修道,我就在哪儿修行。"

老道人拍了拍他的脑袋,他笑眯起眼。

老道人突然感慨道:"才记起,已经好久不曾喝过一碗摇曳河的阴沉茶了。千年过后,想来滋味只会更加绵醇。"

暮色阴沉,距离青庐镇已经不算太远,两百里路途而已。

陈平安此时正途经一座幽绿湖泊,先前在远处山头看到这边燃起一堆篝火,他便赶了过来。若是遇上了夜游的阴灵,正巧可以打杀了卖钱。

这趟鬼蜮谷之行,历练不多,只在乌鸦岭打了一架,在桃林不过递了一拳而已,可挣的钱倒不算少。那件肤腻城白娘娘的雪花法袍不提,还有十几具价值不菲的莹莹白骨,至于后者具体能卖出什么样的价格,还不好说。而宝镜山深涧之水,虽然不算值钱,可好歹省去陈平安一些小麻烦。之前一口气喝下了二斤,然后呼吸吐纳,心神沉浸,以内视之法,心神进入水府中,那些绿衣童子们颇为雀跃开怀。

湖边所见让人有些意外,竟是那带着两名扈从的俊逸少年,应该是打算在湖边歇脚过夜。

陈平安算了算脚力和路线,猜测对方应该是去过了兰麝镇后,游览完毕,便重新沿着"官路"直奔青庐镇而来,所以与绕来绕去的自己碰了头。那么这座不起眼的小湖,应该就是《放心集》上说的铜绿湖了,与附近的铜官山是成双成对宛如道侣的山水。

铜绿湖里边有两种鱼极负盛名，只是垂钓不易，规矩极多，陈平安当时在书上看过了那些烦琐讲究后，只好放弃。

其中一种鱼鳞金黄的蠃鱼，生有双翼，音如鸳鸯，极其名贵珍稀，百年不遇。传说蠃鱼都是成双成对出现，只要捕获其中一尾，另外一尾就会自行上岸进入鱼笼，食之可以不受世间任何梦魇纠缠，因此一对巴掌大小的蠃鱼能够卖出两枚谷雨钱。

此外就是银色的鲤鱼，这种银鲤号称一年长一斤，百年之后，在水中气力极大。银鲤不似蠃鱼，并非铜绿湖独有，被修士誉为小湖蛟，血肉鳞片皆无奇异，只有一处奇妙，那就是属于蛟龙后裔旁支的银鲤在存活百年之后会生出两根蛟龙之须，寸余长，之后每过三百年增长一寸，若是能够长到一尺长，便是真正的天材地宝了。炼制缚妖索和拂尘，增添此物，最是锦上添花，妙用无穷。

只不过陈平安闯过蛟龙沟，去过倒悬山，知道世间犹有道人以货真价实的蛟龙之须打造出了一把完完整整的半仙兵拂尘，所以对于在铜绿湖极难撞见的蠃鱼和银鲤并没有什么太重的觊觎之心，因为太耗光阴。《放心集》上的所有捕获记录都耗时极长，动辄几个月乃至半年，其间还需要与两种仙家鱼类斗智斗勇，而且经常会失之交臂。

相较于铜绿湖，陈平安还是对铜官山更寄予希望，那边有血统不纯的搬山猿和撵山犬出没。

陈平安出现后，少年神色自若。

那个佩刀挎弓的六境女武夫挪了挪位置，挡在主人和那名不速之客之间。

黑袍老者始终面无表情，一手持杏黄瓷酒壶，一手持一大块酱肉，细嚼慢咽。

陈平安便在远处拾取枯枝，也点燃一堆篝火。

那主仆三人显然是奔着铜绿湖而来，黑袍老者吃过酒肉后，从方寸物当中取出一节节青翠晶莹的绿竹，然后拼凑出一根极长的钓竿，鱼线纤细如发，金色鱼钩却大如手掌。少年也没闲着，卷起袖口，蹲在水边，准备打窝的饵料。他在一只打木盆内使劲搓动，时不时加一勺湖水，还要取出一只瓷瓶，倒入几滴腥味极重的朱红色水珠。

陈平安本就喜好钓鱼，便忍不住多看了几眼。

女武夫在少年身边低声言语，少年抬起手臂擦拭额头汗水，回应了几句，女武夫便起身走向陈平安。

陈平安起身说道："抱歉，并非有意窥探。"

女武夫神色冷漠，只是措辞还算温和："看着无妨。不过我家少爷说了，垂钓银鲤比较忌讳岸上发出声响，稍有动静，银鲤就会闻声远遁，所以打窝过后再半个时辰，当我们抛竿后，可能需要你我双方都熄灭篝火，还不能随便走动。公子若是觉得拘束，可以远离岸边歇息。"

陈平安点点头，熄灭篝火，干脆去了远处，坐在一棵大树上，双手笼袖，远观一行三人夜间垂钓仙家鱼。其间那少年见陈平安竟然直接熄灭了篝火,转头歉意一笑,陈平安也笑着点头致意。

女武夫返回少年身边,轻轻松了口气。

少年笑道:"樊姐姐,我这一盆盆打窝下去,这铜绿湖真要涨水一尺了啊。"

女武夫无奈而笑。垂钓大泽巨湖当中的奇异鱼类,打窝一事必不可少,而且很耗神仙钱,鱼类越是珍稀,越是需要钓客一掷千金。自家少爷是从来不吝啬的,所以山上的同道中人口口相传,少爷就有了"袁一尺"的绰号。

陈平安虽然离着远,但是看得出来,那个浑身富贵气的少年光是打窝一事就砸下了一大笔本钱。不是几枚雪花钱的事情,说不定一两枚小暑钱都有了。

打窝之后,那三人便开始安静等待。

陈平安摘下养剑葫,喝了一口山涧水,开始闭目养神,等那黑袍老者开始抛竿才睁眼。呼啸成风,鱼线抛出一个巨大弧度,远远坠入铜绿湖中央地带。

长夜漫漫。夜钓大鱼巨物,技巧之外,靠的就是一个耐心。

那少年坐在一条花梨木小凳上,双手托着腮帮,哈欠不断。

女武夫依旧站在少年身后,防备着远处那个头戴斗笠的年轻游侠。下山游历,害人之心不可有,防人之心不可无。

两个时辰后,少年已经开始打瞌睡。黑袍老者几次轻轻提竿散饵,然后继续抛竿,耐心极好。那女武夫更是纹丝不动。

陈平安靠着树干,仰头望向夜空。

明月出高山,云海苍茫间。浩然天下有千山万水,唯有一轮月。

陈平安怔怔出神。听说山上有许多仙人手笔的神仙图,一幅画卷上会有那日升月落,四季交替,花开花谢。天地怎么会这么大,人怎么就这么渺小呢?为什么一个人长大后,就会觉得孤单呢?

陈平安轻轻压下斗笠,遮掩面容。宁姑娘,我很好,你还好吗?

天亮时分,那黑袍老者已经收起钓竿。银鲤先天喜月光而畏日照,唯有夜幕中才会离开水底,四处游弋觅食,若是偶然白日咬钩,即便被拖曳上岸,通灵的银鲤也会选择玉石俱焚,使得两根蛟龙之须灵气消散,虽然不至于彻底沦为俗物,可难免品秩大跌。

不过一行三人并未因此心灰意冷,在湖泽垂钓大鱼,别说是银鲤这等灵鱼,就是寻常山野渔翁向往的青鱼、草鱼大物,一夜苦等无果都是常有的事情。老者收竿后,开始更换鱼线鱼钩,尤其是鱼钩,变得异常玲珑精巧,只有拇指大小。那少年也开始重新调配窝料,耗钱更巨,大概是要垂钓更为稀罕的金色蠃鱼了。

少年记起一事,转头望向那棵大树,喊道:"道友,想要钓起蠃鱼,纯粹靠运气,并无任何禁忌，要不要一起去湖心垂钓？我有竹筏，咱们可以一同筏钓。"

女武夫有心阻拦，已经来不及。

少年取出一枚大如稚童手掌的厚重铜钱，双手手心轻轻摩挲一番，凭空变出一只手指长短的袖珍竹筏。少年轻轻呵了一口气，然后丢入湖中，竹筏蓦然变大，湖水荡起一阵涟漪。

陈平安犹豫了一下，还是点点头，跃下树枝，往岸边走去。

女武夫以聚音成线之术提醒黑袍老者那年轻人也是个武夫，而且境界比她只高不低："昨夜此人在树上睡觉，呼吸绵长，如潺潺流水，拳意纯粹且凝练，是在武道真正登堂入室的高手。武夫之酣眠，一般只有跻身炼神三境之后才可以达到似睡非睡的境地，拳意流淌全身，如有神灵庇护，所以这个年轻游侠多半是位豪阀子弟。"

黑袍老者以心湖涟漪回应："我只担心那些来路不正的地仙野修，若是个造诣高的年轻武夫，反而不用太过担心。我们三郎庙最不怕那些不长脚的山头。放心吧，垂钓，我会多盯着点他，少爷身上又同时穿着法袍和甲丸，能够抵御金丹剑修两次倾力一击，出不了纰漏。"

陈平安走上竹筏，女武夫娴熟撑篙，竹筏缓缓划向湖心。坐在少年主动递过来的板凳上，陈平安道了一声谢，从咫尺物当中取出自己的钓竿，特制饵料自然是只能与那位少爷借了。女武夫眼神微微异样，武夫随身携带方寸物可不常见，果然是一位豪阀公孙。老者倒是不以为意，神色自若，还跟自家少爷一起与陈平安闲聊了起来，双方都心有灵犀，不提姓名家世。

一位身穿法袍行走四方的武夫，这就意味此人确实尚未跻身武道炼神三境。

那出身显贵的少年郎显然是没怎么走过江湖的，与陈平安一起抛竿后，直截了当地道："这位公子，我就觉得我们这些真心喜欢钓鱼的少有坏人，你觉得呢？刘爷爷与樊姐姐对你处处提防，我觉得不太好。"

黑袍老者犹然悠哉，从木盆中拈起一些饵料，随手抛入湖中，可那姓樊的女武夫便有些尴尬。

陈平安不知如何作答，只好酝酿片刻，讲了个折中的说法："坏人可能也有，但肯定少些。下山历练，不管如何谨慎，都不过分。"

少年摇摇头，叹了口气："我晓得你这话是出于好心，只不过从我家太爷爷到爷爷，再到我爹娘，每次我离家，他们的口气都是这般，我实在是有些烦了。"

陈平安就不说话了。一场萍水相逢而已，他人家事，说什么都不合适。不过这少年，是不是太不见外了点？得是多好的家世，才能如此心大？

陈平安心思微动，只是故意无所察觉，依旧盯着湖面。

黑袍老者转头望向远方，微笑道："少爷，披麻宗杜文思快要来了。我们先前在兰麝镇逗留太久，多半是行程日期对不上，害怕我们出了意外，他才有些坐不住。"

少年有些哀怨。他最烦这些应酬往来，意气相投的同辈还好，若是祖辈们的关系，他实在是不擅长打点。

那女武夫轻声道："少爷，听说杜文思性情温和，与世无争，当年离开骸骨滩游历北方，路过咱们家门口，与老太爷投缘，成了忘年交，想必也会与少爷聊得来。"

少年点点头，朝她做了个鬼脸，笑道："樊姐姐，出门在外的礼数我还是懂的。"

女武夫眼神温柔，嘴角翘起。

陈平安瞥了一眼便收回视线。得嘞，身边这个傻小子一时半会儿多半是理解不了他那樊姐姐眼神中的无声言语了。

有身穿一袭雪白麻衣的练气士逍遥御风而来，天际远处雷声大作，如冬雷滚滚。临近铜绿湖后，那位披麻宗地仙便放缓御剑速度，其实依旧不慢，但是动静几无。他没有直接落在竹筏上，而是选择站在岸边安静等待，也未开口说话，应该是害怕惊扰铜绿湖中的游鱼，一看就是个好脾气的。

陈平安就要收起钓竿，不承想那少年笑道："你若是还想钓鱼就接着钓，这竹筏留给你便是。我可能要先去一趟青庐镇，再回这铜绿湖钓银鲤。你反正也有方寸物，我可以教你一门收放竹筏的口诀，简单得很，回头你捎去青庐镇，随便交予披麻宗修士即可。"

陈平安摇摇头："不用，我要马上赶路。这次登筏垂钓，本就是为了散心。"

少年还不至于强行要求别人接受自己的美意，一起返回岸边后便收起了竹筏，向杜文思行礼后，灿烂笑道："三郎庙袁宣，见过杜叔叔。"

杜文思笑着点头："我就猜到你会在铜绿湖垂钓，所以原本打算再晚些来找你，只是竺宗主催促，不敢不来。你太爷爷如今身体还好？"

袁宣笑道："硬朗着呢。"

杜文思也笑了起来。

陈平安抱拳告辞，与杜文思视线交汇的时候，双方几乎同时点头致意。

陈平安走出没几步，袁宣就追上他，轻声道："若是去往青庐镇，最好走那条官路，绕归绕，可是安生。如果求快，就要经过那片大妖横行的蛮瘴之地，一个个裂土为王，胆子奇大，竟然合称'六圣'，抱团成势，联手抗衡鬼蜮谷中部的几位城主，很是凶悍。城池鬼物和这伙妖怪经常往来厮杀，沙场交锋似的，据说还有只大妖专门搜罗兵书，成天钻研兵法，倒也滑稽。"

陈平安点头道："我会多加小心的。祝你垂钓成功，渔获大丰，赢鱼、银鲤一并收入囊中。"

袁宣使劲点头，先前说漏了嘴，便干脆自我介绍道："我叫袁宣，是三郎庙弟子。"

陈平安犹豫了一下，笑道："我叫陈平安，来自东宝瓶洲。"

袁宣嘿嘿一笑："其实听你口音便知道你是别洲人氏了。"

陈平安笑道："老江湖。"

袁宣一愣："真心话？"

陈平安说道："客气话。"

袁宣哈哈大笑，开心不已。就说嘛，天下钓友是一家，没啥坏人。自己自小就喜好垂钓，自然都是被精于此道的太爷爷带出来的。太爷爷老早就说过，智者乐水，嗜好垂钓更是难能可贵，因为智慧机敏之人反而最难心定，而钓鱼就最讲求一个"定"字。

双方就此告别。三郎庙袁宣主仆一行跟随杜文思沿着那条官路去往青庐镇，陈平安则去往铜官山，会一会那儿的搬山猿和攫山犬，尤其是前者，要多领教领教他们的铜皮铁骨。

至于袁宣所在的三郎庙，陈平安在龙泉郡查阅北俱芦洲风土人情的时候就已经有所了解。三郎庙是北俱芦洲一间最大的兵器铺子，口碑极好，名副其实的交友遍天下。当然，三郎庙修士最著名的，是一个个都很能打。

难怪袁宣会如此单纯心善，与老龙城范二有些像，似乎跟在倒悬山拥有一座猿蹂府的皑皑洲刘幽州也有些相似。一个能够让披麻宗宗主竺泉都上心、让金丹地仙杜文思亲自迎接的三郎庙弟子，鬼蜮谷那些山泽精怪，在他眼中，当得起"大妖""凶悍"这类措辞？说到底，还是在善意提醒他陈平安。

有钱人家的孩子若是人人如此，大概世道就能太平许多吧。只可惜书简湖黄鹤、桐叶洲大泉王朝边陲客栈遇到的三皇子刘茂，还有那个风雪夜杀陈平安不成反被杀的皇子，这样的权贵子弟很多。

即便遇上了都可杀，也皆杀，似乎总是杀不干净的，这些顺着各自脉络走到高位的货色只会如雨后春笋般冒出一茬又一茬，春风吹又生。是世间齐先生这样的人太少太少，还是崔瀺这样的人必须存在？

陈平安行走在山野荒芜小路上，摘下养剑葫，喝了一口，却发现里面是那山涧水了，而不是酒。他回望一眼自己在日照下的背影，脚尖一点，在枯黄茅草上飞掠，直奔铜官山而去。

鬼蜮谷六圣之一的搬山大圣就出身铜官山，那只搬山猿肉身淬炼得无比强横，使一双流星锤。

与陈平安分道扬镳的袁宣那边，当少年发现杜文思是个话不多的和蔼长辈后，他自己的话反而多了起来，将一路上的见闻趣事都说给杜文思听。其间杜文思有意无意转头看了一眼那个年轻游侠的背影，若有所思。据说肤腻城范云萝在乌鸦岭被一位年轻剑仙重创，差点没死在对方剑下，还是白笼城蒲襈出面阻拦才没有惹起更大的风波。

不知道袁宣是怎么与此人认识的，瞧着此人不像是个性子急躁的修士，为何如此锋芒毕露，到了鬼蜮谷应该没多久，就直接惊动了蒲禳？若是蒲禳执意杀人，鬼蜮谷没谁拦得住，宗主不行，京观城那位玉璞境英灵也未必可以。

蒲禳杀剑修，尤其狠辣，从不手软。杜文思想起近年那些风吹草动，各大城池之间的暗流涌动，便有些忧虑。冥冥之中，风雨欲来。

杜文思已经算是披麻宗最不理会修道之外俗事的练气士，而且从宗主到同门，也有意让他不掺和其中，只管安心打破瓶颈，可如今连他都察觉到那些蠢蠢欲动，鬼蜮谷事态的严重可想而知。至于肤腻城范云萝对外宣称自己是她的义兄，杜文思只觉得哭笑不得，还有些佩服她能够琢磨出如此想法，便由着她去了。

修行之人的大道根本如一座山岳，红尘种种皆是过眼云烟，山上的草木枯荣、山涧流淌，无须留住，所以都可以不用计较。

陈平安缓缓而行，思绪飘远，始终无法心静。

这个世界，可能没有我们想象的那么好，但也可能没有我们想象的那么坏。

可是每一种"可能"，都意味着意外和万一。在人生道路上遇到的每个人，可能都是别人牵肠挂肚的梦中人。

陈平安越来越明白那些为恶之人的心路脉络。但是他始终不明白，为什么这样的人可以活得很好，甚至比好人还好。

不知不觉，陈平安眼神深沉幽邃，但心头阴霾又很快散去，只是觉得有些郁闷。等他到了铜官山，别说搬山猿，就连一只攀山犬都没能碰到。估计是杜文思先前的御风远游动静太大，惊吓到了这边的精怪鬼物。

陈平安有些无奈。若是平时，性情暴戾的搬山猿只要给它嗅到了一丁点儿人味，应该会很轻易就主动现身才对。

他故意盘桓不去，以寻常五境武夫的修为四处逛荡，可大半天工夫过去了，仍是没有一条鱼儿咬钩。他只好在一处视野开阔的地方歇脚，打算在此夜宿，如果一晚上没点反应，便就此作罢，继续赶路。他就不相信，之后那六圣妖物他会一只都碰不着。

陈平安在入夜后，点燃篝火，练习剑炉立桩。就这样坐了一宿，无事发生，他只得离开铜官山。

铜官山上一处腥臭无比的秘密洞窟中，透过一处巴掌大小的隐蔽窗口向外张望，一只并未选择幻化成人形的银背搬山猿虽然行走与人无异，可嘴脸、体形与那一身绒毛仍是十分扎眼。它招招手，身后很快凑过一个贼眉鼠眼的矮小男子。

搬山猿沙哑道："赶紧去禀报搬山大圣和那伙客人，就说这家伙真来了，确认无误，正是那个让肤腻城栽了个大跟头的家伙。"

矮小男子正要沿着一条地底通道离去，搬山猿提醒道："记得机灵一点，拣选一条隐蔽路线，宁可绕远路，也别撞到那人剑尖上去寻死。你小子死了不算什么，耽误我家搬山大圣的正事，老子就将你那窝鼠子鼠孙一锅炖了。"

矮小男子谄媚道："绝不会误了大事。"他沿着那条地道，在远离洞窟的一处石壁缝隙中走出，向前一扑，恢复真身，是一只身大如犬的黑鼠，然后开始撒腿狂奔。

鸟有鸟道，鼠有鼠路。这只鼠精看似肥硕，实则十分矫健，穿山越岭快若奔雷，不敢有任何逗留，一路飞奔。

离了铜官山地界后，鼠精还骤然钻地消逝身形，约莫半炷香后，才从一里地外的树根处破土而出，探头探脑，确定无人跟踪后，这才继续埋头赶路。只是鼠精怎么都没有想到，身后遥遥跟着一个陌生人，那人摘了斗笠、剑仙以及养剑葫后，往脸上覆上一张少年面皮。鼠精已经足够小心谨慎，只是对方的道行似乎更高一筹。

正午时分，小心翼翼穿过两只大妖辖境接壤的边境线，鼠精终于来到那位搬山大圣的山头，恢复人形后，汗如雨下，气喘吁吁。

虽说六位大圣同气连枝，共同御敌，可是自家夫妻、兄弟之间还要拌个嘴，有点冲突摩擦没什么稀奇的，只是苦了他们这些修为不济的小喽啰，经常无缘无故就成了某位大圣爷爷的盘中餐。毕竟，将他们饱餐一顿是可以涨修为的，尤其是那些连人形都难以维持太久的半吊子精怪，更是贱命一条。

山路开阔，鼠精到了自己地盘，胆气十足，刚甩起袖子要登山，就发现另外一个方向的小路上走来一个熟悉身影，佝偻驼背，摇摇晃晃，像是个走路都不稳的乡野老农。鼠精大喜，屁颠屁颠跑去，高声喊道："小的拜见老祖宗！"

老头儿腰间缠绕一根粗麻绳索，脚穿草鞋，其貌不扬，眯眼成缝，似乎眼力不济，耳朵也不灵，歪过头，扯开嗓门问道："你谁啊？说个啥？"

鼠精伸手挽住老人的胳膊："是我啊，铜官山那边来的，与老祖宗还沾着亲呢。"

老人哦了一声，也不拒绝鼠精的殷勤搀扶，走了几步，突然停下脚步嗅了嗅，瞪大眼睛，精光四射，哪里还有半点腐朽老态。他四处张望一番，厉色道："不对劲不对劲，有人味儿，肯定是人味儿！好家伙，真是够鬼祟的，藏得这么深，差点连我都给蒙蔽了。"

鼠精两腿战战发抖，差点瘫软在地。敢情自己这一路，屁股后边就吊着个传说中的年轻剑仙？

老人咦了一声："跑了？"

他转而对那徒子徒孙怒喝道："你这废物！给人盯梢了都不知道，若是那群脏东西派来的密探，坏了我们的山水大阵，你一百条命都赔不起！"

鼠精彻底腿软，坐在地上，脸色惨白，好在没忘记正事，将铜官山的事情说了一遍。

老人神色变幻不定。

眼前这个半死不活的老头子身份可了不得,正是六圣之一,自号捉妖大仙,身为精怪却腰缠一根缚妖索,在那缚妖索当中便藏有两根铜绿湖千年银鲤的蛟龙之须,捕捉寻常妖物鬼魅真是手到擒来,一旦敌人被束缚住,便会被活活搅烂寸寸肌肤、拧碎块块骨头。老人说这样的肉才有嚼劲,那些点点滴滴渗出的鲜血才有酒味儿。

老人猛然摘下那根缚妖索丢掷而出,如蛇扭走,四处游弋,片刻后闪电掠回,被老人握在手中:"的确跑了。"

他腾云驾雾,不再徒步闲逛,火速去往那只搬山猿开辟出来的洞府。

数十里外,以少年面容示人的陈平安在山林中快速潜行。不是什么知难而退,而是临时改了主意。

先前尾随那只鼠精去往搬山大圣的山头,远远看到一支队伍,皆是精怪,五花大绑了一个大活人,是个长得瘦弱斯文的青衫公子哥,手脚给捆在一根竹竿上,两个幻化人形不全的喽啰肩挑竹竿,走得晃晃悠悠,可怜那文弱书生给晃荡得气若游丝。

为首一只精怪人模人样,儒士装束,附庸风雅,手持一把白骨折扇在胸前缓缓扇动,扇面绘有一枝桃花。他身旁跟着个山羊须老者,一路闲聊。他们先前便是专程去接驾的,这位桃扇君子是自家避暑娘娘最宠信的得力干将,经常能够从铜臭城拐来活人,给避暑娘娘改善改善伙食。

山羊须老者嘿嘿道:"君子老爷,读书人真是稀罕物了,味道一定极好,到底是怎么抓来的,给说道说道?"

桃扇君子颇为自得,缓缓道:"费了不少心思。这个愣头青在铜臭城附近游山玩水,我便上去与他聊了些诗词曲赋,聊得尽兴,骗他自己走出了铜臭城地界,半点麻烦都不会给咱们娘娘招惹,铜臭城那边就算事后察觉,我也不理亏。"

那文弱书生颤声道:"我是铜臭城钦点的新科进士,你们不可以吃我,吃不得啊……避暑娘娘若是真想吃人,我可以帮忙,我帮你们多骗几个人回来,山野樵夫,或是那些仰慕我才华的女子,都行……"

桃扇君子讥笑道:"咱们读书人的话也能信?瞧瞧,你不就是信了我,结果如何?"

书生默默垂泪。

青庐镇附近那座十分奇特的铜臭城鱼龙混杂,活人鬼物杂居其中,并且还能够相安无事,相对鬼蜮谷其余城池,铜臭城算是最安稳的一座,四周地带罕有厉鬼凶魅,城内也规矩森严,禁绝厮杀。这与它临近青庐镇有关,准确说来,是与虢池仙师竺泉有关。

两万余阳世人世世代代扎根于此,早年是一拨门派覆灭、逃难至此的流亡修士,与铜臭城交了一大笔神仙钱,得以繁衍生息。数百年之后,众多子嗣便安心定居于城内外,后来又不断有散修齐聚铜臭城,类似仙家山头附近的老百姓,与城中鬼物妖魅共处，双方都习以为常。

只不过铜臭城附近的活人大多阳寿不长，往往半百岁数就算是高龄长寿了，而铜臭城的世俗女子即便没有半点修道资质，仍是生得明艳动人，不过凋零得也极快，往往二十五岁之后便呈现出人老珠黄的迹象，令人扼腕痛惜。铜臭城每年都会拣选一拨约莫豆蔻年华的秀美少女交由教习嬷嬷精心调教一番后，送往其余城池担任权势阴物府邸中的侍妾、婢女，作为拉拢手段。

铜臭城城主有个名气半点不比他小的妹妹，每月初一、十五，她有在城头抛撒金钱之嬉，其中偶尔会夹杂一两枚小暑钱。

铜臭城还有一座金銮殿，有个小朝堂，城主一口气封了百余个文臣武将，六部衙门齐全，每旬都要召开朝会，有模有样。还有科举，只是没有什么乡试会试，只有殿试，毕竟铜臭城就那么点人，粗通文墨的少之又少。城主的妹妹就自封了一个"点校宰相"的官衔，亲自负责科举出题和阅卷一事。

桃扇君子便与山羊须老者聊到了鬼蜮谷北边的热闹事。这个出了一趟远门的持扇精怪在铜臭城听来些小道消息，内容十分夸张，但是传得有鼻子有眼睛。他本来打算见着了避暑娘娘再显摆一二，只是山路漫漫，太过沉闷，便娓娓道来："据说有两个水灵得不像话的外乡女修，其中一个极有可能是壁画城的骑鹿神女，她俩乘坐一艘渡船，不知死活，胆敢直直去往京观城，气势太盛，前期一路上竟然没有任何城主敢拦阻。直到临近京观城，才有一位城主动用那架守城重器，嗖嗖嗖，蹿出去至少百八十把飞剑。"

山羊须老者震惊道："乖乖，若是咱们，早给打成筛子了吧。"

"就你？人家每动用一次剑床齐射，知道要消耗多少神仙钱吗？换成咱们娘娘，才有这般待遇。"桃扇君子呵呵笑道，"言归正传。千钧一发之际，不承想还有一名护花使者，自称周肥，人如其名，长得相当不堪，本事倒是恁大，直接撒下一张大网，传闻那厮亲口所说，那张网是由大几千枚雪花钱炼化而成。总之一股脑儿收走了那些飞剑，嗡嗡作响，跟装了一大麻袋蚊蝇似的。城池那边不甘心，飞剑又去了一拨，你们猜怎么着？"

一个喽啰大大咧咧道："跑路呗，还能咋的。"

桃扇君子一脚踹去，将其踢飞出去数丈远，然后自顾自说道："那丑八怪又抖搂出一张网，一模一样，依旧是用神仙钱堆出来的法宝，还说他别的本事没有，躺着赚钱的能耐他自个儿都怕。这般男子，也亏得丑了些，不然我都想往他头上撒泡尿了。"

众妖哗然，只觉得在听天书了。

山羊须老者轻声问道："后事如何？在京观城是不是打得更厉害了？双方拼个鱼死网破，同归于尽，那是最好不过了！"

"老羊啊，你长得跟那周肥有一拼，偏偏还想得美，这样不好，得改改。"桃扇君子调侃之后，有些惋惜，"没啥后来了，北方诸多京观城的藩属城池便开始戒严，再未走漏风声到咱们南边,铜臭城的消息就只有这么多。唉,那两个小娘子多半是羊入虎口了,那个丑八怪的法宝再厉害,能有京观城城主的修为高?"

陈平安远远跟随,有些疑惑不解。姜尚真为何重返北俱芦洲,并且还要与那位走出画卷的骑鹿神女携手硬闯鬼蜮谷京观城?难道骑鹿神女在摇曳河渡口碰壁后,便转头选择了姜尚真做主人?至于另外一个同行女修,又是何人?

且不管这些,何况他想管也管不着,如果真是姜尚真出手,与京观城纠缠,那就是一场真正的神仙打架。自己先会一会这位避暑娘娘再说。

宝镜山半腰的深涧,杨崇玄坐在水边,百无聊赖,揉着脸颊。他在这儿守株待兔好些年了,实在是有些烦闷。机缘得手之后,一定要去北边走走,最好是在砥砺山上跟人痛痛快快打上几架。这些年久不露面,另外一个化名的威势都给好些后起之秀压了下去。

杨崇玄又挠挠头,前些年习惯了秃顶,还真是有些不适应了。那句谶语到底准不准?虽说待在这边也算修行,只要有事没事就去水中泡澡就可以打熬魂魄,可比起当年以那座火山岩浆淬炼体魄来其实还是差了许多。何况他的性子从来就不愿意受拘束,如果不是家族下了死令,娘亲都快要搬出孝道来压他了,不然他真不乐意跑这一趟,交给那个办事稳重、境界不低、名气极大的宝贝弟弟不是更好?再说了,即便自己得了那面三山九侯镜,家族最后还不是要交予弟弟炼化为本命物。他倒不是对此心有芥蒂,见不得他那个弟弟更好,只是待在这鸟不拉屎的宝镜山,太枯燥了,这也是那只西山老狐能够活蹦乱跳的原因之一,当个乐子耍,可以解解闷。

杨崇玄随手一抓,就从雪白石崖上抓起一把石块,手心再一攥,碎成多颗石子,被他轻轻抛入水中。

他与他那个声名赫赫的出息弟弟只是互相看不对眼而已,远远不至于反目成仇。他这个当哥哥的,看不惯弟弟自幼便老气横秋,书呆子一个。那个做弟弟的,打小就不喜欢他这个哥哥到处闯祸。如果兄弟身份互换,可能烦心事就要少很多。

他娘的,早知如此,当年他不小心从娘胎里先出来,就应该赶紧爬回去。杨崇玄哀叹一声,抬头望向北边,大声诉苦道:"我的亲娘啊,这苦日子啥时候是个头?"

对岸树林中跑出一个魁梧青年,屁颠屁颠,怀里捧着一大堆从别处山头摘下的野果,嚷嚷道:"杨大哥,你也想娘亲啦?"

杨崇玄托着腮帮,懒得说话。自己每天都很心累啊。

那人跃过深涧,落在杨崇玄身边,递过去一颗野果:"杨大哥,这玩意儿嘎嘣脆,贼好吃。"

杨崇玄接过状若白梨的野果,啃咬起来,含糊不清道:"韦高武,你姐到底有没有暗中相好的如意郎君？"

原来这捧果献媚的魁梧汉子正是那只西山老狐的幼子，撑伞狐魅韦太真的弟弟韦高武，至于这两个姓名，自然都不是他们姐弟的本名。

韦高武摇头道："自然没有，我姐眼光高着呢，瞧瞧，她连杨大哥你都没相中。我估摸着，我姐这辈子啊，是注定要当个嫁不出去的老姑娘了。"

杨崇玄便不再追问。这个看似蠢憨蠢憨的傻大个，在宝镜山一带的山精当中是给人欺负惯了的，就是个扛旗巡山的喽啰鬼物都可以对他吆五喝六。可韦高武其实不傻，甚至可以说是一家三口当中最聪明的一个，聪明到猜出了他姐姐的最终命运可能会不太好。

能做的，韦高武都做了；不该做的，一件都没有做。可依然无法改变他姐姐的结局。杨崇玄很好奇，真到了那一天，韦高武还能不能继续装傻。是拼命还是忍辱负重，在鬼蜮谷苟延残喘、奋力挣扎，希冀着将来能够向自己报仇雪恨？

这也是杨崇玄解闷的法子，想一想这些自己的芝麻小事、别人的天大惨事，就挺有意思。

杨崇玄又接过一颗野果，用破烂袖子擦了擦，随口问道："粉郎城那边怎么说？"

韦高武笑呵呵道："上次城主大人与杨大哥谈心后，我在破庙见着了他，还夸我是个有福气的，能够认识杨大哥这样的英雄豪杰，还邀请我去粉郎城做客呢。"

杨崇玄笑道："这说明粉郎城城主是个好说话的。"

韦高武咧嘴一笑："我晓得的，其实还是沾了杨大哥的光，不然城主大人不小心瞧了我一眼都嫌脏了他的眼。"

杨崇玄问道："近期其他地方有没有趣事发生？"

韦高武就是个帮着跑腿打探消息的，这只狐精的胆子看似比针眼还小，可能一辈子都没发过火动过怒，可其实并不小，别说附近山头和粉郎城，连兰麝镇他都敢去。不过韦高武接触的当然只会是鬼蜮谷最底层的鬼物、精怪和野修，杨崇玄完全能够想象韦高武平日里与谁都是点头哈腰、憨笑不已的低贱模样。

韦高武点头道："有的，我刚去了趟兰麝镇，听说那个杨大哥你特别烦的刘景龙与一个贼俊俏的外乡道姑在那砥砺山打了个天翻地覆。"

杨崇玄说道："刘景龙竟然愿意与人厮杀，而且还选了砥砺山这种最抛头露面的地方？他用了几招打死对方？"

韦高武轻声道："两败俱伤，两人都奄奄一息倒在血泊中，躺了老半天都没能起来。最后算是刘景龙险胜，因为是他率先站起身，那道姑慢了些许。"

杨崇玄皱了皱眉头。那个刘景龙比他弟弟的名气还要大些。

人人争强好胜的北俱芦洲，无论山上山下，都最喜欢排座次，也正因为如此，打得更是惨烈。道家天君谢实在内的山顶十人之外,还有刘景龙在内的十位年轻俊彦,杨崇玄的弟弟位列第九,刘景龙高居第三。此人也被誉为北俱芦洲的陆地蛟龙,板上钉钉的未来一洲山顶十人之一。

杨崇玄烦他,是因为少年时的一场私下切磋,死活打不破对方的一个简单阵法。要知道,刘景龙可是一位剑修,而不是什么阵师。而且这个家伙比自己弟弟更惹人厌的地方是他最喜欢讲理,不是那些高蹈虚空的清谈玄理,而是最低最浅的道理,所以反而更让杨崇玄憋出内伤。

杨崇玄笑道:"这一战过后,又让琼林宗挣了不少银子。"

韦高武好奇问道:"杨大哥,那琼林宗是个什么门派?"

杨崇玄道:"你们鬼蜮谷那座铜臭城算是会挣钱的吧,如果见着了琼林宗,得跪地磕头认祖宗。"

韦高武有些神色恍惚,老老实实捧着那些野果,蹲在杨崇玄身边,望向远方。

杨崇玄说道:"山外有山,天外有天,可拳头不硬,你韦高武不管走到哪里都只是鬼蜮谷的韦高武,除了个子高些,名字里边有个'高'字,其余什么都不高。外边没什么好憧憬的,你还不如待在鬼蜮谷混日子。"

韦高武轻声喊道:"杨大哥。"

杨崇玄拍了拍他的肩膀:"滚吧。"

韦高武重重唉了一声,将怀中野果轻轻放在一旁,跃过山涧,就此离去,到了对岸密林边缘,还不忘转头挥手作别。

杨崇玄伸出手掌,轻轻张嘴一吐,手心多出一点米粒大小的猩红汁液,笑着摇头。还是不够聪明,连自己是练气士还是纯粹武夫都不清楚,就敢玩这些杂耍一般的小伎俩?不过这韦高武肯定是打死都猜不出真相的,哪怕给他两次机会。因为杨崇玄两者皆是,而且成就都极高。

这要归功于当初与刘景龙一战,当时两人既是同龄人,也算半个朋友。那次交手,刘景龙未必在意,却让性情散淡的杨崇玄变了一个人。

杨崇玄是化名,行走江湖的"杨进山"也是。只不过杨崇玄这个名字估计没谁在意,只是在北俱芦洲山上,游侠杨进山以及绰号杨屠子却是鼎鼎大名,远远比他的真实姓名更加名动一洲。

他那个同样天生道种的弟弟天生亲水,他这个哥哥则天生亲山。所以宝镜山,家族还是让他来了。

他娘的,这种狗屁理由也能掰扯出来?眼前这深不见底的水涧又算什么?杨崇玄拍了拍手掌,后仰倒去。

混账理由之外,还有个玄之又玄的说法:亲水的弟弟极有可能会在宝镜山遇到一场性命攸关的大道之争,十分凶险。杨崇玄就纳了个闷了,在这鬼蜮谷,除非是京观城城主和那个蒲骨头架子失心疯,弟弟能有什么危险?他这个弟弟又不是什么软柿子,泥鳅似的,寻常元婴哪里抓得住那个擅长保命且最会跑路的家伙。披麻宗竺泉不傻,说不定还要帮着庇护他一二。小玄都观和大圆月寺那两位世外高人更不是惹事的主儿,尤其是小玄都观那位,说不定还要对弟弟青眼相加,岂不是又一桩不大不小的善缘?连同那句谶语以及这些神神道道的说法,都让他觉得没劲。

杨崇玄突然没来由想起那个头戴斗笠的年轻游侠。看得出来,他跟自己其实是一路人。不过自己当时没什么较劲的念头。机缘将至,多一事不如少一事,这种老话还是要听一听的。

难道就是此人?杨崇玄开始深思,双手掐诀,默默演算。推衍一事,他虽然学得敷衍了事,可比起一般的高人还是要强上一筹,毕竟家学渊源。只是片刻之后,杨崇玄就开始闭眼睡觉。

"关我屁事,日上三竿我犹眠,不管人间万里愁。"他喃喃,"还是羡慕那火龙真人,醒也修行,睡也修行。不知道天底下有无相似的仙家术法,若是有的话,一定要偷来学上一学。"

一个醇厚嗓音在杨崇玄身边响起:"有自然是有的,一个在流霞洲,能够夜寐悟道,故而他的修行一途事半功倍。如今此人来了北俱芦洲,若是贫道没有算错,正是此人得了壁画城那幅挂砚神女图的机缘。至于另外一人,前因后果刚好与贫道这一脉某位祖师有些瓜葛,所以知道他是在东宝瓶洲那骊珠洞天出身,只是如今已经在南婆娑洲,可以于白日梦中练剑,只要不意外夭折,大道可期,只不过这两人之间迟早会有一场大道之争。"

杨崇玄没有睁眼,微笑道:"原来是观主大驾光临,怎么,跟我一个晚辈争抢机缘来了?这不好吧,一面照彻妖物本相的光明镜而已,难道老观主也瞧得上眼?"

一位老道人盘腿坐在杨崇玄附近,无须动用丝毫灵气,不过心意一动,深涧水雾便已经自行凝聚出一张蒲团,正是那位小玄都观的老观主。

老道人没有回答杨崇玄有些无礼的问题,只是望向深涧,感慨道:"再观此水,仍是会觉得造化无穷,匪夷所思。"

杨崇玄坐起身,叹了口气:"不承想我也有靠家世才能稍稍安心的一天。"

老道人笑道:"爹娘本事大,便是自己投胎的本事大,这又不是什么丢人的事情,小道友何须如此烦忧。"

杨崇玄咧嘴笑道:"事先说好,我只求你别跟我争这宝镜机缘,至于什么传授道法、结个善缘的好事,我弟弟兴许来者不拒,至于我这边,观主就莫要做了,我不收的。"

老道人爽朗大笑:"贫道倒是觉得你比令弟更妙。"

杨崇玄双手抱住后脑勺:"就当是夸人的好话了。"

北俱芦洲中部最大的王朝设有一座崇玄署,掌京都诸多观之名教,道士之帐籍与斋醮之事,同时管着寺庙以及所有僧人的谱牒。而崇玄署的主事人姓杨,既是一国国师,又拥有一座云霄宫,祖上曾经出过三位上五境修士,只不过都已先后兵解离世。

云霄宫是一座道家子孙丛林,类似龙虎山天师府。权势之大,底蕴之深,不可想象。年轻一代中,有两名年轻俊彦,是一对同胞兄弟,年幼时分便俱被誉为天生道种。其中弟弟受天君谢实相中,虽然谢实无法收徒,但依然对其传授道法。至于哥哥,年少时便喜好云游四方,神龙见首不见尾,据说天生重瞳,既占了早出生的便宜,又比弟弟多出一桩异象,本该是名正言顺的未来家主,可惜性情太过散漫,家族苦劝无果,便放任自流了。随着时间推移,弟弟便隐约成了崇玄署下任羽衣卿相的必然人选,哥哥则被弟弟巨大的声誉阴影所笼罩,越发沉寂无名。

老道人抬起头,望向远方,应该是鬼蜮谷入口牌坊楼那边,然后视线偏移,去往兰麝镇方向,微笑道:"此次前来,是告诉你,机缘来了。"

杨崇玄不为所动:"观主为何要跑来与我说这个?"

老道人神色凝重,缓缓道:"贫道先前算了一卦,竟是杀人大吉的卦象,可福祸相依,反而让贫道有些心神不宁,在本心与大道之间出现了一丝瑕疵。最终我将选择让给了别人,此时既如释重负,守住了本心,又怅然若失,好似与机缘擦肩而过。"

杨崇玄讥笑道:"言下之意,观主是要借刀杀人?自己干干净净,让我当这个急先锋、冤大头?连观主都犹豫要不要杀的人,我就算能杀,代价之大,我这细胳膊细腿的,担得起?"

老道人摇摇头:"你是不在青冥天下那三脉之中的天生道种,何等珍稀,贫道才会离开小玄都观,与你说这些。"他站起身,"好自为之。"

杨崇玄突然问道:"我有一事不解,还望观主解惑。"

老道人点头道:"但说无妨。"

杨崇玄问道:"最需要懂道理的人,恰恰是最听不进道理的。愿意听人讲理的,反而又不太需要那些道理。怎么办?"

老道人笑道:"这是那儒家门生该思量复思量的问题,至于你,多想一个念头也是累赘,何必自寻烦恼。世间多庸人自扰,乐在其中罢了,你去吵醒他们美梦作甚?骂你一句聒噪都算脾气好的了。心眼小的,还要视你为仇寇。如此一来,到底是他们傻,还是我们傻?"

杨崇玄哑然失笑,站起身,很是正儿八经地抖了抖衣袖,竟是破天荒打了个稽首:"谢过观主解惑。"

随即又脱口而出了一句肺腑之言:"大道修行,求真而已。"

老道人露出一抹激赏神色,轻轻点头,一闪而逝。

杨崇玄回过神后,摊开双手,握紧拳头:"强者开道,披荆斩棘;弱者盲从,随遇而安。"他用掌心摩挲着下巴,片刻之后,憋了半天,忍着笑,有些辛苦。

那个问题,他哪里会在乎,其实是刘景龙这些年最为难的症结所在。但是小玄都观观主的答案出人意料,确实当得起他一个稽首大礼。

重返桃林,老道人却没有着急去往道观内,而是行走在桃树下,仰头望向天幕。

那个年轻游侠不管为何婉拒了入观喝茶,其实依然不算结束,所以他才会询问好友老僧需不需要留着那杯千年桃浆茶。

其实这种事情,小玄都观哪里需要老僧一个外人来决定?而老僧当时只说了四个字:言多必失。这让他心有所悟,立即警醒起来。

最终做出决断后,老道人重归心如止水的无垢心境,只是越推衍越觉得不对。以他如今的修为,便是鬼蜮谷京观城的城主要来一场生死厮杀都不至于让他乱了道心丝毫。于是他便耗费大量真元,足足毁去甲子修为,才施展出远古神灵的俯仰观天地之术——他敢说这是天底下独一份的本命神通——终于被他找到了蛛丝马迹。

一条线的两端,一头在那身在京观城的贺小凉身上,一头在那个年轻人身上。这已经足够奇怪,但是更骇人的还在后边一条线上:以贺小凉为起始一端,那条线离开骸骨滩鬼蜮谷,直去北俱芦洲天幕,像是与另外一个天下的某人有所牵连!这让早已拥有无垢之身的老道人收起神通后都是大汗淋漓,心中大骇。

贺小凉是谁的弟子?为何一个东宝瓶洲的外乡女修在北俱芦洲能够如此迅猛崛起,并且在天君谢实的倾力扶持下成功开宗立派?!北俱芦洲,只要是真正站在山巅之上的,谁人不知?老道人怒目仰望,恨不得立即杀向那个天下,去往白玉京,与那位掌教讨要个说法。

一旦顺着卦象杀人,福缘未必是假。可你陆沉当我是一个牵线傀儡,一条去别家院门摇尾乞怜的狗吗?!

青冥天下。白玉京。

一个年轻道士懒洋洋地坐在白玉栏杆上,脚下是一片片高低不一的云海,皆由广沛灵气汇聚而成。他笑眯眯道:"大小玄都观,都有好手段。"

先前他一直歪着脑袋,双指虚拈一根细线,竖耳聆听,断断续续,十分模糊,听不真切。这根线,便是他都不太愿意去亲手触碰。此刻他坐直身体,屈指一弹,将那根线随意绷断。

本来就是顺藤摸瓜的小把戏,真不是他意图不轨。那小子如今是死是活,是福是祸,他可不去蹚浑水了,而是贺小凉有件事情竟敢自作主张,且做得拖泥带水不说,她自己还浑然不觉后果，所以那小玄都观的小牛鼻子算是冤死他陆沉了。这笔账，记在自家天下的玄都观头上好了，回头就去撒泼打滚，一天不讨回公道，就在那儿骂一天街。

陆沉揉了揉下巴，自言自语道："不过我这小弟子真是个福气大的，还没真正出招呢，就差点莫名其妙宰掉了那小子。"

一个道袍、道冠都不在道祖原有三脉中的少年来到陆沉身边，问道："三师兄，有新鲜事儿？"

陆沉转过身，摸了摸少年的脑袋："小师弟，一定要争气啊，可别让我这小师兄又输给姓齐的一次，小师兄最记仇了，知不知道？"

少年笑容僵硬，看到陆沉笑容玩味，立即转头跑路。

可在这个天下，在这座白玉京，少年能跑到哪里去？

果不其然，他好似被一只手掌拽住后领，直接丢向白玉京之外的云海，不但如此，还给陆沉禁锢了所有灵气。

数位仙人立即从白玉京各处飞掠而出，试图接住这位身份尊崇的新一任小师叔。陆沉一巴掌一个，将他们打飞。

少年急急下坠，一位暂时担任少年护道人的飞升境修士一咬牙，正要硬着头皮掠去救人，被陆沉冷冷一瞥，立即道心涣散，赶紧束手而立，稳住心神。

就在少年即将坠地之际，天幕处几乎同时破开两个大窟窿，两抹虹光砸向白玉京，声势浩大，惊世骇俗。虽然两处窟窿很快就自行填补起来，但是刹那之间就有几道阴影迅猛流窜进入青冥天下，都刻意绕开白玉京，试图隐匿起来。

陆沉面无表情，伸手点了数下，那几道阴影疯狂逃窜的方向上就凭空出现了一尊尊身高千丈的金甲神灵，将一道道阴影分别打烂。

陆沉轻轻一跃，转瞬间就来到白玉京脚下。

少年悬停在离地一尺的空中，手脚僵硬，万念俱空。

陆沉蹲下身，缓缓道："护道人是身外物，道祖弟子身份是身外物，自己的生死还是身外物。"

额头渗出汗水的少年点点头，陆沉按住少年脑袋，轻轻往下一按，活生生的一位道祖关门弟子顿时变作一摊肉泥。

陆沉微笑道："不真正死上一回，如何真正知……道？"

一个身材高大的中年道人出现在陆沉身边，一挥袖，笼起少年所有魂魄入袖后，皱眉道："你就是这么当师兄的？"

陆沉笑道："总比你当年强些吧。"

高大道人摇摇头，一跺脚，拔地而起，去往白玉京最高处。

陆沉突然给人用手臂勒住了脖子。那个家伙应该是个子不高，得稍稍踮起脚尖才能够上陆沉。但他半点不见外,嬉皮笑脸问道:"我方才这一拳如何?角度刁不刁钻?"

陆沉点头道:"风采依旧。"

那人的胳膊加重力道,使得陆沉身体微微后仰。那人眯眼问道:"有笔旧账,咱们算一算?"

陆沉笑道:"天外天我是不去的,在这里打,你没有剑,又伤不到我。再说了,这会儿白玉京多少仙子都瞧着咱俩呢。"

那人这才松开胳膊,陆沉拍了拍袖子,有些无奈。

那人面朝白玉京高处,瞪大眼睛使劲望去,突然低头朝手心吐了口唾沫,掌心互搓,然后高高举起双手,从前往后,狠狠捋了捋头发。他觉得这会儿要是手里有面镜子,估计都得当场炸裂。

他咳嗽几声,润了润嗓子,正要开口说话,陆沉无奈道:"不用自我介绍了,白玉京上上下下都知道你叫阿良。"

阿良依然一本正经地与白玉京仙子们自我介绍道:"善良的良。"

陆沉笑问道:"既然坚持自己是一名剑客,你的剑呢?"

阿良反问:"剑客一定要有剑吗?"而后自问自答:"我看未必。"

陆沉点头道:"天地有侠气处,即痛快出剑处。我知道你的想法,若是成了,一定会很壮观。"

那个子不高、相貌……其实也就那样的汉子,同样是一跺脚,拔地而起,却不是去往白玉京寻找道老二,而是拳开天幕,重返天外天。

陆沉负手而立,仰头望去,久久不愿收回视线。

总有一些人,无论敌友,都会让旁人心生钦佩。这一点,这个阿良,其实比自己和齐静春都要做得更好。

陆沉突然想起一件事,会心一笑。大概那位竹海洞天的青神山夫人未必会这么想吧。

那避暑娘娘的洞府建在一座名为剥落山的地方,山势不高,算不得太好的风水宝地。她本就是六圣当中势力最弱的一个,只是不知为何,剥落山始终在鬼蜮谷屹立不倒。反观搬山大圣,不但麾下兵强马壮,自身修为更是高出她一大截。

搬山大圣是一只血统不纯的搬山猿,虽然才五百年道行,可凭借着一副天生强韧的体魄,最喜好与鬼物或是练气士近身厮杀,还重金购买了一副品秩极高的甘露甲傍身,又拥有一对杀力巨大的流星锤,如虎添翼。

剥落山的戒备稀疏不堪,三三两两的精怪扎堆,忙着赌钱,很是心无旁骛。不过剥落山有三处极其巧妙的连环山水禁制,虽然不是什么护山大阵,但是只要外人贸然潜入,很容易触发,惊动整座剥落山。

府邸悬挂"广寒殿"匾额,倒是打造得金碧辉煌,半点不寒碜,十分喜庆富贵,应该花了不少神仙钱,而且里里外外种了不少桂树,不过都不是什么奇珍异种。

在后院,一名身姿曼妙、脸庞却坑坑洼洼的妇人站在台阶上。她身穿一袭雍容华贵的宫装,见着了那个挂在竹竿上的书生后,眼睛一亮,腮帮鼓起,一起一伏。

妇人抹了把口水,笑得花枝乱颤,不等那已经酝酿好措辞的桃扇君子邀功半句,就被她连同所有碍眼的喽啰一并驱走。

竹竿被放在地上,书生姿势别扭至极,手腕勒痕已经淤青。他艰难开口,嗓音颤抖道:"避暑娘娘?"

妇人蹲下身,伸手抚过文弱书生的脸庞,眼神迷离道:"好久没见着这么俊朗的男子了,真好。小哥儿,放宽心,我是个会疼人的妇道人家,别听外边瞎传,什么避暑娘娘喜好爆炒不喜清蒸的混账话,我吃人的法子最是销魂了,男人都要喜欢万分的,我这剥落山哪里是什么龙潭虎穴,真真是你们男子的快活福地。"言语之间,她情难自禁,吐出极长极宽的一条古怪舌头,嘴角更有涎水滴落在书生脸上。

书生欲哭无泪,似乎吓傻了,直愣愣看着她。

避暑娘娘妩媚笑道:"瞧什么呢?莫要猴急,帮你松绑后,你我同去鸳鸯榻,什么都给你瞧。"

书生缓缓说道:"你这只蟾蜍倒是没有胡吹法螺,还真是月宫种啊,不虚此行。"

避暑娘娘愣了一下。

一瞬间,黑烟滚滚,煞气冲天,将她笼罩其中。一阵急促凄惨的哀号之后,很快就悄无声息,唯有一大摊鲜血在地面如花绽放。

烟雾散去,书生蹲在地上,避暑娘娘躺在地上,只剩下一具白骨。

书生满嘴鲜血,也不擦拭,打了个饱嗝,一边伸出手掌蘸了些鲜血,一边转头望向墙头,笑问道:"热闹看够了吗?"

饶是陈平安都大吃一惊。精怪鬼魅害人不少见,狐魅戏弄勾引书生也常有,可"书生"吃妖,陈平安是头一回见。他蹲在墙头上,腰间已经重新悬挂好养剑葫,问道:"这修为平平的避暑娘娘明显是有一座大靠山的,并且不会是其余大妖,你半点不怕?"

书生笑道:"不是刚好有你来当替死鬼吗?"

陈平安也笑道:"稍微讲一点江湖道义好不好?"

养剑葫内的初一、十五闪电般掠出,没有纠缠书生,而是直接没入土地。

吃一堑长一智,范云萝的辇车遁地让陈平安记忆犹新。

双方同时沉默。书生应该是忌惮这位年轻剑仙的剑会快过自己的独门遁术,陈平安则是怕他跑得太快。就这么没影了,这笔账还怎么算?至于被这个家伙栽赃嫁祸,其实无所谓，后边的麻烦，来什么接什么，本就是来此历练的，太过安逸，陈平安反而不习惯。实在不行就动用金色材质的缩地符，配合剑仙，暂时逃离鬼蜮谷，等到摸清了对方大致底细再进来，用钝刀子割肉这个笨法子慢慢磨，就看谁的耐心更好了，打不过再跑，跑了再来。

陈平安和书生几乎同时开口，又不约而同住口。

书生擦拭嘴角血迹："你先说，剑仙嘛，我生平最为敬重了。"

陈平安说道："你先说，还是你们读书人更金贵一些。"

书生一脸惊讶："咱俩就这么耗着？"

陈平安点头道："你高兴就好。"

书生眼睁睁看着那家伙手中多出一把长剑，一屁股坐在地上，双袖一挥，那些鲜血被聚拢为一颗圆球，萦绕在他身边，缓缓打转，然后他试探性问道："既然你讲江湖道义，那我也讲一讲和气生财？"

陈平安问道："怎么个生财法？"

书生指了指高墙以外，正气凛然道："这不是还有五只妖物嘛，不像这个家境寒酸的避暑娘娘，其余的个个家底丰厚。咱们兄弟齐心，其利断金，一起为民除害去！"

陈平安点头道："好。"

书生蓦然破口大骂道："好你大爷的好，你的杀气藏得好，可你那把剑就差长出一张嘴对老子喊打喊杀了！"

陈平安眯起眼，书生缓缓起身，神色漠然。

他是头一回碰到这位事迹已经传遍鬼蜮谷南方的年轻游侠，所以不会清楚，此时此刻的陈平安会让所有熟悉他的人，无论敌我，都感到陌生。可书生知道一件事：这家伙有好重的杀心，竟是压过了那把剑的剑气！

书生觉得这样也好，不如放开手脚厮杀一场。杀人夺宝，富贵险中求，他这辈子赌运奇佳，还没输过！

陈平安深吸一口气，晃了晃脑袋，然后抬手拍了拍心口，笑容灿烂道："不好意思，我这个人晕血。"

第四章
好人兄

当下剥落山避暑娘娘府邸处的两人就像走入了一场胜负难测的棋局,有三种选择:一、双方往死里打一场,只有一方得利,输的极有可能身死道消。二、一方退让,比如陈平安选择承担斩杀避暑娘娘的后果,或是那书生得了便宜不卖乖,不将脏水泼在陈平安头上。三、两人各退一步,携手离开这盘剥落山棋局,也就是所谓的你讲一讲江湖道义,我讲一讲和气生财,双方一起掉转矛头,指向其余五只妖物。

陈平安问道:"你不是妖,是鬼蜮谷黑吃黑的阴灵?"

书生拍了拍袖子,没好气道:"活人,大活人!一身纯阳正气如假包换。先前降妖的手段不过是吓唬你的旁门术法,行走江湖,没点遮掩身份的手段怎么成?"

陈平安问道:"那我们这就结盟,一起就近去找那位辟尘元君的麻烦?"

书生眼神古怪。陈平安瞥了眼地上避暑娘娘的白骨,有些了然:是自己不上道了,有点泄露马脚的意思。避暑娘娘既然已死,这座剥落山洞府岂会没有点家底,哪有入宝山而空回的道理,一看就不是个擅长打家劫舍的修士。

陈平安转移话题,笑问道:"你这么处心积虑,想必熟知广寒殿的宝库秘藏,此山收获,你我五五分账,如何?"

书生摇头道:"在这剥落山,三七分,你三我七。你不过是蹲在墙头看戏,给你三分利,不少了。其余山头杀妖之后,看各自本事高低和出力大小,再做定夺。"

陈平安摇头道:"四六。"

书生犹豫不决,最后露出一副忍痛割爱的表情,指了指地上那具骨架,道:"避暑娘娘的白骨虽然不是鬼物阴灵的那种白玉骨头，可在鬼蜮谷汲取日月精华近千年，早已淬炼得比地仙的金枝玉叶还要略胜一筹，十分珍惜，送给你后，我们再三七分，江湖道义，很够了吧？"

陈平安讥笑道："这么烫手的玩意儿，我收下后，等于是往自己裤裆上抹黄泥巴，难道不更应该四六分账吗？"再者，山泽精怪最珍贵之物自然是妖丹，想必已被那书生囫囵吞下，早早占了最大的便宜。

书生故作恍然，一拍脑袋，歉意道："是我失策了。行吧，那就四六分账，这具白骨留在这边便是。走，我带你去剥落山宝库搜刮珍玩秘宝。入口就在避暑娘娘那张鸳鸯榻下，这只母蛤蟆修为不高，可是仗着妍头的赏赐，以及其余五只妖物的处处相让，还是得了不少宝贝的。"

书生率先走入正屋大门。陈平安将剑仙背在身后，跃下墙头，跟随书生，只是一挥袖，便将白骨收入了咫尺物。

书生停步转头，一脸惊讶。陈平安微笑解释道："若是不小心给剥落山精怪瞧见了岂不是坏事，到时候打草惊蛇，误了我们接下来的杀妖大业，我还是先收起来为妙。"

书生气笑道："那我还得谢谢你？"

陈平安置若罔闻，环顾四周。这间极其宽敞的闺房内不乏奇珍异玩，不过脂粉气重了些，壁画尽是些不堪入目的春宫图，尺幅极大，得有一丈高。所幸画中男女不过枣核大小，既有帝王淫乱宫闱，也有勾栏青楼的春宵一刻，其中一幅竟然男女身穿道袍，男子仙风道骨，女子神光盎然，似是神仙道侣在修行房中术。这些画卷上还有密密麻麻的小楷旁注，大概就是朱敛所谓的神仙书？

书生一脚踹在那张巨大鸳鸯榻上，用了巧劲，鸳鸯榻滑出数丈竟是毫无声响。他蹲在地上，地板上镶嵌有一块光亮如镜的圆形精铁，大如水盆。他低头凝神望去，似乎在破解机关，忽又转头望去，气不打一处来。好家伙，他算是领教了何谓贼过如梳，兵过如篦。那个头戴斗笠的青衫游侠，别说是那六幅暗藏修行玄机的神仙图，竟是连避暑娘娘梳妆台上的瓶瓶罐罐都一股脑儿收入囊中。咋的，这辈子没见过钱啊？

只是书生很快转过头，继续打量那块纤尘不染如宝镜的奇怪精铁，眉宇间有一丝阴霾：明知道接下来还要走入广寒殿的宝库，遇到真正的宝物，还如此大肆搜刮这些不甚值钱的物件，莫不是有咫尺物傍身？一件方寸物可没这么大胃口。

陈平安还在翻箱倒柜，一边问道："你先前说那避暑娘娘是月宫种，什么意思？"

书生一手轻轻抹过"圆镜"边缘，一手在袖中掐诀，心算不停，随口答道："天地有日月，月者，阴精之宗。相传远古天庭有一座月宫，名为广寒。月宫内有那桂树、兔精和蟾蜍，皆是月宫种的老祖宗，凉霄烟霭，仙气熏染，各自成精成神。这位避暑娘娘就是月宫蟾蜍的子孙，只不过像那蛟龙之属千万种，高低不一，云泥之别，剥落山这位算是一只还凑合的月宫种妖物。"

陈平安称赞道："你倒是学问淹博。"他挑了一张花梨木椅坐下。不论如何搜罗房中宝物，他始终与书生相距十步，无形中算是表明一种态度。

书生闻言后摇头感慨道："吾生也有涯，而知也无涯。"

陈平安随口道："以有涯随无涯，殆已。"

书生转过头，瞥了眼陈平安。陈平安跷起二郎腿，手腕一拧，取出那把崔东山赠送的玉竹折扇，轻轻扇动清风。

书生已经转回头，伸出一根手指，轻轻敲击那块镜面。圆如明月的镜面之上，有地方开始缓缓拱起，最终变成了一座宫殿模样的建筑，如明月之中升阁楼。

陈平安赶紧收起折扇入方寸物当中，顾不得什么忌讳不忌讳，来到书生身边，凝视着那块原本浑然无瑕的精铁。当时远观，怎么看都是千锤百炼之后的平滑镜面，哪里想到有此等玄妙？更让他倍感惊艳之处，还在于哪怕他当下聚精会神凝视此物，都还是觉得先前"契合"得太过夸张。书生却皱眉，一次次出手，又将那座大门紧闭的宫殿推回，重新恢复平镜模样。陈平安看得目不转睛，啧啧称奇，世间竟有此等精妙的铸造之术。他也顾不得会不会此地无银三百两，说道："放心，不会下作偷袭你。"

书生盘腿而坐，缓缓道："是墨家机关师打造的一件法宝无疑了，很有些年头。此物归你，入了宝库后，三七分，如何？"

陈平安毫不犹豫点头："可以。"

书生蓦然一笑，手指敲击镜面如飞，转瞬之间就有一座袖珍宫殿再度升起，并且府邸大门缓缓而开，使得整座建筑开始光彩流转，照耀得两人脸庞熠熠生辉。

随后，地板开始咯吱作响，书生伸手一兜，手中多出一颗雪亮圆球，如仙人手托一轮明月，然后拧转手腕，双手一搓，那轮明月表面的宫殿便宛如一处缩回地底山根的仙家秘境。地板上则出现了一条密道，并不阴暗，昏黄的光亮微微摇曳，多半是类似壁画城灯笼照亮的仙家手段。

书生将手中圆球递给陈平安："此后三七分，说好了的。"

陈平安点头道："自然。"

两人动作都微微凝滞。一人递物，一人接物，俱是单手。

书生微微一笑，另外那只下垂的袖子微动，异象平息。陈平安那只缩在袖中握着核桃手串的手也轻轻松开，两人这才交接了宝物。

陈平安将圆球收入咫尺物当中，跟随书生走入地道。

一路向下延伸出去的地道略显潮湿，阴气浓郁，墙壁生有幽苔，不愧是一只月宫种打造出的秘密巢穴。

最终两人来到尽头处的一座石窟，有并肩坐着的两具白骨，一高一低，一魁梧一纤细，似是一对道侣，相近双手紧紧相握，依稀能看出两人离世时的安详。一具白骨头顶帝王冠冕，身披正黄色龙袍，另外一具却不曾身披凤冠霞帔，只是身穿一件近乎道袍却不是道袍的仙家法袍。除此之外，墙角还叠放有三只箱子。

书生对着那两具白骨皱眉不语，陈平安问道："是骸骨滩遗址那场大战中落败一方的某位君主？"

书生点头道："极有可能是陇山国的君王，年轻时是个落魄不得宠的庶子王孙。当初北俱芦洲南方最大的宗门叫清德宗，山上得道修士一律被誉为隐仙。那场两大王朝的冲突，追本溯源，其实正是祸起于清德宗内讧，只是后世仙家都秘而不宣。这位君王年少时志在修道，白龙鱼服上山访仙，与他同一年被清德宗收为嫡传弟子的总计三十人，起先气象不显，只当是寻常翠微峰祖师堂的一次收徒，可短短甲子内，北俱芦洲其余山头就察觉到异样了，那三十人竟然有半数都是地仙坯子的良材美玉，其余半数也各有造化机缘，不容小觑，故而当年三十人登山拜师那一幕引来后人无数遐想，后世有诗为证：'一声开鼓辟金扉，三十仙材上翠微。'而这位陇山国君王在那拨天之骄子当中依旧算是资质极好的佼佼者，可惜陇山国有资格接替皇位的皇室成员陆续夭折，他只好下山，已是龙门境的他，选择自断长生桥，继承了皇位。有街巷流传的稗官野史，说他与清德宗凤鸣峰一个师姑关系亲昵，我以前不信，如今看来是真的了。"

书生喟然长叹，不再打量那两具白骨。龙袍只是世间寻常物，瞧着金贵而已，男子身上蕴含的龙气已经被汲取或是自行消散殆尽，毕竟国祚一断，龙气就会流散。而女修身上所穿的那件清德宗法袍也不是什么法宝品秩，只是清德宗内门修士人人皆会被祖师堂赐下的寻常法袍，这位人间君主与那位凤鸣峰女修估计都是念旧之人。

书生便去陆续打开三只箱子。一只箱子里是白灿灿晃人眼的雪花钱，有几千枚之多。第二只箱子里边放着一块古老造像碑，铭刻有密密麻麻的篆文。至于先前搁放在最底下的那只箱子里，只有一物，是只及膝高的小石臼，与市井人家捣糯米的物件无异。

书生眼神微变，轻轻摇头，显然觉得心中那个猜测不太可能。

陈平安笑道："该不会是传说中月宫兔精捣药的那只石臼吧？"

书生笑呵呵道："那咱们……赌一赌？"

陈平安问道："怎么个赌法？"

书生指了指箱子里边的石臼："这件东西，算七，其余的算三，但是我让你先选。"

陈平安毫不犹豫就要选三，书生赶紧开口道："先别选，我反悔了。"

书生一巴掌轻轻拍下，那只石臼顿时化作齑粉，不过露出了一块状若白碗的玉石，惋惜道："果然如此。这只白玉碗是这位避暑娘娘的成道之地，由于是一只月宫种，便打造了石臼将其包裹其中，估计是为了讨个好兆头。"他捡起那只碗覆在手心，碗底有蝇头小楷的八个字：清德隐仙，以酒邀月。

这是清德宗的祖师堂祭器之一，灵器而已，不过对于那位修道成精的避暑娘娘而言，自然意义重大。

陈平安问道："你是挑那龙门造像碑还是一箱子雪花钱？"

书生眼皮子一跳。世间篆文也分古旧，有些古篆除非是传承有序的仙家豪阀宗门，根本认不出内容。这个年纪轻轻的外乡人，是如何认得碑首"龙门"二字古篆的？

书生笑了笑。这个地底石窟，还真是适宜厮杀搏命。

只是就在此时，那人却出人意料地说道："这块龙门造像碑归你，一箱子雪花钱你七我三，我要那两具白骨。"

书生疑惑道："那两具白骨真不值钱，这位清德宗女修生前不过龙门境修为，法袍更是一般，值不了几枚小暑钱。至于那件龙袍，你信不信只要伸手轻轻触碰一下就会化作灰烬？"他笑容玩味，"再说了，扒死人衣服，还是一位女修，不太合适吧？"

陈平安说道："不用你管。"

书生点头道："那就这么说定了。"他大袖一卷，连同木箱将那块石碑收起，陈平安则同时将两具白骨收入咫尺物当中。

显而易见，书生也至少身怀一件咫尺物。

至于一箱子雪花钱，陈平安分得了约莫一千五百枚。

书生得了大头，仍是不太满足："剥落山避暑娘娘需要经常孝敬那位大靠山，家底还是单薄了点，不然一只金丹妖物不止这么点家当。"

陈平安说道："在鬼蜮谷，打生打死，能活下来已经殊为不易，怎能跟外边的金丹地仙媲美。"

书生点头道："正解。"

陈平安随口问道："你有没有饮水瓶之类的储水灵器？"

刹那之间，陈平安已经拔剑出鞘，穿地而行的初一、十五两把飞剑更是一把直指那书生天灵盖，一把悬停书生后方，剑尖指向他后心窝。

书生无奈道："你这是做什么，这就要黑吃黑啦？真不等咱们一——铲平了其余五座山头洞府，各自吃了个肚滚肠圆，再动手搏命？"

陈平安神色凝重。方才瞬间就察觉到了对方的杀机，且要重于先前避暑娘娘毙命之地。他见书生此时此刻从心境到神色毫无异样，便让初一、十五掠回养剑葫，收起剑仙入鞘："方才眼花了，误以为有守窟的阴物想要偷袭你。"

书生笑呵呵道："不承想这位大兄弟也生了一副慈悲心肠，只是又晕血又眼花的，到了其他山头厮杀的时候，可别拖我的后腿。"

陈平安一笑置之。

两人一起离开石窟，原路返回，在那条光线昏暗的地道上并肩而行。

书生笑道:"兄台怎么称呼?"

陈平安说道:"姓陈,名好人。"

书生似乎给他噎到了,一时间竟无言以对:见过不要脸的,还真没见过这么臭不要脸的。

陈平安问道:"你呢?"

书生还没缓过来,有气无力地道:"姓氏就不说了,你可以叫我木茂,树木茂盛的那个木茂。"

陈平安点点头:"名字不错。"

书生说道:"没好人兄这么好。"

陈平安道:"哪里哪里。"

书生突然笑问道:"你可知那辟尘元君的根脚?"

陈平安摇头道:"你也知道我是个外乡人,这次进入鬼蜮谷就是看风景的,不小心路过剥落山而已,哪里会知道这些妖物的来历。不过这些妖物也有趣,胆敢合称六圣,不是娘娘就是元君,连手底下的精怪都敢自称君子?"

"小地方的精怪嘛,反而穷讲究。那位辟尘元君本是小玄都观里的一只伶俐小貂,啃了两截礼敬天地的香烛,犹不罢休,还偷吃了那只琉璃盏内的香油,偷吃完了还不小心打翻了琉璃盏,因此开了窍,得道成精。当时给一个小仙童撞见,一怒之下,以拂尘将其鞭打得血肉模糊,奄奄一息,命不久矣。不承想老神仙怜惜这桩道缘,不但将它放出道观与桃林,还抓了一把桃树下的万年土抹在它的伤口上,所以这只小貂先天不惧水火刀兵,寻常法器兵械伤不着它分毫。"书生将这些秘事娓娓道来,仿佛亲眼所见,"这只小貂离了桃林,从此天高地阔,占山为王,自封元君,开辟洞府,很是逍遥快活。只不过依旧惦念小玄都观那处成道之地的香火情,尤为敬畏那位老神仙,便在自家山头为小玄都观的那位老神仙供奉了一个牌位,日日上香。世间精怪大多如此,对于成道之地以及成精机缘十分敬奉,避暑娘娘是如此,这只小貂也是这般。话说回来,这位辟尘元君与避暑娘娘一般无二,也是个有大靠山的精怪,你就不怕惹恼了那位观主神仙?毕竟打狗还要看主人。"

陈平安哦了一声:"那咱们就不招惹辟尘元君,直接去找搬山大圣的麻烦。"

书生哈哈笑道:"无须如此,那位老神仙只是敬重道缘一事,对于小貂本身并无更多牵挂,咱们合力打杀了也就罢了。"

陈平安问道:"一位道门老神仙的心思你如何猜得透,看得穿?我听说修行之人,机缘到手之前最希冀着万一,得道之后却也最怕那万一。"

书生开始耍无赖:"信不信由你,反正辟尘元君的地涌山我是必然要去的,搬山大圣那边最近比较热闹,脏水洞府的捉妖大仙、积霄山的敕雷神将应该都在陪酒宴饮,一起谋划着什么。说不定那只老鼋的女儿也在那儿献殷勤，唯独辟尘元君不喜热闹，这会儿多半落了单，你要是觉着小玄都观的名头太吓人，那咱们就好聚好散，你走你的阳关道，我过我的独木桥，如何？"

陈平安说道："那就好聚好散，分道扬镳。"

书生又觉得意外，不过也未多说什么，只当自己遇到了一个脾气古怪的异类。

两人重返避暑娘娘的闺房后，书生伸出手掌，示意陈平安先走一步，率先离开剥落山便是，省得误以为自己会先跑出广寒殿，然后敲锣打鼓，惊动剥落山群妖。

陈平安跃上墙头，悄然离去。

书生站在原地。他之所以行事如此厚道，除了不愿撕破脸皮、节外生枝外，更是乐得此人去找搬山大圣硬碰硬，吸引注意力，自己好优哉游哉地解决掉辟尘元君，再打一次牙祭。这些妖物，修为不高，自成格局，却互为奥援，这才是他们在鬼蜮谷的立身之本，不然只需来一位元婴扫荡一圈，就能轻而易举地将他们各个击破，哪里支撑得到今天。历史上北边城池的一个元婴阴灵试图以自身境界碾压群妖，就在这边吃了大亏，差点交待在那座积霄山。

书生抬起手掌，轻轻一吐，一颗朱红妖丹悬停在手心，滴溜溜旋转，散发出阵阵水雾寒气。他又不是鬼物精怪，一旦吞食此物，只会坏了自身大道。

书生手上多出一只晶莹剔透的白玉小盒，将这颗妖丹放入其中封存，掸了掸衣袖。避暑娘娘的血肉精华都已经被他身上这件袍子吸收，这件早年从地仙邪修身上扒下的法袍名为"百睛饕餮"，一开始品秩其实不高，连法宝都不算，他穿着，除了能遮掩身份，更重要的是这件法袍其实可以成长，这些年每次难得出门散心，一次次兴之所至的斩妖除魔，大多变成了这件法袍的养料。

书生突然伸出手指，揉了揉眉心，自言自语道："先前在石窟内为何拦我杀人？便是坏你一些功德又算得了什么？来年你斩却三尸之时，自然一切都可以了断。你也有趣，其余证得金仙的道人，三尸九虫，头一个斩的就是我，你倒好，偏偏故意留到最后。"

书生沉默片刻，神色复杂。大袖一翻，化作一道滚滚黑烟，钻入地面，瞬间消逝。

广寒殿一处宅院内，桃扇君子有些闷闷不乐，在那儿借酒浇愁。其余包括山羊须老者在内的那些蠢货也是没眼力的，喝高了，一个个手舞足蹈，唾沫四溅，言语无忌。

桃扇君子一口饮尽杯中酒，只觉得跟这帮家伙待在一起喝酒真是煞风景，对不起杯中这金浓泷泷的铜臭城美酒。他哀叹一声，一手摇扇，一手摇晃空酒杯："酒为欢伯，除忧来乐。天运苟如此，且进杯中物……"

其余精怪不以为怪，哈哈大笑：这位君子老爷又开始酸了。

桃扇君子抬头瞥了眼避暑娘娘的院子，只觉得腹部燥热。不管如何，娘娘的身段真是极好的。想自己这么多年在剥落山鞍前马后，到手的好处其实不多。他倒是想成为避暑娘娘的入幕之宾，在活人眼中，这位娘娘兴许算不得花容月貌，可对他们这些山泽精怪来说，瞎讲究那些作甚？可是他又怕避暑娘娘那套神仙也怕的床笫手段，一着不慎，可就真是牡丹花下死了。

避暑娘娘几乎每隔几年就要独自出门一趟，去见谁，做什么，无人知晓。有说避暑娘娘是那粉郎城城主的姘头，也有说剥落山的真正主人是与白笼城蒲禳齐名的那位鬼王老爷，还有说避暑娘娘与黑河大王的独女关系匪浅。

桃扇君子喝着酒，有些酸意。为何避暑娘娘与自己都不愿交心？

他有些醉了，想着不知道自己这辈子能否像避暑娘娘这般坐拥一座山头，建造一座豪奢府邸，呼风唤雨，好不威风。想着将来有一天能不能离开鬼蜮谷，去往骸骨滩以外的广袤天地，去那儒家书院走一遭，见一见真正的读书人，读一读真正的儒家经典。

地涌山比起剥落山要戒备森严许多，还打造出了一个有模有样的护山大阵，可是对书生而言，还是如入无人之境，不过想要不惹动静地杀妖夺宝、入库搜刮就很难了。

书生不着急，进了地涌山，站在一棵枝叶繁茂的松树上，想要等等。只要搬山大圣那边的山水大阵启动，就意味着那个家伙已经开始闯山，或是行踪泄露，那么就是自己动手之时。他唯一需要小心的，就是老龙窟那只老鼍以及黑河里那只与避暑娘娘关系莫逆的小鼍，不是害怕他们与地涌山联手，而是那对父女颇难打死，若是他们非要护着辟尘元君，就比较棘手了。书生此行杀妖，说到底只是闲情逸致，就像在铜臭城考取一个滑稽可笑的新科进士一样，解闷而已。

这辟尘元君与那黑河大王，一个根脚在小玄都观，一个与大圆月寺有些渊源，是寺中养在放生池中的一只老鼍。在骸骨滩尚未成为古战场遗址之前，根据官府史书记载，老鼍成精之前就常年在寺庙内浮头听经。后来两大王朝厮杀，牵连十数个藩属国，寺庙被那位早已成为金身罗汉的老僧以大神通庇护，得以避过兵灾，最终迁入鬼蜮谷桃林，与原本离着数千里之遥的小玄都观成了邻居。老鼍偷偷离开寺庙，自封黑河大王，占了一处深不见底的洞窟，命名为老龙窟，养了一对金色鱲鱼，说是女儿的嫁妆。他平常极少露面，都是女儿打理山头事务。

黑河大王的女儿自封覆海元君，老龙窟外有一条滔滔大河就被她占据，领着麾下水族精怪常年兴风作浪。这只小鼍生得黝黑壮硕，粉郎城城主有次撞见，撂下了一句戳心窝子的狠话："那小鼍生得这般辟邪模样，老子再荤素不忌，便是熄了灯也万万下不了嘴。"这件事，被覆海元君引以为生平头一桩奇耻大辱。

书生站在树上，先吸了一口气，这棵古松蕴含的阴气被汲取一空，然后被书生轻轻一吐，四周顿时变得水雾蒙蒙，他这才摊开手掌，以手指画符，掌观山河。

书生手心一晃，变出一幅地涌山府邸的山水画卷。画卷景象有些模糊，因为他不愿意露出蛛丝马迹，毕竟那位辟尘元君出自道家一脉，又是金丹修为，说不得就会心生感应。

地涌山府邸一座高台上正大摆宴席，看到这一幕，书生苦笑不已。

只见那高台酒席上妖物扎堆，一个个本相浑厚，落在书生眼中，便如同一个个扈从，在妖物身后狰狞现世，守护主人。

书生喃喃道："怎么回事，怎的齐聚地涌山了？那个家伙倒是运气比我更好，他是误打误撞还是早有预料？"

修士和神祇皆有法相，而幻化人形的妖怪则有本相一说，修为越高，本相越模糊，跻身元婴之后，本相便可彻底收敛。而元婴之下，尤其是金丹妖物，本相最为凝练稳固，也最难遮蔽。道行高深的元婴修士以及一些传承久远的宗门金丹往往能够看破妖物的本相。

书生赶紧收起这门掌观山河的神通。高台上，本相分别是一只银背猿猴的搬山大圣、一只肥硕老鼠的捉妖大仙、一条五彩斑斓大蟒蛇的敕雷神将以及一只金色绒毛小貂的辟尘元君都在列。除此之外，还有一只金丹鬼物。

书生无奈道："可别被关门打狗，我的运气不至于如此差吧？"

鬼蜮谷作为一方存在千年的小天地，对于练气士是有一些无形压制的，境界越高，禁锢越重。对于一些身份特殊的练气士的压制也不小，比如他。

凡夫俗子会有水土不服，修行之人更是如此。尤其是他，八字纯阳，与这鬼蜮谷正好相克，若非修行之法极其高妙，远远不是旁门左道可以媲美，能够与自身命理水火交融，阴阳相济，不然他来这鬼蜮谷会很麻烦，如漆黑不见五指的夜幕之中灯笼高悬，只会沦为万千鬼魅阴物的众矢之的。

书生又开始喃喃自语："走？"

沉默片刻，他展颜一笑，道："那就再等等看。可别让我死在他人之手，不然你的破境就有大瑕疵了。"

书生既然有了决断，就心如止水，竟是开始静观其变，干脆闭目凝神，呼吸吐纳，稍稍炼化那块龙门造像碑，看看能否成事，锦上添花。

一气氤氲降甘雨，他的水府当中如有一条老龙游走云端，行云布水。火府当中，有一浑身火焰宛如火部神灵的魁梧大汉正在锤炼一把短刀，一次抡臂敲击就是一阵火星四溅。一处关键窍穴内，山峦叠翠，绿树葱葱，山巅有一座道观，绿色琉璃瓦，悬挂一块金字匾额。又一处窍穴内宛如金气肃杀的沙场，两军对垒，金戈铁马。

而当书生尝试炼化那块从剥落山得到的造像碑后，水府当中就矗立起一块石碑，缓缓升空，碑头"龙门"二字不断绽放出金光。

书生没有一鼓作气炼化整座石碑，在"龙门"二字成功显化后就此作罢，睁开眼睛，轻轻吐出一口浊气。他抖了抖双袖,望向那座府邸。一只只妖物御风升空,朝他缓缓掠来,至于笼罩地涌山的那座护山大阵瞬间开启,他反而不太在意。

书生转头看了眼搬山大圣山头方向,笑道:"好人兄啊好人兄,在剥落山确实是我占了更多便宜,现在就当我还你一些好处,你要是这都无法满载而归,就真要让我大失所望了。"

他又瞥了眼宝镜山:不知道那边的正事进展如何了。

五行之土,三山九侯镜,是他最后一件涉及大道根本的本命物。

这么大的事情,他当然要亲自来看一看。一旦五行齐全,再斩却所有三尸,不但可以轻易跻身元婴,而且此后破开元婴瓶颈,成为上五境修士也会变成坦途,心魔不但不会像寻常元婴那般难以摧破,反而只需要靠着滴水穿石的水磨功夫,至多三百年光阴就可以缓缓消磨殆尽,几乎没有任何危险,研磨心魔的过程当中亦可裨益魂魄,这就是一洲最顶尖仙家门第的底蕴。

陈平安没有去往搬山大圣所在山头,而是稍稍绕路,去了捉妖大仙的羊肠宫。那里说是宫,其实比宝镜山山脚的破败寺庙好不到哪里去,就相当于龙泉郡城的三进院子,竟然只有两只小精怪守着大门,各自怀抱一根木枪坐在台阶上闲聊,其中一只鼠精的膝盖上还放着一本破烂不堪的纸本书。

陈平安也不管是不是障眼法迷魂阵,那捉妖大仙多半还在搬山大圣山头商量着怎么堵截围剿自己才对。然后两只精怪就瞅见一个身穿青衫的老人走向自己家门口,其中一只健硕鼠精揉了揉眼睛,嗅了嗅:"真是活人?我该不会是在做梦吧?"

另外一只矮小鼠精赶忙收起书,也有些狐疑不定,最后猛然起身,手持木枪,怒喝道:"大胆,谁让你擅自闯入我羊肠宫的?报上名来,饶你不死!"

陈平安沙哑开口道:"我是剥落山避暑娘娘派来邀请捉妖大仙去广寒殿做客的。你家大仙呢?赶紧的,我家娘娘刚刚捉了个铜臭城的读书人。"

健硕鼠精口水直流,屁颠屁颠跑过来:"当真?"

矮小鼠精满脸怀疑,以枪尖指向陈平安,虚戳了两下:"我家老祖宗说了,避暑娘娘那个臭娘儿们最喜欢吃独食,你莫要扯谎!"

陈平安笑道:"实不相瞒,是我家娘娘有事相求,希望我来喊捉妖大仙前去掠阵,帮着对付一个在山头叫嚣的年轻剑仙。"

那只不断擦口水的健硕鼠精低声道:"肯定是老祖宗说的那个厉害剑仙找上避暑娘娘了。剥落山本来就离铜官山近,可不就是第一个被找麻烦。"

手持木枪的矮小鼠精思量一番,点点头:"行吧,那你可以滚回剥落山了,我这就去宫中与老祖宗通报一声,绝不耽误你们避暑娘娘的求援便是。"

健硕鼠精有些着急，赶忙使眼色。这么个手无缚鸡之力的大活人，年岁老是老了点，可只要入了锅，还怕煮不烂？宰了他，再去搬山大圣那边告知老祖宗也不迟。既然剥落山有求于咱们羊肠宫，死一个捎话的人而已，想必那位避暑娘娘都不敢放一个屁。如此一来，咱们哥俩岂不是可以美餐一顿？

矮小鼠精似乎没能心领神会，又拿木枪戳了一下陈平安："还不快滚？我家老祖宗也是你想见就能见的？猪油蒙了心，找死不成？"

陈平安发现这只矮小鼠精在偷偷朝自己使眼色，大概是要自己快走。而旁边那只健硕鼠精已经悄悄抽出一把磨尖的袖刀，藏在身后，朝自己走来，笑道："见一见老祖宗也无妨，我们羊肠宫素来是热情好客的。"

陈平安只是凝视着眼前这只矮小鼠精的焦急眼神，然后伸出一根手指，轻轻一弹，将健硕鼠精的额头打出一个鲜血窟窿。健硕鼠精倒飞出去，当场毙命，摔在羊肠宫大门口。

眼前手持木枪的矮小鼠精似乎有些茫然，然后才是惊骇万分，掉头就跑。岂料肩头被一只手掌按住，这只鼠精不敢动弹，头脑一片空白，视野中，那个同僚倒在血泊中，不知道为何，就那么死了！

老祖宗曾经亲口说过，那个同僚是有希望当个大妖的，还说以后羊肠宫扩建了，再开辟出不比广寒殿差的府邸来，就交由他去坐镇，当个住持老爷。老祖宗一直不太喜欢自己，却经常赏赐他别处山头酒宴上的吃食，还教了他一套刀法，对自己则动辄打骂。

陈平安拎着这只鼠精来到台阶旁坐下，从他袖中拿出那本泛黄的书，竟是一本破损得厉害的文人笔札。翻开之后，更加好玩，还有一些歪歪扭扭的旁白，以极细的炭笔写就，看得出来，写得相当认真，可还是蚯蚓爬爬。那些旁白处的文字往往字数不多，有些幼稚的疑问，还有些溜须拍马的措辞。

陈平安看得有些乐呵，合上书后，递还给那只脸色惨白、身体颤抖的矮小鼠精，问道："知道捉妖大仙藏宝的地方吗？"

矮小鼠精手脚僵硬地接过书，颤声道："不知道……知道也不说……死也不说。"

陈平安哑然失笑，伸手一拂，手上多出一本崭新的书，还泛着些许墨香："记得藏好，最好是挖个洞埋起来，不然那只捉妖大仙侥幸不死，返回羊肠宫，就是你死了。你家老祖宗鼻子灵光着呢，先前连我都差点给他发现。"

矮小鼠精目瞪口呆，陈平安将那本书放在他手上："记住了没有？"

矮小鼠精茫然点头。

陈平安笑道："动作快点，去藏好书，然后让我打晕你。当然，你自己一头撞门晕倒也行。至于逃跑，就别想了。"

矮小鼠精丢了木枪，去一处地方挖开泥土，藏好那本书后，跑回大门口，犹豫了一下,一头狠狠撞向大门,砰然后仰倒地,居然没能晕厥过去,惨兮兮转头道:"这位仙师,还是你来吧,打出些血来其实更好。"

陈平安一拂袖将其打晕,七窍缓缓流淌出鲜血,不过只是瞧着凄惨而已。

陈平安一脚踹开羊肠宫大门,径直跨过门槛,开始寻找那只捉妖大仙的藏宝之地。一拍养剑葫,让初一、十五也帮着寻觅线索。

最后,在羊肠宫正殿的香案之下,陈平安撬开木板,找到了一处密道。相较于剥落山那条宽敞地道,这里实在是狭窄逼仄,陈平安只能爬着进入其中,让初一开道、十五殿后。约莫一炷香后,他总算来到了一处可供一人站立的昏暗洞窟,点燃一只火折子,发现只有一只铁箱,歪歪斜斜贴满了符纸,符纸灵气充沛,应该是经常更换的原因,只是不确定这些禁制是用来给主人示警还是擅自开启就会惹来符箓攻击。

陈平安后退一步,让初一、十五出马,自己则屏气凝神,应对意外。

两把飞剑围绕铁箱一圈,飞快割裂那些黄纸符箓,坏其符胆。

一阵流散灵气的剧烈晃动之后,并无更多异样。陈平安打开铁箱,有些无言以对。其内不是什么法宝灵器,更不是什么神仙钱,而是一摞摞书。

也对,在这鬼蜮谷,书籍一物确实罕见。

陈平安翻开其中一本古书,是兵书。看来这只捉妖大仙就是那个喜好钻研兵法的精怪了。

陈平安骤然间双指并拢,闪电般夹住一条朝他面门飞扑而来的百足蜈蚣,拳罡一震,将其活活震死,丢在一旁。

犹豫了一下,来不及细细翻阅这些兵书名目,全部收入咫尺物当中,再摸索一番,确定并无其余藏宝机关后便原路折回,重返羊肠宫。

这捉妖大仙真是个穷光蛋啊。

陈平安接下来依旧不去搬山大圣那座山头,而是前往最靠北边的积霄山,那是敕雷神将的地盘。这只妖物独来独往,不似搬山大圣、黑河大王喜好招兵买马,但是捉对厮杀的本事是六圣当中最高的一个。

积霄山常年有雷云缠绕,闪电交织不断。而精怪也好,鬼物也罢,先天畏惧雷鸣,所以是鬼蜮谷一处极其不讨喜的地方。这只妖物却不知从哪里得了一部雷法残卷,修得它双耳失聪,一颗眼珠炸裂,总算修出些雷法神通,上阵厮杀,鼻中喷火,口中吐烟,举手投足间雷电交加。它是个体魄坚韧且术法不俗的妖物,而雷法又在鬼蜮谷先天克制阴物精怪,所以使得这位敕雷神将在六圣当中地位卓然。

积霄山并无山路,几无草木,死气沉沉。云海在半山腰处缠绕一圈,电光熠熠,雷鸣阵阵,积霄山更高处的景象半点看不到。

陈平安在山石间一路飞掠登高,突然停下脚步,发现地涌山宝光绚烂,轰鸣不断,似乎是发生了一场声势极大的恶战。

那个书生进了贼窝？陈平安便加快登高。

临近半山腰的雷电云海后，便有一道道电光激荡鞭打而来，都给陈平安一拳拳打散。半炷香后，打散了不下百余条雷电，手臂酥麻的陈平安视野豁然开朗。

积霄山之巅的高空又有更为厚重的云海，一道道金色电光竟是如一根根廊柱一般，齐齐倾斜落在山巅处，巨大的雷响震人耳膜，便是陈平安都有些目眩神摇，深吸一口气后，继续登山。

临近山巅，雷电如笼，无法近身，陈平安只得御剑而起，凝神望去，积霄山之巅竟然是一座大如小水塘的雷池，电浆浓稠如水。

池旁有一块歪斜的石碑，上书"斗枢院洗剑池"六个大字，都是《丹书真迹》上的古篆。石碑想必不是俗物，不然不会经受这么多年的雷电劈砸还只是歪斜而没有半点破损，甚至连一丝裂缝都没有出现。

陈平安御剑而停。明明知道这座雷池是"宗"字头仙家都梦寐以求的一处小仙境，可是完全无从下手。至于雷池之中是否会孕育出什么天材地宝，更是无从窥探。

陈平安根本就不知道何谓"斗枢院"，关于真正的雷法密旨，更是半点皮毛都不知晓。就像宝镜山那桩机缘，杨崇玄可以等，因为他是有备而来，蓄势而待，换成陈平安，可能苦等千百年都是徒劳。

陈平安瞥了眼雷池上方那些金色闪电，掂量了一下自己的体魄坚韧程度，扛下片刻兴许可以，可能跃入雷池也做得到，但是就怕进去容易出来难，一旦触发某种不为人知的禁制，雷电威势蓦然增加，结局如何，无法想象。他将视线上移，想着是否能够让剑仙去搅乱云海，迫使雷池暂时失去"援兵"。

脚下剑仙跃跃欲试，微微颤鸣，似乎很想要与这吵闹的电闪雷鸣一较高下。

陈平安满脸纠结。这座雷池能够存在于积霄山之巅，至今无人挪动，蒲禳也好，京观城也罢，可能是做不到，毕竟他们终究是鬼物出身的英灵，不是正统神灵。而外边的北俱芦洲山巅修士则是无法在鬼蜮谷的眼皮子底下顺走它。至于披麻宗是否对雷池有过企图，还是有心无力，天晓得。须知积霄山距离那座青庐镇并不遥远，披麻宗宗主竺泉可不是什么会忌惮蒲禳、京观城的大修士，若能成事，应该不会出手含糊——那就是搬不走雷池的可能性居多。

洗剑池？可以淬剑，砥砺锋芒？

但是剑仙也好，飞剑初一、十五也罢，对于雷池似乎都无半点雀跃，尤其初一，异常沉寂。陈平安轻轻叹息一声。希望以后落魄山如果真有了门派，弟子们出门游历的时候，裴钱也好，岑鸳机也罢，或是辈分更低一些的，当他们再遇到这些先天秘宝、机缘重地，不至于像自己这样束手无策，可以凭借落魄山在内诸多山头的藏书、传承，知晓天下事，尽量多占取先机。

陈平安俯瞰四周，发现雷池之下的积霄山除了草木不生外，还有寥寥几处石崖，在雷电照耀下闪烁光芒，星星点点。他飘落下去，剑仙自行归鞘。

陈平安来到一处石崖，发现了一条等臂长的纤细金色脉络，伸出手指摸了一下，不但刺骨疼痛，还导致神魂颤动。这让他大为惊讶，拔出剑仙，开始将那条"筋脉"从石崖上切割、挖掘出来。

"筋脉"如同一根金色竹鞭，内里有金光流转不定。陈平安握着它，手心如火炭灼烧，片刻之后松开手，已是满头汗水，有些晕眩。他抹去额头汗水，双指快速拈起，将它收入咫尺物当中。又御剑升空，寻找下一处蕴含雷法真意的"竹鞭"所在。

绕着积霄山之巅御剑远游一圈，陈平安也只找到另外四处金光流淌的景色。他一次次落下，如同勤勤恳恳的老农挖掘大大小小的竹鞭，最小一截不过手指长短，最长一截有大半人高，若能炼化，倒是可以打造成一根行山杖。

陈平安又御剑远游一圈，确定再无金光、金线之后，这才直接御剑往下急急落去，穿过云海，打散那些乱撞而来的条条雷电，成功下了积霄山。他收起剑仙入鞘，仰头望去，想到那座雷池，有些遗憾，只是转念想起咫尺物中的五条金色雷鞭，又有些开怀。

患得患失？陈平安摇摇头，默默道："忘了吗？不该是你的，就别多想。"

他转头望向地涌山，那边动静更大，不断有法宝的流光溢彩在高空绽放。

冥冥之中，似乎有一个声音在心中回荡：杀了他。

这个声音无悲无喜，无善恶之分，但是却让陈平安感到无比的震撼和恐惧。

那个他，陈平安无比确定，就是那书生。

他闭上眼睛片刻，睁眼后，眼神已经恢复清明，再无半点犹豫神色，往地涌山急掠而去。是杀是救，都好过逃。

这是第三次听到自己的不知从何处响起的心声了。

第一次是年幼下山后又返回泥瓶巷，在地上打滚的时候。

那一次也是三个字，心跳如有擂鼓，神人怒喝：不能死。

宝镜山地界。

一名衣衫破旧的年轻人意气风发，因为他身边跟着一位从壁画城天官图中走出的神女。如此高高在上的神仙女子竟然都不与他并肩而行，而是始终稍稍落后他一步，恪守尊卑之分。她可是行雨神女！不但如此，她还告诉他，她名为书始，并无姓氏。在甲子之内，都会倾尽全力帮他修行登高。

年轻男子喜欢那种万众瞩目的感觉。从壁画城走出，一直到行雨神女告诉他在鬼蜮谷内有一桩属于他的机缘，经过牌坊楼，所有人都在看他，而且都是在仰望他。他终于不再是那个身负血海深仇却喊天天不应、叫地地不灵的可怜虫了,他甚至突然觉得那份仇怨在有了行雨神女追随侍奉自己后,好像都没有那么重了。

这位自称书始的神女告诉自己,她如今修为战力相当于练气士的金丹境,但是论及防御和保命,可以视为元婴境。这让他底气十足,所以哪怕她明白无误地告诉他,宝镜山机缘一事福祸难料,他都没有任何游移不定。否极泰来,如今天命在我!

一路上都是他问她答,知无不言言无不尽,唯有当初那个站在壁画下的年轻女子到底是谁,她缄默无言。

临近宝镜山之后,行雨神女突然停下脚步,神色凝重,举头望向半山腰,缓缓以心声告知他:"这桩机缘未必是善。蒋曲江,希望你慎重考虑。"

蒋曲江脸上闪过一抹讶异,只是很快就眼神坚毅,咬牙切齿道:"老天爷欠了我这么多,也该还我一点利息了!"

行雨神女在内心深处微微叹息一声。

当他们路过那座破败亭庙,手持拐杖的西山老狐又露面了。

跟杨乞丐差不多德行的蒋曲江老狐直接忽略不计,使劲瞪着飘忽欲仙的行雨神女:天底下竟然还有能够跟自己闺女的姿容掰一掰手腕的该死存在?怎么不去死啊?这娘儿们赶紧滚去那半山腰的拘魂涧,一头倒栽葱坠入水中,死了拉倒!

西山老狐突然留心到一个细节,笑问行雨神女:"这位仙子,你与你家公子这是要上山?"

行雨神女对他耍的心眼洞若观火,蒋曲江则微微一笑。

西山老狐心中了然。果然是一条傻了吧唧的大肥鱼,比起先前那个戴斗笠的鸡贼负心汉好对付多了。不过既然如此,就算这傻小子傻人有傻福了,寻常的落魄修士哪里会有这般出类拔萃的漂亮女子跟随,而且还可以安然无恙地走到这座宝镜山。好吧,那就让自己的女儿给这小子当正妻,让那娘儿们当个侍妾……丫鬟更好!

西山老狐笑道:"这位公子有所不知,老朽是这宝镜山的土地爷,我那女儿却是山上深涧的河婆,想要得到此处机缘,缺了我们父女可万万不成。稍等片刻,老朽这就去喊女儿过来。公子这般人中龙凤,理当拿下那份福缘,若是福缘有灵,甚至就该自个儿蹦出来跳入公子怀中才对,不然天理难容,天理难容啊……公子稍等,老朽去去就来,我那女儿国色天香,倾国倾城,最是仰慕公子这般玉树临风的俊俏男儿了……"

蒋曲江有些蒙,行雨神女问道:"真要上山寻宝吗?"

蒋曲江皱起眉头,这是她第三次提醒了。他轻声问道:"书始,若真是福祸难定,你既然精于推衍,大概是福几成祸几成?"

行雨神女回答道:"有些奇怪,离开壁画城之时,福祸九一,到了鬼蜮谷入口的牌坊楼处,福祸变作了七三,现在已经是五五平分。"

蒋曲江看着一直冷冷清清的行雨神女此刻流露出微微蹙眉的模样,竟是如此动人心魄。他有些眼神恍惚,只是一路颠沛流离,逃难途中历经坎坷,尝尽了辛酸苦辣,使得他能够很快收敛心绪,笑道:"五五分?已经很好了,上山!"

当初那块祖传玉佩被山上仙师觊觎,家门因此惨遭横祸,原本一个郡望家族竟然就他一人独活。这一路往南逃窜,他就算死也要死在骸骨滩壁画城,为的是什么,就只是赌那个万一,万一而已!

西山老狐很快带来了撑着碧绿小伞的女儿韦太真,韦太真见到了蒋曲江后,如遭雷击,俏脸绯红,连她自己都觉得奇怪。

西山老狐内心窃喜:有戏!再一看那个年轻男子,见着了自己闺女也有些痴呆。

唉,这小子就是蠢了点。不过老狐转念一想:这是天大的好事啊。未来女婿傻一点,钱再多一点,总好过那个戴斗笠的精明鬼吧?

就怕货比货,西山老狐再看蒋曲江便顺眼多了。

就在此时,一个魁梧青年飞奔过来,两只手分别抓住老狐和韦太真,使劲摇头道:"别去,去不得!杨崇玄可能就是在等今天!当年那云游道人给我姐姐的那些姻缘谶语不一定是好事!那些山上的修道之人,一个比一个算计深远……"

西山老狐勃然大怒,先是使劲掰开了他的两只爪子,再一脚把这傻儿子踹飞:"别在这里耽误你姐姐的终身大事!"

韦高武挣扎着起身,还想要阻拦姐姐登山,却被老狐丢出的手中木杖击中额头,两眼一翻,倒地不起,嗓音细若蚊蝇:"不能上山……"

行雨神女看着西山老狐,还有那情窦初开的撑伞少女,不知为何,总觉得自己心无涟漪。那么那个站在壁画下对自己颐指气使的年轻女子看待自己,是不是一样如此?她到底是谁?为何能够让自己如此敬畏,仿佛是一种天生的本能?

两拨人联袂登山。

蒋曲江虽然百般忍耐,仍是忍不住多瞥了几眼韦太真,觉得她真是美到惊心动魄。行雨神女会让他自惭形秽,不由自主生出只可远观不可亵玩的念头,但是这个撑着碧绿小伞的少女不同,时时刻刻都惹人怜爱,让他怦然心动。

深涧旁,杨崇玄站起身,眼神炙热,缓缓道:"很好,一位战力平平的壁画城神女,正好拿来练手。"

他再无半点散淡神态,一身骨头如爆竹,节节炸响,磅礴罡气如一挂瀑布瞬间倾泻全身。下一刻,拳意收敛如一粒芥子,杨崇玄又坐回雪白石崖,恢复这些年的怠懒模样。

韦太真身上有一道代代传承到她身上的久远禁制,应了那一首祖传谶语中的"见钗开门、持珠登高"。只要她遇到了姻缘牵连的意中人,就会情窦初开。当男子见钗,她也见到了男子,其中一颗眼眸就会成为破解深涧的钥匙。到时候,杨崇玄就会剜出她的那颗眼珠,登顶宝镜山。既然是一面三山九侯镜,那么开门处根本不是什么深涧底,而是宝镜山一处山巅龙头,那位京观城城主如何能在水底找到取镜的法门？这桩天大机密是他们云霄宫一桩父传子、延续千年的机缘,可哪怕自家一位上五境祖师爷早在千年之前就已经得知谶语,依旧只能靠等,而且至死都未能等到。不是没有祖辈想要靠蛮力取走宝镜,做不到而已。后来香祠城耗尽无数人力财力的搬山之举便是云霄宫暗中指使,可惜一样无果。世间某些大福缘便是如此不讲理。

因为那句谶语,还有"亲山得宝"一语,世代羽衣卿相的杨氏家主始终无法破解,直到他和弟弟诞生,他展露出天生亲山的天赋后,云霄宫才恍然大悟。

杨崇玄盘腿而坐,单手托腮,拭目以待。

来人即便换成擅长厮杀的壁画城挂砚神女又如何？自己当初可是从天下最强六境跻身的武夫金身境。

行雨神女欲言又止。

蒋曲江站在岸边,低头望向山涧,只见水底有一抹金光缓缓游弋,不断上浮,越来越清晰,确实是女子头钗样式。他指了指,问:"是那支金钗吗？"

韦太真捂住嘴巴,泪眼蒙眬,泫然欲泣,楚楚可怜莫过于此。

果然是他！他就是自己命中注定的如意郎君！

韦太真突然感到一阵刺痛,下意识眨了眨眼睛,一颗灵动万分的眼眸开始不断从全身上下各处气府凝聚金光。她吃痛不已,伸手捂住半张脸庞,冷汗直流,不断有鲜血从她指缝间渗出。韦太真看似娇弱,实则性情倔强,脾气极为刚烈,咬着牙蹲下身,哪怕疼得娇躯颤抖如筛子,仍是一言不发。世间哪有女子愿意让自己一见钟情的男子见到如此不堪的一幕？

杨崇玄左右张望,竟然没有看到那个傻大个,有些失望。

当他站起身,蒋曲江和西山老狐几乎同时向后退步,如有一座雄伟山岳当头压来。

行雨神女终于开口道:"我们不要这桩机缘,你只管自取！"

当杨崇玄不再刻意压抑自己的气机,深涧也开始随之摇晃起来。

杨崇玄伸了一个大大的懒腰,死死盯住那个所谓的天官神女,冷笑道:"这就得看我的心情了！"

行雨神女目不转睛地凝视着对岸那个危险至极的男子,沉声对蒋曲江他们道:"你们先走,不要犹豫！越远越好,直接去青庐镇！"

"只管跑。"杨崇玄放声笑道,"我倒要看一看,是我的拳快,还是他们的腿快。"

行雨神女轻轻一抬手,深涧之水如获敕令,激荡不已,然后水面轰然一声拔高而起,在她和杨崇玄之间转瞬便树立起一堵高达十数丈的水墙——所幸是临水而战,她有地利。

杨崇玄一拳轻松破开那堵水墙。神女双指并拢轻轻一抹，山涧源头之溪涧化作一条水蛟，往一跃而过半空的杨崇玄迅猛冲去。

杨崇玄悬空站定，随手伸出一掌，罡气如虹，与那条水蛟撞在一起，俱是粉碎，阳光照耀下，宝镜山半山腰竟然挂起一道彩虹。

杨崇玄先前跨出就要走到对岸，行雨神女后撤一步，双手一旋，身前出现一面大如井口的澄澈水镜，镜子边缘一圈出现金光古篆。

杨崇玄哈哈大笑，身形前扑，一拳递出，只是微微皱眉，水镜并未破碎，整个人却置身于一处水雾蒙蒙的幻境当中。他讥笑："好嘛，倒是会些伎俩，但你不知道我姓什么吗？符箓阵法一道，这北俱芦洲，我们杨氏可是当之无愧的正宗！"

他娘的，一想到这个，杨崇玄便又忍不住记起那个刘景龙，气不打一处来，竟是干脆不以家传术法破这阵法，而是身形拧转一圈，出拳如虹，往四面八方炸出拳罡，激荡而散。杨崇玄大笑道："我就看看你能支撑这处迷障幻境多久！"他状若疯癫，如天魔降世，拳罡之浑厚，哪里是一位寻常金身境武夫能够拥有的气象？

深涧岸边，蒋曲江只看到行雨神女一步一步缓缓走向水中，身前那水镜摇摇晃晃，不断崩碎，又不断被她以深涧水修缮。

行雨神女苦苦支撑，心中悲哀。她已经不再要身后几位离开宝镜山，因为她确定无疑，他们是注定跑不掉的。即便离开了宝镜山，依旧会被那个疯子追上。结局已定，哪怕大肆汲取宝镜山深涧水运，她一样至多支撑半炷香而已，甚至更短。

蒋曲江脸色惨白，喃喃道："怎么会这样？不该这样的。"

西山老狐终于察觉到自己女儿的惨状，蹲在一旁，却毫无用处。他心急如焚，终于开始后悔为何没有听那个傻儿子的话。

杨崇玄在水镜幻境之内站定："热身完毕，不玩了。"

他深吸一口气，摆出一个拳架，如上古神人天将，欲劈江河，正是他年少时悟自一幅家传神祇武斗图的拳架。

水镜砰然崩裂，如一盏琉璃砸地，摔碎四散。

行雨神女只得转换神通，驾驭深涧水运化作一副铠甲披挂在身，试图尽量阻滞那个男人的前进。

只是刹那之间，那人便来到她身前，一拳洞穿了她的腹部，而后缓缓抽回手臂，另一只手抓住她的头颅，将她丢在地上，最终一脚踩在她的额头上，低头望去，啧啧笑道："不愧是神女，还真与那些山水神祇的金身差不多，鲜血都是金黄色的。而且寻常神祇挨了我这一拳应该粉碎的，不错不错，等我取了宝镜，再让你恢复元气，你我继续厮杀一场。放心，办完了正事，我出拳会慢三分、力道小三分，绝不会这么速战速决。男人太快，不像话。"

杨崇玄嘴上言语客气，可是突然加重脚上的力道，将行雨神女的整颗脑袋都按入雪白石崖当中，使得她暂时无法从深涧中汲取水运。而后杨崇玄弯下腰，微笑道："如果你再这么耽误我的正事，我可就要踩断你的脖子了。"

行雨神女竭力挣扎，手指微动，依然试图从深涧当中汲取水运。

壁画城八位神女，走出画卷之后，只要是生死一线，皆是如此决绝，从无怨言。

就在杨崇玄打算彻底解决掉这个神女时，一个嗓音在宝镜山之巅轻轻响起："果然是个废物。"

杨崇玄仰头望去，伸出手指指了指自己："该不会是说我吧？"

一个算不得太漂亮的柔弱女子，腰悬一枚狮子印章，轻轻一跃，从山巅飘落而下。

杨崇玄心思急转，正要踩死脚下的行雨神女，那个年轻女子已经笑道："我劝你别这么做。"

即便目睹了杨崇玄近身厮杀的通天本事，那女子竟是依然缓缓走向杨崇玄。不但如此，她还当着杨崇玄的面，两次弹指，将蒋曲江与西山老狐弹飞出去。

那女子斜瞥了一眼下场凄惨的行雨神女，眼神满是讥讽之意："春王正月，大雨霖以震，书始也。浪费了这么个好名字。"

杨崇玄倍觉惊异，收起脚下力道，问道："你是？"

女子说道："李柳。"

杨崇玄抬起手掌，揉了揉下巴："没听过啊。"

李柳似笑非笑，缓缓道："关于这面镜子的谶语，是我告诉你家那个开山老祖的，那会儿他还穿着开裆裤呢。你们杨家穷，他的裤子缝缝补补，连腚都盖不住。"

杨崇玄放声大笑，差点没笑出眼泪来。他娘的，他这辈子就没听过这么好笑的笑话。

李柳也笑了起来，眉眼弯弯似柳条，温柔婉约，极其好看。

杨崇玄突然想起一个人，便不太笑得出来了。他试探性问道："第四？但是事实上，却让刘景龙都没辙的那个？"

李柳微微歪着脑袋，笑眯着眼，回了一句："刘景龙？没听过啊。"

杨崇玄瞪大眼睛：哎哟，这娘儿们够劲，比自己还能装，对胃口！

只是他又有些犯嘀咕。那次跻身金境之前，有位高人给自己算了一卦，说最近十年小心些，会被女子伤到。他当时还误以为自己是要命犯桃花，害他见着了漂亮女子就犯怵。毕竟他终究算是半个修道之人，一旦身陷情劫，还是相当麻烦的。可其实那一卦，该不会是说自己要被眼前这个娘儿们给打伤吧？

两人相距不过五步，李柳终于站定，道："杀你有点难，代价有点大。"

她似乎在犯愁，杨崇玄却如临大敌，哪怕是面对小玄都观的老神仙，他都不曾如此戒备。

在陈平安悄然潜入地涌山辖境之后没多久，一名来自流霞洲的外乡人与那位率先将彩绘壁画变成白描图的挂砚神女一起登山，先是去了趟披麻宗祖师堂，喝过了一碗阴沉茶，与披麻宗三位老祖之一的老仙师相谈甚欢，然后通过披麻宗秘法相助，直接到达了青庐镇，游览一圈后，挂砚神女便心意微动，请求主人走一趟积霄山。

按照当年春官神女的推衍，若说宝镜山机缘是行雨神女为主人准备的一份见面礼，那么积霄山的袖珍雷池就是挂砚神女的囊中之物。虽说无论是规模还是品秩都远远无法跟倒悬山雷池媲美，可亦是相当于半仙兵的一桩天大福缘。

同时，春官神女还推衍出，这两处机缘一旦抓住，后续还会有其他大道机缘跟随，这才是真正重要的玄机。只是具体是什么，无法勘破。

已算道侣的两位一起御风远游，挂砚神女性情耿直，笑道："我可比行雨姐姐幸运多了，摊上那么个心境不济的货色，还要追随他一甲子，换成是我，要糟心死了。那个年轻人与主人相比，真是差了十万八千里。"

男子有些无奈，但眼神温柔，轻声道："火铃，莫要与人比，自古胜己者，胜于胜人。"

挂砚神女微笑点头："知道啦，主人。"

临近积霄山后，她的心情雀跃不已。没有理由，只是看了一眼缠绕半山腰处的云海便开心，再看一眼山巅高处的云海更是高兴。

她一把拽住男子的手，就在下边的云海上空飞掠疾驰，闪电竟是温驯异常，没有对他们展开任何攻势，反而在云海表面缓缓跳跃，对她表现得十分亲昵。

到了积霄山之巅附近，两人悬停空中，挂砚神女指了指山顶那块石碑，笑眯眯道："主人，认得那些字吗？"

男子看了一眼，点头道："斗枢院洗剑池，是远古雷部神将一处清洗兵器的重地。斗枢院属于那一府两院三司之一，我曾在夜梦中恍若阴神远行，游历过两院一司的遗址，只是梦醒之后对于那些场景记得不太真切，总之觉得十分玄奇。"

挂砚神女开怀不已，俯瞰一眼，突然皱了皱眉头。

男子疑惑道："怎么了？"

挂砚神女杀气腾腾道："主人，少了几条雷鞭！不知是哪个毛贼窃走，还是此地妖物私自占据了！"

男子摇头道："既然是机缘，无论是他人窃走还是妖物强占，都是命中注定，无须动怒。"

挂砚神女哦了一声，随即展颜一笑，轻轻摘下腰间那方篆刻有"掣电"的小巧古砚，往前一丢。

积霄山之巅呈现出壮丽宏大的惊人一幕，只见整座雷池拔地而起，连同云海雷电一起掠入砚台之中。

约莫一刻钟后，挂砚神女轻喝道："回来。"

古砚掠回她手中，她递向男子："主人请看。"

男子低头望去，古砚中盛放着一座雷池，如一摊金色墨汁，不可谓不神奇。他让她收起古砚，遥望远方："该返乡了。"

挂砚神女俏皮打趣道："主人这算不算衣锦还乡？那得谢我啊。怎么谢呢，也简单，听说流霞洲天幕极高，故而五雷齐全，主人只要带我去吃个饱就行了！"

男子哑然失笑，难得她也有如此童趣的一面。

地涌山。

书生被一伙金丹妖物追杀得颇为狼狈，四处乱窜，更有金丹鬼物临时执掌地涌山护山大阵，竟是拼了山根碎裂以及水运毁于一旦也要强行稳固地底和高处结界，防止书生以那古怪遁法逃逸。

若只是这点术法，书生其实早就跑了，不承想，那挂名白笼城的金丹鬼物还有一件匪夷所思的异宝，能够附身书生，既不伤及魂魄，又能够如影随形，如何都驱逐不掉。

书生在空中一个翻滚，堪堪躲过一件法宝的轰砸。尘土飞扬之中，他蓦然而笑，朝一个方向飞掠而去，高呼道："好人兄！"

以老人面容示人的陈平安扯了扯嘴角，轻声道："木茂兄。"

接下来一幕让所有妖物都一头雾水，面面相觑，竟是各自停下了追杀。

书生双指拈出一张金色符箓朝那个好似来此救援的盟友猛然掷出，而那个家伙也拔剑出鞘，一剑斩向金光爆射如大日跃海的符箓。

一阵巨大的气机涟漪向四面八方激荡散去，如同一座山峰被砸入湖泊。

剑光与符箓共同消散之际，书生气势浑然一变，眼神光彩夺目，竟是刻意收敛了灵气。这是一个任由宰割的举动，书生直扑陈平安，轻声道："先斩去我身上这抹跗骨阴影，然后一起走。"

陈平安点点头，一剑递出，刚好斩中那一抹阴影。

好似变了一个人的书生如释重负，正要由衷道一声谢，一拳又至。

他两眼一黑：你大爷啊！

第五章
自古剑仙需饮酒

等到书生清醒过来,一阵头痛欲裂,发现自己身处一处悬崖之畔,不远处就是一条如长蛇首尾挂两枝的铁索长桥,在山风中微微晃动。

自己身上那件名为百睛饕餮的法袍已经没了,原先收在袖中的本家秘制符箓自然也一并落入了他人口袋。而且自己还被一条金色缚妖索捆绑起来,低头一看,品秩还不低,竟然用了两根蛟龙长须。老蛟岁数断然不低,铜绿湖银鲤的所谓蛟龙之须与之相比,大概就是避暑娘娘那只月宫种遇上了真正的广寒宫蟾蜍?兴许没那么夸张,但也相差不远。

书生不禁哑然失笑,没有做任何挣扎,因为自己眉心处和后心处分别悬停着一把本命飞剑。

还好,只要不是从自家祖师堂的那盏还魂荷花灯中醒来,就不是最坏的结果。

书生叹了口气:"好人兄,东西借了去,迟些时候记得还我啊。"

不远处,一个头戴斗笠的年轻游侠正盘腿坐在崖畔练习剑炉立桩,默不作声。

书生继续道:"好人兄,你这喜欢扒人衣服的习惯不太好唉。避暑娘娘宝库中白骨君王所穿的龙袍是不是如我所说一碰就灰飞烟灭了?那位清德宗女修的法袍,我真没骗你,品秩极其一般,与那只出自清德宗祖师堂的礼器酒碗一样,都只是灵器而已,卖不出好价钱,除非是碰到那些喜好收藏法袍的修士才有些赚头。"

陈平安始终没有回应,书生也没有半点恼羞成怒。没了件见不得光的法袍而已,又不是光着身子,只是里边那三张金色材质的符箓让他有些心疼。一张隶属山岳符旁支,名为碧霄府符,可以变幻出一座雷城真王府邸,修士置身其中,能够抵御元婴的本命法宝数击,换成金丹,估计半炷香内休想破开府门。一张玉清光明符,被修士丢掷而出后,照幽冥,震妖鬼,范围极大,笼罩方圆数里天地,不针对大修士,专门用来破阵解围。最后一张最为金贵,是本家秘传中的秘传,名为云霄斩勘符,符胆当中蕴藉有四粒价值连城的神光,一出手就是雷神、电母、风伯、雨师四位远古神灵的法相齐齐现身,合力一击。先前在剥落山广寒殿后院当中,书生袖中拈的就是此符,只是当时对方也油滑,袖中同样有些隐蔽动作,书生拿捏不准对方的深浅。双方距离又近,符箓威势过大,动辄就要削掉半座剥落山,书生不愿杀敌一千自损八百,说不得还要泄露踪迹,这才压下了杀机。

至于后来被此人一剑破去的符箓,杀力一样不小,只是不如云霄斩勘符那般气势壮观,而且不属于本家秘传,是北俱芦洲一座符箓宗门的看家本领,专门克制世间剑修。

所以说,其实直到那一刻,书生都还没有被群妖逼到使出看家本领的地步,只是瞧着狼狈而已。先前他真正的念头,还是故意折腾出群山可见的天大动静,因为他断定那人一定会秘密潜返,悄悄隐匿某地,说不定就要看准形势伺机刺杀自己。

他何尝没有示敌以弱,顺势斩杀对方的想法,只可惜天不遂人愿。

真是道高一尺魔高一丈,对方的那把剑很是古怪,太过奇异,一张金色材质的地祖宫锁剑符竟然没能成功将它锁住,所以自己蓄势待发的遁地法以及袖中第二张云霄斩勘符也就英雄无用武之地了,不然符出人遁走,对方不死也重伤,大可以留给群妖收拾,难道还能活?

那个家伙更是拖泥带水,竟然临时发昏,强行夺取大半魂魄的主导权力,对此人卸下所有防御。结果如何?还不是被对方毫不犹豫就打了一记黑拳,害得自己沦落至此。

不过不幸中的万幸是对方没有果断杀人越货,毁尸灭迹,这何尝不是对方心慈手软后攒下的一点福气,不然等到自己在家族清醒过来,虽然勉强保住了性命,却要以损失一魂一魄作为巨大代价,大道根本受损,即便家族有秘法可以弥补,可至少拖延破境百年,到时候家族岂会轻饶了此人,别说什么万里追杀,任你是别洲"宗"字头的嫡传,照样会跨洲追杀,十年不成便百年。大源王朝崇玄署的云霄宫杨氏一向是举洲公认的念恩极重、还恩极大、记仇极久、报仇极狠。

剩下没派上用场的三张金色材质的祖师堂符箓也好,那件百睛饕餮法袍也罢,再值钱,能有修士的性命和大道值钱?所以书生很是看得开:父亲一直叮嘱自己,修行路上,一定要多吃小亏。

他笑问:"好人兄,你是怎么带着我逃离群妖重围的?费了老大劲吧?"

剑气十八停运转完毕，陈平安收了剑炉立桩，说道："没有大费周章。群妖与你厮杀太久，已经精疲力竭，又怕除我之外还有援手，一个个畏缩不前，围杀堵截就有些摆摆样子。不过还是纠缠了一段时间，最终给我拣了个空，往南一路跑到鬼蜮谷这里了。只是你身上袍子给对方剥了去，我阻拦不及，很是愧疚。"

书生苦笑道："那这根缚妖索和两把飞剑？"

陈平安一脸天经地义，道："保护你啊，此地有两只大妖就在铁索桥那一头虎视眈眈，你应该也瞧见了，我怕自己潜心修行，误了你性命。"

书生瞥了眼对面，确实有两只可怜兮兮的精怪，可那叫"大妖"？连人形都未修成，见着了自己身上这根先天压胜的缚妖索后，没吓破胆、跑出几十里外已经算是好的了。

陈平安笑道："还不是怕你醒过来后不听我半句解释，睁了眼就要跟我打打杀杀，到时候岂不是误会更深？现在咱俩是不是算把话说开了？"

书生点头道："好人兄不但生了一副侠义心肠，更难能可贵的还是这行事缜密，我是真挑不出半点毛病！"

陈平安微笑道："木茂兄，现在可以说说看自己姓什么了吧？生死之交，患难兄弟，若是还藏藏掖掖就不太好了。"

书生笑容灿烂，无比真诚道："我姓杨，名木茂，自幼出身于大源王朝的崇玄署，由于资质不错，靠着祖辈世世代代在崇玄署当差的那层关系，有幸成了云霄宫羽衣卿相亲自赐了姓的内传弟子，此次出门游历，一路往南，到鬼蜮谷之前，身上神仙钱已经所剩不多，就想着在鬼蜮谷内一边斩妖除魔、积攒阴德，一边挣点小钱，好在明年大源王朝某位与崇玄署交好的亲王寿诞上凑出一件像样的贺礼。"

既然此人认得碑头"龙门"二字，那么那三张符箓多半就被看破根脚了，所以书生就不把对方当傻子了，省得对方恼羞成怒，又给自己来上一拳。

陈平安似笑非笑："这大源王朝的崇玄署，我一个别洲的外乡人都听说过大名，如雷贯耳啊，不知道木茂兄认不认得那位天生道种的杨凝性？"

书生翻白眼道："作为云霄宫内门弟子，如何不认得这位鼎鼎有名的小神仙？不但认得他，我还认得那位喜欢游历四方的大公子杨凝真，与他们关系都还不错。当然了，这两位是高高在上的杨氏嫡传子弟，我与他们兄弟二人不过是点头之交，算不得多好的朋友。"

书生见他将信将疑，似信非信，也没辙，对方总不能严刑拷问自己吧？若真要如此，一根法宝缚妖索和两把飞剑也未必困得住自己。

陈平安突然问道："你早先遛着一群野狗玩耍，就是要我误以为有机会痛打落水狗，一心为了杀我？"

书生正要瞎扯一通，突然皱眉，眉心处刺痛不已。下一刻，书生整个人便变了一番光景,就像他最早认识陈平安时自称的有"一身纯阳正气"。

练气士也好,纯粹武夫也罢,气机可以隐藏,气势可以变化,唯独一个人孕育而生冥冥杳杳的那种气象却很难作伪。

陈平安皱眉道:"你患有离魂症?双方在争夺魂魄?"

这就像门墙之内,兄弟打架,争执不休。

一般对于修士而言,这是大忌讳。一旦如此,练气士破境一途,如人瘸腿登山,难上加难,能够跻身金丹地仙就已经是天大的侥幸,想要破元婴心魔简直就是奢望。

书生正坐,眼神清澈,微笑道:"为了救我出来,你受伤不轻,损耗很大。你最后祭出的那张金色材质的缩地符不但珍贵,与我家符箓脉络应该也有些渊源,所以那件法袍以及袖中三张符箓就当是我的谢礼好了。至于我,自然不叫什么杨木茂,但确实出身于大源王朝崇玄署,只是真实姓名就不与你说了,你只管猜测。"

陈平安有些疑惑,问道:"'他'在自身小天地昏迷之后,'你'其实还能清醒地看着外边的大天地?"

书生点头,只是并未解释什么。

陈平安说道:"但是要杀我,是你的本心。"

书生笑道:"何尝不是你的本心?"

陈平安默然无言。

书生说道:"你既然最终选择救我,而不是杀我,我觉得有必要再出来见你一次。我想象中的大道之争,堂堂正正,应当光明正大,你若是也认可此说,我们可以挑选一个时日,等到各自历练结束,将来在那砥砺山生死一战。对了,还有一事,需要提醒你一下。我总觉得有谁在鬼蜮谷远处窥探你,断断续续,并不长久,我只能依稀察觉到是在北方某处,道行高深,你要小心。"

陈平安不置可否。

书生笑道:"我接下来要潜心炼化那块龙门造像碑,必须心无旁骛,你与另外一个'我'打交道,麻烦多担待些。怎么说呢,他就相当于我心中的恶,所有念头,虽然被我缩为芥子,看似极小,实则却又极大,并且极为纯粹。恶是真恶,无须掩饰,天性行事无忌,不过每次我分心,交由他现身掌控这副皮囊,都会与他约法三章,不可逾越规矩太多。对了,他行事之时,我可以旁观,一览无余,算是借此观道、砥砺本心吧。可我言语之时,他却只能沉睡。"

陈平安内心一震,正要说话,书生已经闭眼。他发现就在书生眼皮低敛之际,似乎看了旁边一处。当他再次睁眼,就又是那个熟悉的剥落山书生了,他一脸拉了屎在裤裆的别扭表情。

两两沉默。片刻之后,陈平安开口说道:"杨凝性,你可以啊,北俱芦洲的人中龙凤十人在列,云霄宫小天君,这么威风的名号,何必藏藏掖掖?"

书生一脸茫然,陈平安嗤笑不已。

书生觉得那个"自己"应该不至于如此与人掏心掏肺,便继续摆迷魂阵,很是无奈地道:"这话要是给我家崇玄署的小天君听着了会生气的,杨凝性此人最是古板,听不得半句玩笑话。杨凝真、杨凝性这对兄弟,我还是更乐意与杨凝真相处。还有那位负责我们崇玄署与朝廷打交道的女冠,真是个顶俊俏的可人儿,我这趟出门游历,涉险进入鬼蜮谷,就是想要闯出一番名堂来,好教她对我高看一眼。好人兄,你名字好,本事更高,回头到了大源王朝,一定要见一见她。她当年才是少女岁数便筹办了一场道门盛典周天大醮,最是聪慧了,你见着了她,多半会倾心于她,结果她也不喜欢你,到时候咱哥俩一起借酒浇愁,难兄难弟,友谊越发天长地久!"

陈平安站起身,不理会此人的插科打诨,环顾四周,驭气收了那根缚妖索在手中,初一、十五也掠回腰间养剑葫。

先前书生心神沉寂前的那一瞥是他装神弄鬼故意为之,故意让自己疑神疑鬼?还是这山头附近真有玄机,有高人驾临,而自己不得见?如果真是如此,是那元婴巅峰蒲禳的阴神远游,藏匿于周围某地,还是境界更高的世外高人?是那《放心集》上没有记载的小玄都观、大圆月寺,还是鬼蜮谷北方的英灵?

反正不太可能是姜尚真。若说姜尚真遥遥掌观山河盯着自己这边的动静,很正常;但悄悄来了却不现身,绝对不是他的作风。

关于玉圭宗在书简湖的谋划,姜尚真先前在壁画城开诚布公,泄露了一些天机,陈平安信了七八分,所以姜尚真暂时是友非敌,就算不是什么朋友,也不会算计谋害自己。说句难听的,姜尚真真要杀自己,不比杀自视为剑客的那具青衫白骨更轻松?如今他陈平安面对一位元婴就只有逃命的份,而姜尚真却是桐叶洲出了名喜欢杀元婴的上五境。

陈平安心中叹息,默默告诉自己,别急。修行不是喝酒,大口喝小口饮都不碍事。饭要一口一口吃,路要一步一步走,钱要一枚一枚挣。

书生跟着起身,舒展筋骨:"好人兄,你这是两把本命飞剑?剑修本就是天底下吃金吞银的行当,寻常的剑仙坯子靠门派送钱送物养活一把已经是极致,你到底是怎么做到的?就靠这游历万里、打家劫舍的勾当?看来是与我一般,靠着谱牒仙师的出身,宗门栽培还不济事,就打着历练的幌子,一次次当野修贴补家用?"

陈平安没有回答这个问题,望向北方,说道:"先前为了救你离开,亏大发了,现在怎么说?"

书生搓手笑道:"我那法袍和三张符箓落在了敌人之手,自然是要去讨要回来的。"

陈平安瞥了他一眼:"有道理,那咱们依旧各走各的路,你去讨要遗失之物,预祝木茂兄在这鬼蜮谷扬名立万。我呢，就老老实实捡我的漏。"

书生哎哟一声："这哪里成，我与群妖是结了死仇的，这一露头，还不是要被群起而攻之？一个个失心疯杀红了眼，我到时候处境更惨。不行不行，没有好人兄为我压阵，我这心里不踏实。说来奇怪，有好人兄在身边，我就胆气十足，上天入地，龙潭虎穴，都无所畏惧！"

陈平安问道："你现在没了傍身的法袍符箓，我带着你，有什么意义？拖累吗？"

书生抬起手掌，掌中浮现一物，另外一袖赶紧翻摇，以灵气将其笼罩遮覆——竟是一把紫色小飞剑。他笑道："山人自有压箱底的法宝。此剑名为紫芝，仿自我们北俱芦洲一位大剑仙的飞剑。它不是剑修的本命飞剑，气势却胜似飞剑，用来假装大剑仙吓唬人那是一绝！这是恨剑山的绝技，浩然天下独一份的绝活，名气之大，与三郎庙铸造的护身灵宝甲不相上下！"

陈平安指了指自己身后的长剑："我需要你吓唬人吗，拿出一点诚意好不好？"

书生悻悻然收起那把气势惊人的紫芝，又翻转手掌，多出一件螭龙钮铜印的小物件，神色悲壮道："这是最后最后的压箱底物件了，将其砸碎，便有一条战力惊人的螭龙降临，翻江倒海不在话下。就是只能消耗一次，这还是我与那位崇玄署管钱师妹赊欠而来的云霄宫宝库重器。"

陈平安看着他，他微笑对视。

陈平安有些怀疑，若是真正搏命厮杀，自己有几分胜算？在避暑娘娘的广寒殿时觉得有七八分，现在看来，至多五五分？

原因很简单，那把紫芝的确是仿品，不是什么山巅剑仙的本命物，用来吓唬元婴修士最合适不过，可用来杀金丹修士，更是合适不过了。

加上那枚不知深浅的螭龙钮铜印，若是交由真正的书生来用，厮杀起来，对方攻防兼具，如果再拥有一件品秩更好的法袍，再套上一件兵家甲丸覆盖身体的宝甲……毕竟，那件所谓的百睛饕餮法袍只是他用以遮掩耳目的伪装而已。一位极有可能是天生道种的崇玄署真传下山历练，岂会没有祖传法袍宝甲护身？

书生眼神幽怨，满脸委屈说道："好人兄为何不说话了，莫不是见财起意？我反正打不过你，就只能再掏出法袍和灵宝甲来保命了。"

"说好的铜印是你最后一件压箱底宝贝呢？"陈平安说道，"有钱真是了不起，我怕了你。"

书生叹息一声："我那师妹说过，出门历练，既然本事平平，言语就更不能与人处处交心。"

陈平安说道："走吧。"

书生摩拳擦掌："去搬山大圣的山头还是那地涌山找回场子？"

陈平安说道:"沿着那条黑河,找一找老龙窟。"

书生疑惑道:"为何?"

陈平安开始沿着山脊往下走,缓缓道:"地涌山的护山大阵已经给你扯了个稀烂,群妖如今肯定聚在了搬山猿的山头,说不定地涌山那位辟尘元君要么已经将家底死死藏好,要么干脆就随身携带,搬去了盟友那边。去地涌山喝西北风吗,还是去搬山猿那边硬碰硬,再给他们围殴一顿?"

书生以拳击掌,赞叹道:"对啊,好人兄真是好算计,那两只鼋在地涌山大战当中都没有露头,用好人兄你的话说,就是半点不讲江湖道义了,所以即便咱们去找他们的麻烦,搬山猿那儿的群妖也多半含恨在心,打死不会救援。"

陈平安冷笑道:"我现在担心的是给你宰了吃掉的避暑娘娘背后的靠山会不会赶来。说说看,到底是何方神圣?"

书生嘿嘿笑道:"是位鬼蜮谷的老元婴英灵,在北边诸城当中名气颇大,都敢不听京观城城主的号令,生前是神策国的大将军,功勋卓著,活着的时候从来没被人称赞过什么用兵如神,但死后被后世兵家誉为'运兵用正不用奇',青史上评价很高。如果不是他效忠的蠢皇帝中了离间计,要他强行率军出击,害他一家青壮老幼三十余口一并战死沙场,牵一发而动全身,那是一个相当关键的转折点,不然骸骨滩战事的最终结果还真不好说。"书生停顿片刻,有些惆怅,"至于避暑娘娘是怎么攀附上这位英灵的,我又不是未卜先知的神仙,自然不知道喽。"

两人一起行走于山脊小径,陈平安见他转头往悬崖那侧张望,出声说道:"别打那两只妖物的主意。"

书生奇怪道:"与你熟悉?"

陈平安摇头道:"不熟。"

书生愈发纳闷:"那你庇护它们作甚?留着祸害……也对,如今微末道行,几百年是注定出不了鬼蜮谷的,祸害不了人。"

陈平安缓缓道:"有灵众生,修行不易。"

书生打量了一眼陈平安:"还真受伤了?"

陈平安点头道:"那只金丹阴灵想要故伎重演,对我施展那跗骨阴影,我一剑劈碎后,给那搬山猿抓住机会砸了一锤。随后法宝齐至,我只好用掉了一张价值万金的符箓,直到现在还心肝疼。"

陈平安心情郁郁。其实不止心疼,他不但用掉了仅剩的一张金色材质缩地符,还让自己的保命手段浮出水面,以后再想连用两张金色缩地符,以剑仙劈开鬼蜮谷和骸骨滩的小天地禁制,可能就会有变故。

书生发现这人在说到搬山猿的时候语气有些细微变化,笑问道:"怎么,跟搬山猿有仇?"

陈平安神色自若道:"被狠狠砸了一记流星锤还不算有仇?"

书生双手负后,大摇大摆,笑眯眯道:"岂不是又要害得好人兄晕血?"

陈平安点头道:"你要是实在过意不去,我反正是很介意你觉得欠我人情的,不如将那把唬人的飞剑或是铜印送我,作为补偿?"

书生大袖乱挥,鬼叫连天:"好人兄,算我求你了,能不能别惦念我那点家底了?你再这样,我心里发慌。"

陈平安眺望北方一眼,说道:"到了黑河,还是老规矩,三七分?"

书生大为意外,赧颜道:"这多不好意思。"

陈平安呵呵一笑,书生瞬间领会方才的言下之意,随即嬉皮笑脸道:"还是五五分吧,和气生财,和气生财。实在不行,四六分账,好人兄六,我四就成。"

两人往北而行,拣选山野小路,跋山涉水。陈平安一路飞掠,兔起鹘落;书生御风而游,不快不慢,只是与陈平安并肩而去。

陈平安站在一处高树上举目远眺,书生随口问道:"我在广寒殿杀那避暑娘娘,你为何不拦上一拦?这只月宫种能够修成金丹,岂不是更加不易?"

陈平安置若罔闻。随后,陈平安带头,两人途经铜绿湖,再小心翼翼绕过铜官山,如精锐斥候衔枚而走,路线隐蔽,悄无声息。

书生有些惊讶:行家里手啊,是走惯了山水的?可为何又不像那山泽野修?

来到黑河畔,陈平安已经摘了斗笠和剑仙以及养剑葫,覆上一张老者面皮,还让书生换一身装束,然后丢给他一张朱敛打造的少年面皮。

书生半点不犹豫,没有任何排斥,反而觉得极有意思。

黑河蜿蜒长达两百余里,算不得什么大江大河,只不过在多山少水的鬼蜮谷已算不错。出身大圆月寺的那两只鼋占据此河,作威作福已久。

黑河水势汹涌,在上游还建造有一座娘娘庙,自然就是那位覆海元君的水神祠。只不过祠庙是理所当然的淫祠不说,小鼋更没能塑造金身,就只是雕塑了一座神像当样子。不过估计她就算真是塑成金身的水神,也不敢堂而皇之地将金身神像放在祠庙当中,过路的元婴阴灵随手一击也就万事皆休。金身一碎,比修士大道根本受损还要凄惨。事实上,金身出现第一条天然裂缝之际,就是世间所有山水神祇的心寒之时,那意味着所谓的不朽开始出现腐朽征兆了,已经全然不是几斤几十斤人间香火精华可以弥补的了。而佛门里的那些金身罗汉一旦遭此劫难,会将此事命名为"坏法",更是畏惧如虎。就像道家神仙历经千辛万苦,好不容易修成了无垢琉璃身,结果到头来,无垢变有垢,如何擦拭心境都没办法抹去,怎能不怕?书生对此感触尤为深刻,崇玄署历史上那几位都是因此而兵解，不得真正的大超脱。

夜幕中，两人走入那座祠庙。其内竟是空无一人，毫无阻拦。

书生双手负后，环顾四周，笑道："好嘛，彻底当起缩头乌龟了。这可如何是好？"

陈平安问道："你就没点辟水开波的术法神通？"

书生点头道："有倒是有，当年在路上捡了颗破碎大半的避水珠，只是远远不如我那师妹饲养的辟水兽蚙蝮，如果有了那蚙蝮，便是大江大河里边隐藏极深的龙宫都能轻松寻见。一只屁大的玩意儿，那对犄角更是只有一指长度，可随便那么一晃头颅，就可以掀起百丈巨浪，真是令人羡慕。"

陈平安哦了一声："那么我在这里等你去把你师妹喊来？"

书生哈哈大笑，抖了抖袖子，手掌托起一颗雪花晶莹的珠子，将那珠子往嘴里一拍，然后化作一阵滚滚黑烟往河水中掠去，没有半点水花溅起。

陈平安继续逛这座祠庙，与世俗王朝享受香火的水神庙差不多的样式规制，并无半点僭越。到了庙中主殿，跨过门槛，仰头望去，发现神台上的覆海元君塑像不高，严格遵循一位中等河神该有的礼制。而神像女子相貌魁梧，手持大斧，确实不算好看。

陈平安走出主殿，逛了后殿，见并无异样，便返回祠庙大门口，坐在台阶上，耐心等待书生返回。心中所想，却是书上关于大源王朝崇玄署云霄宫的记载。

与三郎庙一样，都是在北俱芦洲久负盛名的仙家府邸，只不过云霄宫还占着一个崇玄署的名头，所以涉世更深。

北俱芦洲佛门昌盛，大源王朝又是一洲中部一家独大的存在，佛道之争必然激烈。但是大源王朝既然能够崇道抑佛到了设置崇玄署、由道门管辖一国佛寺的地步，除了大源卢氏皇帝一心向道之外，云霄宫的雄厚底蕴更是关键所在。

在龙泉郡，魏檗经常会在牛角山仙家渡口迎来送往，又知道陈平安要游历北俱芦洲，所以准备了不少北俱芦洲仙家势力的相关书籍、档案，云霄宫是几大重点关注势力之一，因为陈平安还提过那条必然要走一趟的入海大渎，而大源王朝恰好是大渎途经之地。不但如此，大源王朝对于这条大渎重视异常，以至于在大渎沿途各国境内，不止自己的藩属国，而是所有国家境内，都专门设置了监渎官和水潦官，官职颇高，分别相当于六部侍郎和从三品武将。历史上不是没有与大源王朝关系疏远的国家，朝野上下竭力反对，将自家国土之上竟然有别国官员视为莫大国耻，大源王朝曾经三次出兵征伐，不惜被一洲南北骂为穷兵黩武，还与儒家书院交恶，都源于此。

崇玄署云霄宫的建立过程简直就是一部大源王朝其他道统和佛门势力的衰落史：拆庆新宫天官殿为崇玄署天元殿，取嘉灵观巨木大料以造云霄宫老君堂，破云海寺宝华殿以造崇玄署牌坊楼，又拆甘露寺取料以为云霄宫家祠，林林总总，大源王朝开国前期，历朝历代皆有这类事情，如此豪制，此后的各位大源卢氏皇帝仍嫌崇玄署鄙陋，曾下令数位宗室亲王亲自主持,大兴土木,为崇玄署和云霄宫次次扩充规模,京城之内,任何有碍崇玄署风水的建筑一律拆除,在废墟遗址上分置云霄宫旁支道观以镇气运,道观名称皆是大源王朝历史上所用之年号,全部交由云霄宫道人主持事务,大小道观内的任何纠纷,朝廷官府都不可插手。

这大源王朝崇玄署的云霄宫俨然一洲道脉之首,可事实上,那位已经南下滞留东宝瓶洲多年的天君谢实才是一洲道统的真正执牛耳者。陈平安有些好奇,这两者之间的关系是相看两相厌,只是势力旗鼓相当,于是老死不相往来,还是各自视为眼中钉肉中刺,除之而后快。

他抬头望去,河水翻滚依旧,水声极大。

书生还是没有返回,但是陈平安突然站起身,掠向河畔。

水势变得近乎凶险,不断有河水漫过河岸——好重的血腥气。

片刻之后,黑河远处,书生跃出河面,一手拽住一名魁梧女子的脖颈拖曳前行。那女子披头散发,身上披挂的铁甲破碎不堪。

书生踏波而行,如履平地,见着了陈平安后,抬手挥动:"好人兄,久等了。"

书生离得祠庙近了,将手中奄奄一息的女子随手丢在岸边,一阵翻滚,那女子仰面倒地,满脸血污。

书生来到陈平安身边,笑道:"一顿好找。方才水底一战险象环生,亏得我默念了几句'好人兄保佑',这才化险为夷,不然差点就要给这娘儿们掳去当了压寨夫婿。"

陈平安瞥了眼闭眼装死的覆海元君。书生一袖挥去,打得那只小鼋直接陷入大坑当中。他啧啧道:"这位水神娘娘真是好兴致,水底洞府之前专门开辟了一座美其名曰妾意台的地方,上边摆放了一具具白骨,都曾是'有幸'成为她夫君的可怜虫。每具白骨身边还点燃一盏魂灯,好一处灯火辉煌的盛景,好一个郎情妾意绵延千百年。若非我在洞府外边威胁要将这座高台打烂,这位水神娘娘还真未必肯出来见我。事实上,便是我闯入其中,她要真铁了心躲藏,我还真未必找得到她。"

陈平安问道:"那些本命魂灯给你打灭了没有?"

书生点头笑道:"自然,这也是一桩不小的功德,胜过杀了避暑娘娘多矣。好人兄,你真是我的福星。"

陈平安蹲在大坑旁边,里边的覆海元君已经坐起,抬头尖叫道:"天受日月星辰,地受水潦尘埃,有情众生受苦受难,这是那些男子命里该有的劫数!"

书生闻言大笑,朝她伸出大拇指:"天花乱坠,说得我都差点信了。"

陈平安看着她问道:"那你自己的劫数算到了吗?"

覆海元君厉色道:"我们父女与大圆月寺有旧,你们敢杀我?!"

陈平安沉默不语,书生以心声告之:"不急动手,咱们拿她钓大的。这位水神娘娘还算好找,那老龙窟传说千曲百弯,太难找到老鼍的踪迹了。"

陈平安轻轻点头,聚音成线,问道:"她的老巢没有搜刮一通?"

书生依旧是以心神涟漪与陈平安对话,遗憾道:"这家伙也心狠,见机不妙,给我擒拿之前,直接运转神通关闭了洞府大门。虽说要破也破得开,但太消耗光阴了,没个把时辰很难打开。历来修士最怕水底的大小龙宫,难找又难开,实在是与山根水运牵连太深,很容易取宝不成,一个不小心就是天崩地裂,水运一炸,江河翻滚,反而闯祸。若是人多的地方,那就是动辄淹死几千几万人的惨事了。这里自然无此忧虑,等会儿钓出那只老鼍,咱哥俩再去水底探宝,有好人兄你那把神兵利器,只会更快开门。"

陈平安始终凝视着那只黑河精怪,笑道:"我在水底可支撑不了多久,不像你,有辟水法宝在身。我的灵气消耗太快,一旦全力出剑劈砍洞门,你再给我偷偷来一下,飞剑紫芝刺几下,铜印砸几下,再变出几张云霄宫杀伐符箓来,我岂不是要葬身鱼腹。木茂兄,你说对不对?"

书生一脸正气道:"好人兄莫要以好人之心度君子之腹!"

陈平安说道:"稍后你只管自己去水底洞府取宝,既然我没有出半分力,那就三七分,你七我三。"

书生嘀咕道:"这也能分去三成?"

陈平安微笑道:"我在河面帮你望风,你没有后顾之忧,只管安心搜寻宝物。不过事先说好,你有咫尺物在身,我无法知道你到底找到多少宝物和钱财,事后分账,全凭你的良心了。"

书生问道:"那八二分账,如何?"

陈平安答应下来:"可以。"

见陈平安如此干脆利落,书生反而狐疑起来,试探性问道:"莫不是你将洞府家底与那广寒殿地库做了个大致比较,到时候觉得分到手少了,你就要恶从胆边生,与我撕破脸皮了?"

陈平安会心一笑,道:"这可是你说的。"

书生蹲在地上,唉声叹气。

覆海元君见这两个男人似乎在以心声默默交流,瞅着不像是要立即杀她,便愈发骄横,怒道:"还不赶紧放了我,饶你们不死!不然等我爹来了,教你们死无葬身之地!我那被毁去的妾意台重建之日,就要先拿你们两个挨千刀的来点水灯!"

陈平安转头望向那乐不可支的书生,开口道:"你骗了这种货色主动出门,没什么值得自满的吧?"

书生摆摆手:"我可不是什么自满,就是觉得好玩而已。换成真正的山水神祇,品秩再低,只要活了这么一大把岁数,怎么都不会这么说笑话的。这鬼蜮谷不成气候,死活打不出去,给就那么点人手的披麻宗硬生生压在这螺蛳壳里边终年不见天日,看来是有理由的。"

陈平安和书生几乎同时望向河面某处。

书生笑道:"客人来了。"

一只老儒生模样的水族精怪从河面探头探脑,犹豫了半天,才畏畏缩缩凑近,仍是不敢上岸靠近两人,就站在河水中颤声道:"黑河大王要我捎话给两位仙师,只要放过了覆海元君,覆海元君的洞府珍藏任由两位仙师取走,就当是结了一桩善缘。"

覆海元君低下头去。

书生调侃:"你那老爹真是不忧心你的死活啊,就派个虾兵蟹将过来应付我们。"

覆海元君只是低头不语,先前气焰全无。

那精怪战战兢兢道:"两国交战,不斩来使。不管两位仙师答不答应,都应该让我去老龙窟回话的。"

书生给他逗乐了,转头望向陈平安:"怎么讲?"

陈平安笑道:"那你回吧,就说我们答应了这个条件。"

书生补充道:"这位覆海元君得先留下。"

那精怪哀号道:"黑河大王要我务必将元君娘娘带回去啊。"

陈平安道:"办事不力,只是有可能死在黑河大王手上,总好过必然死在这里吧?"

精怪缩了缩脖子,立即转身遁水而逃。

书生说道:"我这就去强攻水底洞府大门?"

陈平安指了指覆海元君,点头道:"我守住洞府附近的那段河面,你将她带在身边便是,说不定半路被你说通了,她还能自己打开大门,省去许多麻烦。"

双方都没有任何拖泥带水,书生再次攥住覆海元君脖颈,陈平安跟随书生一起往上游赶去。

最后书生入水不见,陈平安站在河边。一刻钟后,陈平安在心中冷笑:这只老鼋还真是果决狠辣,竟然完全不顾女儿的性命了。

只见整条黑河原本浑浊不堪的河水变成墨色,然后从远处上游开始,河水迅猛冰冻起来,看来是打定了主意要将已经入水探宝的书生斩杀于河中。

不但如此,远处天幕有一个浑身闪电交织的壮汉气势汹汹杀来——是积霄山的敕雷神将。

不过除了这位,似乎并无其余妖物参与围剿,包括搬山大圣在内,要么藏匿更远,要么按兵不动。

陈平安有些奇怪:难道是这只积霄山妖物得知有人挖走了那几条金色雷鞭,无处宣泄怒火,在得了老鼋的通风报信后,才抛下其余盟友,独自前来厮杀?

老鼍驾驭本命神通,将一条黑河冰封百里,这等异样,陈平安有心无力,不过那只积霄山妖物还是要拦一拦的。

敕雷神将看来是动了真火,在地涌山时身躯四周不过是两块令牌环绕,如今又多出三块,写有雷法敕令,多半是由金色雷鞭炼化而成。他悬空而停,嘶吼道:"小贼,是不是你窃走了我那雷池?!"

陈平安愣了一愣,笑道:"我如果有那通天本事,在地涌山你们还能活?"

敕雷神将已经近乎失去理智,只是咆哮不已,浑身电光绽放:"你这该死的毛贼,敢坏我根本!我定要将你千刀万剐,抽出魂魄,雷罚百年千年!"他往黑河之畔一冲而来,同时在空中现出半截精怪真身:一颗金雕头颅,身高丈余,三枚令牌随之散开。

他一拳向陈平安砸去,陈平安没有拔剑,一拳相对。

妖族不愧是以肉身坚韧著称于世,陈平安在地上倒滑出去数丈,那金雕妖物大步向前,三块令牌相互间有金色闪电牵引,不断有胳膊粗细的闪电朝陈平安激射而去,轨迹十分紊乱,不分敌我。只是闪电砸在那只妖物身上后,非但没有阻滞他的身形,反而瞬间蔓延全身,最终凝聚在手臂之上。他的第一拳,拳头布满金光,整条胳膊如同盘踞着十数条金色小蛇。

陈平安有意近身厮杀,不但未用剑仙,连养剑葫内的初一、十五都没有动用。

双方拳拳到肉,那妖物杀得兴起,狞笑不已,每次出拳都裹挟雷电声势,浑身金光大盛。

先前在地涌山,此人狼狈逃亡之时给搬山猿不过是一锤就打得呕血不已,脸色惨白,身形踉跄,这点孱弱体魄也敢与爷爷我对拼肉身坚韧?那只小貂说得没错,这家伙是个剑修,但是背负长剑,兴许是品秩太高,无法完全驾驭,每次动用都会消耗大量灵气,而且短时间内肯定无法补给圆满。难怪先后只敢找广寒殿和这小鼍的麻烦!不过若是换成那个术法多变的书生,他也不敢如此托大,与人近身搏命。

敕雷神将双拳齐出,嘶吼道:"还我雷池!"

陈平安以双掌抵住那两拳,这一次他身形纹丝不动。

雷电闪耀和罡风吹拂中,敕雷神将看到了一张换了面容的脸庞,以及本该熟悉却又陌生的眼神,心中蓦然一紧,竟是急急退后。

陈平安一脚重重踏地,瞬间来到那只妖物身前,一拳轻轻飘飘递出。

敕雷神将迅速掂量一番,倾力轰出一拳,显然是要与这个家伙以伤换伤!

对方一拳果然不痛不痒,大概相当于鬼蜮谷外五境武夫的劲道,可是自己这一拳却结结实实砸在了对方面门之上。但是对方怎的脑袋动也不动?不对劲!

第二拳已至,速度太快。敕雷神将一咬牙,继续与其换拳。

数拳之后,敕雷神将惊骇发现,自己想要与他换伤已是奢望。而无论是先前几拳,还是三道本命令牌的雷电轰砸之下，此人只是浑然不觉，莫不是个半点不怕疼的疯子？

十数拳后，敕雷神将头颅被一拳打烂，丈余高的无头身躯向后倒去。

不知是否是垂死挣扎的最后一击，三道令牌绽放出璀璨金光，使得陈平安周围方圆十丈之内尽是雷电，如同那积霄山小雷池的显化。

陈平安被无数条雷电绳索拘押其中，一时间不得脱身，身上那件青衫法袍出现了一条条裂缝，但是他的视线却在那具尸体上。

果不其然，头颅粉碎的尸体紧贴地面，迅速后掠出去，然后起身站在一块令牌附近，脖颈扭转几下后，又生出一颗金雕头颅来。他一手掐诀，一手猛然握住那块令牌，沉声道："好家伙，原来在地涌山，你一直在假装废物！不愧是山上最该死的剑修，体魄不输武夫。"

积霄山附近云海滚滚，然后瞬间沉寂。下一刻，这座雷池上空，一道粗如井口的雷电朝陈平安直劈而下。

陈平安一拳递出，雷电碎去，但是那些崩裂开来的一条条雷电四处流窜入雷池当中，使得雷浆电精又浓郁了几分。

敕雷神将来到第二块令牌处，再次握住，冷笑道："一个剑修，别的不学，学什么拳法。继续出拳，只管出拳，我倒要看看，你这副皮囊，能够在我的雷池中支撑多久！"

又一道粗壮雷电从头顶坠落，被困在原地的陈平安依旧是一拳向高处递出，被打碎的雷电依然是疯狂涌入雷池当中。

敕雷神将几乎同时来到第三块令牌处，驾驭第三道积霄山云海天雷凭空坠地后，手中还多出了一根雷电长矛。在陈平安一手出拳抵御天雷轰顶之时，他也将手中雷矛一掷而出。

但下一刻，他就心弦一震。只见那人向前伸出一掌，竟是就那么挡住了雷矛的矛尖。长矛不断向前冲去，金光四射，寸寸碎裂，而那人手掌只是悬在原处。

陈平安最后握拳，将仅剩最后一小截的雷矛攥在手心，随手丢入雷池当中，微笑道："再来。"

敕雷神将突然喊道："老鼋！先别管水底那小子了，快来助我杀敌！先杀一个是一个！"

黑河源头处，河水冰封，一名黑袍老者悬停在河面之上，学那僧人一手竖掌在身前，一手双指弯曲轻轻敲击，竟然响起一阵阵寺庙木鱼声，气机涟漪缓缓荡漾开来，一圈圈扩散出去。每一次敲击，都会有一串串墨色的佛经文字，随着那些涟漪纷纷飘入黑河冰面当中。

敕雷神将出声之时，他刚好念完一部佛经，稍作犹豫，双肩一晃，变化出真身，果真是一只大如山丘的老鼋。

老鼋朝陈平安狂奔而来,四足每次踩地都是地动山摇的动静。

陈平安冷笑道:"木茂兄,再这么隔岸观火,可就坏了兄弟义气了。"

一阵爽朗笑声震天响,书生从河面破冰而出掠向高空,抖擞下身上无数冰块,碎屑如雪飘落。他朝老鼋抛出螭龙钮铜印,小小法印风驰电掣,一闪而逝之后,啪一声,贴在老鼋规模如山坪的巨大黑壳之上,两者相比,大小有天地之别。但不知为何,老鼋哀嚎一声,龟背如突然负有一座雄山大岳,竟是不堪重负,瞬间四脚趴开,腹部紧贴河面,冰面轰然碎裂。

书生拍了拍手掌:"先立一功。好人兄,该你了。"

陈平安背后剑仙铿锵出鞘,哪里管什么雷电交织,如仙人握剑一斩而去,直接将敕雷神将从头到脚劈成了两半。

一颗凝聚了所有魂魄的拳头大小金丹从半片血肉中一掠而出,飞快遁走。三块雷法令牌也随之瞬间消逝,化作三粒金光,与那颗金丹融汇。

飞剑初一迅猛追上,将其一刺,金丹之内的魂魄哀嚎声顿时响彻黑河冰面。

只是金丹并未就此碎裂,逃遁速度微微凝滞。飞剑初一与金丹撞击之后被一弹向后,很快旋转一圈,剑尖再次直指金丹,一闪而逝,在空中带出一条雪白刺眼的长线。金丹不得已改变轨迹,偏移几分,躲过那条白线。

两次撞击之后,刚刚与那剑芒雪白的飞剑拉开一段距离,终于硬生生拼出了一线生机,看到那一丝劫后余生的曙光。结果一抹幽绿剑光从高空笔直落下,将金丹从中一穿而过。

书生拍掌而笑:"两剑配合,天衣无缝,真是妙绝。"

金丹即将崩碎,而书生在说话之前就已经丢出一页绢帛材质的纸张将它裹挟其中,再一探手,就将书页连同金丹一起抓在手中。

陈平安深吸一口气,剑仙归鞘,好像还有些意犹未尽,不情不愿。

初一和十五也陆续掠回养剑葫内,陈平安别好养剑葫,脚尖一点,来到老鼋附近,书生也落在河畔。

陈平安停下身形,书生突然哀叹一声:"好嘛,打了小的来了老的,打了老的来了更老的。好人兄,怎么办?这下子是真的棘手了。"

一个枯瘦老僧凭空出现在老鼋身边。相较于山丘一般的老鼋,老僧实在是可以忽略不计。但是落在陈平安眼中,老僧气象之巍峨,衬得老鼋才是小如芥子的那个。

老僧双手合十,佛唱一声,问道:"两位施主能否让贫僧将此鼋带回大圆月寺?"

书生笑道:"我无所谓,得听我这位兄弟的,他点头了才作数。"

老鼋开口哀求道:"和尚救我,救我,我知错了,以后一定在寺内安心修行佛法,千年万年都不敢擅自离开了。"

老僧望向陈平安,陈平安一样只是与老僧对视,问道:"知不知错,我不在乎,我只想确定这老鼋能否弥补这些年的罪孽。"

老鼋想要说话,却发现自己根本无法言语。

老僧始终双手合十,点头道:"贫僧可以代为保证,以后老鼋之修行,补救之后,会行善事,结善果,只比现在杀它了事更有益于这方天地。"

陈平安不再言语,老僧面露笑意,点了点头,然后望向对岸,佛唱一声,默念了一句"回头是岸"。

当这位身材矮小却袈裟宽大的老僧转身之时,老鼋与他已经不见了踪迹。书生则随手驭回那方没了"立足之地"的下坠铜印。陈平安站在原地,陷入沉思。

书生笑道:"好人兄,你真是胆子大,知不知道这位高僧的根脚?"

陈平安摇头道:"不知。《放心集》上并无记载,我也是路过那片桃林才第一次知道鬼蜮谷有一座大圆月寺。"

书生双手揉了揉脸颊,感慨道:"如果崇玄署秘录没有写错,这位老僧是我们北俱芦洲的金身罗汉第二、不动如山第一。老和尚站着不躲不闪,任你是元婴剑修的本命飞剑,刺上一炷香后,也是和尚不死剑先折的下场。换成是我,绝不敢这么跟老和尚讨价还价的,他一出现,我就已经做好乖乖交出老鼋的打算了。不过好人兄你的赌运真是不差,老和尚竟然不怒反笑,咱哥俩与那大圆月寺总算没有就此结仇。"

陈平安缓缓道:"能证此果,当有此心。"

书生头疼不已,哎哟喂一声:"好人兄莫说这些,我是道家子弟,最听不得这些。"

陈平安突然吐出一口血水,走到没了老鼋术法支撑、有融化迹象的冰面上,盘腿而坐,抓起一把冰块随意涂抹在脸上,仍是七窍流血不止。

陈平安怔怔出神,脸上有些笑意。书生蹲在不远处,瞪大眼睛,轻声问道:"好人兄,这般魂魄激荡、筋骨震颤的处境了,都不觉得半点疼?"

陈平安扯了扯嘴角,眺望远方:"我说是挠痒痒,你信吗?"

书生使劲点头:"信!"内心则腹诽不已:道爷我信你个鬼。

书生开始默默计数,想要看一看那家伙脸上的鲜血到底什么时候停止流淌。

陈平安转头问道:"那覆海元君?"

书生笑道:"让我捆在了一根捆妖绳上,随叫随到。"

见陈平安眼神古怪,他又笑眯眯地道:"怎么,只许好人兄有缚妖索,不许我杨木茂有捆妖绳?"

他伸出一只手,手中浮现出一根雪白绳索,轻轻一抖,极远处的冰封河面之下,覆海元君就被甩了出来,仿佛被人拽着头发一路狂奔,几个眨眼工夫就到了书生脚边。

陈平安眼皮子微颤:这家伙身上到底有几件"压箱底"的法宝?

第五章 自古剑仙需饮酒

书生问道:"怎么处置她？好人兄你发话,我唯你马首是瞻!"

陈平安说道:"只要她愿意自己打开洞府,就可以活。"

书生点点头,对那小鼋笑道:"听到没？"

但是覆海元君却做出了一个古怪举动,看了一眼陈平安后,转头望向书生:"我要你发个毒誓才去开门。"

书生大笑不已,伸出手指,收敛了笑意,咳嗽几声,一本正经道:"好好好,我杨木茂对天发誓……"

覆海元君突然放声痛哭起来:"我知道自己必死无疑了,你们都是骗子!大骗子!"

陈平安眯起眼,书生神色微变,突然一笑:"算了,饶过她吧,留着她这条小命我另有他用。大源王朝正巧少一位河婆,我若是举荐成功,就是一桩功劳,比起杀她积攒阴德更划算一些。"

陈平安伸出手,书生愁眉苦脸,从袖中掏出那包裹有即将碎裂金丹的书页:"这张书页老值钱了,真不能送给好人兄。书页一旦打开,金丹就会轰然崩开,威力之大,兴许就相当于元婴一击。这可不是什么小事,咱哥俩离得这么近,可都要吃不了兜着走了。"

陈平安说道:"洞府收益从二八变成五五分。"

书生犹豫一番。

陈平安说道:"四六分。我六你四,这颗金丹再碎,也是金丹……"

书生收起书页和金丹,斩钉截铁道:"五五分账!"

陈平安说道:"我受伤太重,走不动路,你去取宝吧。"

书生哦了一声,微笑道:"咦,好人兄怎么不晕血了？"

陈平安笑道:"自己的,不晕。"

书生恍然大悟,然后要覆海元君跪地,自己则站在她身前,一手负后,双指并拢,在她额头处画符,一笔一画,割裂头皮,深可见骨。

覆海元君到底知道一些轻重,咬紧牙关,不敢出声。

书生收起手后,一脚踹在她脑袋上:"带路。"

陈平安笑道:"早去早回,若是一去不回也是可以的。"

书生爽朗大笑,覆海元君运转神通,消融冰面,与书生一起潜水游向老巢。

离了陈平安很远后,覆海元君突然小心翼翼说道:"仙师为何不趁着那人虚弱,杀了省事？"

书生五指如钩,一把抓住她头颅,怒道:"道爷我还需要你教做事？!"

只觉得头颅就要炸裂开来的覆海元君哀号不已,苦苦求饶。

书生将其抛开,嘀咕道:"他娘的,如果可以杀掉那家伙,要我付出半条命的代价都愿意……可是大半条命的话就不好说了,更何况……万一死了呢？"

有些心烦意乱,书生一巴掌拍去,将前边带路的覆海元君给拍了个狗吃屎,又一脚将她狠狠踹向前方。覆海元君在水中翻滚不已,好不容易停下身形,都没敢起身,只觉得生不如死。书生这才罢休,说道:"还不快快赶路!"

他一拍脑袋,面露苦笑,手中多出一颗并未含在嘴中的避水珠。

露出马脚了。不过也无所谓了,反正那家伙从头到尾就没想着跟随自己入水,自己需不需要隐藏亲水的本命神通已经毫无意义。

河水冰层融化得越来越快,陈平安站起身返回岸边,环顾四周。

寒冬时节,天地萧索。陈平安缓缓吐纳,调养生息。

约莫小半个时辰后,书生独自返回,陈平安也不问覆海元君的去向。

"明人不说暗话,那贱婢还要收拾一下家当,是些不好挪动又不甚值钱的物件。我还让她去麾下喽啰那儿狠狠敲诈了一番,毕竟与好人兄相处久了,我也该学一学好人兄的生财之道。"书生笑道,"走,咱哥俩去祠庙分账,在这儿显不出氛围。"

陈平安并无异议。

两人走入祠庙后,在主殿外的台阶上相对而坐。书生一挥袖子,大小物件哗啦啦落地,琳琅满目,堆积成山。他邀功道:"知道好人兄是位雁过拔毛的英雄,我便无论贵贱,只要是稍稍值钱点的就都给拎回来了。里边有法宝一件,灵器十二件,至于神仙钱,真不是我扯谎,都在老鼋的洞窟,这位就要名正言顺当那水神娘娘的小鼋穷得令人发指,总共才给我搜罗出八百枚雪花钱,不然凭借老鼋在黑河流域的搜刮程度,万万不止这一点。好人兄,我是真用心了,你是不知道,我差点没把那一对大条屏都给打碎了搬来,那娘儿们看得差点没把眼珠子瞪出来。"

他说着指向一根莹莹生光的碧玉簪子,道:"这就是那唯一的法宝,修士别在发髻之间,既可避水,也可御寒,但是比较花俏了,属于法宝当中品秩不太行的,但若是修行水法,此物还算不错。其余灵器我就不一一介绍了,相互间价格差不到哪里去,反正对半分,刚好一人六件,好人兄你先挑便是。至于这根簪子跟那堆我尚未抖出的雪花钱,还是好人兄先选其一。其余乱七八糟的,都给好人兄。"

陈平安袖子一卷,先将那些书生眼中最不值钱的大堆物件儿全部收入咫尺物当中。然后身体前倾,将那十二件灵器挑挑拣拣,一再端详,最后选出六件一一收起,道:"簪子归你,我只要雪花钱。"

书生似乎有些疑惑,仍是抬了抬袖子,雪花钱如雨落在地上:"这么点雪花钱,可买不起一件名副其实的法宝,便是一样品秩稍好的上品灵器都悬乎。"

陈平安则挥袖如龙汲水,又给收起,随便给了一个自己都不信的理由:"你嫌钱压手,我不一样。"

书生收起那根碧绿簪子后,双手撑在膝盖上:"接下来怎么说?"

陈平安笑道:"我以诚相待,你却以动了手脚的簪子试探我,你说该怎么说?"

书生一脸无辜道:"欲加之罪何患无辞,好人兄,这样不好吧?你我都是一等一的正人君子,可别学那分赃不均、反目成仇的野修啊。"

陈平安说道:"你将簪子放在地上,我来砍上一剑,一试便知。"

书生问道:"若是好人兄冤枉了我,又毁了我的簪子,我岂不是又伤心又破财?这又该如何是好?"

陈平安想了想:"若是误会了你,那我就交出六件灵器作为补偿。"

书生脸色阴晴不定,陈平安一根手指轻轻敲击养剑葫。

书生眼睛始终盯住陈平安,然后将簪子轻轻放在两人之间的地上。

陈平安停下敲击动作,养剑葫内掠出飞剑初一。

书生突然说道:"等一下。"

陈平安笑道:"怎么说?留着玉簪,还是交出你那六件灵器?"

书生哈哈大笑,十分快意,双指拈住铜印往玉簪上重重一砸,簪子顿时断成两截。

一阵浓郁灵气四散开来,玉簪的光泽随之缓缓黯淡,再无任何玄机,吹拂得两人头发和衣袖飘动不已。

陈平安皱了皱眉头,书生微笑道:"好人兄,赢你一次,真是不易。"

陈平安说道:"你钱多压手?"

书生笑着摇头道:"实在是心意难平,积郁已久,临走之前不赢这一次,我怕我道心受损。"

陈平安啧啧道:"你们这些谱牒仙师不把钱当钱就算了,还不把法宝当法宝。"

书生叹了口气:"我得走了,如果不是为了这次小赌怡情,我先前还真就一去不回,掉头就跑了。"

陈平安点头道:"不送。"

书生站起身,轻声道:"好人兄,希望有缘再见。"

陈平安眼神复杂,也站起身,欲言又止,终究是无话可说。

书生似乎猜出陈平安的想法,哈哈大笑:"真是位好人兄!"

言语过后,书生化作一阵黑烟,遁地而走。

陈平安就留在这座祠庙练习剑炉立桩,从夜幕沉沉练到天亮时分。等再次睁开眼,地上还有那断成两截的碧玉簪子。他始终没有去动它,站起身跃上墙头,一掠而去,就那么将那两截没了灵气却依旧是法宝材质的簪子留在原地。

陈平安去了青庐镇,而不是去那座已经群龙无首的老龙窟捡漏寻宝。

此举自然是因为信不过那书生,而覆海元君当下又已经是他的奴婢,先前书生独自来到祠庙,她会在哪里,在做什么,显而易见。

哪怕事实上不是,陈平安也一样会按照那个最坏的猜测行事。

只是他突然改变路线,换了一个方向。

许久过后,书生竟去而复还,站在台阶上低头看着那两截簪子,摇摇头:"可惜了,竟然没有收起来,不然就能炸烂你的咫尺物。"

他小心翼翼地将那两截玉簪收入袖中,而不是咫尺物中,这才真正离开。

这一次,他没有遁地而行,而是大摇大摆地在黑河之上御风而游,一条汹涌河水被当中分开,久久没有合拢。

书生两只大袖鼓荡不已,猎猎作响,喃喃道:"人太闲,念头窃起,杂草丛生。太忙,则真性退去,作鸟兽散。所以说啊,身心无忧,风月之趣,很难兼得。"

他沿着黑河一路往南御风,途中只是瞥了眼宝镜山方向,却不会往那边凑。

这是家族对他此次出门的唯一要求:不许靠近宝镜山。

书生一抖手腕,手中现出那根捆妖绳,另一端绑缚着的覆海元君被拽出水面。书生又一拧,将她狠狠砸入黑河水中,惊起高达十数丈的惊涛骇浪。

书生落在黑河南方尽头,收起捆妖绳,覆海元君摇摇晃晃站在一旁。

书生开始徒步南行,她胆战心惊地跟在身后。

书生脚步不停,转头微笑道:"你有个不念情的老子,但是好在跟了我这么个最有江湖气的主子。所以,东西带来了吗?"

覆海元君赶紧从袖中取出一只乌金色的青瓷小水盂,颤声道:"奉命去了趟老龙窟,将我爹精心饲养了八百年的这对蠃鱼带出来了。还给我爹那心腹传令下去,只要那人潜入老龙窟,惊动了机关,就立即放下那四堵锁龙壁将其困住,即便得以脱困,得了密信的群妖也会在那边守株待兔,那个家伙想必不死都该掉一层皮。"

书生收起小水盂,轻轻凝晃,低头凝视一番,微笑道:"这才是我此行最想获取的意外之财啊。"他转头望向黑河老龙窟,"至于那边,多半是白费心机了。你不会去的,对吧,好人兄?"

覆海元君情不自禁地咽了口唾沫。鬼蜮谷之外的修行之人,都是这般心机可怕吗?

书生瞥了她一眼,将水盂收入袖中:"放心,不是所有人都像我们这样的。不过你也太蠢了点,以后这样可不行,不能光长岁数不长脑子。当了河婆,能否成为正儿八经的水神娘娘,还得靠你自己,我这儿不养废物。对了,除了这对蠃鱼,你就没开窍,顺手牵羊点别的?"

覆海元君如小鸡啄米,赶紧拿出一只巴掌大小的玉盒:"有的有的,我爹说这是当年其中一个王朝的末代皇帝请那清德宗某位大隐仙精心铸造的一枚雕母祖钱。"

她哭丧着脸解释:"怕主人等得不耐烦,我便着急赶路。我爹那密室就只放着这两样宝贝,取了水呈蠃鱼,再拿了这盒子,我就赶紧返回了,没敢去别处取物。"

书生接过玉盒,打开一看,啧啧道:"还真是个不俗的宝贝,是任何一位商家修士都梦寐以求的绝佳本命物。很好,从这一刻起,你就已经是板上钉钉的大源王朝正统河神了,只差一个朝廷的封正诏书而已。没关系,我家里边放着许多盖好玉玺的诏书,年复一年,积攒了好大一堆。"

覆海元君不敢置信,大难之后骤闻喜讯,恍若隔世。

书生已经转身继续赶路,大笑道:"我只要愿意,让你当个江神娘娘又有何难?"

覆海元君脚步轻盈起来,对那个背影感激涕零。

书生面带微笑,意态懒散,欣赏风景。

让她从河婆升为河神,可不是因为什么雕母祖钱。说到底,他还是看在那座大圆月寺的面子上,顺水推舟一把。毕竟,那只老鼋以后极有可能会在他们杨氏的眼皮子底下……走江。有此善缘作为铺垫,他许多谋划就可以顺理成章,自然而然。

只是想到这里,他脸色瞬间阴沉起来。

谋划?到底是给谁谋划?自己吗?

一想起先前那个家伙在祠庙的最后眼神,他就越发心情不快。

那种眼神,不是幸灾乐祸,甚至不是怜悯,说不清道不明,让他既费解,又愤恨!因为他竟然开始觉得自己可怜!

书生突然想起那两座山崖之间的铁索桥以及那两只蝼蚁一般的妖物。

宰了它们!就当是给那位好人兄的临别赠礼了。

可就在此时,他停下脚步,脸庞扭曲起来,然后神色缓缓舒展开来。

"可以了,约法三章,不是儿戏。"原来是真正的杨凝性已经返回,微笑道,"远游万里,收获颇多,功成身退,有何不满?"

覆海元君也察觉到了前边这个人的变化,驻足不前,满心恐慌。

只见那人转过身,神色温和,整个人的气度在她眼中迥异于先前。只听他微笑道:"你且莫怕。自我介绍一下,我叫杨凝性,来自大源王朝崇玄署,云霄宫。"

覆海元君下意识就要跪地磕头,杨凝性伸手虚抬,让她无法跪下,轻声道:"同在修行路上,你我已是道友。以后你既不可妄自尊大,也不可妄自菲薄。"

覆海元君泣不成声,呜咽道:"奴婢记住了,决不敢忘记主人教诲!"

杨凝性哑然失笑,摇摇头,也不再多说什么,带着她一起继续赶路。

杨凝性望了一眼宝镜山方向,不知那边如何了。然后他打了一个稽首:"感谢前辈先前护道一程。"

有笑声在他心湖中泛起涟漪,缓缓道:"同在修行路上,便是道友。这是你杨凝性自己说的。"

片刻之后,那个嗓音在杨凝性心湖中逐渐淡去,杨凝性继续前行。

至于身后那个女子,已经见怪不怪了。

宝镜山。

杨崇玄血肉模糊,浑身上下就没几块好肉了。他大口喘气,盘腿坐在深涧畔,双拳撑在膝盖上,眼神依旧沉稳。

对岸那个名为李柳的臭娘儿们不过是毁掉了腰间那枚狮子印章和一把法刀而已。至于她被自己砸烂敲碎的其余法宝,都远远不如这两件,不值一提。

蒋曲江早已被行雨神女带去山脚破庙,西山老狐和韦太真被李柳随手画的一个金色圆圈拘押其中,看不到、听不见圈外丝毫。那一处地界,是深涧附近最完整的一块区域了。

杨崇玄不是没想过一拳打破禁制,只是次次都被她成功阻拦。而且每一次如此,杨崇玄都会吃点小亏,到后来,简直就像是一个陷阱,等着杨崇玄自己去跳。

断断续续,停停歇歇,三场杨崇玄一鼓作气的主动挑衅,无一例外,都无功而返,而且一次比一次狼狈。对方虽然也算损失惨重,失去了多件法宝,可始终气定神闲,犹有余力。可杨崇玄却真是强弩之末了。

他问道:"臭娘儿们!你真认识我杨家老祖宗?宝镜山这桩福缘也是你故意安排的?他娘的,你到底安的什么心,需要谋划如此之久?"

李柳淡然道:"好好说话,不然你真会死的。"

杨崇玄好像给噎到了,犹豫半天,竟是撂不下一个字的狠话。

那个明明瞧着风吹即倒的小娘儿们,真他娘的拳脚带劲,一身法宝更带劲,层出不穷的术法神通更是他娘的带劲!

李柳问道:"最后问你一遍,认不认输?"

杨崇玄举起双手:"认了。"

李柳这才走向那个金色圆圈,手掌作刀轻轻一斩,金光瞬间消散,看得杨崇玄差点又没忍住骂娘。

里边韦太真和西山老狐一起瑟瑟发抖,牙齿打战。

李柳一巴掌拍晕西山老狐,一手轻轻虚抬,将韦太真扯到空中,刚好与她等高。

一个魁梧青年从远处飞奔而来,李柳看也不看,一袖将他拍得倒飞出去。

李柳伸出两根手指闪电向前,直接将韦太真那颗金色眼珠子剜出。韦太真拼命挣扎,手脚乱舞,凄惨至极,但是没有发出半点声音。

李柳脚尖一点,去往山巅,片刻之后,整座宝镜山开始震动不已。

李柳手持一面古朴铜镜返回水边,竟是随随便便抛给了对岸的男人,被对方接在手中后,她道:"杨凝真,你们杨氏又欠我一个人情了。至于这两个人情,崇玄署和云霄宫分别该什么时候偿还,到时候你们会知道的。"

杨崇玄,或者说是杨凝真咧嘴一笑:"我只想知道,我们杨氏还不还得起,需要死多少人。"

李柳略作思量,摇头道:"还得起,无须死人。"

她补充:"前提是你们不自己找死。"

杨凝真点头道:"行!"

他收起那面古镜,最后问道:"在人情之外,等我跻身九境武夫和元婴地仙,能不能再找你打一次?"

李柳面无表情道:"只要你到时候还有胆子,随时奉陪。"

杨凝真一身血肉如活物,很快原本裸露出白骨的伤口开始愈合。

他不但是金身境的纯粹武夫,还有一线机会去争一争"最强"二字的金身境。

他大步离开宝镜山,头也不回。

李柳看着那个悬在空中的狐魅少女,一处眼眶中鲜血流淌,就像一处小小的泉眼,突然问道:"你想不想快点死?"

韦太真竭尽全力,微微摇头,嘴唇微动,大概是在说她想活,不想死,又或者是想要在临终之前最后看一眼那个男人。

连她自己都不清楚,为何只是看了他一眼,便如此割舍不下。果然,世间真有一见钟情的事情吧,真是美好,让她遭此劫难,仍是半点不觉得委屈。

李柳突然笑了起来,似乎是想起了什么开心的事情,这一刻的她,眼神与脸色竟是那般温柔似水,连带着她的语气都柔和起来,一双原本只有冷漠的眼眸眯成了月牙儿,柔声道:"我弟弟估计也快要离开书院去游历了,身边刚好缺个端茶送水的丫鬟,就你了。"她并拢手指,在韦太真眼眶处轻轻抹过。韦太真只觉得一阵冰凉刺骨,神魂颤抖,但是转瞬之后,竟疼痛骤消。

李柳轻声道:"先前没有记起这一茬,便将你原先的眼珠子随手捏碎了,只好换一颗补上,只希望我那弟弟不要嫌弃你的眼眸各异才好。"

韦太真突然坠地,所幸离地不高,稍稍摇晃就站稳了身形,使劲眨了眨眼眸,这才确定是真的不疼了。

韦高武再次飞奔过来,在离李柳还有十余步距离时就突然跪下,匍匐在地,哽咽道:"恳请仙子传授我道法!韦高武愿为仙子当牛做马,以后在那修行路上,无论境界高低,韦高武虽死无悔!"

李柳笑了笑:"你也配给我当牛做马啊?"

韦高武泪流满面,磕头不止,只是祈求她传授道法。

韦太真正要开口说话，李柳一手抓住她那张小巧脸庞，她脸上顿时出现五个血窟窿。李柳淡然道："都已经活命了，就要惜福。"

李柳将她横砸出去，撞在远处石壁上，瘫软在地。她双手死死捂住脸，鲜血不断渗出指缝，仍是不敢发出半点喊声。

李柳看着韦高武，问道："你想要修行？"

韦高武没有抬起头，反而更重一下磕在石崖上，鲜血模糊的额头紧贴地面，大声喊道："想！"

李柳说道："很简单，你去杀了那只老狐，我就传你一门有望跻身上五境的正统道法。你应该知道，我没心情陪你开玩笑。"

韦高武身体僵硬，陷入沉默。

李柳笑道："现在后悔已经晚了，你要是不杀，就换成你死。一条垂垂老矣的贱命，一份大道坦途的前程，你自己选择，就在一念之间。"

韦高武突然站起身，满脸泪水，回头看了一眼依旧晕厥的西山老狐，再看那个使劲摇头的狐魅少女，最终哭哭笑笑道："我若是死了，我爹，还有太真，可以活吗？"

李柳点头，韦高武怆然大笑，转头狠狠吐了口唾沫："狗日的老天爷！"他转头看了眼石崖壁，欲言又止。原本想要与她说一声，那个男子不是什么好人，不要喜欢，千万不要喜欢，可是他最终还是没能说出口。

韦高武望向那个比杨凝真还要高高在上的女子，颤声道："你们这些高高在上的神仙，你们这些修行之人，是人啊……不要再骗我了，不要再骗我了，我就是个蝼蚁，不值得你们这么骗的……"他泪流不止，蓦然眼神坚毅起来，从袖中飞快掏出一把白骨尖刀，原本是用来与那杨凝真拼命的，此时却被他狠狠插入自己心口。

韦太真尖叫道："不要！"

李柳笑容玩味，呢喃道："最蠢的法子，最对的选择。"

南行路上，李柳目视前方，对韦太真轻声道："我那弟弟最是憨厚，待人友善，最没有顽劣性子了……总之，你以后跟在他身边当婢女，一定要多护着他点。我稍后会传你一门秘法，到了狮子峰，你的境界攀升会有点快，所以到时候不用自己吓自己。"

韦太真使劲点头，然后转头看了眼身后，抿嘴一笑。她身后那步履蹒跚的魁梧青年虽然脸色惨白，但是行走无碍，不过心口处还是有血丝微微渗出衣衫。

韦高武也展颜一笑，不过他也忍不住转头望去，已经看不到爹的身影，想必是不敢跟得这么近。在他后边，是那个名叫蒋曲江的男人，以及那位行雨神女。

韦太真这会儿有些奇怪，满眼疑惑。因为当她再看蒋曲江时，好像再无半点情愫萦绕心扉了。

走在最前方的李柳一手负后，一手在身前轻轻摇晃，指尖有一团红丝缠绕，逐渐烟消云散。

当最后一点红丝如灰烬消逝，李柳低头瞥了一眼，心中叹息。世间有些生死相许的男女情爱，其实半点经不起推敲啊。她没有转头，对那行雨神女说道："你们不用跟着了。书始，记得甲子之约，别轻易死掉。不然我自有法子让你死去活来，受一受你完全无法想象的煎熬之苦。"

行雨神女对于生死本该无惧，可此刻仍是心悸不已，倍感恐慌，却又有些如释重负。她点头"领命"之后，抓住失魂落魄的蒋曲江的肩头，御风离去。

第六章
财源广进

羊肠宫大门口，只剩下了一个怀抱木矛的小喽啰精怪。

陈平安笑了笑，缓缓走去。

那小鼠精愣在当场，然后赶紧站起身，手持木矛，大声道："你是何人，报上名来！"其实他已经认出眼前此人，但是样子还是要做一做的。

陈平安摆摆手，示意他不用装模作样了，问道："你那老祖宗丢了一箱子兵书，就没拿你撒气？"

捉妖大仙如果还有胆子留在羊肠宫，陈平安都愿意心悦诚服地喊他一声大仙了。黑河那边的动静可不算小，敕雷神将的可怜下场，多半更是路人皆知。

那小鼠精虽然已经幻化出一张人之面容，却依稀可以辨认出鼠精本相，终究是道行浅薄。他挠挠头："回禀剑仙老爷，我家老祖宗回来得晚，那会儿我已经自个儿醒过来了，怕老祖宗怀疑，就又狠狠撞了两次大门才好不容易把自己撞晕过去，不承想再次醒来，老祖宗还未归来，就狠狠心又撞了一次，这才把老祖宗给等回来了，将我一脚踹醒后，我便说什么都不晓得便晕了，老祖宗顾不得我，就跑去地道查看，我便赶紧溜走，刨土躲在了羊肠宫远处的地底下，老祖宗找我不见，便腾云驾雾飞走了。"

陈平安坐在台阶上，小鼠精犹豫了一下，也坐下，就是离得有些远。

他倒是想要坐近些，沾点剑仙老爷的仙气来着，可是没那个胆儿啊。

陈平安笑问道："送你的那本书呢？"

小鼠精指了指埋书的地方，开心笑道："回禀剑仙老爷，在那儿好好藏着呢，没敢拿出来，想着过段时日再去小心翻看。就像剑仙老爷你说的，若是给我家老祖宗发现了，会有大麻烦的。书上说了，这叫小不忍则乱大谋，剑仙老爷，这个说法，是这么用的吧？"

陈平安忍住笑，点头道："可以这么用。"

小鼠精怀抱着那杆木枪，傻笑起来，大概是觉得自己做了件挺了不得的事情。

陈平安双手笼袖，微微弯腰，转头问道："如果可以的话，你想不想去外边看看？"

小鼠精点头道："当然想啊，我家老祖宗说啦，外边的书籍，甭管是写了啥的，是哪位圣人写的，都卖得贼便宜，跟不要钱似的，我就想去买些书回来。"

陈平安又问道："还回来？"

小鼠精嗯了一声，神色有些腼腆："我的家在这里呗。"

他没敢学那剑仙老爷一般坐着，而是屈起膝盖，再将双臂放在膝盖上，身体就缩在那儿。他小声说道："我晓得剑仙老爷是不喜欢我家老祖宗的，说不定遇见了还要打杀，所以剑仙老爷两次来我们羊肠宫都没能遇到我家老祖宗，我是很高兴的。"

陈平安笑了笑，从咫尺物当中取出一壶酒："喝不喝？"

小鼠精摇摇头："给老祖宗撞见就惨啦。"

陈平安说道："最近十天半个月，你家那位捉妖大仙都不敢回来的。"

小鼠精使劲摆手："谢过剑仙老爷的美意，小的就不喝酒了，那个……反正我就是听说，酒这玩意儿，会烧肚肠哩。"说到这里，他的神色有些黯然。

陈平安点点头，揭了泥封，喝了一小口，眯起眼睛。只是这一次，他唯有暖洋洋的舒适，晒着日头，喝着小酒，身边坐着个喜欢看书还会做笔记的鬼蜮谷小精怪，仿佛当下过着神仙日子。

小鼠精壮起胆子，小心翼翼问道："剑仙老爷是来我们鬼蜮谷历练来啦？"

陈平安嗯了一声："还挣了些钱。"

新三年旧三年，缝缝补补又三年。这样的日子，真是好日子。

何况在这鬼蜮谷，的的确确，是挣了不少神仙钱的。

陈平安喝过几口酒就收起来，站起身说道："走了。"

拿出斗笠戴在头上，也摘去了那张苍老面皮，露出本来面目。

小鼠精瞧了一眼，连忙起身，站得笔直："恭送年纪轻轻的剑仙老爷！"

说完这句发自肺腑的话，小鼠精顿时觉得自己真是个小机灵鬼！

陈平安哭笑不得，无奈摇头："你这马屁精，都喊了多少声剑仙老爷？你这马屁功夫其实还是火候不够，所以往后还是要多读书。"

小鼠精迷迷糊糊，心想我这也没拍马屁啊。不过多读书，自然是要的。如今自己的家当，从一本书变成了两本书，发大财喽！

陈平安笑道："见过剑修御剑吗？"

小鼠精使劲摇头："回禀剑仙老爷，这辈子不曾见过！"

陈平安突然问道："读书之外，喜欢修行吗？"

小鼠精握紧手中木枪，脱口而出："喜欢！"

陈平安犹豫了一下，笑道："那我就说一句书上看来的话，你要不要听听看？"

小鼠精深吸一口气，挺起胸膛，正色道："剑仙老爷，请开金口！"

陈平安差点直接将那句话咽回肚子，如此一来，已经没了半点气势可言，所以他只像是闲谈，随口笑道："书上讲了，修道之人修力，是为了庇护道心，而不是艰苦问道修心，只为修力。"

小鼠精似懂非懂，陈平安扶了扶斗笠，即将动身赶路。

小鼠精说道："下回若是再见着剑仙老爷，我一定要喝酒。"

陈平安笑道："没问题。你不知道吧，我现在其实还不是剑仙，只是剑客。不过一名剑客，从来都是要喝酒才能成为剑仙的。"

小鼠精恍然，陈平安忍住笑意，背后剑仙已经自行出鞘，悬停在他身前。他一步跃上剑仙，御剑远去，气势如虹，剑气冲天。

等离开了羊肠宫地界，陈平安很快就收起剑仙入鞘，飘落在一处瘴气横生的崇山峻岭当中。先前俯瞰大地，只要走出这片山岭，再往东南行去约莫五十里，应该就是铜臭城，而披麻宗修士驻地青庐镇就不远了。

学那仙人御剑是一件很有意思的事情，世间云海千变万化，百看不厌之外，还可以做些事情解闷。先前离开羊肠宫，陈平安就故意拣选一处齐整如刀削过的云海底层，脑袋没入云海，缓缓御剑而游，若是脚下山野有精怪鬼魅偶然抬头瞧见这一幕，大概会觉得……这个不见头颅的练气士脑子有病？除了这般幼稚可笑的自娱自乐，陈平安也喜欢整个人没入云海之中，只露出一个脑袋，然后抡着双臂起起落落，仿佛在云间凫水。这与骑龙巷铺子里边裴钱把脑袋搁在柜台上其实有异曲同工之妙，不愧是一对师徒。

人迹罕至的山岭之中，孤寂荒芜，林中树木多虬结病态。陈平安途经一处崖壁，仰头瞧见了一棵生长于石崖缝隙中的纤细梅树，云烟缭绕。崖壁底下有一大摊稀碎白骨，多半是一棵有望修成手段的草木精魅，稍稍开窍，已经开始学会捕食飞鸟小兽了。

一般而言，世间草木成精最难，这类精魅绝大多数化作人形就已经走到大道断头路，像梳水国渡口青蚨坊那些站在松柏盆景上的可爱小精怪就注定修行无望，只是靠着草木的先天长寿虚度光阴，多是被修道之人饲养起来，瞧着讨巧喜庆而已。故而骊珠洞天尚未下坠时，小镇那棵槐树下的老一辈就喜欢说些山林水泽中子虚乌有的鬼怪故事，故意糊弄、吓唬孩子们。不过老人们大多也会夹杂一句："生而为人已是不易，当珍惜复珍惜，不然这辈子不好好做人，下辈子就会投胎变成猪狗。"

陈平安年少时就喜欢在那边远远蹲着听故事，天不怕地不怕的刘羡阳是从来就不爱听这些的,总说什么鬼神精魅、门神灶王爷全是骗人玩意儿,所以多是顾璨陪着陈平安在槐荫下纳凉,然后等到他娘扯开嗓门喊他吃饭、睡觉,这才起身离开。

陈平安掠上石崖,五指如钩,钉入崖壁,就那么悬挂在空中,然后取出三枚雪花钱攥在手心,以埋河水神娘娘赠予的那套炼器诀,将雪花钱与其中蕴含的灵气炼化为一滴滴碧绿幽幽的水珠,从指缝间滴落在这棵老梅树与石崖裂缝接壤处。陈平安做完这一切后,手掌轻轻一拍崖壁,缓缓飘落在地,继续赶路。

若是如最开始的道侣那般处境窘困,急需一笔近乎活命的神仙钱,说不定瞧见了这棵生出些许异象的梅树,第一个念头就是好奇它价值几许,最后便是壮胆涉险,攀山缘壁将其砍伐,空山斤斧响,至于梅树本身机缘是否断绝,哪里顾得上。若是道行恰巧再高一些,又囊中羞涩,遇上了那铁索桥上的两只精怪,不一样会是一场凶险不亚于大道之争的厮杀?

陈平安从来不反感那些修道之人的搏杀登高,便是手段狠辣一些,他都可以理解,他唯独不喜甚至厌恶之人,是某些早已身处高位的山上神仙,占尽好处,如那隐匿于云海的蛟龙,高高在上,却依旧对人间没有半点怜悯之心,只要是境界不如自己的,在他们眼中皆命如草芥,随意打压、杀死碍眼之人后,却轻描淡写一句"大道无情",便能够一颗道心坚如磐石,这是修的什么道?

独自行走于山林间,陈平安喃喃自语:"自己不喜欢的就一定是错的?你陈平安是不是也太霸道了些?你算哪根葱?"

他又问自己:"慈不掌兵,义不掌财?"

随后摇摇头,觉得古人说话只说半句,算不得真正的醍醐之语,一旦某些断章取义的话被世人奉为圭臬,当作为人处世的金科玉律,确实可以少去许多人生的麻烦,不是说不好,可到底还是美中不足的。比如书上又讲了:慈不掌兵,大权在握之后,需有大仁;义不掌财,大富大贵之后,当有大义。

陈平安停下脚步,跃上高枝,坐在树上,拿出久违的刻刀和竹简,将这两句话刻在竹简上。想了想,又将羊肠宫与那只小鼠精说的关于修心修力的话,也刻在另一枚竹简上。等忙活完,他收起刻刀,一手持一枚竹简高高举起,灿烂笑道:"这下子,就算是真正的'书上'说了!"

好嘛,原来都是陈平安自己随口瞎诌的道理,估摸着整个浩然天下也就只有落魄山的那些马屁精才会愿意将这些话当真吧?

陈平安小心翼翼收起两枚竹简,心情大好,喝了几口酒,开始在心中仔仔细细清点、盘算家当。此次从骸骨滩进入鬼蜮谷历练,收获颇丰,不过身上这件春草法袍的折损不算轻了,想要真正修缮如初,估摸着至少需要五六千枚雪花钱。

当初在地涌山跟杨凝性一起逃出重围,为了示敌以弱,不敢太早泄露纯粹武夫的底细,只好故意压抑体内那一口纯粹真气,单凭法袍,结结实实挨了那只搬山猿一记重锤。后来在黑河之畔跟那积霄山敕雷神将一番厮杀,身陷雷池,春草法袍更是被电打雷劈得严重破损,这笔不小的开销,让陈平安有些牙痒痒。他只得安慰自己:"世间最小的包袱斋做买卖也还需要些本钱呢,你这种无本万利的挣钱心态要不得。"

而在雷池之中,如油煎火熬自身皮囊魂魄,便是真正的鬼蜮谷历练。虽说相较于落魄山竹楼的打熬轻了些,可裨益也不小。并且雷池本就是天地间最熬人的牢笼,受此苦难,别有妙处,陈平安其实已经察觉到自己的筋骨、魂魄稍稍坚韧了几分。

乌鸦岭,从肤腴城白娘娘那儿夺来的一件雪花法袍,按照范云萝的说法,市价两三枚谷雨钱。若是卖还给肤腴城,应该会有一两枚谷雨钱的溢价。

只是一想到那个喜欢故弄玄虚的白娘娘,陈平安就心情郁闷。当时她变出了一张面孔,以此蛊惑人心,让陈平安愤懑不已的同时还有些心虚。

除了让那对下五境道侣背出鬼蜮谷的五具白骨,咫尺物当中还搁放有肤腴城十几个女官侍女莹莹如玉的白骨。至于能够在骸骨滩卖出多少价钱,他心里没底。

陈平安想到这里,忍不住向南方望去:不知那对道侣卖出高价没有?

所谓的一月之约,其实陈平安一开始就没当真,只是让对方安心收钱罢了。对方是否守约等足一月光阴,他根本不在乎,因为他并不会在奈何关集市露面。

若是对方提前携钱潜逃,他们就得时刻担心事后被追责,多少是他们的一桩心事;等够了一月更好,他们便可心安理得离去。让那位五境女修破开瓶颈,跻身洞府境,那笔神仙钱想必绰绰有余,还足可帮助她稳固境界,至于剩下的盈余能否帮助男子顺势破境,只看天意缘分。

至于陈平安为何如此,道理很简单。就像他在避暑娘娘的地库中一定要收取那两具执手赴死的白骨一样,为的不是求财,而是想找一处他们的故国故地,将他们的白骨合冢葬在那青山绿水之间。愿那人间有情人成双成对,终成眷属,愿白首不负心的已逝之人生生死死皆在一起。

大道漫长,长生路远,修行当中,勤勉练剑出拳、不惧与强者对敌之外,做了这些他人不太愿做、我偏要停步去做的小事情,怎么就不是人生大快意?

在剥落山广寒殿避暑娘娘的闺房和宝库中都有收获,从杨凝性那儿还分了一千多枚雪花钱,不过陈平安觉得最值钱的,还是那块作为"门扉"的寒铁,被墨家机关师精心打造出了一座广寒宫。

其实避暑娘娘闺房内的瓶瓶罐罐,陈平安还是很上心的,以后离开骸骨滩继续北游,天晓得会不会遇上几个有钱没地方花的大家闺秀、山上仙子,说不定她们一个猪油蒙心,就要高价买去。朱敛信誓旦旦说过,天底下就没有不想更好看的女子,若是有,那也是尚未遇上值得"为悦己者容"的心仪男子而已。

至于捉妖大仙珍藏的那一大箱子兵书,陈平安还没来得及仔细翻阅,打算在青庐镇落脚后再一本本翻翻看,应该都是当初两大王朝和十数个藩属国遗落在骸骨滩的书籍,羊肠宫保存千年之后,成了陈平安小包袱斋的本钱之一。

不过还是需要精心挑选,拣来一批最好的,以后就放在落魄山的自家藏书楼里。将来落魄山弟子入楼借书翻书,听藏书楼老人说上一嘴,这是他们山主当年远游北俱芦洲骸骨滩的收获,再添油加醋一番,说翻看书的时候可一定要小心,因为这些可是从龙潭虎穴里找出的宝贝……那弟子是不是就会想着以后看书一定要更加仔细用心,在读书乏了的灯下,多多少少还会有些佩服那位年纪轻轻便走过了千山万水的"山主"?想到这里,陈平安不由得笑了起来。

继续算账。

同样是身穿青衫的账房先生,在书简湖就只能想着少输少亏,在这鬼蜮谷却可以想着多挣多赚,日子真是越过越好了。

在积霄山挖掘出了五截长短不一的金色雷鞭,真实价值如何暂时不知。不过先前敕雷神将为何要说自己是搬走雷池的窃贼?正因为此,他担心积霄山有大变故,离开黑河之后就刻意绕开了。

其实积霄山与老龙窟一样,如果真不怕死,一探究竟,说不定还有意外收获。当然如此一来,就跟那对境界不高的道侣一样,真是将脑袋拴在裤腰带上赚钱,拿命在赌。

在黑河畔的祠庙内,陈平安与杨凝性坐地分赃,合伙瓜分覆海元君洞府库藏。六件灵器,陈平安舍了那支所谓的法宝簪子,只要了那可怜兮兮的八百枚雪花钱水府库藏。天上确实偶尔会掉几张馅饼砸在头上,可是陈平安信不过杨凝性以玄妙道法将全部心性之恶凝练为一粒纯粹"芥子"的"书生",但是他很好奇这门云霄宫羽衣卿相的独门道法到底是如何做到炼化心神如炼物的。

陈平安算完账,才发现原来这趟鬼蜮谷之行,自己竟然挣了这么多家当。虽说来此途中发现宝镜山山水崩裂,极有可能是那杨凝真终于取得了机缘,而积霄山雷池被人偷偷搬移腾空更是一桩大福缘,可是陈平安不觉得这些他人之丰厚收益就可以让自己觉得眼红垂涎。

事实上,那个处处钩心斗角、事事输给陈平安的杨凝性,反观他离开鬼蜮谷之际的收获,哪怕不提那面杨凝真辛苦为他作嫁衣裳的三山九侯镜,只说老龙窟内的金色蠃鱼和那枚当初某位清德宗大隐仙亲手铸造的雕母祖钱,就已经算是满载而归。

不过就算知道了真相,陈平安也不会上心。你走你的阳关道,我过我的独木桥。你们拿你们的大福缘,我捡我的小破烂儿。

陈平安蓦然来了一个无法掩饰的眉开眼笑,乐呵呵道:"这样的破烂儿,真是多多益善!"然后他抖了抖袖子,"再说了,你们可不是破烂儿,都是大把大把的神仙钱呢。"何况那从杨凝性身上扒下来的法袍百睛饕餮大袖中还藏着三张瞧着就贼值钱的符箓。

陈平安跳下高枝，脚步欢快，学崔东山大袖晃荡，还学裴钱的步伐，何其形似神似。他觉得自己确实是有些得意忘形了，可是又如何，我这会儿开心啊。

陈平安拎着那只酒壶，喝过之后，没舍得丢，收入了咫尺物。他有些遗憾，这一路都没能撞到精怪鬼物，与铜官山是差不多的光景。在即将离开山头之际，他突然发现遥遥一处山脚有两拨人起了争执，双方对峙，刀戈相向。他迅速熟门熟路地潜行过去，敛了所有气机，拣选隐蔽处躲起来。

一架粗鄙不堪的巨大辇车上——说是辇车，其实四周并无遮掩之物，倒像是一张木筏——摆着一张宝座，上边大马金刀地坐着一个肌肉虬结的魁梧大汉，身高两丈，拳如钵大，一手持量身打造的巨大酒碗，正在仰头痛饮，酒水随意倾泻，茂密如林的胸毛如逢大雨。大汉脚边放满了空酒壶，宝座旁边蜷缩着一个两耳尖尖的精怪女子，双手捧着一只盛满酒水的大碗，时不时偷偷打量一眼"敌军大营"中的某位，媚眼如丝。辇车由八只小精怪喽啰扛在肩上，附近还有数十个喽啰披挂铁甲，手持刀枪，叫嚣不已。

与这伙山中精怪对峙的，是十数只精锐士卒装束的高大鬼物，佩刀挂弩，如同人间沙场锐士。为首一位身穿银色铠甲的将领满脸怒容，身边站着一个矮他一头的活人男子，与鬼物和精怪杂处相伴依旧意态倨傲，没有丝毫畏惧。他竟然身穿一件胸前绣有白鹇的大红色文官补服，内穿白纱单衣，足登白袜黑履，腰束玉带。这位约莫年纪不大的"官员"正伸出一根手指，直指辇车，大骂不已。

身材魁梧坐如小山的壮汉听着那人絮絮叨叨的谩骂声，抬脚轻轻踹了一下脚边的女子，低声问道："到底在说个啥？"

娇媚女子笑道："在骂老爷你不是个人呢。"

壮汉愣了一下："老子啥时候是个人了？咱们跟铜臭城那帮骨头架子，哪个是人？不就这白面书生自个儿才是人吗？"

娇媚女子低头掩嘴，吃吃而笑。壮汉一丢手中酒碗，她赶紧举起自己手中那只，等壮汉接过去后，她一边给他捶腿，一边笑道："老爷，铜臭城的读书人说话，可不就是这般不着调嘛，老爷你听不懂才好，听懂了，难不成还要去铜臭城当个官老爷？"

壮汉咧嘴笑道："我倒是想要给那位啥点校女宰相当个芝麻官，白天与她说些书上的酸话，晚上来一场盘肠大战，听她哼哼叽叽如同唱曲儿，便是想一想也真个销魂。"

那位鬼将听得真切，按住刀柄，脸色阴沉，怒道："我家宰相大人仙子一般，也是你这毛也没煺干净的畜生可以言语轻辱的？！"

壮汉不以为意，喝过了半碗酒，洒了剩下半碗，摔了酒碗在辇车外，一抹嘴，身体前倾，一边伸手入嘴剔牙一边笑道："我与捉妖大仙的座下大童子可是斩鸡头烧黄纸的结拜兄弟，更是搬山大圣的义子之一，吃你家唐城主地盘上的几个樵夫算得了什么？"

文官大声呵斥道:"你这老狗少在这里装傻扮痴,我们是来找你索要那位新科进士老爷的!此人是宰相大人最器重的读书郎,你赶紧交出来,不然我们铜臭城就要大兵压境,再也不念半点邻居情分了!好好掂量一番轻重,是你的狗命够硬,还是我们铜臭城的大军刀枪锋利!"

陈平安依稀看出辇车之上的那个壮汉身后盘踞着一只獒山犬模样的本相,只是画面十分模糊,而且时而浮现时而消逝。

捉妖大仙座下大童子?该不会是在羊肠宫门口偷藏尖刀,然后给自己一指弹死的老鼠精吧?

陈平安看了看那辇车。就怕货比货,相较于肤腻城范云萝的重宝辇车确实是太过寒酸了,难怪会与那羊肠宫鼠精结拜兄弟。而铜臭城上山讨要的新科进士肯定就是那个被桃扇君子抓去剥落山邀功的杨凝性了。

陈平安更多的兴趣还是放在了那个文官身上。看得出来,他此次离开铜臭城算是公务在身,但是观其神色细微处透露出来的那点幸灾乐祸,内心深处肯定还是希冀着那个有可能与自己争宠宫闱的同僚已被獒山犬吃入腹中变作了此山肥料才好。

骂人不揭短,被道破真身的壮汉勃然大怒,唾沫四溅,咒骂那文官是个短命早夭享不了福的。

双方嘴上骂架了老半天,也没见谁率先动刀子,最后竟是就这么打道回府、各回各家了!陈平安也是有些服气,一拍养剑葫,跃下树枝,远远尾随着那伙铜臭城鬼物。

辇车之上,壮汉岿然不动,似乎不耐酒力,犯困打盹。等到回了洞府,辇车缓缓落地,那娇媚女子蓦然尖叫起来。原来,神功无敌的自家老爷竟是莫名其妙便暴毙而亡了,这只铜官山獒山犬化作人形的精怪壮汉,唯有眉心处渗出一粒鲜血珠子来。

陈平安临近铜臭城后,取出那块披麻宗的牌子挂在腰间,还背上了一只大包裹,里边装有从避暑娘娘闺房以及黑河水府两处所得的瓶瓶罐罐。至于交易这些会不会露出马脚,陈平安如今自然毫不在意,巴不得群妖顺藤摸瓜寻仇而来。

只是那捉妖大仙连自家的羊肠宫都不敢久留,哪敢来铜臭城送死。

先前养剑葫内,初一似乎不太愿意露面杀妖,是飞剑十五击杀的那只精怪。

陈平安扶了扶斗笠,然后覆上那张老者面皮。

先前在黑河上的水神祠庙,杨凝性说想要留下那张少年面皮当作小小的纪念,陈平安没答应。杨凝性便退一步,说他愿意重金购买。

陈平安就说:"买是可以的,价格十枚谷雨钱,既然双方已是患难与共的好兄弟了,谈钱有些伤感情,那就打个十一折好了。"

杨凝性这才恋恋不舍地交还那张面皮,说:"如好人兄这般厚道的好兄弟,真是世间难找了。"

铜臭城在鬼蜮谷南方诸城中是一座规模不算小的城池,城墙高大,城门三座。城北一大块被开辟出人间君主的宫城模样,一大堆被城主敕封的将相公卿、文武官员都住在附近。城内开辟出十余座大小坊市,商贸繁华,披麻宗撰写的《放心集》上多有详细记载,其中就写到悬挂披麻宗玉牌进入铜臭城,不但出入城池无禁制,在城内所有交易也都有额外的优厚待遇。由此可见,那位在青庐镇附近扎根,却将生意越做越大的铜臭城城主是个会做人……当鬼的。

果然,披甲佩刀的守门鬼物在见着了陈平安腰间那块玉牌后,立即换了一副谦恭嘴脸,一个个点头哈腰,笑脸相迎,不但如此,还齐声恭贺"预祝仙师财源广进",让陈平安有些措手不及,略微思量过后,没有快步离开,而是摆出一副游历青庐镇的外乡大爷派头,弹了一枚雪花钱给一名校尉鬼将,后者赶紧双手接住了那枚雪花钱,用嘴轻轻一咬,顿时笑得合不拢嘴。

铜臭城以三座大坊著称于鬼蜮谷:一为女儿坊,有脂粉气冲天的众多青楼勾栏,毕竟铜臭城的人间女子姿色尤佳。除了一些皮肉生意,女儿坊还会贩卖人口,拣选一些瞧着模样灵秀的女孩明码标价。历史上不是没有外乡仙师相中铜臭城年幼女孩的根骨,将其带离鬼蜮谷的先例。相传,其中一名女童还是那八字纯阴的修道美玉,与救她于水火的恩人一起联袂跻身了地仙之列。世间山上门派仙府下山选取弟子、勘验他人资质,往往是各有所长也就各有所短,极难真正看准看透,何况千奇百怪的根骨机缘,我之蜜糖彼之砒霜,我之美玉彼之山石,这类情况数不胜数。对此,陈平安是深有感悟。那一趟离开书简湖往北走,无意间路过的那间金银铺子里边,有两个当时身在福中不知福的少年伙计,因为有两位隐藏身份游历人间的老神仙在旁看着他们,其中道行更深的老修士选取了那个看似憨厚无半点灵性的少年作为传道对象,而低了一境的修士选了那个机灵伶俐的少年伙计作为弟子。

还有一座走马坊,多是以物易物的场所。鬼蜮谷内的玉石矿物、灵花异草、白玉骨头,以及无意间获得的各种王朝遗物皆可在此买卖,各取所需。毕竟,鬼物修行也有自己的众多讲究,修行路上,每高一境,就能存世更久。

最后一座金粉坊专门交易那位点校宰相珍藏的秘宝。当然,外乡游历的仙师也可以拿出自己的宝物卖给那位城主妹妹——这就是陈平安此行的目的地,要来这里当个包袱斋,总得先练练手,学着脸皮厚一些才行。

金粉坊不大,一条街的店面铺子之外,多是尚未考取功名却才名远播的读书郎在此借住,这位点校宰相的想法确实天马行空。

陈平安来到街角第一间铺子,掌柜是个穿着华美的妙龄女鬼,还有两个脸色雪白的男童女童小鬼物。见着了腰悬披麻宗门禁玉牌的陈平安,两个小家伙都有些畏惧。

铜臭城历史上多场灾殃可都是这些外乡神仙在城中大开杀戒,死伤无数。

掌柜倒是神色如常,客客气气问道:"老仙师是要买物还是卖物?我这铺子既然能够开在街头,货物自然不差,更不假。"

陈平安换了换嗓音,沙哑笑道:"我若是从那边走来,不就是街尾了吗?"

掌柜嫣然一笑,不以为意。说到底,铺子的生意从来是客人爱买不买、爱卖不卖。两个原本畏畏缩缩的小家伙倒是相视一笑:这个戴斗笠的老神仙原来还会说笑话哩。

陈平安看了看铺子里边一架架多宝格上的古董珍玩,有灵气流淌的极少,多是些从骸骨滩古战场挖掘而出的前朝遗物,与乌鸦岭的盔甲器械差不多,无非是一个保养得当、光亮如新,一个遗落山野、锈迹斑斑。而且山上宝物可不是藏得住一些灵气就可以称之为灵器的,修士精心炼化打造,能够反哺练气士、温养气府才算灵器入门,再就是必须可以自行汲取天地灵气,并且能够将其炼化精纯,这又是一难。这便是所谓的"天地赋形、器物有灵",世间众多皇宫秘藏在凡夫俗子眼中可谓价值连城,但从来不入山上高人的法眼,正是如此。不过店铺那件镇店之宝算是当之无愧的灵器,是一支无羽的重铁箭矢,想必此物的主人生前一定膂力惊人,是一位沙场悍将。箭矢尖头之上血迹斑斑,至今没有褪散,已经浸透箭矢之中。

掌柜见此人在箭矢之前低头凝视,微笑道:"老仙师真是好眼光,此物名为'破山箭',曾是陇西国一位沙场万人敌的物件。那位大将军是兵家修士出身,本命物是一张破山弓,配合十二支破山箭,一箭出去可以炸破山峰,威力极其惊人。这支破山箭更是稀罕,箭头沾染鲜血是由于射穿了另外一名敌对兵家武将的眼珠子,血迹千年不散,故而我家主人又将其命名为'破睛箭'。若是寻常的铜臭城鬼物和那山中精怪,便是瞧上此箭一眼都要觉得眼眸生疼,老仙师若是买去,跋山涉水,持箭而游,自可邪祟辟易,鬼魅不侵。"

陈平安笑问:"那张破山弓如今在何处?"

掌柜道:"在骸骨滩那场荡气回肠的战事中直接给它主人拉得连弓身都断了。"

陈平安感慨:"好一场惨烈厮杀。"

掌柜笑道:"若非如此,哪有我们这些鬼物死而复生的机会,倒是要感谢那些不惜命的沙场武人才对。"

陈平安点点头:"我再逛逛。"

掌柜也不强求,任由那位头戴斗笠的老人离开铺子。

陈平安逛完了这条街上的所有铺子,发现是差不多的情形,都是一家铺子珍藏一件灵器,例如尽头那间铺子就搁放有一把铁板琵琶,品秩颇好。其余零零散散的古物珍藏都不太入流,哪怕陈平安想要低价购入,到别的地方再转手卖出,都没能挑出一两件来,想必真正的好东西都已经给那个点校宰相收在了那座"宫城"当中。

捡漏靠眼力,陈平安还是跟马笃宜和那只书简湖老鬼物学了些皮毛。不过好东西看多了,一样物件是好是坏,陈平安还算有点信心,可到底有多好,则终究还是差了些火候和道行。

最后,陈平安重返最早踏足的那间铺子,两个小家伙已经不太怕他,坐在门槛上晒太阳呢,只是挪了挪屁股让出道来。

掌柜笑问道:"老仙师在我们金粉坊可有意外收获?"

陈平安摇头道:"买不着价格合适又有眼缘的。"

掌柜瞥了眼陈平安背着的大包裹,问道:"老仙师是要割爱卖宝?"

陈平安点头道:"碰碰运气,不知掌柜看不看得上眼。"

掌柜笑道:"看过再说,如果真有那一眼货,我这铺子是不怕花钱的。"

陈平安便摘下包裹,轻轻放在柜台上,一件一件往外搬东西。

这只是避暑娘娘闺房和覆海元君水府的三成物件,足可见陈平安先前挖地三尺的能耐,可谓过境之处,寸草不生。

掌柜的脸色开始变得古怪,因为先前几件竟然都是些女子闺阁用物,脂粉罐、妆镜、线刻铭文鸳鸯纹银盒以及头饰,大如拳头却精细雕琢有殷红牡丹一丛、婆娑数百朵的头饰……这个外乡老仙师真是个老不羞的色坯玩意儿!

陈平安似乎也觉得有些不妥了,便不忙往外掏东西,总算开始翻翻拣拣,取出几件稍稍正常的富贵物件儿,掌柜愠怒恼羞的脸色才稍稍好转几分。

当陈平安拿出一双金箸后,她的眼神微变,比起瞧见那巧夺天工的金花头饰还要心动几分。

最后,陈平安只是取出了包裹中的半数物件,疏疏密密,便已堆满了柜台。他问道:"可有相中之物?"

掌柜视线随意地将那些物件全部巡游一遍,只在一件水粉瓷瓶上稍有停留,似乎大体上属于略有动心而已,更多还是大失所望。

陈平安哀叹一声:"既然你我都没能拿出一眼货,只好白走一趟铜臭城了。"

掌柜见那糟老头已经要收拾包裹,这才轻轻伸出一根手指压住那水粉瓷瓶,出声道:"老仙师,不知这小瓷瓶儿售价如何?我瞧着小巧可爱,打算自己掏钱买下。"

陈平安瞥了眼那水粉瓷瓶,故意流露出一抹讥讽之意,笑道:"它啊,在我这些宝贝当中是最不值钱的,送给掌柜便是。"

陈平安确定它是真不值钱,大家闺秀、权贵妇人兴许喜欢,可也就能卖个几十上百两银子,之所以被那掌柜独独看中,不过是一连串压价的手段之一,陈平安再不会做买卖,这点眼力见儿还是不缺的。要论心眼的多寡、城府的深浅,这位铜臭城女鬼掌柜真能跟杨凝性媲美?所以陈平安就开始将柜台上那些物件儿往包裹里塞,一副你这掌柜眼瞎、老子已经铁了心要走的模样。

果不其然,那掌柜有些藏不住眼神中的着急,又问道:"老仙师,我这铺子已经许久没有开张了,这样吧,你这包裹里的所有东西我打包要了,出价九十枚雪花钱,如何?!"

陈平安又一次斜瞥她一眼,伸手推了推那只水粉瓷瓶,手上动作不停,没好气道:"我也不是那讨饭吃的乞丐,这件东西只管送你了,其余真正的宝贝,我去别处找那兜里真正有钱的买家。我就不信了,偌大一座铜臭城,还没个眼光好的?"

掌柜似乎有些恼羞成怒,不去拿那只水粉瓷瓶,也不出言挽留这个糟老头,任由他收起掏出来的全部家当放回包裹,重新背在身后。见她不拿瓷瓶,那老头也不客气了,自己拿在手中:"不要拉倒!"就此跨过门槛,扬长而去。

掌柜在心里默念了十数声,这才赶紧招手,将女童小鬼喊到柜台旁边,说道:"去跟着那个人,若是他转头走回咱们铺子,你就别管;若是一路走了,瞧着不像是要再回金粉坊的,你就上去跟他说,咱们铺子愿意与他好好商量价格。"

约莫一刻钟后,女童小鬼哭丧着脸飞奔回铺子,皱着小脸蛋道:"贞观姐姐,我一路悄悄跟着那个老爷爷,真的没给他发现我,跟了好久的。结果邻近女儿坊后,他拐入一条小巷,我不敢跟得太紧,怕他一回头就瞅见了我。谁知等他离开了巷子,我再跟上去,他就没影了。贞观姐姐,那老爷爷真是嗖一下就没啦,我在街上来回跑了好几趟,仍是如何都找不见了……"

女童小鬼双手捂脸,说到伤心处便开始呜咽起来,名叫贞观的女鬼掌柜既心忧又心疼,赶紧绕出柜台,蹲下身,摸着小家伙的脑袋,柔声道:"好啦好啦,又不是多大的事情,莫哭莫哭。"

站在一旁的男童小鬼做着鬼脸,幸灾乐祸道:"贞观姐姐,方才要是让我去跟着,那老头儿就肯定跑不掉啦。雀丫头笨着呢,贞观姐姐又不是不知道。"

女童小鬼好不容易才止住哭声,这一下直接就号啕大哭起来。

贞观狠狠瞪了那小鬼头一眼,去柜台后边取出一只银色铃铛丢给他:"我走不开,你拿好这信物,赶紧去北边宫门与看门的楚将军通报一声,就说金粉坊先前来了一位外乡老仙师,有好些宝贝在身上,让宰相娘娘一定不要错过了,最好是亲自与那位仙师见一面。"

男童小鬼使劲点头:"好嘞,贞观姐姐,放心吧,我做事比雀丫头靠谱多了!"

女童小鬼哭得越发厉害,贞观手指向门外,瞪着那个一次次火上浇油的小混蛋:"赶紧给我消失!"

"得令!"男童小鬼立即飞奔出去。

片刻之后,正蹲在地上好言安慰女童小鬼的贞观转头望去,目瞪口呆。

铺子门外,一个身材高挑的女子手里拎着一动不动的男童小鬼,笑吟吟走入,微笑道:"贞观,不用找我了,最近铜臭城风声紧,所有可疑之人的进出,咱们那位城主都让人仔细盯着呢,所以当那位外乡老仙师一走入金粉坊,我就得了消息。"

她将男童小鬼放在地上,嗅了嗅,满脸陶醉:"哟,好重的宝光之气,贞观你啊,真是错过了一桩天大买卖。"

贞观愧疚道:"奴婢是想着帮宰相娘娘多压价,不承想那老头儿脾气不好,竟是直接负气走了。"

女子摆摆手:"无妨,只要还在铜臭城,怎么都找得到,我已经派人去请他过来了。"

女子正是铜臭城唐城主的亲妹妹,名叫唐锦绣。漫长岁月里,正是她好似小孩子过家家,在城内打造出一座朝堂,还筹办了科举。

城主唐惊奇是一位金丹境鬼物,但是几乎未与人厮杀过。这也不奇怪,南方十余城,蒲穰战力第一,如果不是自己作孽,早就是一位惊世骇俗的玉璞境鬼物剑修了。其余城主,除了靠近兰麝镇的那位太傅城英灵,都未曾跻身元婴境界,而且都谈不上"有望"二字。再往北,才有一位元婴城主,便是避暑娘娘的靠山——那座不降城的强势英灵,当年神策国战死沙场的那位砥柱大将,麾下三位鬼帅之一正是那张破山弓的主人。那金丹鬼将曾经亲自造访金粉坊,只是看了一眼摆在铺子里的破山箭,非但没有直接抢走,反而铜臭城想要主动归还此物,他也没有收下。

唐锦绣笑道:"等他过来后,就说我是金粉坊的坊主,真正管钱的。一旦泄露了身份,到时候那位仙师可不就得往死里抬价。"

贞观笑着点头。

唐锦绣瞥了眼男童女童两只小鬼物,笑骂道:"俩蠢蛋儿,一边玩儿去。"

两个小家伙赶紧跑出铺子。

一道修长身影凭空出现在店铺内,四周阴气涟漪阵阵。

唐锦绣愣了一下,笑道:"哥,你怎么来了?如果我没记错,这还是你第一次大驾光临我这金粉坊呢。"

贞观已经跪在地上,颤声道:"拜见城主。"

唐惊奇道:"我来这里是告诉你,除了与那人做生意外,你最好别有其他想法。"

唐锦绣笑道:"不就是一个老头儿吗,怎么,你还怕我瞧上了眼?又不是年轻俊俏的公子哥儿,我可没想法。"

唐惊奇无奈道:"此人不过是用了些障眼法,如果谍报无误,应该是那个让范云萝以及山中群妖都大吃苦头的年轻剑仙。我这不刚得到一个消息,那只撑山犬也死了,被飞剑穿破头颅而亡,悄无声息,凶手都没露面。"

唐锦绣舔了舔舌头。唐惊奇正色道:"平时玩耍,我都不与你计较,此次事关重大,一不小心就是少去半座铜臭城的惨事,你如果还敢胡来,可别怪我将你禁足百年!"

唐锦绣委屈道："既然是天大的事，哥哥你自己出面不就成了。"

唐惊奇气笑道："我出面？做什么？传出去，是秘密谋划着剿灭其余大妖，还是野心勃勃想要吞并周边城池？或者我在这铺子里边，坐下来，嗑着瓜子，跟他一个漫天要价一个就地还钱？既然人家没打算声张，只是来咱们城中做买卖，连你都知道隐藏身份，免得对方抬价，我在这里，又如何杀价？对方一枚小暑钱的物件，我花一枚谷雨钱买下？不然咱们铜臭城是不是属于不给一位年轻剑仙面子了？"

他伸出手指，点了点自家那个满脸羞愧的妹妹："接下来你就认定一事，买卖而已，既不要画蛇添足，也不用刻意讨好。可若是对方一味咄咄逼人，不用太过畏惧便是，我们铜臭城与青庐镇签订盟约，那些披麻宗修士断然不会坐视不管。"

唐锦绣眼神幽怨道："知道啦。"

唐惊奇转头看了眼贞观，叮嘱道："记得提醒她到时候别犯花痴，咱们铜臭城的点校宰相还真配不上一位年轻剑仙。"

唐锦绣一跺脚："哥，有你这么说自己妹妹的吗?!"

那位城主英灵却已经匆匆而来悄悄而返。

约莫半个时辰后，一名故意没有穿上宫廷装束的女鬼妇人领着那位老仙师来到金粉坊街角铺子。贞观如临大敌，唐锦绣早已站在铺子门口，双手负后，一手轻轻虚按，示意她不用紧张。

妇人禀明了情况后，唐锦绣望向那个头戴斗笠、背负行囊的"老头儿"，笑眯眯道："老仙师，竟然过女儿坊而不入，躲起来喝酒了，让我们好找啊。"

然后她开始自我介绍："我呢，是这座金粉坊所有店铺的大掌柜，贞观她眼拙，兜里又没几个钱，所以还是我来与老先生做买卖好了。"

陈平安微笑道："好，希望你们千万别店大欺客，我这把老骨头，可经不起几下敲打，就连那吓唬人的言语也听不得一句半句的。"

唐锦绣心中腹诽不已，脸上却笑容更浓："金粉坊的铺子，年岁最短的也是四五百年的老店了，一块块金字招牌，回头客茫茫多，老仙师只管放心。"

陈平安入了铺子，唐锦绣和贞观肩并肩站在柜台后边，找到陈平安的妇人则守住店铺门口。

陈平安摘下包裹，一件件取出，放在柜台上。

依旧是先取了三成，琳琅满目，宝光流溢。

唐锦绣一件件拿起、一件件放下，当她看到那件雕琢精美、牡丹百朵拥簇的金花头饰后，微微心颤，微笑道："真是好漂亮的物件，便是放在外边的市井王朝，仅凭这份必然出自山上神仙的巧妙工艺，也该值个万两白银。毕竟此物大有渊源，曾是安亭国一位美艳皇后的心爱之物，只要碾碎了雪花钱如雨露，滴入所有花蕊当中，据说便会有奇异景象发生。嗯，我开价一枚小暑钱。"

之后她又提起那双金箸，一再端详、相互敲击后，点头道："果然是它。此物也在史书上有据可查，是那鹊山国末代皇帝当年御赐给名臣宋靖之物，为了表彰他为官清廉。它可不是由寻常的黄金打造而成，而是加入了一些山上秘宝材质，故而敲击之声恍如有人在耳畔轻轻言说'清廉''刚正'二语。宋靖此人也无愧此物，以文臣身份领军厮杀，竟然战功卓著，在沙场上颇有建树，只可惜以一人之力如何抗拒大势。"

陈平安突然说道："既然如此，此物不卖了。"

唐锦绣错愕道："老仙师这是为何？我愿意同样出价一枚小暑钱的，何况这双金箸在别处绝对卖不出这种高价。我既然在老仙师开价之前便主动说出历史渊源，足见我们金粉坊的诚意。"

"诚意自然是十分诚意了。"陈平安点点头，笑道，"不过这双金箸我打算送人。"

唐锦绣也就只好作罢，若是平时，这双金箸她确实会心动，却只会出价五十枚雪花钱，就当是对方给自己省钱了。

最终行囊里的三成物件，连同那金花头饰在内，唐锦绣买下了约莫半数，总计九枚小暑钱，算上小暑钱对雪花钱的溢价，也就是九百二三十枚雪花钱。其中一样陈平安都没能瞧出端倪的老旧鎏金香炉竟然价格最高，唐锦绣也未细说根脚，只说她愿意支付四枚小暑钱，陈平安便提价一枚，唐锦绣一样犹犹豫豫答应了。等到她让身旁女鬼贞观先收起那小香炉，唐锦绣才蓦然大笑，得意不已，陈平安便知道贱卖了，不过无妨，人家挣的是眼力钱。

事实上，连同这只包裹在内，剩下咫尺物中所有瓶瓶罐罐的估价，陈平安的预期，就是撑死了卖出五百枚雪花钱。若是能卖出个三百枚，其实都算是大赚了。自己这趟包袱斋，本就是鸟雀腿上劈精肉、蚊蝇腹内刳脂油的勾当，不奢望大发横财，只靠一个细水长流的积少成多。

唐锦绣忍了半天，终于还是没能忍住，又从贞观手中拿过小香炉，双手细细摩挲，真是爱不释手，抬头对那位摘了斗笠的"老先生"微笑道："这小香炉来历可是相当相当不简单，曾是清德宗一位大隐仙年轻时常伴左右的修行之物，只是底部篆文不彰显清德宗身份而已。但是这位大隐仙曾有一部游记传世，虽并不广泛，我却恰好收藏有一本，时常翻阅，烂熟于心，才晓得此物的根脚。香炉虽非法宝，只是件灵器，可真实价格该有一枚谷雨钱的，地仙之下，无论是鬼物还是精怪，只要点燃一炷山水香，便可很快静气凝神，进入禅定坐忘之境，十分难得。"

贞观有些着急，轻轻扯了扯她的袖口，她这才悻悻然收了口，不再继续显摆自己的考据学问。

陈平安笑道："那说明此物与我无缘，却与坊主有缘。"

唐锦绣将香炉递给贞观捧着，道："就凭老先生这份洒脱，我便也豪气一回，再加一枚小暑钱，凑足一枚谷雨钱！"她从腰间荷包掏出一枚钱币递给陈平安，"钱货两讫。"

陈平安拿过那枚神仙钱，双指一摩挲，掂量一番后，这才小心翼翼收入袖中，点头笑道："买卖双方皆大欢喜，难得难得。以后若是又得了稀罕宝贝，定要来向坊主抖搂抖搂。"

唐锦绣指了指那包裹，然后掩嘴笑道："老仙师难道忘了包裹之内还有七成物件没取出？"

陈平安一拍额头："这辈子还没摸到手过几枚谷雨钱，教坊主看笑话了。我这就慢慢取出，坊主只管细细看。"

唐锦绣笑着不言语，显得十分善解人意，心中则冷笑不已：演，你继续演。

贞观却觉得大开眼界：这位使障眼法的年轻剑仙真是个天生做买卖的。

唐锦绣在陈平安从包裹里搬东西出来的时候也没闲着，开始将那些花钱收入囊中的心爱物件暂时放在身后的多宝架上。至于那些没能买卖成功的物件，则被她先挪到柜台一旁，动作娴熟，堆放巧妙，相互间绝无半点磕碰。所以哪怕陈平安又拿出了三成多物件，柜台上依旧不显得拥挤。

唐锦绣又陆陆续续挑中了三件，只不过这次出价才两枚小暑钱，其中一件羊脂玉雕的手把件和一件金错铭文的矛尖还都因为是两大王朝帝王将相的遗物才有此价格。不过唐锦绣坦言，那矛尖去别处售卖，遇上识货的兵家修士，兴许这一样就能卖出两枚小暑钱，只是在这鬼蜮谷，此物先天价格不高，只能是个装样子的摆件，怪不得她金粉坊不出高价。

陈平安不以为意，依旧选择卖给金粉坊。

柜台已经摆不下物件，唐锦绣便让贞观放好香炉，再去将老仙师身后那排多宝架上的物件挪走。

这一次，唐锦绣拣选了四样小物件：一只凫雁银碗、一卷绘有牡丹两本的画轴、一只小蟋蟀金笼子，以及一只小蛮靴⋯⋯

当唐锦绣放下那卷画轴、拿起那只小蛮靴的时候，陈平安面色如常：都是钱嘛。

唐锦绣最后花了四枚小暑钱，最珍贵的那幅画轴上所绘的那两本牡丹名为"小黄娇娘"和"白衣相公"，是神策国最著名的十棵牡丹之二。这幅画便占了三枚小暑钱，其余三物只是唐锦绣瞧着顺眼而已，沾了骸骨滩诸国一些历史典故的光，不然不值几枚神仙钱，卖给她铜臭城唐锦绣，算是眼前这位"老先生"找对人了。至于画轴也好，先前金花头饰也罢，以及她和铜臭城最为捡漏的香炉，只要不是骸骨滩和鬼蜮谷的"老人"，任你是眼力再好的地仙修士都要错过。

结完账，陈平安开始收拾包裹。自己这趟铜臭城的包袱斋，当得有些意外又意外了——是一枚谷雨钱，外加六枚小暑钱啊。包裹里其余没能卖出去的一大堆物件，又不是真是什么破烂货,离开了鬼蜮谷和骸骨滩,一样有机会卖出手换来真金白银的。

陈平安打定主意,回头原路离开铜臭城,一定要再打赏给那城门校尉鬼物一枚雪花钱,那家伙一定是嘴巴开过光,自己这趟金粉坊可不就是财源广进?

背好行囊,陈平安重新戴起斗笠,从袖中取出那只水粉瓷瓶放在柜台上,望向贞观,笑道:"就当是一笔彩头赠送,聊表心意,祝掌柜的生意兴隆。"

贞观快速瞥了眼唐锦绣,见后者毫无反应,这才笑着收下。

陈平安出了金粉坊,从先前城门离开铜臭城,丢了一枚雪花钱给那城门校尉,后者大喜,连连躬身道谢。

下一站,陈平安要去往青庐镇,在那儿找个歇脚的地方,除了调养休息之外,还要画两张金色材质的缩地符。毕竟鬼蜮谷内称得上"安稳"二字的地方,兰麝镇都不算,只有披麻宗竺泉亲自坐镇的青庐镇而已。

青庐镇距离铜臭城不远,只是山水绕路。陈平安没有御剑,徒步前行,在能够看到青庐镇的轮廓后微微松了口气。

铜臭城铺子里,陈平安离开后,唐锦绣手指轻轻敲击柜台,满脸笑意。都说请神容易送神难,自己不但成功请神,还略有赚头。不过她有些犯嘀咕,生怕自己那个难得严肃教训自己的哥哥会骂自己"画蛇添足"。

在陈平安走出城门的那一刻,唐惊奇就来到了铺子里。

唐锦绣视线有些游移不定,唐惊奇笑道:"挺好的,应对得体,竟然还水到渠成地做了一笔好买卖,难得难得,都知道帮铜臭城挣钱了。"

唐锦绣如释重负,得意扬扬问道:"哥,你说那家伙晓得我的身份不?"

唐惊奇扯了扯嘴角:"一开始未必确定,等到离开铺子的时候,他应该就已经心里有数了。"

唐锦绣疑惑道:"是我哪里露了马脚?金粉坊的坊主知晓那么多历史典故不算破绽吧?我身边的几位女官随我看过几百年书,也都能够如数家珍的。"

唐惊奇指了指贞观,立即吓得她脸色越发惨白,扑通一声跪在地上。

唐锦绣哎哟一声,后知后觉道:"那家伙当时送出水粉瓷瓶,是故意试探贞观?"

唐惊奇似乎心情不错,笑道:"你起来吧,又不是多大的过错,本就是件藏不住的事情。对于练气士而言,真相如何往往并不重要,远远不如他们心中的猜疑。再者,外乡的任何一位世间修士,只要能够有此境界,一大把年纪便都不会活到狗身上去。你们两个的一言一行和最终结果已算是最好的了,我这个当城主和哥哥的,对你们没有理由再多苛求。"

他离去之前,对妹妹说道:"记得赏赐给贞观一枚小暑钱。你啊,对铜臭城男子的那些大度和一掷千金若是能够匀一些给女子就好了。"

唐锦绣翻了个白眼。

陈平安已经摘了面皮，走入青庐镇。镇子并不大，甚至还不如奈何关集市，只有纵横交错的两条大街，屋舍建筑加在一起不到百余栋，并且并无任何豪宅。路上行人寥寥，不过茶摊酒楼倒是也有，卖茶贩酒的竟然都是姿色出众的女子，想必都是铜臭城来的了，而且多半是有些修道根骨可惜却又无法成为披麻宗修士的。

青庐镇还有两家仙家客栈，一南一北，北边的价格贵，一天一夜就要十枚雪花钱，南边的才一枚。陈平安问是否因为灵气悬殊的关系，不承想北边客栈的女子嫣然一笑，十分实诚地说并无差别，只是她们家离宗主的修道茅屋近一些，有钱的仙师都愿意在这儿扎堆，而且杜仙师常年都居住在此，所以经常能够碰见。

于是陈平安就转头去了南边，那女子眨了眨眼睛，似乎有些讶异：能够走到青庐镇的修士和纯粹武夫可都一个个财大气粗，真没谁兜里是缺钱的主儿，只分有钱和更有钱两种，天底下最金贵的面子岂能因为这一天九枚雪花钱的差价就给自己丢在地上捡不起来？

陈平安在南边客栈要了一间屋子后，开始倒腾咫尺物和那只包裹，换了些新鲜物件放入包裹中，打算隔几天再去一趟铜臭城金粉坊。这叫逮住了一只肥羊就使劲薅羊毛，过了这村就没这店。

做完这些，陈平安继续以一枚枚雪花钱修缮身上那件春草法袍，约莫一盏茶后才停下来。修补法袍并不是砸钱就行，是一个细致活。

陈平安开始练习剑炉立桩，运转那依旧无法彻底打破所有关隘的剑气十八停。

一个时辰后，陈平安喝了一大口养剑葫内的深涧水，开始炼化水气精华，补充自身水府。只是一个多时辰过去才炼化出三滴"泉水"，给水府中三个绿衣童子接在手心。

陈平安的这类粗浅修行尚且如此耗时，一旦闭关，更是两耳不闻世间事，所以才有山中不知人间寒暑的说法。

当陈平安趁着休憩时分沉浸心神，阴神化作一粒芥子巡游水府，结果就收到了那些小家伙们的幽怨眼神。大概是说他天资平平就更加应该勤勉修行、笨鸟先飞，为何打造出关键窍穴的这么一座大府邸后，这些年莫说是三天打鱼两天晒网，简直就是一天打鱼一年晒网了。

陈平安愧疚难当，狼狈离开水府。那条武夫纯粹真气凝练化成的火龙在水府门外的一处岔口默默凝视着他，他黯然不语，火龙一摆头甩尾，快速游弋离去。

早些年，火龙头颅之上曾经站着一个儒衫仗剑的金色小人，与它一起巡狩四方，在这方小天地内开疆拓土、所向披靡，如同相得益彰的庙堂文武。

陈平安收起念头，撤了内视之法，回过神后，坐在桌旁，视线低敛，怔怔无言。

讲道理这件事，说服别人不容易，说服自己也很难。

那么为什么还要讲理呢？一碗市井饭，一部拳谱，值得吗？为此付出的代价，即便极其巨大，已经伤及大道根本，可自己的那个选择，真的就对吗？

陈平安不是在纠结第一个早有答案的问题，以及那个注定暂时不知对错的问题。他害怕的是，他不知道自己为何会想这些。

陈平安猛然间深吸一口气，站起身离开桌子，身形颠倒，一袭青衫大袖飘摇，闭上眼睛，开始以天地桩倒立行走。

铜绿湖上停有一只翠绿竹筏，三郎庙少年袁宣依旧在垂钓，这次没有外人，也就更加闲适随意，女武夫与那位金丹剑修老人都各自持有一竿钓竿。他们刚返回此处没多久，袁宣有些失落，因为那个据说在鬼蜮谷已经闯下偌大名头的年轻游侠没来。

袁宣瞥了眼始终没半点动静的湖面，转头问道："樊姐姐、刘爷爷，不是说那人是纯粹武夫吗，为何青庐镇人人都说他是一位剑修，争执不下的也只是他到底是金丹境还是元婴境？"

女武夫脸色尴尬："应该是位武夫才对。"

老人要更加见多识广，笑道："小樊与青庐镇修士的猜测其实都未必是错的。世间有些怪人确实既是练气士又是纯粹武夫，只不过这类天之骄子越到后来就越是后继乏力。比如武夫一途，已经跻身了远游境，或是修道一途，终于跻身了元婴境，这就会有天大的麻烦，除非是以大毅力和大魄力果断弃了其中一条道路，不然极难真正登顶，只会自己与自己打架一般，两条路都走到了无路可走的断头处。"

袁宣咂舌道："若真是传说中只差山巅境一步的远游境武夫，又能够拥有元婴修士的术法神通，岂不是要打遍一洲无敌手？"

"无敌手？还差得远呢。"老人笑着摇头道，"除剑修之外的寻常玉璞境神仙对上这种凤毛麟角的怪胎确实要头疼不已，可换成剑仙或仙人境修士，拿捏起来一样游刃有余。"

袁宣的想法十分羚羊挂角，直接跳往别处的十万八千里之外了，笑问道："刘爷爷，你是剑修，那说说看，为何世间修士的兵器万万千，唯独你们用剑的这般厉害，还被誉为杀力第一呢？刘爷爷，你可别随便糊弄我，我可是晓得的，剑修最吃钱，以及先天剑胚是咱们练气士里边的万中无一，这两个原因才不是全部的缘由。"

老人哈哈笑道："这就是一本很老很老的老皇历喽。"

他不再说话，抬手指了指头顶高处。袁宣瞅了瞅，点点头，不再询问什么，开始安安静静钓鱼。

可袁宣还是有些心痒,犹豫了一下,便向老人伸出三根手指。老人摇摇头,再次伸手,指了指更高处。

袁宣收起两根手指,只剩下一根。老人笑了笑,仍是摇头。

袁宣终于开始安心钓鱼了,反而是比他岁数更长的女武夫一头糨糊,迷惑不解,不明白这一老一少在打什么哑谜。

半个时辰后,依旧毫无渔获。袁宣抛了一把饵料丢入湖水,水有水脉,看似湖面平静,实则底下大有讲究,可不是随手乱抛的。他随口问道:"听说黑河的老鼋饲养了一对最少活了一千五百载的金色赢鱼,刘爷爷,我若是与杜叔叔说一声,咱们能不能杀过去,与那只老鼋花钱买来啊?"

老人耐心解释道:"除非是将其打杀了,否则此等灵物,买是注定买不到手的。可是老鼋能够在鬼蜮谷活这么久,想要成功打杀极不容易,除非是竺宗主亲自出手,不然他往那老龙窟深处一躲,便再难寻见了,哪怕是你杜叔叔也要无可奈何。"

袁宣哀叹一声:"打杀就算了,我做得到也不做。天生万物自有其理,修行之人本就是逆流而行,再造杀孽,总觉得不是什么好事。真不知道那些兵家修士为何能够杀人不眨眼,还可以不沾因果业障。"

老人笑道:"只要是能够成为一教一家一宗的,自然各有其大道根柢,在这方天地间立得定、站得稳。"

袁宣挠挠头,苦兮兮道:"刘爷爷,咱仨的鱼漂儿倒是比那门神还要立得定,一个比一个稳当。"

老人哈哈大笑,女武夫也跟着笑出声。

青庐镇北边的客栈,杜文思站在门口。他是出了名的有君子风范,所以在门口招呼的女子并不拘谨,见杜文思站了许久,便好奇问道:"杜仙师,是等人吗?"

杜文思摇头笑道:"里边闷,出来透口气。"

女子无言以对,很快便想起一件事来:上次杜仙师也是这般一个人站在门口发呆来着。

前些年,有一位境界极高的年轻女冠行事跋扈,竟是不从牌坊楼进入鬼蜮谷,而是直接一剑劈开了天幕,现身之后,又掉头走了,然后又两次劈开那传说中坚不可摧的天地屏障,最后一次刚好是在青庐镇不远处。

这几次擅闯都引来了几位英灵的截杀,最后一次更是宗主竺泉亲自出马劈了她一刀,被她硬生生接下。不过竺泉也只是象征性示威而已,并未倾力。

一番言语后,竺泉径直返回茅屋,任由她入境,算是过了披麻宗这一关。

她入住客栈,却只待了一天,离开的时候依旧是一剑破开天幕,十分蛮横无理。不过比来的时候稍稍含蓄一些，先御剑去了北边一座城池上空，这才破开天地禁制逍遥离去。杜仙师当时也是在门口站了很久，人问起也还是先前的答案：里边闷，出来透口气。

杜仙师真是君子，连说谎都不会。

后来听客栈里边的神仙客人说，那外乡游历至此的女冠是一位来自桐叶洲的女修，在砥砺山与一个名叫刘景龙的修道天才大打出手，两败俱伤。

正想到这儿，一个姿色平平的佩刀女子从街上缓缓走来，看门女修赶紧屏气凝神，等到那人走近客栈，颤声喊了一声"宗主"。

竺泉笑着点头回礼，然后喊了杜文思，说是一起走走。

她笑着调侃道："行啦，那黄庭是说过她南归之时会再来一趟青庐镇，可是她来不来、什么时候来，是你等在大门口就能等来的？"

杜文思脸色微红。

竺泉继续道："听说那个大闹一场的年轻剑仙已经在小镇住下了？"

杜文思点头道："刚从铜臭城过来，就住在咱们南边的客栈里。"

竺泉笑道："那家伙十分有趣，骑鹿神女首次离开画卷就是奔着他去的，不知为何没成，最后骑鹿神女跟了那位北俱芦洲历史上最年轻的宗主。那个小娘儿们竟然抢了我的名头，如果不是在鬼蜮谷而是在别处遇到了她，我是一定要与她切磋一番的。若是我赢了，天知地知我知她知；如果我输了，无须她放出消息，我自个儿就昭告天下为她扬名。"

杜文思会心一笑，这便是自家宗主的脾气了。

竺泉突然说道："宝镜山彻底毁了，那一场架打得动静不小，只不过我没脸皮偷看，便没能知道具体过程。那年轻人应该如你所说，就是那个名次垫底的杨屠子，看样子，好像已经得了宝镜山的机缘。不管怎么说，既然没在鬼蜮谷四处惹事，也就由着他得宝而归了。不过剥落山、积霄山那块地盘就被那个进入小镇的年轻人和一个不知来历的书生联手掀了个底朝天。乖乖，本事不小，谋划更高，将所有妖物玩弄于股掌之中，到头来你猜怎么着？"

杜文思苦笑道："宗主，这我哪能猜得到。"

竺泉无奈道："你这性子忒无趣，难怪如今还是条光棍。真不是我说你，再遇上了那个叫黄庭的，喜欢就开口，人家要走你就跪着磕头，脸皮算得了什么，给你骗上手后，到时候该怎么拾掇自己媳妇，还需要别人教你？唉，还是怪你小子不济事，你说你咋个还不跻身元婴境呢，在金丹境乌龟爬爬，好玩啊？真当自己是那只老鼋的亲戚啦，那你咋个不去娶老鼋的女儿呢？"

杜文思恨不得挖个地洞钻下去，恼羞成怒道："宗主！"

"行行行,不戳你心窝子了。我这不是着急你的修为嘛,你们平时总说我这个宗主当得懒散,我这刚要上点心,瞅瞅,你又不乐意了,到底要咋个弄嘛。"

杜文思开始伸手揉脸,竺泉拍了拍杜文思肩膀:"劝你还是死了这条心吧,那黄庭回头来了咱们青庐镇,你可别求我帮你打晕她,做那生米煮成熟饭的下作勾当,我虽是你们这些瓜娃儿的宗主,却终究不是你们爹娘。不过文思啊,我看你终究是要比那杨麟更顺眼些的,你喊我一声娘亲试试看,说不定我这个又当宗主又当娘亲的就临时改变主意了。"

饶是杜文思这般好脾气的也开始嘴角抽搐,竺泉哈哈大笑,好不容易才止住,结果又嘀咕了一句:"他娘的,差点给老娘笑裂了嘴。本就长得一般,以后还怎么找皮滑肉嫩皮囊俊的小夫君?"

杜文思只得提醒道:"宗主,咱们能不能说回正事?"

"你的终身大事,咋个就不是正事了?"竺泉咳嗽一声,点头道,"大圆月寺的老和尚和小玄都观的道人都离开过那片桃林,至于去往何处,我还是老规矩,不去看。但是你算一下,加上那艘流霞舟的年轻宗主、骑鹿神女,以及那个两次撒网收飞剑的臭王八蛋,还有蒲禳的突然露面,再加上鬼蜮谷中部那几座大城的蠢蠢欲动、相互勾连,文思,你觉得这说明什么?"

杜文思摇头叹息道:"宗主,你是知道的,我一直不擅长这些谋划算计。"

竺泉重重点头,貌似很是欣慰,一巴掌拍得杜文思一个趔趄:"很好,与宗主我一模一样,就是看出了一个热闹!"

行至街道尽头,竺泉率先转身走回北边客栈,杜文思跟着转身。

竺泉再无言语,直到客栈门口才缓缓道:"你正值金丹瓶颈将破未破的关键,所以接下来只要打开,你就跑回祖师堂去,不用有任何犹豫。也许那个蹲在渡船上一年到头喝风的老家伙别的都是狗屁混账话,唯独那句咱们披麻宗得换一个会用脑子的宗主是对的。所以别人战死了,连我在内,都没什么,披麻宗修士这点担当还是要有的,唯独你杜文思,要死也不该死在这乌烟瘴气的鬼蜮谷,最好都别死在骸骨滩,死去北边、更北边才好。"

杜文思摇摇头:"宗主,此事我做不到,临阵脱逃,不战而退,我杜文思便是舍了大道与性命,都决不……"

竺泉突然轻轻一掌推在杜文思脑袋上,神色平静,语气淡然道:"别犯傻。杜文思,我最后摆点宗主架子与你说一句掏心窝的话。在这世上,至少在我竺泉眼中,一个真正顶天立地的大丈夫是吃得住大苦更受得了大辱的,任你山岳压我,那脊梁,却一直是挺直的!"

杜文思站在原地,竺泉继续向前缓缓而走。

第七章
天地无拘束

城池高耸入云的京观城墙头上，一名堪称玉树临风的中年男子悠然散步。

远处，两女一白骨站在走马道上，一起眺望南方——道门宗主贺小凉、骑鹿神女，还有京观城城主高承。这位骸骨滩和鬼蜮谷历史上最强大的英灵，战力几乎可以媲美一位擅长与人厮杀的仙人境修士。

但是高承生前的身世背景在后世史书上竟然没有半点记载，不是史家和山上修士都不想追本溯源，而是真的没能在两大王朝十数藩属国的档案上找到任何记录，连一句话都没有，只在一国兵部最底层的一卷户籍上找到了高承这个名字而已——步卒高承，好像这位在当年骸骨滩近百万累累白骨中站起来的鬼物，真是一个沙场死人堆里躺着的无名小卒。好像当他以白骨鬼物之姿站起身后，才开始一步步崛起。

高承个子不高，依旧以一副雪白瘦骨现世，只是披挂了一副最简陋的破损铁甲，腰间佩刀更是寻常物。他问道："贺小凉，你到了我京观城后，只说是看一看，如今看完了没有？"

贺小凉微笑道："城主这是要赶人了？"

高承说道："再给你三天时间，再不走，就不是赶人，而是杀人了。"

一旁的骑鹿神女有些心惊胆战。京观城内煞气太重，那只五彩神鹿是天地承运灵物，最受不了这些消磨，便早已给她收起。她半点不怀疑那位城主的话，知他绝非恐吓。

贺小凉微笑道："三天就三天，时辰一到，我一定离开京观城。"

高承瞥了眼远处那个走在墙头上的人："最好别让姜尚真坐你的流霞舟离开，不然我怕我忍不住要出刀。"

贺小凉不置可否。

高承走下城头，姜尚真走到贺小凉和骑鹿神女附近，跳下墙头，微笑道："只要贺宗主依旧什么都不说，什么都不做，就真的只是看看，到时候不捎带我一程也是可以的，大不了我就被高承留在京观城内，那些个白骨美人别有一番滋味呢。"

贺小凉以心声问道："你觉得鬼蜮谷最缺什么？"

姜尚真趴在墙头，揉了揉屁股，同样以心声懒洋洋道："自然是大活人。其实小天地的灵气一直都没怎么变，也变不出花样来，打生打死这么多年，无非是让高承寄放在蒲禳之流的身上而已，可是带着阳气的活人太少了，铜臭城那块风水宝地又给竺泉死死盯住了，摆明了你高承胆敢去抢人，她就敢撕破脸大打一场。"

贺小凉微笑道："那么如果高承可以自造轮回呢？使得鬼蜮谷内那么多天仙神人也无法聚拢的散乱魂魄、残余阴气能够在鬼蜮谷内投胎转世为人。百年之后，阴阳相济，鬼蜮谷跃上两个大台阶，堪称别有天地，真正成为一块洞天、福地兼备的宝地，又当如何？"

姜尚真先是脸色凝重，随后很快释然摇头："高承道行高，在鬼蜮谷内我都打不过，这个我勉强承认，强龙不压地头蛇嘛。可要说高承又得了一门远古的禁忌秘法，知晓了却只是不能掌握那转世之法，我姜尚真……也可以捏着鼻子认了。但是还要说这位京观城城主手里边刚好拥有这等无上法器，可以承载这份天地大因果，在这终究还是阳间的鬼蜮谷打造出一座好似酆都的地界，我是打死都不信的！"

贺小凉微笑道："那咱们就拭目以待？"

姜尚真脸色阴沉，第一次心情凝重起来。

贺小凉突然笑道："姜尚真，你其实猜错了一件事。"

姜尚真又恢复笑容，道："贺宗主请说。"

贺小凉却不再言语，且神色复杂。

姜尚真开始在心中默默推衍，只可惜又有两处迷障无法破开，这就很麻烦了。世上事，差之毫厘，谬以千里。

小玄都观道人和大圆月寺老僧曾经先后离开桃林，各自都用上了遮蔽天机的神通手段。一个出现在挂有铁索桥的南边崖畔，在那儿站了一宿。一个出现在水神祠庙附近的埋河之畔，相较之下，老僧倒算是来去匆匆。

至于陈平安，到了青庐镇后就无法观看了，姜尚真是如此，想必贺小凉也不例外，至于那个高承，不好说。

青庐镇南边客栈，虽然心神不宁的状态持续颇久，陈平安仍是强行静下心来，想要连夜画出两张金色材质的缩地符。只是提笔后,才发现自己迟迟无法动作,因为心知肚明,勉强落笔,在金色符纸上也画不出,普通材质的符纸上兴许可以。

陈平安放下笔,起身练习了一个时辰剑炉立桩,竟然仍是无法真正静心,便干脆推开门去,在夜幕中逛了一圈青庐镇,回到客栈屋子后取出一些竹简,在灯下翻来覆去看了许久,就这么守着灯火枯坐了一夜。

天亮时分,陈平安覆上面皮,背着包裹又去了趟铜臭城,没能见着那个熟悉的城门校尉鬼物,有些遗憾。

到了金粉坊,那里刚好开张,贞观愣了半天,让男童小鬼手持银铃铛去喊"坊主"。男童小鬼确实伶俐聪慧,只是点头,二话不说去北边宫门找到那位门神将军。很快,唐锦绣就拎着他一起来到金粉坊,看到柜台上已经放满了物件。

唐锦绣笑道:"老仙师,又来啦?怎么,我们鬼蜮谷是遍地宝贝吗,随便捡个一宿就能装满一麻袋?"

陈平安笑道:"可不是,真是个好地方。"

唐锦绣哑口无言,双方按照老规矩,开始买卖。

只是这一次,包裹里边的物件唐锦绣只买了两件,掏出两枚小暑钱。

真不是她吝啬,事实上就是如此,如果不是念在对方是一位"年轻剑仙"的分上,支付一枚小暑钱就已经算她童叟无欺了。

陈平安收了钱,离开了铜臭城,也不觉走了冤枉路。

两枚小暑钱,不算少了。

返回青庐镇,陈平安继续在客栈屋内练习天地桩。他打算走桩之外,也将这个姿势古怪的拳桩走出那一百万遍。

这天只吃了一顿饭,黄昏中,陈平安去酒肆买了一壶酒,客人寥寥,他就坐在店里喝完,刚好就一碟佐酒菜。

依旧是一夜画符不成,只是相较于前一天好上许多。陈平安在后半夜也不练习天地桩,躺在床榻上闭目养神,想了许多陈年往事,就此酣睡过去。

天亮后,陈平安蓦然清醒,只觉得神清气爽,收拾出了一只新的包裹,再次去往铜臭城。这一次,他总算又遇到了那校尉鬼物,比对方还着急地丢出一枚雪花钱,就又听到了熟悉的"财源广进"。之后他直奔金粉坊,唐锦绣已经干脆候在铺子门口了。见到了陈平安,她笑道:"老仙师,你给我一句准话,明儿还来不来吧,要是还来,我今儿就在店里打地铺了!"

陈平安哈哈笑道:"今天过后,暂时是真没宝贝要卖了。怪我,昨天喝过了酒,倒头就睡,这不就耽误了我晚上出门捡东西。贪杯误事,莫过于此啊。"

今天唐锦绣翻过所有物件后,挑中了六件,给了五枚小暑钱。虽然不能与第一天

第七章 天地无拘束

相比，可比起昨天双方在铺子里大眼瞪小眼，一个眼神询问真不买、一个眼神回答真下不了手的那番寒酸场景，今儿的买卖双方还是要喜庆开怀太多了。

陈平安收起钱和包裹，唐锦绣将他送到门口，打趣道："老仙师，明儿真不来啦？"

陈平安扶了扶斗笠，转头笑道："明儿宰相娘娘就安心睡个懒觉吧。"

唐锦绣微微一愣，然后笑道："好的。"

陈平安想了想，还是转过身，抱拳告辞道："多有叨扰了。"

唐锦绣也施了一个万福，笑语盈盈："剑仙前辈走好，有空再来。"

陈平安点点头。

唐锦绣突然一个没忍住，笑道："这位剑仙，以后可莫要擅闯女子闺阁搜刮物件了，跌份儿。"

陈平安这下头也没转，快步离去。

唐锦绣一手捧腹，一手捂住嘴，到底是没敢大笑出声，怕那位脸皮既厚也薄的年轻剑仙回头就给自己来上一飞剑。

陈平安离开城门的时候，没忘记再给那城门校尉一枚雪花钱，而后走出去数步，又莫名其妙停下，回头望去，喃喃自语，再毫不犹豫就又掏出一枚神仙钱抛去，可不是什么雪花钱，而是小暑钱。陈平安爽朗笑道："将军可以请兄弟们喝一顿城内最好的美酒。"

那校尉鬼物如同做梦，反复看了几遍手中的小暑钱，然后扯开嗓子大笑道："这敢情好！在我们铜臭城，这玩意儿真是神仙钱的老祖宗，比啥都值钱！"

陈平安返回青庐镇的时候，反正闲来无事，便开始练习六步走桩，毕竟天地桩还是太过古怪了。

越走桩，越心静。不知不觉，陈平安就到了青庐镇，一笑过后，继续练习六步走桩去往客栈，反正也没剩下几步路了。

到了客栈，他将整个包裹都收入咫尺物。这包袱斋，在鬼蜮谷当得差不多了。

一想到最后给出的那枚小暑钱，陈平安便深吸一口气。他坐在桌旁，再次深吸一口气，似乎是因为下定了决心的缘故，再无杂念，又一次从方寸物中取出笔墨和两张金色符纸开始画那缩地符。

一气呵成。

休息片刻后，陈平安抖了抖手腕，起身在屋内继续练习六步走桩，落座后，再次一鼓作气，画出了第二张缩地符。

将两张缩地符画好之后，小心翼翼收入袖中，陈平安闭上眼睛，开始再次将自己进入鬼蜮谷的所有经历重新迅速思量了一遍：与三郎庙袁宣等人和那对道侣一起走过牌坊、乌鸦岭、宝镜山、桃林、剥落山……最终落在了黑河之畔。

那老僧曾说，回头是岸。先前在城门口，陈平安便是没来由想起了这四个字，才给出了那枚小暑钱。

陈平安睁眼后,眯起眼,片刻之后,重新从咫尺物中取出一些新物件装入包裹,例如避暑娘娘闺房内的那几幅神仙打架图,以及那五条金色雷鞭!

离开客栈后,陈平安没有直奔铜臭城,而是去了小镇酒肆,又要了一碗酒。

掌柜老汉将酒碗放在桌上的时候,忍俊不禁道:"这位小剑仙,怎的,才从铜臭城做完买卖,又要去挣钱啦?"

陈平安微笑道:"神仙钱不长脚,别人兜里的更是不会挪窝,就只能靠自己多跑几步路了。"

掌柜老汉先前招待过他一碗酒,所以是知道眼前这位年轻剑仙还有另外一张年轻面容,便打趣道:"见过城主妹妹唐锦绣没?想要从她手上多挣钱,我建议你还是别覆那张老人面皮了。"

陈平安喝了口酒,玩笑道:"算了吧,不然要是给她瞧上眼了,岂不是麻烦事一桩。"

掌柜老汉哈哈大笑:"也对。话说回来,你这位堂堂剑仙都去了几次铜臭城当那野修的包袱斋了?真不怕沾染一身铜臭气啊?"

陈平安笑道:"这一次应该可以多赚些,先前几次,不过是热热手,吊一吊她的胃口罢了。"

陈平安喝过了酒,去往铜臭城,结果发现城门校尉鬼物不在。他似乎很是失望,向一个城门鬼卒打听,那鬼卒埋怨道:"这位老仙师,还不是您老人家赏赐了那枚小暑钱,将军大人自个儿去女儿坊快活了,我们这些当差的反正是没能喝上一顿酒。"

陈平安一脸无语模样,哀叹一声,转头就走,然后又转回头,丢出一枚雪花钱给那鬼卒,叮嘱道:"记得跟你们将军说一声,明儿我还来你们铜臭城,一定要在啊。"

鬼卒接钱后大喜,点头哈腰,嚷嚷道:"老仙师只管放心,明儿小的便是绑也给将军绑来。"

陈平安回到青庐镇客栈后,继续闭门不出。

鬼蜮谷北方京观城,高坐白骨王座的城主高承缓缓收起手掌。当看到那个年轻人没能瞧见城门的福星鬼物后,便大失所望返回青庐镇一幕时,他讥讽一笑。此时此刻,高承不再白骨嶙峋,而是恢复了生前模样,只不过依旧相貌平平。

明天再去铜臭城?高承想起那只被年轻人悬挂腰间的养剑葫,轻轻按住刀柄,开始等待贺小凉离去。

青庐镇里边的光景高承可以看得到一些,准确说来是两处,但是每次窥探必须慎之又慎。一来,严格意义上说,青庐镇其实不属于鬼蜮谷这方小天地;二来,有竺泉盯着,又有披麻宗一件重宝压阵,掌观山河的神通运用起来十分凝滞模糊,只能勉强看个大概。但是即便那两枚棋子为此泄露了行踪,还是很值得的。

高承其实更希望那个年轻人能够走出青庐镇,往北方多走几步。

看样子,那个家伙一定会继续北游的,现在就只等那个姓贺的小道姑离开鬼蜮谷即可。她在京观城内,再加上那个臭名昭著的姜尚真,形势就会变得极其复杂。

高承闭上眼睛,双手轻轻按住王座把手,是两颗亡国皇帝的头颅。

夜幕降临,流霞舟缓缓升空。高承站起身,瞬间来到宝舟之上。

贺小凉望向这位京观城城主,似笑非笑。

高承蓦然想通了一个模模糊糊的真相,放声大笑,以拳捶胸,沉声道:"虽然不知你为何要如此做,可这些弯来绕去的我都不管,总之只要成了,我京观城将来必有重谢!"

贺小凉不予理睬,依旧是什么都没有做,什么都没有说。

高承不再耽误宝舟离开鬼蜮谷,很快就返回京观城王座,并且大手一挥,主动在流霞舟去往的天幕方向,在鬼蜮谷与骸骨滩之间打开了一扇大门。

姜尚真果然没有坐流霞舟,继续在墙头上散步,仰头望向天幕那处如同门扉的窟窿,流霞舟一闪而逝。

重返骸骨滩后,身后大门瞬间关闭。

骑鹿神女小心翼翼问道:"主人,这是为何?"

贺小凉淡然道:"世间道侣总是福祸相依的,而我贺小凉更是以福缘深厚著称两洲,所以我若是有了一位道侣,那么他自然可以福缘不断。双方距离越近越是如此,而我在本命相冲、消磨道行的京观城内,自然不是什么好事。"

骑鹿神女有些言语凝滞:"所以我才会走出画卷?所以主人才会故意来到鬼蜮谷,又在今夜离开?"

贺小凉一言不发,骑鹿神女脸色惨白。过了一会儿,贺小凉突然转头,微微张大嘴巴,脸上不辨情绪,最终恢复平静,深深望了一眼南方。

骑鹿神女战战兢兢,贺小凉转过头,只说了一个字:"走。"

京观城内,姜尚真瞥见那堪称匪夷所思的一幕后,狠狠抹了把脸:老子这次是真服气了,这也能想得到、做得到?

高承猛然站起身,怒气冲天,怒吼道:"飞剑留下!"

大圆月寺内,老僧仰头望月,双手合十,微笑道:"善哉。"

青庐镇南边客栈屋脊处,两次金光闪烁后,一位换上了一身金醴法袍的年轻剑客刹那之间便来到天幕不远处,手持剑仙一剑劈开了天幕,御剑直去披麻宗祖师堂。

竺泉按住刀柄悬空而停,目视北方,非但没有拦阻,反而帮那个先前悄悄找了她一趟,然后双方做了笔不小买卖的年轻剑仙盯住北边的动静。

京观城内,一名身高千余丈的白骨刀客轰然现身,竟是要一刀劈开天地屏障,去往骸骨滩外追杀那个年轻剑仙。

姜尚真哈哈大笑，丢出一张比先前两张儿孙"雪花钱网"更加巨大的祖宗网，缠住白骨脚踝，狠狠往下一拽。

姜尚真一掠而起，以一片柳叶开天地，竟是完全舍了那张价值数十枚谷雨钱的重宝大网不要了。飞出天幕窟窿之际，姜尚真转头笑道："你这骨头架子来打我啊，来打我啊，来啊，不来你就是我周肥大爷的乖孙儿……"

他嘴上撂着狠话，半点不耽误脚底抹油就是了。

鬼蜮谷内，竺泉出刀，一道白虹从南往北，砍在巨大白骨的腰部。

更有一剑如虹，起始于白笼城，斩中白骨头颅处。

竺泉咦了一声，问道："蒲骨头，你这是作甚？垂涎我的美色已久，所以才妇唱夫随？"

蒲禳淡然道："我辈剑客行事，天地无拘束。"

两人一个出刀，一个出剑，阻拦高承撕裂天幕屏障。

骸骨滩外，陈平安一路御剑向披麻宗本山的祖师堂，抹了把额头汗水，咧嘴一笑：我也是一剑破开过天幕的人了，痛快。

披麻宗祖山名为木衣，山势高耸，只是并无奢华建筑，修士结茅而已，由于披麻宗修士稀少，更显得冷清，唯有山腰一座悬挂"法象"匾额、用以待客的府邸，勉强能算是一处仙家圣地。

三天前，木衣山就开始封禁，不再待客。不但如此，鬼蜮谷入口处的牌坊楼也开始戒严，历练之人可出不可进。

从奈何关集市到壁画城，再到摇曳河一带，以及整片骸骨滩，都没觉得这有何不合理，因为更不合理的事情都已经见识过了。

先是壁画城三幅神女天官图在同一天变成白描图，骸骨滩诸多修士还沉浸在三桩福缘已经有主的失落当中，没过多久，便一个个亲眼见识了惊心动魄的一幕：深夜时分，骸骨滩大地之上，凭空出现一具巨大白骨，高如山岳，应该是鬼蜮谷京观城城主高承的法相。它以无敌之姿露面，以蛮力一举撑开了天地屏障。白骨法相与骸骨滩灵气摩擦，流光溢彩，绽放出一阵绚烂火花，衬托得高承如远古火神降临人世。

高承显然是在追杀一抹火速往南掠向木衣山祖师堂的金色光线，却被出自鬼蜮谷的一刀一剑拖延。出刀之人悬停空中，与千丈白骨对峙，小如米粒，但是每次出刀，风雷大震、光华暴涨，远远一击，如架长桥，观其气象，定然是披麻宗宗主竺泉无疑。另有一剑，声势丝毫不逊于竺泉，一条条璀璨剑气起于大地，剑光如虹，极快且直。高承在鬼蜮谷内似乎犹有另外的牵制，可仍是高高举起一掌，重重压下，顿时卷起一片阴煞熏天的厚重云海，其内好似堆积了十数万死后不得超生的厉鬼亡魂，苦苦挣扎。云海朝披麻宗祖师堂迅猛压去，随后披麻宗护山大阵开启，从木衣山中掠出千余披甲傀儡，一个个身高数丈，披挂符箓铁甲撞向那云海，浑身金光银线流转不定。云海不断被削薄，可下坠之势犹在，木衣山中，一拨拨披甲英灵前赴后继，最终双方玉石俱焚。

与此同时，一条光线从木衣山祖师堂蔓延下山，如雷电游走，在牌坊楼那边交织出一座大放光明的阵法。一尊身高五百丈的金身神灵从中拔地而起，手持巨剑，朝白骨法相的腰部横扫过去。巨大白骨一手抓住剑锋，金光火星如雨落大地，一时间，骸骨滩天摇地动，白骨法相抡臂甩开巨剑，身形下坠，瞬间没入大地阴影中，应该是退回了鬼蜮谷。金身神灵亦是退回阵法当中，那条光线也原路返回木衣山祖师堂，凝聚为祠堂内一座青铜蛟龙塑像嘴中所衔的一颗宝珠。

骸骨滩的夜幕，缓缓归于寂静。

半山腰处的那座仙家府邸内，被披麻宗寄予厚望的少年庞兰溪坐在一张石桌旁，使劲看着对面那个年轻游侠，后者正在翻看一本从羊肠宫搜刮而来的泛黄兵书。

庞兰溪虽然岁月小，但是辈分高，是披麻宗一位老祖的唯一嫡传弟子，有几位金丹修士都得喊他一声小师叔，至于更多的中五境修士便只能喊他小师叔祖了。

这三天，府邸内就眼前这个年轻游侠一个客人，庞兰溪先前来过几次，出于好奇，该聊的聊过，该问的也问过了，对方明明很真诚以待，也未故意卖关子兜圈子，可事后庞兰溪一琢磨，好像啥也没讲到点子上啊。很难想象，眼前此人，就是当初在壁画城厚着脸皮跟自己砍价的那个穷酸买画人。当时还要跑出铺子去提醒此人行走江湖切忌显露黄白之物来着，原来他们都给这家伙蒙骗了。

在祖师堂管着戒律的宗门老祖不愿泄露天机，只讲等到宗主返回木衣山再说，不过临了还是感慨了一句："这点境界就能够从高承手中逃出生天，本事真不小。"庞兰溪就越发好奇鬼蜮谷内到底发生了什么，眼前此人又怎么会招惹到那位京观城城主。

陈平安放下早年由神策国武将撰写的兵书，想起一事，笑问道："兰溪，壁画城八幅壁画都成了白描图，骑鹿、挂砚和行雨三位神女图脚下的铺子生意以后怎么办？"

庞兰溪也有些烦恼，无奈道："还能如何，杏子她都快愁死了，说以后肯定没什么生意临门了，壁画城如今没了那三份福缘，客人数量一定骤减。我能怎么办，便只好安慰她啊，说了些我从师兄师侄那边听来的大道理。不承想杏子并不领情，与我生了闷气，不理睬我了。陈平安，杏子怎么这样啊，我明明是好心，她怎的还不高兴了？"

陈平安微笑道："想不想知道到底是为什么？"

庞兰溪点头道："当然。"

陈平安笑容更浓："兰溪啊，我听说你太爷爷手上还有几盒整套的廊填本神女图，而且是你太爷爷生平最得意之作。"

庞兰溪愣了一下，片刻之后，斩钉截铁道："只要你能帮我解惑，我这就给你偷去！"

陈平安有些无语，伸手示意已经站起身的庞兰溪赶紧坐下："君子不夺人所好，我也不觊觎那几套廊填本，只希望你能够说服你太爷爷再动笔画一两套不逊色太多的硬黄廊填本，我是花钱买，不是要你去偷。一套即可，两套更好，三套最好。"

庞兰溪有些怀疑："就只是这样?"

见陈平安点头，他还是有些犹豫："死皮赖脸磨着我太爷爷提笔、真正用心绘画可不容易，他老人家脾气古怪，我们披麻宗上上下下都领教过的，他总说画得越用心越神似，那么给世间庸俗男子买了去，便越是冒犯那八位神女。"

陈平安点点头："心诚则灵，没有这份虔诚打底子，你太爷爷可能就画不出那份神韵了，不然所谓的丹青圣手，临摹画卷纤毫毕现有何为难？可为何还是你太爷爷一人最得神妙？就因为你太爷爷心境无垢，说不定那八位神女当年都瞧在眼里呢，心神相通，自然妙笔生花。"

庞兰溪眨了眨眼睛：这到底是实诚话，还是拍马屁？

府邸之外，一位身材高大、腰间悬笔砚的白发老人转头望向一位身为披麻宗老祖的至交好友，后者正收起手掌。

白发老人问道："以这娃儿的境界，应该不晓得我们在偷听吧？"

老祖笑道："我帮你掩了气机，应该不知道。不过世间术法无数，未必没有意外。只看他能够逃出鬼蜮谷，就不可以常理揣度。"

白发老人抚须而笑："不管如何，这番话，深得我心。"

披麻宗老祖正是先前追随姜尚真进入壁画秘境之人，他问道："真舍得卖?"

庞兰溪的太爷爷庞山岭年轻时曾有宏愿，要画尽天下壮观山岳，只是后来不知为何在披麻宗落脚扎了根。庞山岭小声问道："咱们再看看？我倒想听一听，这外乡小子会如何为兰溪指点迷津。"

老祖皱眉不悦道："人家是客人，我先前是拗不过你才施展些许神通，再偷听下去，不符合咱们披麻宗的待客之道。"

庞山岭瞪眼道："兰溪已经丢了骑鹿神女的福缘，若是再在情关上磕磕碰碰，我倒要看看兰溪的师父会不会将你骂个狗血淋头！"

老祖嗤笑道："他骂人的本事是厉害，可我打人的本事不比他更厉害？他哪次不是骂人一时爽，床上一月躺。"

庞山岭突然笑道："回头我送你一套硬黄本神女图，当得起'妙笔生花'四字美誉。"

老祖抬起手掌，掌观山河，微笑道："就等你这句话了。忒磨蹭，不爽快。"

只是他很快就收起神通，庞山岭疑惑道："为何?"

老祖笑道："对方不太乐意了，咱们见好就收吧，不然回头去宗主那儿告我一记刁状，要吃不了兜着走。鬼蜮谷内闹出这么大动静，好不容易让那高承主动现出法相，宗主不但自己出手,咱们还动用了护山大阵,竟是才削去他百年修为,宗主这趟返回山头,心情一定糟糕至极。"

庞山岭有些忧心。这两天鬼蜮谷已经与外界彻底隔绝,虽说祖师堂内的本命灯都还亮着,这就意味着披麻宗青庐、兰麝两镇的驻守修士都无伤亡。可是天晓得那个高承会不会一怒之下干脆与披麻宗来个鱼死网破,骸骨滩与鬼蜮谷对峙千年的格局就要被瞬间打破,到时祖师堂里就是一盏盏本命灯相继熄灭的惨淡下场,并且熄灭的速度一定会极快。宗主竺泉也好,金丹杜文思也罢,以披麻宗修士的风格,说不得本命灯率先熄灭的反而就是他们这些大修士。

那位老祖猜出了庞山岭心中所想,笑着安慰道:"此次高承伤了元气,必然暴怒不已,这是情理之中的事情,但是鬼蜮谷内还是有几个好消息的:先前出剑的正是白笼城蒲襈,再有神策国武将出身的那位元婴英灵一向与京观城不对付,先前天幕破开之际,我看到他似乎也有意插上一脚。别忘了,鬼蜮谷内还有那片桃林,那一寺一观的两位世外高人也不会由着高承肆意杀戮。"

庞山岭微微点头:"希望如此吧。"

府邸内,庞兰溪不管了,还是他那青梅竹马的杏子最要紧,说道:"好吧,你说,不过必须是我觉得有道理,不然我也不去太爷爷那边讨骂的。"

陈平安先是抬起双手抱拳,示意外边的仙师高人莫要得寸进尺了,然后一只手轻轻抚过那本兵书。他是离开鬼蜮谷后才发现捉妖大仙精心收集的书大多保养得当,品秩不俗,都是得以存世千年的善本珍本乃至孤本,便心情大好,开始为眼前少年解惑:"兰溪,你觉得自己跻身金丹境,成为一位凡夫俗子眼中的陆地神仙,难不难?"

庞兰溪诚恳说道:"陈平安,真不是我自夸啊,金丹容易,元婴不难。"

陈平安点点头。这几天通过与旁人交流,大致知道了庞兰溪在披麻宗的分量,极有可能是当作一位未来宗主栽培的,至少也该是一个执掌披麻宗大权之人。而且庞兰溪天资卓绝,心思纯澈,待人和善,无论是先天根骨还是后天性情都与披麻宗无比契合。这就是大道奇妙之处,庞兰溪若是生在了书简湖,同样的一个人,可能大道成就便不会高,因为书简湖反而会不断消磨庞兰溪的原本心性,以至于连累他的修为和机缘,可在披麻宗就是如鱼得水,仿佛天作之合。大概这就是所谓的一方水土养一方人,有些人怨天尤人可能也非全然没有自知之明,是真有那时运不济的。

庞兰溪见陈平安开始发呆,忍不住提醒道:"陈平安,别犯迷糊啊,一两套廊填本在朝你招手呢,你怎么就神游万里了?"

陈平安道一声歉,然后问道:"你是注定可以长寿的山上神仙,你那位杏子姑娘却是山下的市井凡人,你想过这一点吗?寻常女子到四十岁便会有些白发,甲子岁数兴许就已经是一个白发苍苍的老妪,到时候你让那位杏子姑娘如何面对一个可能还是少年风貌或者至多才弱冠模样的庞兰溪?"

庞兰溪心一紧,喃喃道:"我可以故意顺天时人和,不让那容貌常驻,一样变成白发老翁的。"

陈平安摇摇头道:"你错了又错。"

庞兰溪抬起头,一脸茫然。

陈平安说道:"且不说到时候你的老翁皮囊依旧会神华内敛、光彩流转,你有设身处地地为那个心心念念的杏子姑娘好好想一想吗?有些事情,你如何想,想得如何好,无论初衷如何善意,结果就当真一定是好的对的吗?你有没有想过,给予对方真正的善意,从来不是我们一厢情愿的事情?"

庞兰溪欲言又止,陈平安缓缓道:"当时在壁画城,我与你们只是一个萍水相逢的过路客,她既然会让你追出铺子提醒我要多加小心,这般心善,定然是一位值得你去喜欢的好姑娘。先前我观察你们二人,大致看得出来,杏子姑娘是心思细腻又能心境宽阔之人,极其难得了,故而与你相处并不会因为你们身份悬殊而自惭形秽。你真的知道,这份心境,有多难得,有多好吗?"他摇摇头,"你不知道。"

庞兰溪怔怔无言,嘴唇微动。

陈平安说道:"所以这些年,其实是她在照顾你的心境,希望你安心修行,在山上步步登高。如果我没有猜错,每次你难得下山去铺子帮忙,你们分别之际,她一定不会当面流露出太多的恋恋不舍,你事后还会有些郁闷,担心她其实不像你喜欢她一样喜欢你,对不对?"

庞兰溪有些眼眶发酸,紧紧抿起嘴唇。陈平安叹了口气,取出一壶酒,不是什么仙酿,而是龙泉郡远销大骊京畿的那种家乡米酒。他轻轻喝上一口:"你从来不曾真正想过她的想法,却一心觉得自己要怎么做,这样好吗?"

庞兰溪摇头:"不好,很不好。"

"所以说,这次壁画城神女图没了福缘,铺子可能会开不下去,你只觉得是一桩小事,因为对你庞兰溪而言,确实是小事,一间市井铺子一年盈亏能有几枚小暑钱?而你庞兰溪一年光是从披麻宗祖师堂领取的神仙钱又有多少?但是,你根本不清楚,一间恰好开在披麻宗山脚下的铺子对于一个市井少女而言是多大的事情,没了这份营生,哪怕只是搬去什么奈何关集市,对于她来说,难道不是天崩地裂的大事吗?"陈平安又喝了一口酒,嗓音轻柔醇厚,说的话也如酒一般,"少女的想法大概总是要比同龄少年更长远的,怎么说呢,两者区别,就像少年的想法是走在一座山上,只看高处,少女的心思却是一条蜿蜒小河,弯弯曲曲流向远方。"

庞兰溪使劲皱着脸,不知是想起了什么伤心的画面,只是想一想,便让这位原本无大忧无远虑的少年郎揪心不已,眼眶里已经有泪水在打转。

陈平安看了他一眼，轻轻叹息。可谓道心坚韧，看似生了一副铁石心肠的宫柳岛刘老成，不也曾在情之一字上摔了个天大的跟头？他突然笑了起来："怕什么呢？如今既然知道了更多一些，那以后你就做得更好一些，为她多想一些。实在觉得自己不擅长琢磨女儿家的心思，那我就教你一个最笨的法子：与她说心里话。不用觉得不好意思，男人的面子，在外边，争取一次别丢，可在心仪女子那儿，无须处处事事时时强撑的。"

庞兰溪点了点头，擦了把脸，灿烂笑道："陈平安，你咋知道这么多呢？"

到底是修道之人，点破之后，如摘去障目一叶，庞兰溪心境复归澄澈。

陈平安扬起手中的酒壶，晃了晃："我走江湖，我喝酒啊。"

庞兰溪好奇问道："酒真有那么好喝？"

陈平安不言语，只是喝酒，依旧耐心等待鬼蜮谷的消息。

其实有些事情，陈平安可以与少年说得更加清楚，只是一旦摊开了说那脉络，就有可能涉及大道，这是山上修士的大忌讳，陈平安不会越过雷池。再者，少年少女情爱懵懂，迷迷糊糊的，反而是一种美好，何必敲碎了细说。

庞兰溪告辞离去，说至少两套硬黄本神女图没跑了，只管等他好消息便是。

陈平安在庞兰溪即将走出院门的时候突然喊住他，笑道："对了，你记住一点，我与你说的这些话，如果真觉得有道理，去做的时候，还是要多想一想，未必听着不错的道理就一定适合你。"

庞兰溪摆摆手，笑道："我又不是真的蠢笨不堪，放心吧，我会自个儿琢磨的！"

陈平安便起身绕着石桌练习六步走桩，直练到暮色四合方才停下，转头望去。

先前骸骨滩出现白骨法相与金甲神祇的那个方向有一道身影御风而来，当是宗主竺泉。当一位地仙跻身上五境后，与天地"合道"，御风远游之际，便能够悄无声息，甚至连气机涟漪都近乎没有。而此时竺泉惹出了这么大的动静，要么是故意示威，震慑某些潜伏在骸骨滩蠢蠢欲动的势力，要么是已经身受重创，导致境界不稳。

那道身影掠入木衣山后，一个骤然急停，然后如一支箭矢激射这座半山腰府邸，小院之内顿时罡风紊乱，吹拂得陈平安两袖作响。

他抱拳道："谢过竺宗主。"

竺泉摆摆手，坐在石桌旁，瞧见了桌上的酒壶，招招手道："真有诚意，就赶紧请我喝一壶酒解解馋。"

陈平安坐在对面，取出一壶米酒："只是家乡米酒，不是山上仙酿。"

竺泉揭开泥封，仰头痛饮一大口，抹了把嘴，道："是淡了些，不过好歹是酒不是水。"

她瞥了眼安静坐在对面的年轻人，又问："你与蒲骨头相熟？你先前在鬼蜮谷的游历过程，哪怕是跟杨凝性一起横冲直撞，我都不曾去看，不晓得你到底有多大的能耐，可以让蒲骨头为你出剑。"

陈平安摇头道:"不熟。准确说来,还有点过节。在乌鸦岭,我与范云萝起了冲突,是蒲禳拦阻我追杀。后来他又主动现身找了我一次,我见他青衫仗剑,便问他为何不觊觎我背后的长剑。"

竺泉嘴上说这米酒寡淡,可也没少喝,酒壶很快就见了底。她将酒壶重重拍在桌上,问道:"那蒲骨头是咋个说法?"

陈平安笑而不言,竺泉哎哟一声:这俩还真是一路货色?咋的,穿了青衫,都用剑,然后就了不起了?

竺泉又瞥了眼酒壶:算了,都喝了人家的酒,还是要客气些。再说了,有姜尚真那狗屁在前,任何一个外乡男子在竺泉眼中都是花儿一般的大好男儿。何况眼前这个年轻人先前以"大骊披云山陈平安"作为开场白,那桩买卖,竺泉还是相当中意的。披云山竺泉自然听说过,甚至那位大骊北岳正神魏檗都听过好几回。没法子,披麻宗在别洲的财路就指望着那条跨洲渡船了。而且这个陈平安的第二句话竺泉也信,说那牛角山渡口他占了一半,所以往后五百年披麻宗渡船靠岸停泊都不用开销一枚雪花钱,竺泉觉得这笔"老娘我反正不用花一枚铜板"的长久买卖绝对做得!这要传出去,谁还敢说她这个宗主是个败家娘儿们?只是竺泉还是有些气闷,眼前这家伙太像自己的死对头蒲骨头了。她笑道:"其实你是多此一举了,先前你找到我,根本无须给出条件来,只要是针对北边的,别说是京观城,便是任何一个我看不顺眼的骨头架子,我都会出手拦阻。你这会儿心疼不心疼?是不是小心肝儿颤悠悠了?"

陈平安微笑道:"竺宗主豪气仗义,这是披麻宗的大宗风范,可我一个客人、一个晚辈,不能不会做人,该有的礼数还是要有的。"

竺泉揉了揉下巴:"话是好话,可我咋就听着不顺耳呢?"

陈平安又取出一壶酒,竺泉点头笑道:"话是不顺耳,却瞧你顺眼多了。"

陈平安则拿起先前那壶尚未喝完的米酒,缓缓而饮,竺泉瞥了眼他那磨磨叽叽的喝酒路数,摇摇头,就又不顺眼了。

"不用再拿酒出来了。"她喝完第二壶酒,将空酒壶放在桌上,"蒲骨头这次是真惹恼了京观城,接下来不会太好受,不过那家伙反正从来不在意这些。高承也烦他,打吧,不出全力还不行,可往死里打,虽然也能真的打死他,但是京观城就要伤一些元气;不打又不行,毕竟高承这次是丢光了面子,先是杀你不成,还给姜狗贼那张破网拽住了半天,等到退回鬼蜮谷,你猜如何?又不舍得将那全是雪花钱的破网扯个稀巴烂,只能捏着鼻子收起来。哈哈,高承在骸骨滩成名之前兴许做惯了这类勤俭持家的勾当,成名之后,不承想还有这一天!姜尚真这烂蛆黑心大色坯,这辈子竟然还能做一件好事。"

竺泉觉得大快人心,大笑不已,便自然而然一伸手。陈平安心中叹了口气,取出第三壶米酒放在桌上。竺泉这回喝得很小口,约莫是觉得再跟人讨要酒喝,就说不过去了,得省着点。

果然是那位京观城城主,鬼蜮谷最强大的英灵。先前陈平安决意要逃离鬼蜮谷之际也有一番猜测,将北方所有《放心集》记录在册的元婴鬼物都仔细筛选了一遍,京观城高承自然也想到了,但是觉得可能性不大。因为就像白笼城蒲襀或是大圆月寺、小玄都观两位高人,境界越高,眼界越高。陈平安在黑河之畔说出的那句"能证此果,当有此心"其实适用范围不窄,当然,野修除外。再就是世间多意外,没有什么必然之事,所以陈平安哪怕觉得杨凝性所谓的北方窥探,京观城高承的可能性最小,仍是将他视为假想敌!不然陈平安都已经置身于青庐镇,竺泉就在几步路的地方结茅修行,还需要花费两张金色材质的缩地符,破开天幕离开鬼蜮谷?并且在这之前,他就开始认定青庐镇藏有京观城的眼线,故意多走了一趟铜臭城。这个自救之局,从抛给铜臭城守城校尉鬼将那枚小暑钱开始就已经在悄然运转了。

其实在陈平安内心深处,已经勉强找出了一条伏线、一条脉络。在这条线上会有诸多关键的节点,例如杨凝性在悬崖铁索桥说出自己的感应,例如黑河之畔,老僧望向对岸,佛唱一声,说了一句看似随口而言的"回头是岸",以及进入照理说是鬼蜮谷最安稳的青庐镇后反而无法落笔画符,那种连剑炉立桩都做不到的心神不宁极为罕见。若是再往前推,便是壁画城的神女天官图福缘,骑鹿神女走出画卷去往摇曳河渡口化作老妪试探自己。壁画城可谓是陈平安涉足北俱芦洲的第一个落脚点!

杨凝性炼化为芥子的纯粹恶念,书生在水边祠庙曾有无心之言,说他一次都没有赢过陈平安。

世间事,从来福祸相依,陈平安对此感触极深。若是心神一味沉浸在福运绵长之中,后果是什么?

此时此刻,陈平安哪怕已经远离鬼蜮谷,身在披麻宗木衣山,仍是有些后怕。

试想一下,若是在铜臭城当了顺风顺水的包袱斋,一般情况下,自然是继续北游,因为尽管先前一路上风波不断,却皆有惊无险,反而处处捡漏,虽没有天大的好事临头,却也好运连连,这里挣一点,那里赚一点,他陈平安仿佛就是靠着自己的谨慎加上"一点点小运气"得到了这些,这似乎就是最惬意、最无凶险的一种状态。

他眯起眼,一口喝光了壶中米酒。

竺泉瞥了眼陈平安身后背负的那把长剑,轻轻摇头,觉得应该不是此物。京观城高承虽然是披麻宗的宿敌,可历代披麻宗宗主都承认这位鬼蜮谷英灵共主不论是修为还是胸襟都不差,可谓鬼中豪杰。所以即便陈平安真背着一把半仙兵,高承都不至于如此垂涎三尺,更不会如此气急败坏。

竺泉难得打腹稿,酝酿了一番措辞后,说道:"你为何会惹来高承的针对,我不问,你更不用主动说,这是你们之间的恩怨。当然,与高承和京观城厮杀搏命,历来就是我们披麻宗修士的分内事,生死无怨,你同样无须因为此次是在我木衣山躲灾,就觉得往后一定要掺和一脚,帮个忙还个人情什么的,没必要,你我皆无须如此客套。"

陈平安点头道:"好的。"

竺泉笑道:"好小子,真不客气。"

鬼蜮谷桃林,小玄都观内。

观主老道人站在那棵参天桃树下,脚边水雾弥漫,如同缓缓摊开了一幅巨大山水画卷。当画卷上出现一个书生走入铜臭城中,去参加如同儿戏的科举,手捧拂尘的"小道童"徐㥪心中悚然,颤声道:"师父,这是传说中的光阴长卷走马图?"

老道人点点头:"大源王朝崇玄署云霄宫的掌教亲自手书一封送来咱们小玄都观,要为师帮着杨凝性护道一程,好事做到底,为师便绘制了这幅画卷。不过你放心,这只是真正走马图的摹本,代价不会太大,旁人只能观看三次,之所以给你看一遍,就是要你观道一二,他山之石可以攻玉,所以你看仔细了。"

徐㥪震惊道:"那位崇玄署小天君反正有他哥哥在宝镜山取物,他自己不过是来鬼蜮谷游玩一般,何须如此?"

老道人笑道:"一开始为师也疑惑,只是猜测多半涉及大道之争。等你自己看完这幅画卷,真相就会水落石出了。"

徐㥪瞪大眼睛,不愿错过画卷中任何一个细节。只是那杨凝性在铜臭城的所作所为实在不堪入目,如果这幅画卷不是走马图,徐㥪都要觉得师父小题大做,云霄宫掌教更是瞎操心了。可当徐㥪看到剥落山避暑娘娘被书生化作黑烟一口吞下,而墙头之上蹲着那个年轻剑客,神色就有些凝重起来。

此后种种,徐㥪看得心惊胆战,心思起伏不定。

当脚下那幅山水画卷终于落幕,变成一卷画轴被老道人轻轻握在手中,他笑道:"有何感想?"

徐㥪汗颜道:"若弟子是那个……好人兄,不知道死在杨凝性手上几回了。"

老道人点点头:"你要是此人,更逃不出鬼蜮谷。"

徐㥪想起先前青庐镇的动静,以及随后名副其实的神仙厮杀,有些灰心丧气。

老道人看着这个得意弟子,微笑道:"怎么,这就觉得自己不如他人了?若是为师与你说这个外乡游侠的真实年龄不过二十岁出头,你是不是还要一头撞死在桃树下?"

徐㥪额头渗出细密汗水,老道人摇头叹息道:"痴儿。在福缘凶险共存的命悬一线中,次次搏那万一,真就是好事?深陷红尘,因果缠身,于修道之人而言何其可怕。退一步说,你徐㥪如今便真是不如此人,难道就不修行不悟道了?那么换成为师,是不是一想到高处有那道祖,稍低一些,有那三脉掌教,再低一些,更有白玉京内的飞升仙人,便要心灰意冷,告诉自己罢了罢了?"

徐㑚抬起头,眼神茫然,老道人屈指轻扣他额头:"我们道人修的是自家功夫自家事,大敌唯有那草木荣枯、人皆生死的规矩牢笼,而不在他人啊。他人之荣辱起落与我何干?在为师看来,兴许真正的大道是争也不用争的,只不过……算了,多说无益。"

徐㑚退后一步,打了一个稽首:"师父,弟子有些明白了。"

老道人欣慰点头:"足矣。"

原本每一幅壁画皆是一扇门扉的仙家秘境内,随着八幅壁画都成为白描图,这座仙家洞府的灵气也失去大半,沦为一处洞天不足、福地有余的寻常秘境,虽说还是一块风水宝地,但是再无惊艳之感。

姜尚真再次行走其中,很是失落。他以本命物柳叶斩开天幕重返骸骨滩后,没有就此离开北俱芦洲,而是悄悄来到了这里。

有些事情,不想个明白,总是心痒痒。而且躲在这里,一箭双雕,一是比躲在木衣山更安全,二是他担心与那贺小凉交恶后,后遗症会比较可怕,那个心狠手辣的娘儿们可是个福缘深厚到吓人的主,一旦恨上了自己,极有可能只要他姜尚真在一般的北俱芦洲地界,就要莫名其妙遭殃,大祸不至于,可一定会很恶心人就是了,比如他当下就很担心自己在骸骨滩或是木衣山随便一露头就要遇上某个云游南方的老姑娘,对着自己一把鼻涕一把泪倾诉衷肠。

只是姜尚真躺在这处秘境的花丛中想,坐在被褥锦绣的床榻上想,趴在犹有余香的梳妆台上想,坐在仙子姐姐们定然趴过的高楼栏杆上想,终究还是没能将某些事情想透彻,仿佛眨眼工夫,就约莫有三天光阴过去了。

想不通,就问嘛。姜尚真便驾驭本命物,在一处门扉处笃笃笃敲击不断,很快就敲来了那位熟面孔的披麻宗老祖。他一见到姜尚真就气不打一处来,怒喝道:"还不滚蛋?!我们披麻宗没狗屎给你吃!"

姜尚真坐在一处栏杆上,俯瞰那个暴脾气的老家伙,嬉皮笑脸道:"别介啊,有话好好说,我如今可是你们披麻宗的盟友……"

那披麻宗老祖也不废话,就要开打。姜尚真赶紧举起双手,一本正经道:"我有事找你们宗主,当然还有那个待在你们山上的客人,最好是让他们来这边聊聊。"

老祖已经驭出本命物,看架势,不像是舒展筋骨那么简单。

姜尚真双手轻轻拍击栏杆,无奈道:"这里可是你们披麻宗的一处珍贵家业,打来打去,还不是你们的损失?"

老祖冷笑不已,当那块本命木牌出现后,四周已经站立有四尊天王像神祇,四肢缓缓而动,金光不断凝聚于眼眸中。

姜尚真就怕北俱芦洲修士玩这一出，都是管他娘的把架先干了再说。若是当年，他还真就吃这一套，不过是金丹境却敢自称主动惹事的本领第一、打架骂人的功夫第一、见机不妙就跑路的能耐第一，自诩为"三魁首"。可这趟北俱芦洲之行，姜尚真是没打算重出江湖的。他瞥了眼高处，松了口气。

秘境高空的一处云海中，再次出现宗主竺泉的绣花鞋，起先大如山丘，遮天蔽日，只是落地瞬间就恢复正常身材。

竺泉身边还有陈平安，两人出现在这栋高耸阁楼的顶层廊道中。

竺泉让那位老祖返回木衣山，老祖骂骂咧咧，收起本命物和四尊天王像神祇。

姜尚真哈哈大笑，跳下栏杆："小泉儿，都说一日不见如隔三秋，咱们相当于十年没见面了，想不想我？我知道，一定是半点都不想的，对不对？"

竺泉懒得正眼看他一下，对陈平安说道："放心，一有麻烦我就会赶过来。宰掉这个色坯，我比踏平京观城还要来劲。"

姜尚真不以为意，斜靠栏杆，以手作扇，轻轻扇风，笑眯眯道："小泉儿真是一如当年，十分活泼可爱了。"

竺泉一闪而逝，由那云海返回木衣山。

等他一走，姜尚真大袖一挥，一件又一件的奇怪法宝出现，竟是直接封禁了直通木衣山的云海大门与其余八扇壁画小门。云海里传来竺泉嗓音模糊的一声"姜尚真你找砍是不是"，然后云海震动不已，估计是竺泉开始在木衣山砸门了。

姜尚真又挥了挥袖子，不断有件件光彩流转炫目的法宝飞掠出袖，将那云海大门彻底堵死，然后高声发誓道："我如果在这里行凶，一出门就给你竺泉打死，成不成？"

陈平安对此无动于衷，自己拎一壶酒，朝姜尚真抛出一壶，说道："谢了。"

姜尚真再无先前的玩笑神色，感慨道："我很好奇，你猜到是谁对你出手了吗？"

陈平安笑道："不是高承吗？"

姜尚真破天荒没有开玩笑，只是凝视着他。

陈平安轻轻跳起，坐在栏杆上，姜尚真也坐在一旁，各自喝酒。

陈平安说道："你这么问，我就真的确定了。"

姜尚真疑惑道："那我就更纳闷了，我通过各种门路查询过你的过往，照理说，你与她是不会有如此之深的瓜葛才对。"

陈平安先说了一句题外话："竺宗主先前跟我说，白笼城蒲禳向高承出剑后，回了她一句'剑客行事，天地无拘束'，说得真是太好了。"

姜尚真喝了一大口酒，腮帮微动，咕咚作响，好似漱口一般，然后一仰头，一口咽下。接着又仰头灌了一口酒，还是不着急吞入腹中。

不过是丢了一张价值七八十枚谷雨钱的破网在那鬼蜮谷，但是从头到尾看了这么场好戏,半点不亏。跟我姜尚真谈钱不钱的,是在羞辱我吗?

"之所以跟贺小凉牵连不清……"陈平安面无表情,缓缓道,"是因为陆沉那个王八蛋坑了我。"

姜尚真一口酒喷出去,赶紧抹了抹嘴,苦兮兮道:"就算在这仙府遗址当中,直呼圣人名讳也是不妥当的。"

陈平安笑道:"有些恩怨,多骂几句少骂几句,改变不了什么。"

"陈平安,你与我说句掏心窝子的话。"姜尚真眨了眨眼睛,抬了抬屁股,指了指头顶,"那位,是一定要弄死你?"

陈平安摇摇头:"没那么夸张。旧账差不多已经清了,人家那么大一位掌教老爷,也没那么多闲工夫搭理我,不过肯定看我不顺眼就是了,所以将来要不要去青冥天下游历,我很犹豫。"

浩然天下的九洲,还有其余三座天下,他是想都要走一遍的。

姜尚真这才坐回栏杆。要是陆沉铁了心针对陈平安,他就乖乖跑回东宝瓶洲书简湖当缩头乌龟了,反正那边湖大水深的,不当乌龟王八难道还当出林鸟?荀老儿可是念叨一万遍了,到了书简湖要赶紧入乡随俗,当一条地头蛇,别把自己当什么过江龙。

陈平安说道:"知道有些事情你不会掺和,那你就只说点能说的?"

姜尚真抿了一口酒,点头道:"高承野心很大,是能够吓死人的那种,竟然想要在鬼蜮谷打造出一座介于阳间、阴间之间的酆都冥府,人之生死循环,都在此地产生。这事一旦给他做成了,有两个天大的利好,一是将鬼蜮谷风水逆转,升为一处类似完整洞天福地的奇境,再不是什么小天地,天、地、人三道齐备,真正诞生出日升月落、四时有序、节气循环的大千气象,高承就是这里名副其实的老天爷,比那坐镇一方小天地的所有圣人还要高出一筹,说不定还可以一步登天,直接从玉璞境迅速跨过仙人境跻身飞升境,到时候……就类似世间那几位屈指可数的古怪存在了,真正得到一份大逍遥,破开了天地牢笼,能杀死他的,极有可能因为看得太高太远,未必出手,而真正想杀死他的,却做不到。"

"再就是此后任何战事杀伐,即便被披麻宗死死压制在鬼蜮谷内,高承和京观城都算稳稳立于不败之地,甚至每战死一位披麻宗修士,就等于为鬼蜮谷多出一份底蕴。若是木衣山祖师堂再出点状况,不小心被高承率军杀出骸骨滩,殃及北方摇曳河沿途王朝、藩属,到时候别说修士不足两百人的披麻宗,就是南方几座'宗'字头仙家联手也讨不到半点便宜。"姜尚真双指拎住酒壶脖子轻轻晃荡,缓缓道,"所以,高承此举是很犯忌讳的事情。但是高承能够从一个寂寂无名的普通步卒走到今天这一步,自然不是傻子,行事会极有分寸,步步为营。我猜测他百年之内只会极其克制,吃掉一个披麻宗就收手,然后在千年之内,远交近攻,纵横捭阖,争取再吞并掉一个'宗'字头仙家,徐徐图之,京观城就能够越来越名正言顺。"

姜尚真继续道:"儒家书院到底会如何做,难说,规矩实在太多,经常自己打架,一来二去,很多局面就会木已成舟。故而在这期间,真正会与高承死磕的势力其实就两个,一个是披麻宗,一个是佛家,毕竟别人在人间打造酆都,擅自开辟六道轮回,是佛家绝对不愿意见到的。至于北俱芦洲的道家,大源王朝崇玄署的云霄宫杨氏以及天君谢实,未必就那么憎恶高承的所作所为,估计会坐山观虎斗,任由高承和北俱芦洲的佛家势力相互消磨,尤其是后者,至于缘由,你应该已经知道了,我就不多说了。"

最后,姜尚真笑道:"那句'飞剑留下',是高承自己喊出口的。"

陈平安叹了口气,低头看了眼养剑葫,想起之前的一个细节:"明白了,我这叫稚子抱金过市,刚好撞到京观城高承的怀里去了。难怪高承如此恼火,如果不是木衣山祖师堂启动了护山大阵,估计我即便逃出了鬼蜮谷,一样无法活着离开骸骨滩。"

姜尚真摆手道:"什么稚子,你无须如此瞧不起自己,换成匹夫怀璧这个说法更准确一些。"

陈平安问道:"你说现在高承打算做什么?"

姜尚真笑道:"估计在京观城扎草人吧。福缘一旦错过,再想抓住,比登天还难。这种事情,很难用道理讲清楚。不过山上人,不信不行,越老越信。所以你现在反而不用太过担心,大难不死必有后福。"

陈平安苦笑道:"我现在都不敢离开木衣山,更不敢穿过骸骨滩往北走,天晓得高承会不会偷偷溜出鬼蜮谷给我来上一刀。"

姜尚真正要解释一二,陈平安突然望向远方,眼神晦暗:"如果换成我是高承,陈平安只要还敢游历北俱芦洲,肯定会死。"

姜尚真一时间有些无话可说。说多了,劝着陈平安继续游历北俱芦洲,好像自己心怀叵测一样。

陈平安转头笑道:"姜尚真,你在鬼蜮谷内为何要多此一举,故意与高承结仇?如果我没有猜错,按照你的说法,高承既然如此枭雄心性,极有可能会跟你和玉圭宗做买卖,你就可以顺势成为京观城的座上宾。"

姜尚真微笑道:"那应该就是我意气用事了。我这人最见不得女子受人欺负,也最听不得蒲禳那种教人毛发悚然的豪言壮语。"

陈平安递过酒壶,姜尚真拿酒壶与之轻轻磕碰,各饮一口酒。

而后,姜尚真突然问道:"你觉得竺泉为人如何,蒲禳为人又如何?还有这披麻宗脾气如何?"

陈平安说道:"心神往之。"

姜尚真点点头:"如果,我是说如果,你还要继续游历北俱芦洲,就一定要小心了,这地方，确实就是有竺泉、蒲禳这样的存在，可也有为人看似与竺泉、蒲禳如出一辙，实则比我还要油滑、险恶许多的厉害货色。我在北俱芦洲吃过两次最大的亏，其中一次就是如此，差点送了命还帮人数钱，转头一看，原来戳刀之人竟是在北俱芦洲最要好的那个朋友。那种我至今记忆犹新的糟糕感觉，怎么说呢，很窝囊，当时脑子里闪过的第一个念头不是什么绝望、愤怒，竟是我是不是哪儿做错了，才让那个朋友如此作为。"

陈平安说道："我会注意的。"

姜尚真叹了口气，苦着脸，可怜巴巴道："如果早点知道你与那位是有仇的，我打死都不会跑这趟鬼蜮谷，我干吗来了。"

陈平安有些想笑，但觉得不太厚道，就赶紧喝了口酒，将笑意与酒一起喝进肚子。

姜尚真晃了晃脑袋，想起一事："告诉你一个不太好的消息，那个云霄宫的天生道种以斩三尸手段最后留下的那粒恶念芥子，虽然在你这儿是一路吃瘪，可是人家没耽误正事，小玄都观的老道人应该是帮他护道了一程，而且最后还拿到了老龙窟那对相当值钱的金色蠃鱼——在老鼋手上饲养近千年，之前又至少存活一千五百年，是一桩不算小的机缘。你可别觉得无所谓，能让我评价为'相当值钱'的玩意儿，那是真值钱。看那小子的运道，可谓正值鼎盛时期，若是在大源王朝，你又遇上他，应付起来就会更加吃力了。"

陈平安说道："相较于京观城高承，这些都不算什么。"

又问："你是如何知晓杨凝性根脚的？你都多少年没来北俱芦洲了。"

姜尚真哈哈笑道："陈平安，你知道在这北俱芦洲，我有多少红颜知己吗？几乎每隔百年就会有么一两个去玉圭宗找我，甚至还有一个专门跑到了云窟福地。最难消受美人恩，莫过于此，所以北俱芦洲的事情，我了如指掌。"

陈平安斜瞥他一眼："男子被很多女子喜欢当然是一种本事，可男子如果能够用心专一，那才是真正的本事。"

姜尚真摆摆手："道不同不相为谋，天底下能够让我姜尚真专一不移的事情，这辈子唯有花钱而已。"

陈平安回头看看自己这趟鬼蜮谷之行，真是拼了小命在四处逛荡捡漏，比野修还野修，将脑袋拴在裤腰带上挣钱了，结果你姜尚真跟我讲这个？

他很快又想起一事，从咫尺物当中取出那件从杨凝性身上扒下来的百睛饕餮法袍。姜尚真所谓的小玄都观老道人护道一事，应该就是当时杨凝性在铁索桥崖畔退回心神之前那一下古怪的眼神偏移，当时陈平安就觉得不对劲，多半是杨凝性已经察觉到老道人的存在，不太能确定老道人的初衷是善是恶。

姜尚真瞥了眼法袍，点点头，大概是还算入了他的法眼，缓缓道："暂时比你身上穿着的这件青衫法袍的品秩略好些，但是底子好了无数。它丑是丑了点，但是可以成长，如那世间草木逢甘霖便可生长，这就算灵器当中最值钱的那一小撮了。你当年在桐叶洲穿的那件，还有隋右边手中的那把剑皆是如此，不过又各有高低，如修士升境差不多，有些资质撑死了就是乌龟爬到金丹，有些却是元婴，甚至成为上五境。三者之中，你当年那件雪白法袍潜力最大，半仙兵往上走；隋右边的剑随后，有机会成为半仙兵里边比较好的；这件你顺来的法袍，至多半仙兵，而且还慢，消耗还大。"

意外之喜。本以为这件与春草法袍和雪花法袍差不多，不承想品秩还能往上走。以后行走江湖，覆了面皮，穿上这件法袍，估计当起野修来就更得心应手了。

陈平安从法袍袖中掏出那三张符箓，笑道："我只看得出是云霄宫的秘制符箓，但是真实渊源和具体用处以及威力大小一概不知。你给掂量掂量，大概能值多少钱？"

姜尚真接过手去："碧霄府符，山岳符旁支，是崇玄署的拿手好戏之一。玉清光明符，气势很足，范围不小，只不过杀力平平，如果只是拿来吓唬人，很不错。最后这张云霄斩勘符才是真正的好东西，符胆蕴含四粒神性光芒，便是我也有些心动。不过呢，好的符箓不是落在谁手里都能用的，需要一道道'开门'的秘诀，尤其是这斩勘符，更是云霄宫杨氏秘传中的秘传。巧了，我与云霄宫一位女冠姐姐情比金坚，双方日夜坦诚相对……"他突然转头望去，脸色古怪。

陈平安没有拿回去的意思，小口饮酒："知道三张符箓肯定还是比不得你那张网值钱，你就当是聊胜于无吧。"

姜尚真一巴掌将三张符箓拍在栏杆上，哈哈笑道："省省吧，拿走拿走，我挣钱花钱，天地无拘束！豪杰本色，半点不比那蒲骨头逊色。"

陈平安转头望向姜尚真："真不要？我可是尽了最大的诚意了。我不比你家大业大，从来是恨不得一枚铜钱掰成八瓣花的。"

姜尚真哀叹道："天地良心。"

陈平安以迅雷不及掩耳之势取回三张符箓，连同法袍一并收入咫尺物，微笑道："那你就好人做到底，快将这几张符箓的开门口诀细细说来。"

姜尚真也无任何不快神色，反而笑意更浓，一五一十将那符箓开门之术以心湖涟漪详细告知陈平安。陈平安又取出一根从积霄山挖掘而来的金色雷鞭，有手臂长短，问："此物品秩、价值如何？"

姜尚真说道："雷池外溢的脉络显化之物，适宜炼化为打鬼鞭，跟青神山竹子打造而成的打鬼鞭并称世间双绝，天生压胜成道于地底的精怪鬼魅。只不过也看雷池与青神山绿竹的自身品秩，积霄山雷池还是差了点，换成倒悬山那座的话，你手中此物无须炼化就是一件先天法宝了，现在嘛，只是品秩较好的先天灵器而已。再者，这物件还是小了点，换成我，都不太乐意弯腰从地上捡起来。"

陈平安心中大致有数了，有机会将那根最长的雷池脉络金鞭炼化成一根行山杖，自己先用一段时间,以后返回东宝瓶洲,刚好送给自己的那位开山大弟子。金灿灿的,瞧着就讨喜,师父喜欢,弟子哪有不喜欢的道理?

姜尚真笑眯眯道:"在这鬼蜮谷,你还有哪些最近得手的物件,一并拿出来让我帮你掌掌眼?"

陈平安犹豫了一下,还是将避暑娘娘珍藏悬挂在闺房墙壁上的那几幅春宫图取出交给姜尚真。姜尚真起先眼神玩味,最后瞧见那幅写满注解的道侣修行图后,点头道:"算是一种旁门左道了。寻常精于双修之法的地仙修士都能够以此作为开山立派的根基之一,帮着下五境修士跻身中五境,属于方便法门,所以这一幅是值点钱的,其余那几幅,平日里夜深人静,孤枕难眠,也就是看个乐子而已……"

陈平安惊讶道:"这一幅如此珍贵?"

姜尚真点头道:"那月宫种眼拙而已,不得其门而入,白瞎了一份道缘在眼前。这幅春宫画,是十二幅《山中道侣叩仙图》之一的摹本,应该是中土神洲那座媚儿宗某个叛逃修士的手笔,碰到识货的,随便卖个二三十枚谷雨钱,轻轻松松。"

说到这里,姜尚真心中喟叹不已:那个贺小凉真是个厉害角色,福缘深厚到了令人发指的地步。

所以姜尚真原本对这幅价格不贵的山中图是有些眼热的,却也不敢跟陈平安开口讨要或是购买。

陈平安收起了这几幅画卷后,也开始沉默不语。于是姜尚真转移话题:"你知不知道青冥天下有座真正的玄都观?"

陈平安摇头道:"不曾听说。"

姜尚真破天荒流露出一抹神往,喝完了酒,随手将酒壶抛向远处:"那可真是一处仙家洞府,老观主拥有一座桃树洞天,道法极高,被誉为地祖之一。"

陈平安问道:"那鬼蜮谷桃林中的小玄都观?"

姜尚真压低嗓音,笑道:"相当于玄都观遗留在浩然天下的下宗吧,不过有些名不正言不顺,具体的传承我也不太清楚。我当年着急赶路去往北俱芦洲的北方,所以没进入鬼蜮谷,毕竟披麻宗可没啥倾国倾城的美人,若是竺泉姿色好一些,我肯定是要走一遭鬼蜮谷的。"

陈平安瞥了眼木衣山和此地接壤的"天门云海",那里已经沉寂许久,但是他总觉得不是那位女宗主放弃了,而是在酝酿着最后一击。

"小玄都观没什么大嚼头,可是大圆月寺很不简单,住持老僧在骸骨滩出现之前就是名动一洲的高僧了,佛法精深,传言是一位在三教之辩中落败的佛子,自己在一座寺庙内画地为牢。而那蒲骨头……哈哈哈,你无比佩服的蒲襀,是一个……"姜尚真捧腹大笑,差点笑出了眼泪,"是一个女子!这桩秘事,可是我好不容易才花了大钱买来的,整个披麻宗都未必知道，鬼蜮谷内，多半只有高承清楚这点。"

陈平安没好气道："女剑仙怎么了？"

姜尚真好不容易止住笑，唏嘘道："可惜喜欢上了一个和尚，这就很让人头疼了。"

陈平安这才满脸惊讶，小声问道："是大圆月寺那位老僧？"

姜尚真点点头："所以蒲禳才会战死沙场，拼死护住了那座寺庙不受半点兵灾。只是世间因果如此玄妙，她若是不死，老和尚可能反而早就证得菩萨了。这里边的对与错，得与失，谁说得清楚呢？"

陈平安有些明悟。通过姜尚真的话，老僧先前为何要说那四个字，那条脉络长线就已经浮出水面了，加上蒲禳后便更加清晰。

姜尚真突然道："你的心境有些问题。若只是察觉到危机，依照你以前的作风，只会更加果断。最后一趟铜臭城，我一个外人都看得出来，你走得很不对劲。"

陈平安点点头："源头活水不够清澈，心田自然浑浊。"

姜尚真笑道："这可不是小事。"

陈平安说道："慢慢来吧。"

姜尚真问道："还是打算涉险北游北俱芦洲？"

陈平安说道："事情可以退一步想，但是双脚走路，还是要迎难而上的。"

姜尚真不再言语，陈平安便问："那玄都观有桃林洞天，你也有云窟福地，是不是打理起来很劳心劳力？"

姜尚真双手抱住后脑勺："如果钻牛角尖，那真是想不完的难题，做不完的难事。"

陈平安嗯了一声，望向远方。

姜尚真跷起一条腿："八位壁画神女离开后，这里就成了一处品秩比较差的洞天福地，但是对于披麻宗而言，已经是一块重中之重的地盘。打理得好，就等于多出一位玉璞境修士；打理得不好，还会耽误一两位元婴境修士。归根结底，还是要看竺泉的手段了，毕竟天底下所有洞天福地以及大小秘境，真想要养育得当，就是无底洞，比那剑修还要吃银子。说不得你以后也会有的，记住一点，千万千万别当那救苦救难的活菩萨，不然好事就变成了祸事。在商言商、认钱不认人都是在所难免的，例如我那云窟福地，巅峰时期，蝼蚁五千万，如那竹林，还迎来了一场千年不遇的大年份，雨后春笋，地仙一股脑涌现，我便得意忘形了，结果下去一趟游历，差点就死在里边，一怒之下，给我狠狠收割了一茬，这才有了如今的家业。"

陈平安不置可否。

姜尚真开始收拢法宝，将封禁八幅壁画门扉的物件陆陆续续全部收入袖中，只余下云海大门依旧雷打不动。他想要看一看竺泉最后一刀的风采，就当是给自己离开北俱芦洲的离别礼了。

第七章 天地无拘束

陈平安说道:"如果哪天我真心把你当成了朋友,是不是很可怕?"

姜尚真笑道:"觉得有违本心,变得太多?可能对你来说是坏事,这兴许就是大道不同带来的利弊,我是求变与顺势,只需心有船锚坠于湖底,任由风吹雨打、万丈波澜,是无须理会湖上汹涌的,故而大道修行,一路上还算惬意。再者,活了这么久,什么人事没见过,就越发应对娴熟。你约莫是求个不动,加上岁数还小,所以见到了此处善那处恶,都会觉得需要小心翼翼,以至于处处束手束脚,磕磕碰碰。修行一事,当然很难了,反过来说,只要你守得住,就是一次次砥砺、一次次裨益。你我双方谈不上高低、好坏,各有各的缘法罢了。其实不光是你我如此,换作他人,高承、竺泉、老僧、老道,也一样。我一直觉得修道一事,脚下所走的道路本身无高低贵贱之分,断头路什么的,我一直是不太信的。"

陈平安笑道:"从头到尾,你这些话,万金难买。"

姜尚真颇为得意,脸色一变,微笑道:"那隋右边?"

陈平安有些疑惑,姜尚真一脸古怪,伸出双手握拳,拇指晃动:"就没点啥?"

陈平安翻了个白眼,懒得废话半句。姜尚真摇摇头:"暴殄天物!"

砰然一声,云海之中,一道刀光劈砍而出,几件流光溢彩的堵门法宝顿时崩碎流散。姜尚真仰头望去,哈哈大笑:"小泉儿好刀法,看得你家周肥哥哥是目眩神摇,小鹿乱撞啊!"

陈平安瞥了眼那几件彻底毁坏的法宝,真是都要替姜尚真感到心肝疼:这才是暴殄天物吧?

"走也!小泉儿不用送我!"姜尚真站起身,一卷袖子,将剩余法宝悉数收起,与此同时,以本命物柳叶劈开一道壁画城门扉,整个人化作一道长虹远遁逃离,速度之快,足可媲美剑仙飞剑。

陈平安有些羡慕,自己若是有这跑路的本事,再去一趟鬼蜮谷,甚至是去趟京观城都未必有事吧?

竺泉手持长刀落在栏杆上,气势汹汹,一身煞气,犹豫了一下,还是没去壁画城追杀姜尚真,高声道:"姓姜的,再敢来我披麻宗,砍掉你三条腿!"

姜尚真突然从挂砚神女的壁画门扉里探出脑袋:"别用那把法刀,手刀成不成?"

竺泉持刀轰然杀去,足足半个时辰后,陈平安才等到她返回,身上还带着淡淡的海风气息,肯定是一路追杀到了海上。

竺泉有些气闷,收刀在鞘,坐在栏杆上,一伸手,陈平安抛过去一壶米酒。竺泉仰头痛饮,脸色不太好看,问道:"你跟姜尚真是朋友?"

陈平安脸不红心不跳,大义凛然道:"曾经在桐叶洲一块福地内是生死之敌,当时他就叫周肥。"

竺泉瞥了眼陈平安,嗤笑道:"男人嘴边话,都他娘的是骗人的鬼。"

陈平安喝酒压惊。

竺泉冷哼道:"能够跟姜尚真尿到一壶去,我看你也不是个好东西。"

陈平安只是默默喝酒。

竺泉怒道:"默认了?"

陈平安摇头道:"没有。"

竺泉这才脸色缓和:"若不是你先前那句'用心专一'还算是人说的话,我这会儿都要忍不住给你一刀。"

陈平安苦笑不已。

竺泉说道:"你接下来只管北游,我会死死盯住京观城,高承只要再敢露头,这一次就绝不是要他折损百年修为了。放心,鬼蜮谷和骸骨滩,高承想要悄然出入,极难。接下来披麻宗的护山大阵会一直处于半开状态,高承除非舍得丢掉半条命、至少跌回元婴境,你就没有半点危险,大摇大摆走出骸骨滩都无妨。"

陈平安稍稍松了口气。

竺泉笑道:"我若是你,就在牌坊楼那儿对高承骂个三天三夜,只要他一露头,你就仗着我们木衣山的那尊祖山神灵逃呗,高承一走,你就冒头,来来回回的,气死高承,岂不痛快?反正花钱的也是我们披麻宗,何况我们披麻宗也乐得花这笔钱。"

陈平安说道:"我还是乘坐一艘仙家渡船绕出骸骨滩吧,出了骸骨滩几千里后,我再下船游历。"

竺泉瞪眼道:"你连姜尚真都不如啊?换成是他,吃了这么个大亏,他对付那高承肯定比我还要过分。这家伙别的不说,恶心人的本事是这个。"她伸出大拇指,"当年一座宗门与他结了大仇,结果被他堵了十年,害得所有地仙以下修士都不敢单独下山游历。他在最后临走之前又送了一份大礼,一夜之间在山脚四周树起了七八块写满脏话的碑文,胡编乱造,将所有宗门老祖和地仙修士,无论男女都给编排了一通艳史,内容极其污秽下作,倒是还有几分文采,至今山上还流传着那些艳情小本子。"

陈平安无奈道:"我干吗跟姜尚真比这些。"

竺泉想了想:"也对,什么都莫学这色坯才好。"

陈平安如释重负。跟这位女宗主打交道,比跟人捉对厮杀、打生打死还累人。

桃林外,一只青衫仗剑的白骨鬼物站在两块石碑旁,没有走入桃林。

一位身披宽大袈裟的瘦弱老僧出现在她眼前。

白笼城城主蒲禳嗓音沙哑道:"终于敢出来见我了?"

老僧双手合十,默然无声。

蒲禳按住剑柄,顿时剑气弥漫,身侧如雾笼罩。转瞬之后,蒲禳依旧青衫仗剑,但不再是那具骨架,而是一个……英气勃发的女子。她缓缓道:"生世多畏惧,命危于晨露。由爱故生忧,由爱故生怖。我再不懂佛法,如何会不知晓这些?我知道,是我耽误了你破除最后一障,怪我。这么多年,我故意以白骨行走鬼蜮谷,便是要你心怀愧疚!"

曾经生是如此明爽,如今死后为鬼,仍是这般果决。

遥想当年初见,一个年轻僧人云游四方,偶见一个乡野少女在田间劳作,一手持秧,一手擦汗。阳光下,明明不算太好看的少女不但动人,还晃了晃年轻僧人心中的不动佛法。如梦如幻,如露亦如电。

此刻,老僧视线低敛,始终双手合十,轻声道:"蒲施主无须如此自责,是贫僧自己心魔作祟。蒲施主只需潜心大道,可证长生不朽。"

蒲禳惨然笑道:"从来都是这样。"就此转身离去。

老僧佛唱一声,亦是转身而行。

在大圆月寺和小玄都观的道路岔口处,老道人凭空出现,老僧驻足不前。

老道人似乎想要问这位老邻居一个问题,老僧显然早已猜出,缓缓道:"那位小施主当时在黑河之畔,曾言'能证此果,当有此心',贫僧其实也有一语未曾与他言说——'能有此心,当证此果'。"

老道人问道:"为何不说?"

老僧微笑道:"佛在灵山莫远求,更无须外求。"

老道人摇摇头,一闪而逝。

老僧依旧站在原地,弯腰伸手,如掬起一捧水,喃喃道:"手把青秧插满田,低头便见水中天。"

第八章
天经地义

一艘骸骨滩仙家渡船,没有笔直往北,而是去往东南沿海某地。

夜幕中,陈平安在灯火下翻开一本类似披麻宗《放心集》的书,名为《春露冬在》,是渡船所属山头介绍自家底蕴的一本小册子,比较有趣,哪位北俱芦洲剑仙在山头歇过脚,哪位地仙在哪处形胜之地喝过茶论过道,文人骚客为山头写了哪些诗词、留下哪些墨宝,都有大大小小的篇幅。

陈平安脚下是一艘来自春露圃的渡船,主要收入是沿路贩卖山门培植的奇花异草,其中三种仙家花卉被披麻宗木衣山近乎垄断,是春露圃一笔大头收入,所以渡船航线便是在骸骨滩和春露圃所在的嘉木山脉之间往返。

春露圃属于诸子百家当中的农家门派,多女修,而且性情温和,而嘉木山脉盛产奇木和花草精魅,在北俱芦洲东南一带属于颇有家底的二流势力,加上交友广泛,厮杀结仇不多,嘉木山脉是南方众多年轻谱牒仙师历练游览的必选之地。

陈平安之所以选择这艘渡船,原因有三:一是可以完全绕开骸骨滩。二是春露圃祖传三件异宝,其中便有一棵生长于嘉木山脉的万年老槐,高达数十丈,陈平安就想要去看一看与当年家乡那棵老槐树有什么不一样。三是每到年关时分,春露圃会有一场辞岁宴,数以千计的包袱斋会来做买卖,是一场神仙钱乱窜的盛会,陈平安也打算参加。

春露圃这本小册子其实不薄,只是相较于《放心集》,在页数上还是有些逊色。陈平安其实有些遗憾,为没能在桐叶洲扶乩宗这些山头收集到类似的册子。

陈平安看过了小册子,开始练习六步走桩,到最后几乎是在半睡半醒之间练拳,在房门和窗户之间往返，步伐丝毫不差。

拂晓时分，陈平安睁开眼睛，停下拳桩，坐回桌旁，稍等片刻，等到有人来敲门才站起身。门口站着一位渡船管事，是春露圃比较少见的男修士，且是一位金丹，只是暮气沉沉，远远无法跟披麻宗杜文思、杨麟媲美。同样一个境界，高低亦有天壤之别，极有可能厮杀起来会是胜负立判的结局。这却不是春露圃修士如何绣花枕头，实在是披麻宗修士异类，生死搏杀是吃饭喝水的常事。

老修士在陈平安开门后，歉意道："打搅道友休息了。"

陈平安笑道："宋前辈客气了，我也是刚醒。按照那小册子的介绍，我们此时应该接近金光峰和月华山这两座道侣山了。我打算出去碰碰运气，看看能否撞见金背雁和鸣鼓蛙。"

老修士微笑道："我来此便是此事，本想要提醒一声陈公子，约莫再过两个时辰，就会进入金光峰地界。"

这位金丹地仙稍稍换了一个更加亲近的称呼，投桃报李。

陈平安赶紧让出道路："宋前辈里边请。"

老修士会心一笑。山上修士之间，若是境界相差不大，类似我观海你龙门，相互间称呼一声道友即可，但是下五境修士面对中五境，或是洞府、观海、龙门三境面对金丹、元婴地仙，就该敬称为仙师或是前辈了。金丹境是一道门槛，毕竟"结成金丹客，方为我辈人"这条山上规矩，放之四海而皆准。当然，胆子够大，下五境见着了地仙乃至于上五境山巅修士，依旧大大咧咧喊那道友也无妨，不怕被一巴掌打个半死就行。

老修士身为一位老金丹，称呼这个年轻客人为道友，显然是有讲究的。当时陪着这个年轻人一起来到渡船的是披麻宗祖师堂嫡传子弟庞兰溪，一个极负盛名的少年骄子，传闻甲子之内说不定能够成为下一拨北俱芦洲的年轻十人之列。

若是别的宗门如此宣扬门中弟子，多半是山头养望的伎俩，当个笑话听听便是，当面遇上了，只需嘴上附和，心里多半要骂一句臭不要脸，可春露圃是骸骨滩的熟客，知道披麻宗修士不一样，他们不说大话，只做狠事。

若只是庞兰溪露面代替披麻宗送客也就罢了，自然比不得宗主竺泉或是壁画城杨麟现身。可老修士常年在外奔波，不是那种动辄闭关数十载的清净神仙，早已炼就了一双火眼金睛，观那庞兰溪在渡口处的言语和神色，对这位老修士都看不出根脚深浅的外乡游侠竟然十分仰慕，而且发自肺腑，这就得好好掂量一番了。加上先前鬼蜮谷和骸骨滩那场惊天动地的变故，京观城高承显出白骨法相亲自出手追杀一道逃往木衣山祖师堂的御剑金光，老修士又不傻，便琢磨出一番滋味来。

两位萍水相逢的山上修士，一方能够主动开门请人落座，极有诚意了。

修道之人，不染红尘，可不是一句戏言。

老修士姓宋名兰樵，按照祖师堂谱牒的传承，是春露圃"兰"字辈修士。由于春露圃几乎全是女修，名字里有个"兰"字不算什么，可一名男弟子就有些怪了，所以宋兰樵的师父就补了一个"樵"字，帮着压一压脂粉气。

陈平安先前只听庞兰溪说那金光峰和月华山是道侣山，有讲究，运气好的话，乘坐渡船可以瞧见灵禽异物，所以这一路就上了心。刚好宋兰樵前来提醒此事，为陈平安解惑。原来金光峰一带，偶尔会有金背雁现身，此物飞掠速度快若剑仙飞剑，只在得天独厚的金光峰稍作盘桓，除非元婴境界，一般修士根本不用奢望捕获。而且金背雁性情刚烈，一旦被捕就会自焚而亡，让人半点收获都无。金背雁喜欢高飞于滔滔云海之上，尤其嗜好沐浴阳光，由于背部常年曝晒于烈日下，而且能够先天汲取日精，故而成年金背雁可以生出一根金羽，两根已属稀少，三根更是难遇。北俱芦洲南方有一位成名已久的野修元婴，因缘际会，在下五境之时就获得了一只浑身金羽的金背雁老祖宗主动认主。那只扁毛畜生战力相当于一位金丹修士，振翅之时如烈日升空，这位野修又最喜欢偷袭，亮瞎了不知多少地仙以下修士的眼睛，跻身元婴之后，宜静不宜动，当起了修身养性的千年王八，这才没了那只金背雁的踪迹。

至于月华山，每到初一、十五，就会有一只通体雪白、大如山丘的巨蛙带着一帮子孙趴在山巅鼓鸣不已，如练气士吐纳，汲取月华。中秋夜前后更是满山蛙鸣，声势动天，所以月华山又有打雷山的别称。不是没有修士想要驯服这只巨蛙，只是巨蛙天赋异禀，精通土法遁术，能够将庞大身躯缩为芥子大小，隐匿于地脉山根之中，与此同时，月华山变得重如大国五岳，任你元婴修士也无法使出釜底抽薪的搬山神通。所以修士多是去月华山上试图抓捕几只百年雪蛙，一旦得手，即算侥幸，因为那些雪蛙的老祖宗极为护短，不少中五境修士都葬身于月华山。

宋兰樵将金光峰和月华山的诸多修士糗事说得诙谐可乐，陈平安听得津津有味。

曾有人张网捕捉到一只金背雁，结果被数只金背雁衔网高升。那人还死活不愿松手，最后，等到松手，被金背雁啄得遍体鳞伤、身无寸缕，春光乍泄，身上又无方寸物之类的重器傍身，十分狼狈。金光峰看热闹的练气士嘘声无数，那还是一位大山头的观海境女修来着，在那之后，女修便再未下山游历。

陈平安好奇问道："金光峰和月华山都没有修士建造洞府吗？"

宋兰樵抚须笑道："金光峰的日精太过灼热，常年流转不定，没个章法，地仙修士勉强可以常驻，寻常练气士在那儿结茅修道，极其难熬，虚耗灵气而已。至于月华山倒是一处五行齐备的风水宝地，只可惜有那巨蛙占山为王，徒子徒孙数千只，早早开了窍的巨蛙对我们练气士最是记恨，容不得练气士跑去山上修行。"

陈平安点头道："山泽精怪万千，各有存活之道。"

宋兰樵似乎深以为然，笑着告辞离去。

热络客气得有，再多就难免落了下乘，上杆子的交情矮人一头，他好歹是一位金丹，这点脸皮还是要的，若是求人办事，当然另说。

离开屋子后，宋兰樵摇摇头。这个年轻修士还是看得浅了，金光峰的金背雁、月华山的巨蛙，不受牢笼之苦，终究是少数，更多山野精魅，死了拿来换钱的，又有多少？就说嘉木山脉的那些草魅树精，多少被倒手贩卖，中途夭折！能够在世俗王朝的富贵门庭被豢养起来，已算天大的幸运。

渡船路过金光峰的时候，悬空停留了一个时辰，却没能见到一只金背雁的踪影。宋兰樵当时就站在陈平安身旁解释了几句，说许多觊觎灵禽的修士在此蹲守多年也未必能够见着几次。

随后，这艘春露圃渡船缓缓而行，刚好在夜幕中经过月华山，没敢太过靠近山头，隔着七八里路程，围着月华山绕行一圈。由于并非初一、十五，那只巨蛙并未现身，宋兰樵便有些尴尬，因为巨蛙偶尔也会在平时露头，盘踞山巅，汲取月华，所以他这次干脆就没现身了。

看到陈平安一直站到渡船远离月华山才返回屋子，宋兰樵苦笑不已：这家伙运气很一般啊。寻常渡船经过这对道侣山，金背雁不用奢望瞧见，宋兰樵掌管这艘渡船已经两百年光阴，遇上的次数也屈指可数，但是月华山的巨蛙，渡船乘客瞧见与否，大致是五五分。

又过了两天，渡船缓缓拔高。陈平安主动找到宋兰樵询问原因，宋兰樵没有藏藏掖掖，这本是渡船航行的半公开秘密，算不得什么山头禁忌。每一条开辟多年的稳定航线都有不少诀窍，若是途经山水灵秀之地，渡船浮空高度往往降低，为的就是收纳天地灵气，稍稍减轻渡船的神仙钱消耗；而路过那些灵气贫瘠的"无法之地"，越贴近地面，神仙钱消耗越多，所以就需要升高一些。至于在仙家地界如何取巧，既不触犯门派洞府的规矩，又可以小小"揩油"，更是老船家的看家本领，更讲究与各方势力人情往来的功力火候。

宋兰樵将这些谈不上忌讳的秘事对陈平安知无不言言无不尽，也算一份小小的香火情，反正不用花钱。宋兰樵也因此猜测一二，这个外乡游历之人多半是那种一心修道、不谙庶务的大门派老祖嫡传，而且游历不多，不然对于这些粗浅的渡船内幕不会没有了解。毕竟一座修行山头的底蕴如何，渡船能够走多远，是短短的数万里路程还是可以走过半洲之地，或是干脆能够跨洲，是一个很直观的切入口。

与人请教事情，陈平安就拿出了一壶从骸骨滩买来的仙酿，名气不如阴沉茶，名为风雹酒，酒性极烈。

这天，宋兰樵突然离开屋子，下令渡船降低高度。半炷香后，宋兰樵来到船头，凭栏而立，眯眼俯瞰大地山河，依稀可见一处异象，忍不住啧啧称奇。渡船离地不算太高，加上天气晴朗,视野极好,脚下山川河流脉络清晰。只不过那一处奇异景象,寻常修士可瞧不出一丝半点。

宋兰樵不过就是看个热闹,不会插手。这也算假公济私了,这半炷香多花费的几十枚雪花钱,春露圃管着钱财大权的老祖便是知道了,也只会询问宋兰樵瞧见了什么新鲜事,哪里会计较。一位金丹修士能够在渡船上虚度光阴,摆明了就是断了大道前程的可怜人,一般人都不太敢招惹。

陈平安走到宋兰樵身边,望向一处黑雾蒙蒙的城池,问道:"宋老前辈,黑雾罩城,这是何故?"

"陈公子好眼力,便是我看得都有些吃力。"宋兰樵抚须而笑,"是那银屏国的一座郡城,应该是要有一桩祸事临头,外显气象才会如此明显。不外乎两种情况,一种是有妖魔作祟,第二种则是当地山水神祇、城隍爷之流的朝廷封正对象到了金身腐朽趋于崩溃的地步。这银屏国看似疆域广袤,但是在北俱芦洲的东南部却是名副其实的小国,就在于银屏国版图灵气不盛,出不了练气士,就算有,也是为他人作嫁衣裳,所以银屏国这类穷乡僻壤,徒有一个空架子,练气士都不爱去逛。"

这明摆着是将陈平安当一个初出茅庐的雏儿看待了,宋兰樵很快就意识到自己这番措辞的不妥,小心打量那人神色,见他依旧竖耳聆听,十分专注,这才松了口气。果然是那别洲"宗"字头仙家的祖师堂贵人,也亏得自己出身于春露圃这种与人为善的山头,换成北俱芦洲中部和北方的大山头渡船,一旦看破对方身份,说不定就要戏耍逗弄一番。等双方起了摩擦,各自打出了火气,当下不会下死手,但肯定会找个机会扮演那野修,毁尸灭迹,这是常有的事情。

宋兰樵犹豫了一下,还是咽下了已经到嘴边的提醒话语。大宗子弟最要脸皮,自己就别画蛇添足了,省得对方不念好,自己还被记恨。

陈平安环顾四周后,扶了扶斗笠,笑道:"宋前辈,我反正闲来无事,有些闷得慌,下去耍耍,可能要晚些才能到春露圃了,到时候再找宋前辈喝酒。稍后离船,可能会对渡船阵法有些影响。"

宋兰樵愣了一下,有些意外。不过修士行事素来随心,这位老金丹便没有多说什么,只是讲了几句兆头好的吉利话。然后他就看到那个姓陈的外乡修士似乎有些尴尬。为何不御剑?哪怕觉得太过扎眼,御风有何难?

陈平安只得一拍养剑葫,单手撑在栏杆上翻身而去,随手一掌轻轻劈开渡船阵法,一穿而过,身形如箭矢激射出去,然后双足似乎踩在了一抹幽绿剑光的顶端,膝盖微曲,骤然发力,身形疾速倾斜向下掠去,四周涟漪大震,轰然作响,看得宋兰樵眼皮子直打战:好家伙,年纪轻轻的剑仙也就罢了,这副体魄坚韧得好似金身境武夫了吧?去他的剑修!

陈平安落在一座山峰之上，遥遥挥手作别。

宋兰樵亦是如此，到底还是个懂礼数的，讨厌不起来。

山上修士，好聚好散，何其难也。

陈平安取出一只竹箱背在身上。剑仙不乐意出鞘，显然是在鬼蜮谷未能酣畅一战，有些赌气。至于原名"小酆都"的剑胚初一，陈平安是不敢让其轻易离开养剑葫了。

陈平安取出那串核桃戴在手上，再将那三张云霄宫符箓放入左手袖中。

在金光峰和月华山没能遇上金背雁和巨蛙是好事情，之所以拣选这艘春露圃渡船，一个隐蔽缘由就在于此。

陈平安犹豫了一下，没有着急动身，而是寻了一处僻静地方，开始炼化那根最长的积霄山金色雷鞭。约莫两个时辰后，炼化了一个大概坯子，手持行山杖，开始徒步走向那座相距五六十里山路的银屏国郡城。

先前在渡口与庞兰溪分别之际，少年赠送了他两套廊填本神女图，是庞山岭最得意的作品，可谓价值连城，一套神女图估值一枚谷雨钱，还有价无市。只是庞兰溪说不用陈平安掏钱，因为他太爷爷说了，陈平安先前在府邸所说的那番肺腑之言十分清新脱俗，宛如空谷幽兰，半点不像马屁话。

陈平安厚着脸皮收下了两套神女图，笑着对庞兰溪说下次重返骸骨滩，一定要与他太爷爷把酒言欢。

庞兰溪是实诚人，说："我太爷爷手上仅剩三套神女图都没了，两套送你，一套送给了祖师堂掌律祖师，想再要用些马屁话换取廊填本，就是为难他了。"

陈平安一脸真诚地说："你太爷爷胸中自有丘壑，对于那些壁画城神女的灵性神韵早已烂熟，腕下犹如神鬼相助，由心到笔、笔到纸，纸上神女自然栩栩如生，如与你太爷爷灵犀相通，一切水到渠成，妙手天成……"

庞兰溪听得目瞪口呆，但是当陈平安乘坐的那艘渡船远去之时，他又有些舍不得，想要多听一听那家伙喝酒喝出来的道理。

当时渡船远处，披麻宗老祖师盯着手掌，一旁的庞山岭点头微笑："甚合我心。"

老祖师憋了半天也没能憋出些花俏言语来，只得作罢，问道："这种烂大街的客套话你也信？"

庞山岭一挑眉："在你们披麻宗，我听得着这些？"

老祖师恼火不已，大骂那个年轻游侠厚颜无耻，若非对女子的态度还算端正，不然说不得就是第二个姜尚真。

陈平安那会儿只知道披麻宗老祖和庞山岭定然在以掌观山河的神通观察自己和庞兰溪，至于老祖师的恼羞成怒是不会知道了。

一个青衫背箱的年轻游侠，只是手持行山杖，走在冬日萧索的山脊小路上。

希望那给羊肠宫看大门的小鼠精这辈子有读不完的书,在鬼蜮谷和骸骨滩之间安然往返,背着书箱,次次满载而归。

希望铁索桥上的那两只妖物一心修行,莫要为恶,证道长生。

希望那只重新回寺庙听佛经的老鼋能够弥补过错,修成正果。

不知道宝镜山那个低面深藏碧伞中的少女能不能找到一个为她持伞遮雨的有情郎?那个名叫蒲禳的白骨剑客又能否在青衫仗剑之外,有朝一日,以女子之姿现身天地间,愁眉舒展开心颜?

陈平安不知道这些事情会不会发生,就像他也不知道,在懵懵懂懂的庞兰溪眼中,在那小鼠精眼中,以及更遥远的藕花福地那个读书郎曹晴朗眼中,遇到了他陈平安,就像陈平安在年少时遇到了阿良,遇到了齐先生。

冬末时分,天寒色青苍,山冻不流云,陈平安环首四顾,视野所及,一片枯寂。

这就是人间颜色,在仙家渡船之上俯瞰万里山河是绝对无此感触的,故而山上修行,更是不知世上寒暑。

陈平安手中那根以碧游宫仙诀炼化的行山杖呈现出青翠色泽,使得这条雷池脉络更似竹鞭材质,不然金色太过显眼。不过只要撤去一道禁制,这根暂时属于小炼的打鬼鞭粗坯,就可以恢复原本面貌。

北俱芦洲有一点好,只要会说一洲雅言,就不用担心鸡同鸭讲。东宝瓶洲和桐叶洲各国官话及地方方言无数,游历四方就会很麻烦。

陈平安走到山脚,依旧四下无人。他轻轻拈起一张阳气挑灯符,燃烧速度正常,这说明郡城里妖魔作祟的可能性很小,极有可能是宋兰樵所说的第二种情况——郡城周边某位山水神祇大劫已至,金身即将崩溃,从而影响到了一地风水气数,天灾也就顺势而生。

只不过事无绝对,陈平安打算走一步看一步,手持符箓缓缓而行,直到遥遥遇到一辆装满木炭的牛车,牵牛的是一个衣衫破旧的精壮汉子,带着一对手上布满冻疮的稚童儿女,才熄灭符箓,快步走去。两个孩子眼神中充满了好奇,只是乡野孩子多腼腆,便往父亲身边缩了缩,汉子瞧见了这个背箱持杖的年轻人,没说什么。

天寒地冻,泥路生硬,牛车颠簸不已。汉子不敢走得太快,木炭一碎,价钱就卖不高了,城里有钱老爷们的大小管事一个个眼光毒辣,最会挑事,狠狠杀起价来说的话,比那躲也无处躲的寒风还要让人心凉。只是这一慢,就要连累两个娃儿一起受冻,这让汉子有些心情郁郁。早说了让他们莫要跟着凑热闹,城中有什么好看的,不过是宅子门口的石狮子瞧着吓人,彩绘门神更大些,瞧多了也就那么回事。这一车木炭真要卖出个好价钱,自会给他们带回去一些碎嘴吃食,该买的年货也不会少了。

第八章 天经地义

依稀可见郡城高墙轮廓，汉子松了口气。城里热闹，人气足，比城外暖和些，两个娃儿只要一开心，估计也就忘记冷不冷的事情了。只是那个头戴斗笠的年轻人走路不快不慢，就跟在牛车后头，让他有些担心。

陈平安稍稍加快脚步，笑问道："这位大哥，我是个远道而来的外乡人，不知道这座郡城叫什么，有什么值得去的地儿？"

汉子是个闷葫芦，只是不敢装聋作哑，扯出个笑脸，嗓音沙哑道："回老爷的话，前边叫随驾城，据说当年皇帝老爷往南边走，不小心遭了风寒，待过一段时间，就赐下了这么个名字。我只知道城北的城隍庙和城南的火神祠平日里人最多，老爷可以去瞧瞧。"

"好的，那我进了城，就去这两个地方走走看。"陈平安笑着点头，伸手轻轻按住牛车，"刚好顺路，我也不急，一起入城，顺便与大哥多问些随驾城里边的事情。"

汉子其实有些忐忑，但他抬头一看，牛车离城门越来越近，觉得应该出不了岔子，这才稍稍心安，尽量学那城里人说话："那我就说些知道的，能帮上老爷一点小忙是最好。我没读过书，不会讲话，有说得不对的地方，老爷多担待。"

陈平安一手持行山杖，一手扶住牛车，说道："这敢情好，大哥只管敞开了说。"

在汉子想到哪说到哪的介绍下，陈平安得知这座随驾城在银屏国不算小城，历史上出过一位宰相老爷，所以城隍庙的魁星楼香火鼎盛，火神祠也闹腾，据说求财很灵，城里做大买卖的有钱人都爱去那儿烧香，所以汉子就是要拉牛车去往火神祠附近的集市，卖了一车木炭，可以在附近铺子直接买年货回家。

两个孩子一直在偷偷打量陈平安，可只要陈平安对他们笑笑，他们就立即转头，有些难为情。

不知不觉，牛车就到了城门口。天色还早，需要排队入城，陈平安就在附近的早点摊子上买了一碗小米粥和一个卷饼，摘下斗笠，坐在桌旁吃了起来。不远处的两个孩子咽了咽口水，汉子犹豫了一下，掏出一小把铜钱交给女儿。得了钱，俩娃儿撒欢跑向摊子，同样买了一碗小米粥和一只泛着鸡蛋香味的卷饼。小女孩将那卷饼捧着送去给她爹，汉子只是咬了一口，就将剩余卷饼撕成两半还给小女孩。小女孩跑回桌边，递给弟弟一半，然后姐弟俩一起吃那一碗粥，汉子护着那辆牛车，抹了把嘴，咧嘴一笑。

摊子生意不错，俩孩子就坐在陈平安对面。

陈平安吃东西习惯了一边细嚼慢咽，一边想事情。先前鬼蜮谷之行，与杨凝性钩心斗角，与敕雷神将斗力，其实都谈不上如何凶险。但是铜臭城到青庐镇之间的那段路途，或者准确说是从披麻宗跨洲渡船走下，再到以剑仙破开天幕逃到木衣山，让他到现在都还有些心悸，事后几次复盘，都觉得生死一线，只不过一想到最后的收成满满当当，神仙钱没少挣，珍稀物件没少拿，就没什么好怨天尤人的，唯一的遗憾还是打架打少了，不痛不痒的，竟是连落魄山竹楼喂拳都不如，不够尽兴，如果敕雷神将与搬山大圣联手,又没有高承这种上五境英灵在北方暗中觊觎,兴许会稍稍酣畅几分。

之后在木衣山府邸调养休息,通过一摞请人带来的仙家邸报,得知了北俱芦洲不少新鲜事。其中最意外的,当然是太平山女冠黄庭在砥砺山生死战中输给了那个名叫刘景龙的山上年轻俊彦。要知道,黄庭可是为了破开元婴瓶颈才来的北俱芦洲,虽说她是一位新元婴,可剑术之高,毋庸置疑。而那与黄庭岁数、修为大致相当的刘景龙之上犹有两位修为、天资、福缘背景都要更加出众的"年轻修士",至于刘景龙之后的七位天之骄子,只看杨凝性的手腕和心性,陈平安就不敢有丝毫轻视。

除此之外,还有一处地方陈平安十分好奇。山外有山,大战不断的砥砺山附近有一座最适宜观战的百泉山,山上灵泉百余口,灵气盎然,是一处先天宝地。山上建造有千余座大大小小的仙家府邸,青山绿水间,庭院深深,风景宜人,又是一等一的修行之地。这些百泉山府邸只租不卖,全部由琼林宗聘请阴阳家高人选址、墨家匠师精心打造,可以长租,但是期限越长,价格越贵。靠着这桩财源滚滚的长久买卖,生财有道的琼林宗硬是靠神仙钱堆出一位半吊子的玉璞境供奉,门派得以获得"宗"字后缀。

这座宗门在北俱芦洲的名声一直不太好,只认钱,从来不谈交情,可是不耽误人家日进斗金。所以琼林宗既让修士眼红,又让山上人鄙夷。有一句脍炙人口的讥讽话语传遍南北:绣花枕头上五境,两袖清风琼林宗。

陈平安放下筷子,望向城门。城内远处有马蹄阵阵,轰然砸地,应该是八匹高头大马的阵仗,联袂出城,临近行人扎堆的城门后,非但没有放缓马蹄,反而一个个策马扬鞭,使得城门口闹闹哄哄,鸡飞狗跳。城外百姓似乎见怪不怪,经验老到,连同那汉子的牛车在内,急而不乱地往两侧道路靠拢,瞬间就让出一条空荡荡的宽敞道路来。

这是到哪儿都有的事。那些神色倨傲的权贵子弟,一个个高坐马背,疾驰出城,一连串急促马蹄声就像一串爆竹。他们人人身穿名贵貂裘,手持锦绣马鞭,挽刀背弓,还有豪奴健仆携带鹰笼,好一个追风逐电何雄哉。

不过陈平安的注意力更多还是放在远处一个摊子上坐着的一男一女身上。他们穿着朴素却洁净,皆背长剑,相貌都不算出彩,但是自有一番气度。他们各自吃着一碗馄饨,神色漠然,当那男子瞧见了纵马狂奔的那伙随驾城子弟后,皱了皱眉头。女子放下筷子,对男子轻轻摇头。

陈平安心中了然,应该是奔着随驾城异象而来的修行中人,只不过修为都不高。观其灵气流转的细微迹象,是两个尚未跻身洞府境的练气士,两人虽然背剑,却肯定不是剑修。

那负剑女子转头望去,只看到一个跟摊主结账的年轻人,手持竹编斗笠和绿竹行山杖。那男子神色如常,并且气势平平,与那些闯荡江湖的游侠儿无异。女子叹了口气,若是无意间一头撞入这座随驾城的江湖人,只能说他运道不济;若是与他们一般无二,是专门冲着随驾城大祸临头,同时又有异宝出世而来,那真是不知天高地厚了,难道不知道那件异宝早已被十数国版图上根基最深的两大仙家内定,除了些不知死活的野修,旁人谁敢染指?如她和身边这位同门师弟,除了完成师门密令之外,更多还是当作一场危机重重的历练。这场千真万确的神仙打架,凡夫俗子稍微掺和,一不小心挡了哪位大仙师的道路,就是化作齑粉的下场。

女子思绪悠悠。她自己已算银屏国在内诸国年轻一辈中的翘楚,可是比起那两位,她自知相差甚远:一位不过十五岁的少年,在前年就已是洞府境;一位二十岁出头的女子更是机缘不断,一路修行顺遂,更有重宝傍身,若非两座顶尖门派是死敌,简直就是天造地设的一对金童玉女。十数国疆域,山上山下,好像都在看着他们两位的成长和较劲。他们之间的每一次相逢,都会是一桩令人津津乐道的美谈。

她其实也会羡慕,因为那位从一生下来就注定万众瞩目的早慧少年确实生得一副谪仙人皮囊,性情温和,并且琴棋书画无所不精。她想不明白,天底下怎会有如此让女子见之忘俗的少年?

年轻男子一见师姐怔怔出神,便以为是忧愁接下来的行程,出言宽慰道:"师姐,若是没有把握,我们找到那个孩子就走,无须理会这场避无可避的灾殃。师父说过,我们修道之人要知天命顺形势,随驾城既然享了神灵庇佑的数百年之福,就该受这一场命中注定的天灾大祸。"

女子点点头,然后提醒道:"小心隔墙有耳。"

男子笑道:"若说城中鱼龙混杂、奇人会聚,我是信的,可要说这城门口也能遇上世外高人……我可不信。咱们也不算什么小门小派了,山上的老神仙小仙师哪个不是熟面孔?难道那个耍猴的能是位深藏不露的神仙?还是那戴斗笠的年轻游侠,其实是位江湖大宗师?"

女子微微变色:"忘了师门教诲了吗,下山游历,谨言慎行!"

她嘴上如此叮嘱,视线迅速瞥过那肩头蹲猴的老人和走到一辆牛车附近的年轻人,内心一震。年轻人依旧茫然无知,但是那个原本在给肩头小猴喂食的老人转头望向她,扯了扯嘴角,神色不善。她站起身,抱拳告罪,老人却不太领情,视线游移不定,将她从头到脚打量了一番,然后嘴角冷笑,不再多看,似乎有些嫌弃她的姿色和身段。

女子倒是不太上心,她那师弟却差点气炸了胸:这老不死的家伙竟敢如此辱人!就要往前踏出一步,却被他师姐轻轻扯住袖子,对他摇了摇头:"是我们失礼在先。"

男子狠狠剜了一眼那耍猴老人,将其面容牢牢记在心头,想着等进了随驾城,夺宝一事拉开序幕,各方势力纠缠不清,必会大乱。到那时,只要一有机会,他就要这老不死的家伙吃不了兜着走!

陈平安其实将这一切都收入眼底,有些感慨。莫名其妙就结了仇的双方,脾气真是都不算好。其实这银屏国周边十数国是灵气淡薄、不宜修行的贫瘠地界，多是江湖武夫横行。宋兰樵说这里边的练气士就是一群井底之蛙，喜欢趴在小池塘窝里横，外边真正的得道修士不稀罕那点蝇头小利，里边的修士也乐得没有过江龙来捣乱，关起门来作威作福，以两大死对头门派为首的两位境界稀烂的金丹修士各自领着一群小喽啰打来打去，听说对峙了好几百年了。

不过宋兰樵说得轻巧随意，陈平安还是习惯谨慎走江湖，小心驶得万年船。

山上修士，万千术法稀奇古怪，一旦厮杀起来，境界高低，甚至法器品秩好坏都做不得准，五行相克，天时地利，运道转换，阳谋阴谋，都是变数。

进了城，为了免得那卖炭汉子误以为自己心怀不轨，陈平安就没有一起跟着去火神祠集市，而是先去了城隍庙。其实他看得出来，那汉子是一位纯粹武夫，约莫是三境巅峰左右，在见到自己的身形后，才故意呼吸浑浊、脚步轻浮起来。

在银屏国江湖上，一个底子还不错的三境武夫本该小有名气才对，至于为何成了个乡野樵夫卖炭人，拖家带口挣辛苦钱，想必也会有他自己的故事。这些陈平安不会去探究，子非鱼，安知鱼之乐？

在双方分道扬镳之后，汉子牵着牛车，两个孩子依旧无忧无虑，四处张望。汉子笑了笑，转头看了眼那个年轻游侠的远去背影，自言自语道："连我是个江湖人都没看出来，那就该是二三境的后生了。唉，怎的就来蹚这浑水了，那些个在山上修了仙法的神仙可不就是蛟龙一般的存在，随便晃荡一下尾巴，就要淹死多少百姓。"

那边，陈平安笑了笑。那汉子是个心善的，故意多提了一嘴，说北边的灵宝城值得去看的地方更多，应该是想让自己早些离开随驾城这个是非之地。

巧的是，那耍猴老人与年轻负剑男女跟陈平安一样，都是先去城隍庙。陈平安便故意放慢脚步，与他们拉开距离，然后在半路一间字画铺子驻足，看了一炷香的字画，花几两银子买了几本原本店铺用来当添头附赠的册子——专门介绍银屏国一带各朝各代丹青妙手的成名作，书籍版刻还算精良，只不过算不上什么善本，内容讨喜而已。陈平安将它们收入竹箱，离开铺子，已经不见老人与男女的身影。

临近城隍庙，陈平安脸色有些凝重。

在城隍庙外的大街上就能闻着那股香火独有的气味，但是走过的山水祠庙多了就会知道，香火多寡浓淡并不重要，而在"精纯"二字。一座朝廷敕封的正统祠庙也好，百姓或是精怪擅自创建的淫祠也罢，都要看那香火精华有几斤几两。陈平安凝神望去，这座气势巍峨、规模宏大的城隍庙香火紫绕，像是被城隍爷用了秘法拘押起来，半点不泄露出去，这就属于僭越之举了。所有朝廷正统祠庙都要反哺一地山水，会剥离出一部分香火精华散入周边天地，以此在冥冥之中神益苍生，庇护百姓，这样才能够形成一个循环，而不是像眼前这座城隍庙这样，滴水不漏，悉数收入自家囊中。

陈平安轻轻叹息。其实可以理解，这是庙中那尊金身神祇用来吊命的自救之举，当下已经顾不得其他了，有些类似饮鸩止渴，长久以往，祸事只会不断累积变大。

世间人与事，理解那些脉络，并不意味着一定认同。陈平安没有走进去，先前那卖炭汉子虽然因为想要藏拙故意说得不太真切，可多半是亲自来过这里拜神祈愿且心诚的，不敢胡乱开口，所以对前后殿供奉的神仙老爷，陈平安大致听了个明白。这座随驾城城隍庙的规制与其他各地差不多，除了前后殿和那座魁星楼，亦有按照本地乡俗喜好自行建造的财神殿、元辰殿等，不过陈平安还是向城隍庙外一个开香火铺子的老掌柜细细询问了一番。老掌柜是个热络健谈的，将城隍庙的渊源娓娓道来。原来前殿祭祀的一位千年之前的古代武将，是一个大王朝名垂青史的功勋人物。这位英灵的本庙金身自然在别处，此地真正"监察福祸、巡视幽明、领治亡魂"的城隍爷是后殿供奉的一位著名文臣，是银屏国皇帝诰封的三品侯爷。

说到这儿，老掌柜笑眯眯问道："年轻人，是不是想不通为何只是个三品侯爷？这位文官老爷生前可是当了正二品尚书的。"

陈平安笑道："是有些奇怪，正想问老掌柜来着，有说法？"

若说这浩然天下众多祠庙的规矩讲究，陈平安其实早已门儿清了。只不过想要做到入乡随俗，到底怎么个随法，自然是入乡先问俗。

老掌柜笑着不说话，陈平安赶紧跟香火铺子请了一筒香。

上道。老掌柜哈哈大笑，这才开始说起里边的那点门道："年轻人你一看就是混江湖的，所以不晓得这官场，很正常。官场上的爵位与官品是不太一样的，更别提这些受香火供奉的神仙老爷们的品秩，又不一样。怎么，听迷糊了吧？"

陈平安点点头，笑道："是有些复杂了。"

老掌柜开始显摆起自己的学识，摇头晃脑道："我们这位城隍爷，早先在开国皇帝手上，其实才封了四品伯爷，只是一直香火灵验，前些年新帝登基后，又下了一道圣旨，将城隍爷追赠为三品侯爷。当时好大的排场，礼部的尚书老爷亲自离京，那么大一个官，亲自带着圣旨到了我们随驾城，进城后，又挑了个黄道吉日，铺子外边这条街，瞧见没，那天天未亮就有大队衙役从头到尾都先洒水清洗了一遍，还不许外人旁观。我是为了看这场热闹，前一夜就干脆睡在铺子里边了，这才得以见到了那位尚书老爷。啧啧，真不愧是文曲星下凡，哪怕远远看一眼，咱都觉得贵气。"老掌柜得意扬扬，"我们这儿，别看只是座郡城，可是前边那位自家城隍爷的待遇已经相当于州城城隍爷了，除了京城城隍庙与陪都那座城隍庙，诰命便再没有更高的了。年轻人，所以你请了香，去庙里一定要多拜拜，多磕头，虽说这城隍庙历来是读书人求文运更灵验些，但是我们城隍爷官位高，本事大，想来你只要心诚一些，也会庇护一二。"

陈平安又问了些城隍庙内的文武属官，果然还是配奉判官二人、城隍六司，以及日夜游神和枷锁将军。这些辅佐城隍爷的属官又各有来历，老掌柜无比熟稔，说得有门有道，只是当陈平安问起可曾亲眼见过城隍爷显灵现身，老掌柜便哑口无言，脸色有些不自然，回了一句："我们这些老百姓哪里能够见着城隍爷的真身，便是站在眼前也认不得才是。"陈平安便笑道："理应如此，老话都说真人不露相，露相非真人，想必这些神灵更是如此。"老掌柜的脸色这才好转。

银屏国城隍爷的礼制与东宝瓶洲大体相同，但有些出入，品秩和配奉两事上便有差异。银屏国当今天子的追封一事有些不同寻常，应该是察觉到了此处城隍爷的金身异样，以至于不惜将一位郡城城隍越级敕封诰命。

陈平安离开香火铺子后，站在熙熙攘攘的大街上，看了眼城隍庙。

宁睡坟冢，不睡破庙，即是此理，一旦世间山水灵气转换，很容易变成福祸颠倒的局面。

陈平安走向火神祠，城隍庙气象尚未有崩散迹象，应该还可以维持一段时日。

火神祠也是香火鼎盛，只是比起城隍庙的那种乱象，此地香火更加清明平稳，聚散有序。但陈平安同样没有步入其中，虽说他如今是能够以拳意压制身上的古怪事，但涉足祠庙之后，是否会惹来不必要的视线关注，他没有把握。如果不是这趟北俱芦洲东南之行太过仓促，按照他原先的打算，是走完了骸骨滩摇曳河水神庙后，再走一遭世俗王朝的几座大祠庙，亲自勘验一番才对。毕竟类似摇曳河祠庙，主人是跟披麻宗当邻居的山水神祇，眼界高，自己入门烧香，人家未必当回事。人家见与不见说明不了什么，不过那位一洲南端最大的河神没有在祠庙现身，却扮演了一番撑篙船夫，想要好心点拨自己来着。

陈平安又逛了逛火神祠附近的香火铺子，询问了一些那位神灵的根脚。这位坐镇城南的神灵亦是从未在市井真正现身，事迹传说倒是比城北那位城隍爷更多一些，而且听上去要比城隍爷更加亲近百姓，多是一些赏善罚恶、嬉戏人间的志怪野史，而且历史久远，代代相传，才会在后人口中流转。其中有一桩传闻，是说这位火神祠老爷曾经与八百里之外一座洪涝不断的苍筠湖湖君有些过节，因为苍筠湖辖境有一位水仙祠庙的渠主夫人曾经惹恼了火神祠老爷，双方大打出手，那位芍溪渠主不是敌手，便向湖君搬了救兵，至于最终结果，竟是一位未曾留名的过路剑仙劝下了两位神灵，才使得湖君没有施展神通，水淹随驾城。

陈平安想了想，便径直离开随驾城，拣选了一条山岭小路，秘密去往那苍筠湖辖境的水仙祠。若是那位自封"渠主"、品秩其实不过相当于河婆的神祇果真还在，便可以旁敲侧击一番，看看能否从中知晓随驾城的内幕。若真是殃及一城的祸事，还是要管上一管的；若是小地方的神仙打架，则看看再说。

夜幕中，陈平安沿着一条宽阔溪流来到一座祠庙旁，道路杂草丛生，人迹罕至，而这座祠庙其实距离市井小镇不过数十里路而已,由此可见,那位渠主夫人香火凋零。

不过陈平安先前在溪湖交汇处的一座山头上看到一伙人正手举火把往祠庙那边行去,他便一路尾随,听他们的交流,有些哭笑不得。这些吃饱了撑的市井少年、青壮,竟是比拼各自的胆识高低来了,看看谁进了祠庙内,真敢去调戏那位渠主娘娘。

这种事情,市井乡野中其实倒也常见,当年陈平安在家乡小镇就遇到一桩:杏花巷曾经有个同龄人自称在神仙坟躺了一晚上,一下子获得了旁边许多同龄人的仰慕。经此一"役",他成了个杏花巷一带的孩子王,之后的岁月里,以欺负陈平安和宋集薪这对泥瓶巷邻居为乐。当然,更想着能够在过家家的时候,让那个名字古怪的稚圭扮演他的小媳妇,只可惜被宋集薪大骂不已,稚圭则从来都是板着脸的模样,眼神冷漠,跟着宋集薪一起跑回小镇,那个同龄人则带着跟屁虫在后边朝他们这对主仆丢泥块。事实上那一晚,陈平安刚好去那边拜菩萨,远远瞧见了那个同龄人,不过是在神仙坟外边晃了几步路就飞奔回家了。

今夜,陈平安看到那一行七八人倒是不愿意亏待自己,带足了酒肉,进了那座不过两进院落的水仙祠庙。匾额倾斜,庙内废弃已久,破败不堪,墙上爬满了绿意浓浓的薜荔。陈平安就坐在庙外远处一棵大树上,将行山杖横放在膝,取出干粮,摘下装有宝镜山深涧水的养剑葫,开始吃起了夜宵。他这一路奔波飞掠,可不是什么闲庭信步。

小祠庙里边已经燃起好几堆篝火,喝酒吃肉,好不快活,荤话连篇。

庙里供奉有一高两矮三尊塑像,本是彩绘神像,只是岁月无情,漆彩剥落,居中正是芍溪渠主,左右应该是随奉侍女。三者皆眉目宛然,栩栩如生,尤其是芍溪渠主,身材修长,璎珞垂珠,色尤姝丽。

陈平安扫了一眼,有些奇怪。那三尊神像不像是藏得住神光的金身,这也是那些市井浪荡子的幸运。

陈平安打算吃过了干粮就去一趟苍筠湖,只是那位湖君在岸上并无祠庙,有些头疼。实在不行,还得露面现身,问一问那些色胆包天的家伙,附近是否还有什么水神祠庙。

陈平安开始闭目养神,炼化宝镜山的深涧阴沉之水,同时心神缓缓沉浸,以山上入门的内视之法,阴神内游自家小天地。

如今的一些古书记载内容很容易让后世翻书人感到疑惑,例如那"躬率吏民,投沉白马,祀水神河伯",为何是白马,书上就从无解释。至于那句"水神不得见,以大鱼大蛟为候"更是让人费解,浩然天下各洲各地,山水神祇和祠庙金身从来不算少见。

陈平安突然睁开眼睛,瞬间收敛了所有气机,寂然不动,唯有视线望向远处溪水入湖口,那里有一股牵动天地灵气细微变化的涟漪波动。很快,陈平安就看到三名女子姗姗而来,为首一人身穿彩衣,衣带飘摇,水雾朦胧,身后两名侍女也是水仙祠庙中的模样，只不过姿色比神像要更好看些，倒是那位芍溪渠主的姿色远远不如神像所绘，不知当年为祠庙渠主神像开脸的能工巧匠每次下刀之时心中作何想。再转移视线，陈平安开始有些佩服庙中那拨家伙的胆识了，其中一个少年爬上了神台，抱住那尊渠主夫人神像一通啃咬，嘴上荤话不绝于耳，引来哄堂大笑，怪叫声、喝彩声不断。

年少时大抵如此，总觉得不守规矩才是一件有本事的事情。若是遇见了心中喜欢的少女，欺负她一下，被她骂几句，翻几次白眼，便算是相互喜欢了。

那三个从苍筠湖而来的女子临近祠庙后便施展了障眼法，变成了一个白发老妪和两个妙龄少女。老妪嘴角冷笑不已，进了祠庙后便是一副慈祥神色了。

那些男子见着了鹤发鸡皮的老妪和她身后两个水灵如青葱的少女，顿时傻眼了，一时间祠庙内鸦雀无声，唯有火堆枯枝偶尔开裂的声响。尤其是那个双手抱住渠主夫人神像脖颈、双腿缠绕神像腰间的少年，转过头来，不知所措。

其中一个少年用手肘轻轻撞了下身边的青壮男子，颤声道："不会真是水神娘娘问罪来了吧？"

那男子摇摇头，从错愕变成了惊喜，嘿嘿笑道："瞪大眼睛看好了，哪里像了，就是个走夜路的老嬷嬷带着俩孙女，多半是附近村子咱们不认识的，咱们艳福不浅啊。"

少年偷偷抹去嘴角油渍，由于知晓这男子的脾气秉性，真怕他喝酒上头，就要做那歹事，小心翼翼劝道："哥，咱们可别冲动，闹大了是要吃官司的。"

青壮男子嗤笑道："闹大了？闹大了才好，生米煮成熟饭，刚好娶进门当媳妇。你们都别跟我抢，那俩丫头片子我瞧着都挺中意，不过我厚道，只要左边那个，右边的你们自个儿慢慢商量。"

老妪佯装慌张，就要带着两名少女离去，却给那男子带人围住。

跳上神台的少年已经从渠主夫人神像上滑落，双手叉腰，看着门口的光景，嬉皮笑脸道："果然那挎刀的外乡人说得没错，我如今桃花运旺。刘三，一个归你，一个归我！"

陈平安突然皱了皱眉头，望向庙内一根横梁。那里坐起一人，是个粗眉壮汉，腰间挂刀。他打了个哈欠，懒洋洋扯去身上一张黄纸符箓，符箓砰然燃烧殆尽。

老妪神色大惊，那汉子笑道："不用点法子，钓不起鱼儿。"

汉子舒展筋骨，同时一挥袖子，一股灵气如灵蛇游走四方墙壁，然后打了个响指，祠庙内外墙壁之上顿时浮现出一道道金光符箓，符图则如飞鸟。

他在那拨市井蠢货动身之前就率先潜入这座水仙祠庙，画符之后，又用了独门符箓和秘术蒙蔽自身气机，不然这位渠主夫人可就要被吓跑了。至于那些拘押符箓，更是师门赖以成名的好手段，名为雪泥符，又名飞鸟篆，符成之后，最是隐蔽，不易察觉，真正如那飞鸿踏雪泥，"泥上偶然留指爪，鸿飞那复计东西"。

不过除了这门符箓绝学之外，自家师门到底是一座响当当的兵家门派，而且精于刺杀，又与寻常兵家势力不太一样，故而同门师兄弟多是世俗王朝那些将相公卿的贴身扈从。虽然在这十数国版图上，师门算不得最顶尖的仙家势力，可是没人胆敢小觑。只不过他性子野，受不得约束，数十年间独独喜好在山下江湖混迹，宁为鸡头不做凤尾，没事就去逗弄那些好似水里泥鳅、山上蚯蚓的江湖豪侠，生杀由我，倒也痛快。尤其是所谓的女侠，更是别有滋味。他此刻看着那老妪和两名少女，已经视为囊中之物。

老妪缓缓问道："不知这位仙师为何处心积虑诱我出湖？还在我家中如此作为，这不太好吧？"

汉子伸手一抓，从篝火堆旁抓起一只酒壶，仰头灌了一大口，然后猛然丢出，嫌弃道："这帮小兔崽子买的什么玩意儿，一股子尿臊味，喝这种酒水，难怪脑子拎不清。"

他似乎心情不佳，死死盯住那老妪："我师弟与你家苍筠湖湖君不太对付，刚好这次我奉师命要走一遭随驾城，湖君躲在他湖底龙宫不好找，知道你这娘儿们从来是个耐不住寂寞的怨妇，当年我那傻师弟与苍筠湖的恩怨，归根结底也是因你而起，所以就要拿你祭刀。湖君赶来那是正好，只要他爬上了岸，我还真不怵他半点。不都说渠主夫人是他的禁脔嘛，回头我玩死了你，再将你的尸体丢在苍筠湖边，看他忍不忍得住。"

老妪脸色惨白，两个侍女更是凄凄惨惨戚戚的可怜模样。芍溪渠主还能维持住障眼法，她们已经灵气涣散，隐隐约约显出真容。

那些市井浪荡子更是一个个吓得面无人色，尤其是那个站在神台上的轻佻少年，要背靠神像才能站住不瘫软成一团。

陈平安虽然不知那汉子是如何隐蔽气机的，但有件事很明显了——祠庙三方都没什么好人。那个坐在篝火旁的少年还算剩下些良心，不过这会儿已经吓得尿裤子了。

芍溪渠主干脆撤了障眼法，挤出笑容："这位大仙师应该是来自金锋国鬼斧宫吧？"

那汉子愣了一下，破口大骂："他娘的，就你这模样，也能让我那师弟春风一度之后心心念念这么多年？我早年带他走过一趟江湖，帮他散心解闷，也算尝过好些权贵妇人和貌美女侠的味道了，可他始终都觉得无趣。咋的，是你床笫功夫了得？"

远处树枝上，始终双手笼袖的陈平安眯起眼。

芍溪渠主脸色难看，仍是语气谄媚道："当年我与仙师的师弟情投意合，不只想要做那露水鸳鸯，而是铁了心要做一对不合规矩的神人道侣，只是被藻溪渠主那个贱婢陷害，将此事偷偷禀报了湖君大人。事后哪怕我苦劝湖君，他仍是执意要出手伤人，才有了那么一桩误会，仙师大人明鉴啊。"

芍溪渠主见那横梁上的汉子已经按住刀柄，便一手抓住一名侍女往前一拽，娇媚笑道："仙师大人，我这两个婢女生得还算俊俏，便赠予仙师大人当暖床丫鬟了，只是希望怜惜一二，来年厌烦之后，能够将她们送回苍筠湖。"

汉子问道："那你呢？"

芍溪渠主笑道:"若是仙师大人瞧得上眼,不嫌弃奴婢这蒲柳之姿,一并侍寝又有何妨?"

汉子不置可否,下巴抬了两下:"这些个腌臜货你如何处置?"

芍溪渠主嫣然一笑:"冒犯神祇,本就该死,碍了仙师大人的眼,更是万死,我这就将这些家伙清理干净。我袖中珍藏有一盏潋滟杯,以苍筼湖水运精华做酒水,刚好借此机会请君宽饮开怀。我亲自为仙师大人倒酒,这两个侍女生前是那宫廷舞姬出身,她们宽衣解带之后,起舞助兴。"

汉子依旧笑意玩味,默不作声,这越发让芍溪渠主心中打鼓。

刹那之间,汉子毫无征兆地一刀劈斩而出。

芍溪渠主吓得一缩头,但是所幸那道刀光不是取她头颅,而是去往祠庙之外。

芍溪渠主花容失色,转头望去。只见一棵大树上,一个头戴斗笠的年轻游侠微微抬头,一手犹然缩在袖中,只用一只手就握住了那抹刀光。刀光与手掌附近凝聚的罡气撞在一起,衬托得那个陌生人宛如神人,手握明月。

汉子心中惊讶,脸色不变,从坐姿变成蹲在横梁上,手中持刀,刀锋雪亮,啧啧称奇道:"哟,好俊的手法!罡气精纯,凝练圆满,银屏国什么时候冒出你这么个年纪轻轻的武学大宗师了?我可是与银屏国江湖第一人打过交道的,他铆足劲倒也挡得住这一刀,却绝对无法如此轻松。"

陈平安轻轻收起手掌,最后一点刀光散尽,问道:"你先前贴身的符箓以及墙上所画符箓是师门秘传,只有你们鬼斧宫修士会用?"

汉子笑道:"接下了与你打招呼的轻飘飘一刀而已,就要跟老子装大爷?"

他从横梁上飘落在地,大踏步走向庙门口,芍溪渠主和两名侍女以及那些早已散开的市井男子都赶紧避让。

汉子以刀拄地,冷笑道:"速速报上名号!若是与我们鬼斧宫相熟的山头,那就是朋友,是朋友,就可以有福同享,今夜艳遇,见者有份。若是你小子打算当个古道热肠的江湖豪客,今夜在此行侠仗义,那我杜俞可就要好好教你做人了。"

那些市井男子只觉得这仙师说得吓人肝胆,但是芍溪渠主却很是意外。姓杜的这番言语其实说得大有玄机,谈不上示弱,可也绝对称不上气焰跋扈。而接下来的一幕,则更让她倍感震惊。

那个年轻游侠一闪而逝,站在了祠庙大门外,微笑道:"那我求你教我做人。"

杜俞一手抵住刀柄,一手握拳,轻轻拧转,脸色狰狞道:"是分个胜负高低,还是直接分生死?!"

结果那人回了一句:"你没打死我,已经快吓死我了。"

芍溪渠主真是没胆子笑出声,不然早就捧腹大笑了。骤然间,她心思急转,退后一步:"杜俞,鬼斧宫杜俞!你是金铎国那对山上大道侣的嫡子?!"

杜俞扯了扯嘴角。好嘛,还挺识趣,这个婆姨可以活命。

只是门外那人又说道:"多大的道侣?两位上五境修士?"

芍溪渠主心中一喜:天大的好事!自己搬出了杜俞的显赫身份,对方依旧半点不怕,看来今夜最不济也是驱狼吞虎的局面了,真要两败俱伤是最好,横空出世的愣头青赢了更是好上加好,对付一个无冤无仇的游侠总归好过应付杜俞这个冲着自己来的凶神恶煞。哪怕杜俞将那个中看不中用的年轻游侠剁成一摊肉泥,也该念自己方才的那点情分才对。毕竟杜俞瞧着不像是要与人搏命的,不然按照鬼斧宫修士的臭脾气,早出刀砍人了。

杜俞勾了勾手指,提起刀,随便一晃,笑道:"只要你小子破得开符阵,进得来这庙,大爷我便让你一招。"

一瞬间,祠庙墙壁一圈金光炸裂,目眩神摇。只见那头戴斗笠的年轻游侠,神出鬼没一般,已经出现在了杜俞身侧,一臂扫在他脖颈之上,打得他气府激荡,重重砸在祠庙内的神台上,不但将那尊渠主夫人神像直接砸成两截,还身陷墙壁之中,当场昏死过去,至于那把刀则摔落在地,铿锵作响。刀光如水,应该是一把不错的刀。

陈平安手持行山杖站在原地,这一手稍作变化的铁骑凿阵式配合破阵入庙之后的一张方寸符,自然是留了力的,不然这个扬言要让自己一招的家伙应该就要当个不孝子,让那对金铎国大道侣白发人送黑发人了。当然,山上修士,百岁乃至千年高龄依旧童颜常驻,也不奇怪。

之所以留力,自然是陈平安回头想要跟那人"虚心请教"两种独门符箓。

至于那些魂飞魄散的市井男子,刚好被拳罡激荡而出的气机涟漪瞬间震晕过去。而那个神台上的轻佻少年,被倒飞出去的杜俞一脚勾连,也给打晕过去,相较于院中男子,他的下场要更加凄惨。

一切都算计得丝毫不差,却只是一拳事。

只剩下那个呆呆坐在篝火旁的少年,陈平安看了他一眼,道:"装死不会啊?"

少年赶紧后仰倒地,脑袋一歪,还不忘翻白眼,伸出舌头。

陈平安笑道:"渠主夫人,打坏了你的塑像,不介意吧?"

言语之际,一挥袖子,将其中一个青壮汉子如同扫帚扫去墙壁,人与墙轰然相撞,还有一阵轻微的骨头粉碎声响。

那位坐镇一方溪河水运的渠主只觉得自己的一身骨头都要酥碎了。

芍溪渠主连忙颤声道:"不打紧不打紧,仙师高兴就好,莫说是断成两截,打得稀碎都无妨。"

陈平安问道:"随驾城那边,到底怎么回事?"

芍溪渠主微微弯腰,双手捧起一盏宝光流转的仙家器物:"仙师可以一边饮酒,容奴婢慢慢道来。"

陈平安笑道:"你这一套在姓杜的那边都不吃香,你觉得对我管用吗?再说了,他那师弟为何对你念念不忘,你心里就没点数?你真要找死,也该换一种聪明点的法子吧,当我拳法低,涉世不深,好坑骗?"

芍溪渠主赶紧收起那只酒盏,但是头顶天灵盖处涌起一阵寒意,然后就是痛彻心扉,整个人给一巴掌拍得双膝没入地底。她神魂晃荡,如置身于油锅当中,忍着剧痛,牙齿打架,颤音更重,道:"仙师开恩,仙师开恩,奴婢再不敢自己找死了。"

陈平安摆摆手:"我不是这姓杜的,跟你和苍筠湖没什么过节,只是路过。如果不是姓杜的非要让我一招,我是不乐意进来的。一五一十,说说你知道的随驾城内幕,如果有些我知道你知道但是你假装不知道的,那我可就要与你好好合计合计了。渠主夫人故意放在袖中的那盏潋滟杯,其实是件用来承载类似迷魂汤、桃花运的本命物吧?"

芍溪渠主笑得比哭还难看:这家伙,分明比那杜俞难缠百倍啊!

她战战兢兢,将那邻居随驾城的祸事一一道来。

陈平安一边听她讲述,眼角余光一边悄然留意两个侍女的神色。

随驾城的城隍爷果真是即将金身崩坏、行至香火大道的尽头了,所谓穷途末路,不过如此。但是像人之畏死,那位城隍爷也不例外,用尽了法子。先是疏通关系,耗尽积蓄,跟朝廷讨要了一封逾越礼制的诰命,可是效果依旧不好,这源于一桩当时无人太过在意却影响深远的陈年旧事:百年之前,随驾城发生过一桩一户书香门第满门横死的冤案,最后在朝廷官员和市井百姓眼中算是沉冤得雪的,然而事实真相则远非如此,当时城隍庙上下官吏一样不知后果如此严重,不然恐怕就是另外一番景象了。

苍筠湖与随驾城是近邻,管辖着一湖三河两渠的湖君大人根深蒂固,故而知晓诸多内幕。那座书香门第,数代人行善积德,家族祠堂匾额内都快要孕育出一个香火小人儿了,却一夜之间惨遭横祸,鸡犬不留。城隍爷雷霆震怒,命诸司胥吏纠察此事,不承想查到最后竟然查到了自家头上。原来城隍庙六司为首的阴阳司主官作为城隍爷的第一辅吏,与那个职责类似一县县尉辅官的枷锁将军相互勾结,擅自化作人形,穿上一副俊美少年的皮囊,诱惑欺凌那个家族的女子,而枷锁将军则相中了那个尚未完全凝聚的香火小人儿,准备拿去贿赂一名仙家修士,希冀着能去州城城隍阁任职,高升为一人之下诸司之上的武判官。枷锁将军便要挟阴阳司主官,两个本该帮助一郡风调雨顺、阴阳有序的城隍庙大员合伙请了一伙流窜作案的江湖匪人入城,血洗了那座书香门第,阴阳司主官则早早私藏了两名美妇于郡城外的乡野僻静宅邸中。

若仅是如此,城隍爷哪怕稍稍徇私,轻判了两名辅官,也不至于沦落到今天这般田地。那位生前就擅长沽名钓誉的城隍爷明面上让诸司鬼吏帮官府找到了那伙匪人,就地斩杀，不留一个活口，然后暗中放过了阴阳司主官，打杀了那个胳膊肘往外拐的枷锁将军，至于那两个妇人，自然难逃一死。但是不承想，那书香门第有一个孩子刚好与府上婢女玩捉迷藏，躲在了夹壁之中，而那婢女又忠心护主，故意死在了夹壁附近，以自己的尸体遮掩了入口。那个孩子最终得以侥幸逃出随驾城，在一个世交前辈的帮助下，更换姓名户籍，其后高中榜眼，又十年，仕途顺遂，成为一郡父母官，开始着手翻案，顺藤摸瓜就查到了城隍庙，然后自然又是一桩惨案。只是相比当年的人尽皆知，这一次，从头到尾，悄无声息，朝廷得知的消息，无非是一位尽忠职守的郡守病死任上。那个本该前途似锦的读书人一生未曾娶妻，身边也无书童婢女，一人孑然上任，又一人赴死落幕。他似乎早已察觉到城中凶险，在悄悄寄出一封给朝中好友的密信之前就视死如归，最终在那一天，他去了沦为荒废鬼宅多年的府邸。夜幕中，那人脱了官袍，披麻戴孝，上香磕头，然后……便死了。

事实上，从他走出郡守府之前，城隍庙诸司鬼吏就已经围住了整座衙署，日夜游神亲自当起了"门神"，衙署之内更是有文武判官隐匿在此人身边虎视眈眈。所以那晚深夜，此人从衙署一路走到故宅，别说是行人，就连更夫都没有一个。

随驾城的城隍爷在斩草除根三年之后，就发现自己的金身开始出现一道裂缝，多年积攒下来的那些阴德竟是都无法弥补这条裂缝，只能眼睁睁看着它越来越蔓延，于是就有了如今的随驾城异象。

陈平安一直安静听着，然后芍溪渠主用略带幸灾乐祸的语气为随驾城城隍庙来了一句盖棺论定："自作孽不可活可是他们最熟稔不过的措辞。真是好笑，随驾城那城隍庙内还摆着一把石刻大算盘，用来警醒世人，人在做，神在算。"

陈平安终于开口问道："那封寄往京城的密信被城隍庙拦截下了？"

芍溪渠主摇头道："回禀仙师，按照我家湖君的说法，那太守行事颇为缜密，确实寄到了京城好友手上才对，只是不知为何，泥牛入海一般，这么多年下来，朝廷浑然不知此事，倒是那个收信之人，官场顺遂，当年都做到了刑部尚书，后来更是家门昌盛，子孙科举文运都极好，光是进士就出了六人之多，如今的家主也是主政一方的封疆大吏。"

陈平安又问道："连同这个姓杜的在内，那么多修道之人一起赶赴随驾城又是为何？难不成那位城隍爷如此光风霁月，交了这么多山上朋友，想要拉城隍庙一把？"

一直乖乖杵在原地的芍溪渠主降低嗓音，仰头说道："随驾城风水颇为奇怪，在城隍庙出现动荡之后似乎便留不住一件异宝了，每逢月圆、暴雨和大雪之夜，郡城之中便都会有一道宝光从一处牢狱当中气冲斗牛。这么多年来，好些山上的高人都跑去查探，只是都未能抓住那异宝的根脚。有堪舆高人推测，那是一件被一州山水气运孕育了数千年的天材地宝，随着随驾城的怨气煞气越来越重，便不愿再待在随驾城，才有了重宝现世的兆头。"

陈平安再眯眼而问："我不过是随便问了你一番，就知道了这么多骇人听闻的真相，那么多能人异士，又经过了这么多年，一个个腾云驾雾飞来飞去，在随驾城来来回回，说不得还有不少修士在城中扎根多年，可就没一位神仙老爷尝试为那户人家翻案？"

苟溪渠主这一次的发愣是油然而生的，并非作伪，然后喃喃道："翻案做什么？与城隍庙交恶，岂不是更得不着那件异宝了？"

陈平安摘下斗笠，挠了挠头，望向夜空："这样啊……倒是一个很有道理的说法。"

祠庙神台后墙壁那边有些声响，苟溪渠主只觉得一阵清风扑面，猛然转头望去。

神台被那人一撞对半而开，尘土飞扬。已经偷偷清醒过来、想要有所动作的鬼斧宫杜俞直接再被那人单手抓住脖颈，狠狠砸入地面。当那人起身后，杜俞已经气机断绝，死得不能再死了。

苟溪渠主在那一刻，身为一位水神娘娘，竟然都感到遍体冰凉，如坠冰窖。

那人侧身转过头来望向她，面无表情。他的眼神如古井幽幽，仿佛水深处正有蛟龙摇曳，欲攀缘井壁而上，探出头颅来看一看井外的天地人间。

苟溪渠主想要后退一步，躲得更远一些，只是双膝深陷，只好身体后仰，似乎只有这样，才不至于直接被吓死。

却是不知为何，下一刻，那人便蓦然一笑，站起身，拍拍手掌，重新戴好斗笠，伸出两根手指扶了扶，微笑道："山上修士，不染红尘，不沾因果嘛，天经地义的事情。"

苟溪渠主眼神恍惚，轻轻晃了晃脑袋，哭丧着脸，颤声问道："仙师真杀了那杜俞？"

陈平安想了想，笑道："半死吧，魂魄给我拘押起来了。鬼斧宫这么大一个门派，这姓杜的爹娘又是渠主夫人所谓的山上大道侣，我哪敢对此人不敬，小惩薄戒罢了。"

苟溪渠主心道：眼前这个年轻人真是嘴上抹了蜜，心肠却爬满了蛇蝎！瞧着年纪轻轻，一定是个在山上修行了无数年的老怪物。好一个心狠手辣笑嘻嘻的神仙客！

陈平安衣衫一震，身上沾惹的灰尘砰然四散，一袭青衫顿时不染纤尘。他径直从断裂出缺口的神台走过，经过篝火堆和那装死少年身边的时候，笑道："赶紧擦擦哈喇子，然后继续装死。"

那市井少年赶紧照做。

第九章
压下一条线

陈平安坐在祠庙门槛上，看着芍溪渠主和她的两个侍女，摘下养剑葫喝了一口深涧阴沉水。

他确实以一门秘法神通收拢了杜俞的魂魄，并不是危言耸听。这可不是什么山上入门的仙法，而是陈平安当初在书简湖跟截江真君刘志茂做的第二笔买卖。术法品秩极高，极其消耗灵气，这会儿陈平安的水府灵气积蓄几乎被全部掏空，近期陈平安是不太敢以内视之法游历水府了——见不得那些绿衣童子们的哀怨眼神。

陈平安从袖中取出一粒莹莹雪白的兵家甲丸，还有一颗表面篆刻有密密麻麻符图的朱红丹丸，这便是鬼斧宫杜俞先前偷袭所用之物。丹丸由一只妖物的内丹炼化而成，功效类似当年在大隋京城，那伙刺客围杀茅小冬的致命一击，只不过那是一颗货真价实的金丹，陈平安手上这颗远远不如，多半是观海境妖物的内丹，至于那兵家甲丸，想必是杜俞想着不至于玉石俱焚，靠着这副神人承露甲抵挡内丹爆炸开来的冲击。

算计是好算计，当时陈平安在听到随驾城那桩陈年旧事后确实有些心神不定，被杜俞掐准了时机。只可惜杜俞先前那点细微的气机涟漪导致墙壁缝隙碎石激起些许飞尘，芍溪渠主未必能够察觉到丝毫，可在拳意流淌自如、仿佛神灵庇护的陈平安这里简直就是声如雷鸣。毕竟落魄山竹楼一位十境武夫的出拳那才是真正的悄无声息，骤然炸雷，很多时候陈平安都需要靠猜、靠赌，才能……不被打得太过结结实实，躲还是躲不掉的，哪怕崔诚将拳意压在远游境。而当初与朱敛的切磋，这个武疯子被崔诚每天逼着必须将陈平安打个半死，出拳那是真不讲究。

说到底，还是杜俞修为不够高。这就像陈平安在鬼蜮谷惹来了京观城高承的觊觎，没有任何犹豫，陈平安选择跑路。杜俞如果没有心存侥幸，清醒过来后也直接跑路，陈平安会阻拦，但是绝对不会痛下杀手。

陈平安收起了那颗杜俞压箱底的保命丹丸，放入袖中，手心攥着那枚雪白甲丸，缓缓拧转，望着芍溪渠主："我说过，你知道的，都要说给我听。夫人自己也说过，再也不主动找死了。"

芍溪渠主神色悲恸，满脸凄凉道："仙师大人，奴婢真的没有藏掖啊，仙师大人莫不是要冤死奴婢才甘心？"她身体扑倒在地，脸颊枕在双臂上，整个人伏地不起，双肩颤动，可怜至极，"奴婢到底是造了什么孽啊，要被仙师如此冤枉。"

陈平安站起身，芍溪渠主立即收声。下一刻，陈平安就蹲在了她身旁，手掌按住她的头颅，重重一按，她的下场便与杜俞如出一辙，昏死过去，大半头颅陷入地底。

两个侍女畏惧不已，想要逃命，其中一个被陈平安一袖罡气砸中后背，娇躯嵌入墙壁当中，亦是当场晕厥。只剩下一个颤颤巍巍的侍女，刚跨出去一步，就像是被施展了仙家定身术，不敢动弹。

陈平安转身坐在台阶上，说道："你比那个穿墙术学得不精的姐妹要实诚些，先前渠主夫人说到几个细节，你的眼神透露了不少消息给我。说说看，就当是帮你家夫人查漏补缺。不管你放不放心，我还是要再说一遍，我跟你们没过节没恩怨，杀了一方山水神祇，哪怕是些随侍辅官，可都是要沾因果的。"

那侍女倒也不笨，抽泣道："渠主夫人敬称公子为仙师老爷，可小婢怎么看都觉得公子更像一位纯粹武夫。那杜俞也说公子是位武学宗师，武夫杀神祇，不用沾因果的。"

陈平安哑然失笑，一拍养剑葫，飞剑十五掠出，如飞雀萦绕树枝。夜幕中，一抹幽绿剑光在陈平安四周飞快游弋。

侍女目瞪口呆："公子果然是位剑仙！"

据说在苍筠湖高高在上的湖君大人生平最怕的就是那些飞剑取头颅的剑仙！

陈平安笑道："你说是就是吧。"

那侍女开始犹豫不决，她脸上的悲苦神色与芍溪渠主先前的楚楚可怜大不相同，她是真情流露：只要自己今晚泄露了天机，依照渠主夫人喜欢猜疑的脾气，以及湖君大人的暴虐性情，还不是一个"死"字？一湖三河两渠在数百年间因为一点小事触怒湖君，结果被点了水灯、魂魄被抽丝剥茧出来作为灯芯日夜燃烧的姐妹，她一双手都数不过来。那些姐妹的魂魄直到水灯滴落最后一点精魄油滴才算脱离苦海，只是同样再无来生来世了。

陈平安原本想要多说一些曲折脉络，以及稍稍透露出自己的后续打算，为她宽心，但是最后就只说了一个字："说。"

侍女吓得身体一晃，再不敢心存侥幸，便将自己知晓、推敲出来的一些内幕，竹筒倒豆子般，一股脑说给了这位年轻剑仙。

苍筠湖那位湖君是她们银屏国数一数二的高品水神，便是遇上了几位山岳之主也可平起平坐，素来瞧不起随驾城城隍庙。尤其是那位火神祠神祇，曾经与芍溪渠主结怨，斗法一场，苍筠湖湖君差点就要驾驭湖水摆出水淹随驾城的架势，逼迫火神祠神祇现身，当着一城百姓的面磕头认错，后来还是一位白发苍苍的过境剑仙从中斡旋，才就此作罢。但是苍筠湖湖君对随驾城怨恨更深，当年那位太守寄往京城好友的密信，城隍庙被蒙在鼓中，苍筠湖湖君却洞若观火，暗中派遣藻溪渠主截下了送信人。得知密信内容后，苍筠湖湖君将一枚可以令山水神祇离境远游的玉玺信物交予藻溪渠主，命她与那送信人一起走了趟银屏国京城。

陈平安听到这里，问道："那火神祠神祇与城隍庙关系如何？"

侍女说道："关系平平。照理说火神祠品秩要低些，但是那位神人却不太喜欢跟城隍庙打交道，许多山上仙家筹办的山水宴席，双方几乎从不会同时出席。"

陈平安又问："湖君对那城隍庙又是什么态度？"

侍女柔声道："湖君大人更是看不起城隍爷。我们渠主夫人偶尔在湖底龙宫喝高了，回到私宅，便会与我们姐妹二人说些体己话，说湖君大人笑话那位城隍爷就是个草包，生前最喜欢剽窃寒士诗词，然后砸钱为自己扬名，银屏国选了这么个家伙当城隍爷，只重名声清誉，生前身后都不是个有治政才干的，平日里吟风赏月，自号玩月真人，喜欢当甩手掌柜，也不知驭人之术，所以随驾城这场灾祸哪里是什么天灾，分明就是人祸。不过我们苍筠湖与随驾城城隍庙面子上还算过得去，那位城隍爷经常会带一些京城外出游历的达官显贵、王公子孙去湖底龙宫长长见识，湖君府邸中又有美婢十数人，个个狐媚子，故而贵客们次次乘兴而来、尽兴而归。"

陈平安说道："城隍庙一错再错，铸成今日大祸，火神祠自然会被殃及，其实你们那位湖君乐见其成吧。"

侍女默不作声，片刻之后，苦笑道："湖君大人是一国水神魁首，心思深邃，我这等卑微小婢哪里能猜得到。"

陈平安点点头，将那枚丸也收入袖中，然后轻轻一弹指，侍女直挺挺后仰倒地。他一挥袖子，那墙中婢女好似被人拽入院中，翻滚在地，缓缓醒来，她头疼欲裂，浑身筋骨几乎散架了。

陈平安问道："方才这小婢脑子里一团糨糊，问不出什么来，你瞧着机灵些，你来说说看？"

这婢女想要跪地磕头饶命，被陈平安一弹指，虽力道稍轻，仍砸得她如断线风筝般倒飞出祠庙大门，然后又被陈平安一伸手驾驭返回，掐住她脖子。双方对视，侍女见着了他的眼神,吓得肝胆欲碎,脸色铁青,呜呜咽咽,似乎有话要说。

陈平安随手将她摔在院中地上,她瘫软在地,然后深吸一口气,站起身,转头凝视着芍溪渠主,眼神复杂,有感激,有恋恋不舍,有埋怨。最后,她板着脸,朝那个装神弄鬼的年轻仙师狠狠吐了一口唾沫,冷笑道:"老娘说完了!"

陈平安只是伸手拍散唾沫,神色自若,坐在台阶上,双手轻轻放在那根青翠欲滴的行山杖上,又是抬手一弹指,将其击晕。然后以行山杖巧妙敲地,芍溪渠主被那条蜿蜒而至的罡气打在后脑勺上,顿时清醒过来,将脑袋从地底下拔出来,然后痴痴地坐在地上,有些茫然。

陈平安一脸怒容:"两个贱婢跟在你身边这么多年,都是混吃等死的蠢货吗?"

芍溪渠主如释重负。以往还埋怨两个侍女都是痴货,不够伶俐,比不得湖君大人府上那些狐媚子办事得力,勾得住、拴得住男人心。现在看来,反而是好事。一旦将苍筠湖牵连,到时候不但她们两个要被点水灯,自己的渠主神位也难保。藻溪渠主那个贱婢最喜欢搬弄唇舌,暗箭伤人,已经害得自己祠庙香火凋零多年,还想要将自己赶尽杀绝,这不是一天两天的事情了,整座苍筠湖都在看热闹。

陈平安说道:"你去把湖君喊来,就说我帮他宰了鬼斧宫杜俞,让他亲自来道声谢。记得提醒他,我这人两袖清风,最受不了铜臭气,所以只收顺眼的江河异宝。"

芍溪渠主错愕道:"我去?"

陈平安冷笑道:"不然我去?"

芍溪渠主起身就要运转本命神通,化作水雾远遁。陈平安指了指两个倒地不起的侍女:"她俩姿色比你这渠主夫人可是好上不少。湖君谢礼之后,我去过了随驾城,得了那件即将现世的天材地宝,随后肯定是要去湖底龙宫拜访的。我江湖走得不远,但是读书多,那些文人笔札多有记载,自古龙女多情,身边婢女也妖娆,我一定要见识见识,看看能否比夫人身边这两个婢女更加出彩。若是龙女和龙宫婢女们的姿色更佳,渠主夫人就不用找新的侍女了;如果姿色相当,我到时候一并讨要了,银屏国京城之行可以将她们卖出高价。"

芍溪渠主赶紧附和道:"两个贱婢能够侍奉仙师,是她们天大的福气……"

陈平安打断她的言语,讥笑道:"可如果我见过了,对她们很失望,那么渠主夫人和那与你姐妹情深的藻溪渠主可就要一同随我入京了。"

对于这些,芍溪渠主并不担心,反正有湖君大人顶着,只要自己安然返回苍筠湖龙宫,见着了湖君,最终鹿死谁手还不好说呢。她赶紧抖了抖袖子,两股碧绿色的水运灵气飞入两个侍女的面目,让两人清醒过来,与陈平安告罪一声,说定然快去快回。

陈平安突然喊住芍溪渠主,后者身体僵硬地转过身,苦涩道:"不知仙师还有什么吩咐?"

第九章 压下一条线

陈平安伸出一只手掌,微笑道:"借我一些水运精华,不多,二两重即可。"

芍溪渠主既心惊心疼,又有一些庆幸。水运精华可是水神修行的大道根本之物,只是比起命丧当场,总归是划算的。她赶紧伸出一根手指抵住眉心处,一点湛青色精光绽放,然后一条金线如溪涧从山顶峡谷倾泻而下,绕过肩头,沿着手臂一路往手腕处流泻。最终她托起一掌,蹦出一颗碧绿水珠来,轻轻往陈平安那边一推,抹了抹额头汗水,笑道:"仙师说借,真是羞煞奴婢了,这四两水运精华,当是奴婢侥幸得遇仙师,一份小小的见面礼。"

陈平安笑道:"比起异宝潋滟杯,是算小。"

芍溪渠主不敢说话。潋滟杯可是她的大道性命所在,山水神祇能够在香火淬炼金身之外精进自身修为的仙家器物寥寥无几,每一件都是至宝。潋滟杯曾是苍筠湖湖君的龙宫重宝,藻溪渠主之所以对她如此仇恨,就是为了这只极有渊源的潋滟杯。按照湖君大人的说法,它曾是一座巨制道观的重要礼器,香火浸染千年,才有这等功效。

主仆三人离开祠庙后,陈平安收起那颗水运珠。虽只有四两重,但解一时之渴还是可以的,甚至效果犹胜灵丹妙药,不过绝非长久之道。修行路上,有些捷径可以让练气士快速走到半山腰,但是越往后,就越是隐患无穷。

陈平安没有急于炼化水运珠补给水府灵气,坐在原地,想着事情。他心知那三人这一去未必会回来了,苍筠湖湖君多半更不会上岸见面。死了个鬼斧宫杜俞,难不成他这个苍筠湖共主跑来帮忙收尸?只要上了岸,进了祠庙,就等于被他陈平安一巴掌拍在脸上,糊了一脸屎,鬼斧宫和杜俞爹娘那对道侣会在乎你苍筠湖湖君是不是被殃及池鱼,遭了无妄之灾?再说了,你堂堂银屏国水神魁首,好意思说殃及池鱼?至于那两个祠庙侍女,一个在他这边做对了,一个在芍溪渠主那边做对了,所以都可以活。

陈平安手腕一拧,手中浮现出一颗十缕黑烟凝聚缠绕的圆球,最终变幻出一张痛苦扭曲的男子脸庞,正是杜俞。每当有寻常清风拂过,那颗由三魂七魄汇总而成的圆球就会痛苦不堪,仿佛修士遭受了雷劫之苦。

世间阴物,便是如此不被天地所容。半死之杜俞竭力开口,嗓音仍是细若蚊蝇:"求求你了,将我魂魄速速放回皮囊当中,还有得救,有得救。只要能活,我杜俞便自己剜出三滴心头精血,点燃三炷香,敬告天地祖师,立下师门秘传的仙家毒誓,再不敢与你为敌,决不敢了……"

陈平安置若罔闻:"春风一度,这么好的一个说法,怎么从你嘴里说出来,就这般糟践下作了,嗯?"他五指如钩,微微弯曲,便有丝丝缕缕的罡气旋转,刚好笼罩住这颗魂魄圆球,杜俞顿时鬼哭狼嚎起来。

陈平安缓缓说道:"江湖女侠的滋味到底是什么滋味?你与我说说看,我也走过江湖,竟然都不知道这些。"

杜俞刚要开口,陈平安侧过头,但是手上却加重了力道,罡气越发凝练,竟是浓稠似水欲结冰的惊人气象。他以竖耳聆听状道:"你说什么?大声一点,我听不清。"

杜俞的三魂七魄刚刚被秘术剥离出身躯,本就处于最孱弱的阶段,此刻生不如死,魂魄混淆,十缕黑烟纠缠如乱麻。再这么下去,哪怕逃离牢笼,也会彻底失去灵智,沦为厉鬼,浑浑噩噩,人人得而诛之。

陈平安松开五指,抬起手,绕过肩头,轻轻向前一挥,祠庙后边那具尸体砸在院中。他站起身,蹲在杜俞尸体旁边,手心朝下,猛然按下。

约莫一炷香后,杜俞口吐白沫,抽搐不已,七窍流血,瞧着吓人,却是好事。若是没这些动静,说明这副皮囊已经拒绝了魂魄入驻其中。一旦魂魄不得其门而入,三魂七魄终究还是只能离开身躯四处飘荡,要么受不住那天地间的诸多风吹拂,就此消散,要么侥幸秉持一口灵气一点灵光,硬生生熬成一只阴物鬼魅。

杜俞坐起身,大口吐血,然后迅速盘腿坐好,开始掐诀,心神沉浸,尽量安抚几座动荡不安的关键气府。等到他重重吐出一口浊气,转头望去,陈平安正蹲在不远处,双手笼袖,盯着地上那把刀。

杜俞心思急转,陈平安只是纹丝不动。

杜俞哀叹一声,打消了搏命的念头,缓缓起身,手指在心口处点了三下,脸庞扭曲起来,然后三滴心头精血如灯芯点燃,三缕青烟袅袅升起如三炷香火。

杜俞微微低头,双手持香齐眉,朗声道:"即刻起,鬼斧宫兵家子弟杜俞告之天地君亲师,发誓不会报仇,这段恩怨,如那山水有别,就此不回头……"

陈平安站起身,脚尖踩在刀柄上,轻轻一踩,刀光一闪,刚好没入杜俞腰间刀鞘,吓得杜俞又有些腿软。这就是一朝被蛇咬,十年怕井绳。

陈平安手持行山杖,走向祠庙大门:"相逢是缘,我有些事情想要跟你请教一番。"

杜俞心中纠结不已:缘你大爷的缘,老子都差点要在这条臭水沟里身死道消了。当然,想归想,他依旧老老实实跟在陈平安身后,一起走出水仙祠。

杜俞袖中空空,向爹爹借的神人承露甲没了,苦苦向娘亲求的炼化妖丹也没了,他的心肝肠子疼得都要扭在一起了,只是一想到三魂七魄被人拘押在手的磨难,杜俞更是不由自主打了个激灵。心神不定,魂魄不安,这就是魂魄离体的后遗症,接下来几十年都要好生休养才行。这趟随驾城之行算是莫名其妙就栽了个大跟头,伤了大道根本不说,回去后该怎么跟爹娘解释又是大麻烦。

两人一前一后走在杂草丛生的小路上。月色静谧,水雾沁凉。

杜俞的心其实更凉。此人到底是何方神圣?十数国的山上修士,大大小小的武学宗师,他游历四方,见闻极广,真没有这么一号人物,能够让他如此憋屈的年轻一辈修士更是屈指可数。

陈平安以行山杖开路,如同月下散步,心境渐渐趋于平稳,笑道:"知道自己为什么能还魂吗?"

杜俞苦笑道:"前辈是想要我们鬼斧宫的那两种符箓?泄露祖师堂秘法,可是要被打断长生桥、逐出师门的。"

陈平安说道:"天知地知你知我知,怕什么?再说你行走江湖这么多年,还敢将一位水神娘娘当鱼儿钓,会怕这些规矩?你们这种人,规矩嘛,就是以打破为乐的。"

杜俞越发心惊。这种话,唯有证得大道之人,真正无情,才能够说得如此自然而然。类似的口气类似的话,他爹娘私底下也与他说过。

陈平安说道:"你今夜只要死在了苍筠湖边上的水仙祠,鬼斧宫找我不易,渠主夫人和苍筠湖湖君找我也难,到最后还不是一笔糊涂账?所以你现在应该担心的不是什么泄露师门机密,而是担心我知道了画符之法和相应口诀后杀你灭口,一了百了。"

这是跟杨凝性学来的手段,栽赃嫁祸泼脏水。

杜俞默然无语。那个背负竹箱、手持竹杖的年轻人言语温和,真像是与好友寒暄闲聊:"知道了你们的道理,再来讲我的道理,就好聊多了。"

杜俞停下脚步:"前辈如何保证我说出驮碑符和雪泥符后不杀我毁尸灭迹?"

陈平安随之停步,只是转过头:"你只能赌命。"

杜俞惨然道:"前辈!我都已经立下重誓,为何仍要咄咄逼人?"

只见那人一脸惊讶:"你仗着大门派嫡传修士的一身能耐下山游戏江湖,草菅人命,与我拳头更硬,将你视为蝼蚁,玩弄于掌心,不是一个道理吗?很难理解?你这么蠢,爹娘不着急?"

杜俞欲哭无泪。碰到这么个"实诚"的山上前辈,难道真要怪自己这趟出门没翻皇历?

陈平安望向远方苍筠湖:"等到湖君登岸,你可就未必还有机会开口了。用两道符箓买一条命,我都觉得这笔生意划算。"

杜俞一咬牙:"那我就赌前辈不愿脏了手,白白沾染一份因果业障。"

陈平安视线转移,望向随驾城方向,似笑非笑。

杜俞不敢抽刀,只是折了一根枯枝,蹲下身开始画符,再以心湖涟漪告诉陈平安口诀。

驮碑符傍身,能够极好隐匿身形和气机,如老龟驮碑负重,寂然千年如死。但是修士本人对于外界的探知也会受到约束,范围会缩小不少,毕竟天底下少有两全其美的事情。

驮碑符是鬼斧宫兵家修士精通刺撒的杀手锏之一,至于那雪泥符,更是让许多山上阵师梦寐以求。又名飞鸟篆的这道鬼斧宫符箓历史悠久,是师门开山老祖的拿手好戏，只不过鬼斧宫后世子弟大多只得皮毛，难得精髓。

杜俞亦是如此，但是他娘亲倒是精通此道，是师门三百年来的雪泥符绘制第一人，曾经私自将此符偷偷传授给一位顶尖仙府的大修士，使得那人道法高涨。鬼斧宫事后知晓，自家人都还没说什么，就被另外与那修士敌对的一座山头跑来追责问罪，双方闹得很不愉快，可最后仍是不了了之。祖师堂对他娘亲的责罚不过是闭关思过十年，对于修道之人而言，短短十年光阴，弹指一挥间罢了，算个屁的责罚。更何况面壁思过之地还是一处灵气充沛的风水宝地，杜俞是事后才知道，那位得了师门雪泥符的顶尖大修士悄悄来过一趟鬼斧宫，应该是为娘亲求情了。

一开始杜俞还担心此人只是眼馋两道符，想着技多不压身，其实本身不擅符箓此道，他已经做好打算，需要自己多费一番口舌，当一回糟心的教书先生。不承想那人只是听自己一路讲解下去，从两道符箓的纲领到具体口诀内容再到细微关键处，始终从无询问，只是让他重复了三遍。第二遍的时候，杜俞由于太过熟稔符箓真解文字，无意中漏过了一句无足轻重的话，结果就发现那人眯起眼，轻轻提起了那根原本拄地的行山杖，吓得杜俞差点给自己甩了一个大嘴巴，赶紧亡羊补牢，一字不差地重说了一遍。

三遍之后，那人低下头，看着地上那两张符箓。

杜俞大气不敢喘。

那人以行山杖画符，依样画葫芦，绘制出两张相对粗糙的驮碑符、雪泥符，符成之时，灵光一点通，莹莹生辉，虽然符胆品秩不高，可符箓到底是成了。

杜俞额头渗出细密的汗珠子：亲娘哎，符箓一道真没这么好入门的，不然为何他爹境界也高，历代师门老祖同样都算不得"通神意"之评语？委实是有些修士先天就不适合画符，所以道家符箓一脉的门派府邸，勘验子弟资质，从来都有"初次提笔便知是鬼是神"这么个残酷说法。眼前这位前辈，绝对是行家里手！说不得就是一位深藏不露的符道大家！什么纯粹武夫，都是障眼法……只是一想到这里，杜俞又觉得匪夷所思：若真是如此，眼前这位前辈，是不是太过不讲理了？

陈平安以行山杖抹去双方画出的四张符，打散符胆灵光："你的诚意够了，那咱们再来做笔真正的买卖？"

杜俞疑惑道："怎么说？"

陈平安将兵家甲丸和炼化妖丹从袖中取出："都说夜路走多了容易撞见鬼，我今儿运道不错，先前从路边捡到的，觉得比较适合你的修行。看不看得上？想不想买？"

杜俞大义凛然道："难得前辈愿意割爱，只管开价！便是砸锅卖铁，我都愿意重金溢价买下它们！"

陈平安点点头，想起一事，伸出一根手指，一颗碧绿水珠滴溜溜旋转。陈平安拨出约莫一两水运精华的分量，收起剩下的，笑道："这是渠主夫人的馈赠，就当是我的诚意了,你受了伤,急需灵气救济一二。这颗水运珠子可是一位水神娘娘的大道根本,赶紧拿去炼化了吧。"

杜俞没得选,只好取过那颗珠子,一掌轻轻拍入心口,默然炼化,然后神色古怪:这真是一颗水运精华凝聚而成的珠子?非但没有半点不适,反而如心湖之上降下一片甘霖,心神魂魄倍觉酣畅淋漓。

陈平安笑道:"好了,谈正事。一件品秩这么高的神人甘露甲、一颗攻伐威力如此巨大的炼化妖丹,你打算出多少钱捡漏?"

杜俞小心翼翼问道:"前辈,能否以物易物?我身上的神仙钱实在不多,又无那传说中的方寸冢、咫尺洞天傍身。"

陈平安笑着点头:"自然可以。"

杜俞从怀中掏出一只流光溢彩的小绣袋,动作轻柔,打开绳结,取出一张折叠起来的书页,摊开后,丝毫不见折痕。他说道:"此物异常珍贵,是我早年与人厮杀,在一处破败古寺的地道中偶然得到,我爹娘要我一定要保管好,说是价值连城,买卖此物至少也需要一枚小暑钱才行,不然就对不住它。"

陈平安接过那张书页,是金字佛经。他笑着收下,将那甲丸与妖丹交给杜俞。

陈平安深吸一口气,转身面对苍筠湖,双手拄着行山杖。

杜俞下意识后退了一步,面露厉色,可仍是不敢开口说话。

定人生死,从来不是一件轻松事。正是如此,陈平安才没能完全隐藏住那份似有似无的心境。

之前在鬼蜮谷黑河之畔,覆海元君听到陈平安的保证后,依旧转头向那个明明更加言而无信的书生求饶,务必要那书生发誓,她才去打开河底禁制。大概就是她察觉到了,在那一刻,自己其实生死已定。

这一刻,杜俞也是。生死一线,修士的直觉总是无比准确。

杜俞双手摊开,直愣愣看着那两件失而复得、转瞬间又要落入他人之手的重宝,叹了口气,抬起头,笑道:"既然如此,前辈还要与我做这桩买卖,不是脱裤子放屁吗?还是说故意要逼我主动出手,希冀着我身穿一副神人承露甲,掷出妖丹,好让前辈杀我杀得天经地义,少些因果业障?前辈不愧是山巅之人,好算计。若是早知道在浅如水塘的山下江湖也能遇见前辈这种高人,我一定不会如此托大,目中无人。"

陈平安望向远方,问道:"那渠主夫人说你是道侣之子?"

杜俞点头道:"一个姓杜,一个姓俞,我便叫杜俞了。"

陈平安转过头笑道:"不错的名字。"他抬起手摆了摆,"你走吧,以后别再让我碰到。"

杜俞苦笑道:"我怕这一转身,就死了。前辈,我是真不想死在这里,憋屈。"

陈平安说道:"也对,那就跟着我走一段路?我要去找那位藻溪渠主,你认得路?"

杜俞点头。

两人真就这么翻山越岭，一起去往藻溪地界。一路上，陈平安问了些银屏国在内十数国的山上山下形势，杜俞自然有问必答。

陈平安听过了那对金童玉女的一些事迹后，笑问道："这黄钺城少年何露、宝峒仙境的仙子晏清，听上去怎么像是江湖演义小说上的才子佳人，只是因为各自山头敌对，才害得他们无法成为一对神仙道侣？"

杜俞说道："在前辈眼中兴许可笑，可便是我见着了他们二人也会自惭形秽，才会知道真正的大道美玉到底为何物。"

陈平安不予置评。

两人来到一处山巅，往西远眺，便是藻溪辖境了，水神祠庙已经相距不远。

陈平安问道："城隍庙重宝现世，你是为此而来？"

杜俞不敢隐瞒什么，说道："除了我，还有一位师叔和三位师弟师妹一起赶赴随驾城。不过异宝早已被黄钺城和宝峒仙境内定，我们鬼斧宫不过是帮关系更好些的宝峒仙境摇旗呐喊，壮一壮声势罢了。我呢，不怕前辈笑话，就想看看能否瞧见那何露和晏清。两人碰头后，不得不为此相爱相杀，估摸着都该是一脸吃屎的表情。一想到这个，我就心情不错。"

陈平安笑了笑："你算不算真小人？"

杜俞讪笑道："前辈谬赞了，晚辈愧不敢当。"

陈平安点头道："这个'真'字，确实分量重了些。"

杜俞由衷说道："前辈言语看似随意，若是细细琢磨，真乃字字玄妙，发人深省。"

陈平安眼神古怪："跟我抢生意？"

杜俞一头雾水，战战兢兢，噤若寒蝉。

两人继续赶路。

相较于几近荒废、连金身都不在庙内的水仙祠，藻溪渠主的祠庙要更气派，香火气息更浓，一看就是个会经营的水神娘娘。不过她既然能够打压得另外一位渠主抬不起头，以至于祠庙都废弃不用，肯定不是省油的灯。

下山之时，陈平安将那桩随驾城惨案说给了杜俞，要杜俞去询问那封密信的事情。

杜俞心想老子今夜都算是死过两回的人了，还怕得罪一个小小渠主？所以半点没有犹豫就答应下来。别说是一个小小河婆的藻溪渠主，这会儿就是苍筤湖湖君站在自己身前，惹恼了自己，也照砍不误。如果不是那位前辈说了要好好商量，他都要提刀踹门，一刀将其砍个半死，再让那藻溪渠主来跟他杜大爷谈谈正事，聊完之后，一刀毙命，才解心头之恨。都他娘是你们苍筤湖风水不好，才害得老子这会儿只能跟在那人屁股后头乖乖当条摇尾乞怜的走狗，最可恨的是，摇尾乞怜也就罢了，还要担心一个尾巴没晃好，就要给人莫名其妙一巴掌拍死了。

两人各自敛了气机，徒步下山，免得打草惊蛇。

陈平安随口问道："你如果早早知道了随驾城惨案，会怎么做？说心里话就行。"

杜俞笑道："自然是事不关己高高挂起。一位郡城的城隍爷可不是寻常河婆之流的朝廷诰命，且不说能否打杀，就算可以，因果太重。再说了，江湖恩怨，官场是非，真没什么有趣的，翻来倒去就是那些个狗屁倒灶的鸡毛事。不过话说回来，咱们山上也好不到哪里去，真正潜心修道的人倒也有，不算少，既不害人也不救人，清清净净。我只是性子躁，修为又遇上了瓶颈，才会去江湖找乐子。"

杜俞有些忐忑，便多问了一嘴："晚辈这些肺腑之言，不会惹来前辈不快吧？"

陈平安摇头道："不会。见多了，便难起涟漪。"

杜俞沉默许久，突然说道："不过我若是爹娘嘴中的真正山巅人，兴许一个高兴，便古道热肠一番，或是见那城隍爷一个不顺眼，也就随随便便一刀砍死了，至于那个太守的冤案，与我无关，不掺和。这种事，吃力不讨好。宰了城隍爷，我不求名，只求利，山水神祇的金身一碎，老值钱了。而如今，如果没有重宝现世一事，我进了随驾城，也就是吃喝玩乐走一圈，拍拍屁股走人。"

陈平安说道："等你成为那山巅人，就会发现，一个郡城的城隍爷根本让你提不起求利的兴趣，许多今日之心心念念，无非是来年之付诸一笑。"

杜俞细细咀嚼一番，然后自嘲道："我资质尚可，却没有黄钺城城主和宝峒仙境老祖师那么好的修道根骨。不说这两位已经得了道的大佬，仅是何露与晏清就是我这辈子注定越不过的大山，有些时候在江湖里厮混，自个儿喝着酒也会觉得借酒浇愁的说法不骗人。"

陈平安问道："你行走江湖多年，见过那些……你觉得很傻的江湖人吗？"

杜俞笑道："自然是有的，不过大多死了。不死，难见品行；死了，也就那么回事。"

陈平安点头道："你心弦不那么紧绷着的时候，倒是会说几句难听的人话。"

杜俞哑口无言。这话听着那叫一个别扭，怎么自己还有点庆幸？

两人下了山，又沿河行出十数里路，杜俞瞧见了那座灯火通明的祠庙。祠庙规制十分僭越，宛如王公府邸。杜俞按住刀柄，低声说道："前辈，不太对劲，该不会是苍筠湖湖君亲临，等着咱们自投罗网吧？"

陈平安这一路行来，见杜俞并无异样，先前便吸纳了那颗应该没有动手脚的精粹水珠，却没有直接炼化，丢入水府交由绿衣童子们帮忙汲取，而是以心神沉浸小天地，用内视之法，阴神凝如芥子，亲自游历水府。身外大天地那么一颗小水珠，在自身小天地内，陈平安的阴神却如同双手扛着巨物。绿衣童子们得了水运珠子后，陈平安也不知他们是如何勘验的，一个个雀跃无比，第一次对陈平安流露出欣慰的神色。

陈平安便懂了,此物多多益善,所以要走一趟藻溪渠主祠庙。如果不是不太敢擅自闯入苍筼湖龙宫,陈平安都想跟那位湖君做"买卖"了。

一样是生意往来,却是不一样的手法。与杜俞、芍溪渠主之流的那本生意经,跟陈平安与披麻宗修士所做的买卖自然不同。一个锱铢必较,少给一枚铜钱我都要考虑打不打死你;一个愿意少赚,甚至是吃亏都无妨。

听到了杜俞的提醒,陈平安打趣道:"先前在水仙祠,你不是嚷嚷着只要湖君上岸,就要跟他过过招吗?"

杜俞笑道:"给前辈教了做人,我这会儿真是风声鹤唳,草木皆兵,让前辈看笑话了。"

陈平安拍了拍他的肩膀:"如果还有厮杀,这次别说什么让一招了。"

杜俞悻悻然,想着是不是得找个机会宰了那些市井少年青壮,不然走漏了风声,岂不是天大的笑话?但是那家伙已经笑道:"我都没杀的人,你回头跑去杀了,是投桃报李,教我做一回人?或者说,觉得自己运气好,这辈子都不会再遇到我这类人了?"

杜俞心中悚然,斩钉截铁道:"前辈谆谆教诲,晚辈铭记于心!"

陈平安缓缓前行,笑道:"与人为善是很难,不糟践俗人不为恶,有那么难吗?不过也对,随心所欲,无拘无束,谁不憧憬?学成了仙家术法,已非人间人,再想有那仿佛累赘压身的怜悯之心,是有些多余。如市井之人看待笼中鸡犬、刀俎鱼肉,一下子转过头去吃斋吃素,确实是强人所难了。"

杜俞一时半会儿不敢确定这番言语到底是不是本心本意,所以他打死不开口废话半句。

陈平安轻轻叹息一声。就算将其中一条线往下压了再压,真管用吗?

他扶了扶斗笠,继续前行。

到了祠庙外边,陈平安停下脚步:"去吧,探探虚实。死了,我一定帮你收尸,说不定还会帮你报仇。"

杜俞憋了半天,无奈道:"前辈真是……不与晚辈见外。"

他攥紧那枚兵家甲丸,顿时如水银流淌全身,披挂上一副师门重宝神人承露甲。

杜俞大踏步走入大门敞开的祠庙,不到半炷香工夫,就一脸吃屎的表情走回陈平安身边,低声道:"那晏清竟然恰好在里边做客,我怕节外生枝,便没办正事。"

陈平安并不介意,疑惑道:"宝峒仙境那位仙子?"

杜俞重重点头:"宝峒仙境的修士刚到苍筼湖,晏清性子冷清,不喜欢龙宫的热闹,就独自跑来这儿求个耳根清净了。"

陈平安问道:"那个何露没在?"

杜俞一愣,然后摇头道:"前辈,他们俩胆子没这么大吧?两个门派即将在随驾城打生打死了,他们就在各自师门前辈的眼皮子底下约好时间地点偷偷幽会?那藻溪渠主确实会守口如瓶，可这两人不至于这般猴急才对，毕竟晏清性子冷，何露也还算一心向道的。"

陈平安笑道："宝峒仙境大张旗鼓拜访湖底龙宫，晏清什么性情你都清楚，何露会不知道？晏清会不清楚何露能否会意？这种事情，需要两人事先约好？大战在即，若真是双方都秉公行事，上阵厮杀，今夜相见，不是最后的机会吗？不过我们在水仙祠闹出的动静，芍溪渠主赶去龙宫通风报信，应该打乱了这两人的心有灵犀，说不定这会儿何露正躲在某处，怪你坏了他的好事吧。那晏清在祠庙府上是不是看你不太顺眼？藻溪渠主的眼神和措辞又如何？能否验证我的猜测？"

杜俞一脸汗颜："先前光想着硬闯府邸，提刀砍人，好为前辈立下一点小功劳，所以晚辈真没想这么多。"

陈平安不着急进入祠庙，瞥了眼内心惴惴的杜俞，然后环顾四周，随口问道："你怎么走的江湖，怎么活到今天的？还是说银屏在内十数国，处处民风淳朴？可在水仙祠庙那边，我见你们修士、神祇和市井三方好像也没淳朴到哪里去啊。"

杜俞只得说道："与算人算事算心算无遗策的前辈相比，晚辈自然贻笑大方。"

陈平安笑道："算人算事算心算无遗策，嗯，这句话不错，我记下了。"

杜俞心中郁闷：记这话作甚？

陈平安开始挪步，率先跨过大门。府邸辉煌，全然不似祠庙。

他们来到一处悬挂"绿水长流"金漆匾额的内府门外，匾额下站着一名凤冠霞帔的宫装妇人，气度雍容，一双桃花眼眸有些狭长，笑意淡淡。

与她并肩而立的年轻女子身穿白衣，头戴一顶凤翅金冠，巧夺天工，些许微风拂过，金色凤尾便随之颤动，隐约有雏凤长鸣之声。

陈平安对这二人没什么兴趣，反倒多瞧了几眼那顶金冠，应该是件品秩不错的法器。

杜俞按照先前的叮嘱，与陈平安并肩而立。此时两人是江湖结识的多年好友，前辈"陈好人"是一个云游四方的野修。

进祠庙之前，陈平安问他里边两位会不会些掌观山河的术法，杜俞差点没一口老血喷出来。连他们鬼斧宫老祖都需要动用师门重器才可以运转这种神通，除了黄钺城城主和宝峒仙境祖师，或是苍筤湖湖君、五岳神祇这类稀罕存在，在各自山头，谁敢说自己能够掌观山河？

陈平安笑道："我与杜兄弟此次冒昧拜访，是想要跟渠主夫人讨教一件小事。"

藻溪渠主微笑道："既然你自己都说了是小事，那就不用着急。我今夜与晏仙子饮茶可是大事，你不如和杜仙师明日再来？"

杜俞也就是不敢流露出什么，不然都要朝她竖大拇指了。真他娘的女中豪杰，这份英雄气概，半点不输自己那句"先让你一招"。

不过这也是情理之中的待客之道。晏清是谁？祠庙又在苍筼湖畔，更有宝峒仙境的仙师在龙宫做客。一个与杜俞称兄道弟的野修能有多大的面子？

杜俞眼观鼻鼻观心，只是眼珠子微动，看了眼天幕。

他现在就怕天塌下来，不过塌下来也好。身边这位前辈若是真轻轻打了晏清那么一两下，以宝峒仙境老祖出了名护犊子的脾性，一定不会罢休，苍筼湖湖君多半也不好意思袖手旁观……到时候就会是一场法器齐出、遮天蔽日的围殴。

但是杜俞之所以心情凝重，没太多窃喜，就是怕宝峒仙境和苍筼湖联手围殴一名野修，到头来反给人家单挑了。

杜俞其实知道自己这种想法很荒诞可笑，身边此人再厉害，照理说对上宝峒仙境老祖一人兴许就会极其吃力，一旦身陷重围，能否逃出生天都两说。但是杜俞偏偏就是有一种直觉，告诉自己最不可能的兴许才是最后的真相。

陈平安开门见山道："我在随驾城得知当年那位暴毙太守临终前寄出的密信你不但亲手打开了，而且还与寄信人一起去了趟银屏国京城，对吧？"

晏清神色冷漠，对于这些俗事，根本就是置若罔闻。杜俞相信她就算听见了也等于没听见，因为爹娘说过，如晏清、何露这般真正的修道天才，人间事就如那雪泥符一般，心境如镜，了无痕迹。

藻溪渠主依旧神色恬淡，微笑道："问过了问题，我也听见了，那么你与杜仙师是不是可以离去了？"

陈平安笑道："渠主夫人当年行事自然是职责所在，所以我并非是来兴师问罪的，只是觉得反正事已至此，随驾城更要大乱，这等陈芝麻烂谷子的……小事，哪怕拣出来晒一晒太阳，也半点无碍大局了，希望渠主夫人……"

藻溪渠主蓦然大怒，极有威严，向前踏出一步，直接打断他的话："出去！"

陈平安脸色如常："旧事重提，确实是我一个外乡人多事，对于渠主夫人而言，有些强人所难了，若是夫人担心湖君那边，我可以……"

藻溪渠主猛然抬起大袖指向府门，厉色道："滚出去！你算个什么东西，也敢在这里大放厥词，不怕污了晏仙子的耳朵？！如果不是看在杜仙师的面子上，你这烂泥扶不上墙的一介野修，连这大门都进不来！你当我这座水神庙是什么地方？"

陈平安转过头望向杜俞："杜兄弟，先前你那趟登门光顾着看晏仙子了？"

杜俞如丧考妣，内心翻江倒海，还不敢露出半点马脚，只得辛苦地绷着一张脸，害他脸庞都有些扭曲了。

祠庙内建筑重重，就在此时，一处翘檐上出现了一个双手负后的俊美少年郎，大袖随风鼓荡，腰间系有一根泛黄竹笛，飘然欲仙。他轻声道："渠主夫人，得饶人处且饶人。"

晏清眼睛一亮，但很快又恢复冷清面容。

杜俞眼尖，看得又像是吃了屎，还是热乎的。

果然如身边这位前辈所料。先前何露极有可能刚好在水仙祠附近山头游荡，以便伺机寻找晏清，然后就发现了一些端倪，只是没有太过靠近。毕竟大战在即，与心仪女子相见一面才是头等大事。其余的，以何露的心性，近了，袖手旁观；远了，隔岸观火，不过如此。

陈平安笑道："他比你会隐匿行踪多了。"

藻溪渠主见到何露后，立即换了一副模样，施了一个万福，婀娜多姿地柔声道："见过何仙师。"

陈平安拍了拍杜俞的肩膀："杜俞兄弟，今夜没你的事情了，一人做事一人当，你别插手了。"

杜俞想死的心都有了：老子现在一裤裆黄泥巴，跳进苍筼湖都洗不掉了。这家伙今夜不管是逃掉还是战死在这儿，老子都要狠狠掉一层皮，说不定就会沦为十数国山上修士眼中的过街老鼠，人人落井下石。

杜俞尽量板着脸色道："陈兄，我不会走的，你的事，就是……我的事！"

何露嘴角翘起，似有讥讽笑意。不过当他转头望向亭亭玉立的晏清时，眼神便温柔起来。

陈平安抬起头，再次看着那块"绿水长流"匾额。字一般，寓意好，有嚼头。他笑道："渠主夫人，我用神仙钱买你的那桩旧事，如何？当然，可以将苍筼湖湖君的事后迁怒一并计算在内。"

杜俞眼皮子一颤：来了来了。他现在最怕的，就是这位前辈捣鼓他那本神仙难测的生意经。

兴许是何露那句话起了大作用，虽然藻溪渠主依旧神色不悦，却也不再恶语相向，挥手道："以后再说，今夜此地闭门谢客。"

杜俞默不作声，陈平安想了想："那我们明日再登门拜访。"

听到那个"们"字，杜俞心如死灰。

陈平安手持行山杖，果真转身就走。

随驾城那边还有些时间，他并不想闹出太大的声势，但他还是有些奇怪：湖底龙宫里，苍筼湖湖君和宝峒仙境老祖为何至今未运转掌观山河的神通窥探此处？这两位的神通总不会高过那位披麻宗掌律祖师才对。

但是陈平安停下了脚步，这让杜俞有些奇怪。

陈平安转头望去，藻溪渠主故作皱眉疑惑状，问道："你还要如何？真要赖在这里不走了？"

陈平安笑了起来。这位渠主夫人如果只是修士而非祠庙水神,恐怕她以心湖涟漪与自己说话,会被境界更高的何露、晏清察觉到蛛丝马迹。

她悄然说的话是:"你这杂种野修,一路走到这里已经脏了我家府邸地面,明儿自己提桶水来,不然就别进门了。"

陈平安倒也没如何生气,就是觉得有些腻歪,而且跟那杜俞无心之言的"春风一度"相似,"杂种"这个说法,在浩然天下任何地方想必都不是一个好听的词语。

何露开始皱眉,晏清亦是有些不耐烦的神色。

刹那之间,整座水神祠庙都是一晃,门外广场上瞬间炸裂出一张巨大蛛网。

陈平安已经来到了台阶之上,依旧手持行山杖,一手掐住藻溪渠主的脖颈,将其缓缓提起悬空。

仰起头,再无半点雍容气度的藻溪渠主金身震动如遭雷击,神光涣散,根本无法聚拢,只能用双手使劲敲打陈平安的手臂。

晏清已经横掠出去,手腕一抖,从袖中滑出一抹光彩,手中多出一把无鞘短剑。

何露伸手握住竹笛,沉声道:"我还是那句话,得饶人处且饶人。"

陈平安转头望去,他们两人一高一低站在两处,却是同一个方向。

陈平安笑道:"这位渠主夫人可不是人。再者,你们修道之人不是沾染红尘越少越好吗?你们来此相会,各自师门未必不知,藻溪渠主的水神庙不过就是黄钺城和宝峒仙境双方默认的一个台阶,怎么,要拦我?小心打碎了这台阶,你们两人身后的师门双方都没台阶可下了。"

藻溪渠主挣扎不已,花容何其惨淡。

杜俞竟然觉得有一丝快意,似乎处处讲理之后,且不管是不是真有道理,反正此后再出拳头更带劲?

何露微笑道:"劝你别找死……"

晏清眼前一花,想要出手,一剑斩下。但是稍稍犹豫,倒退出去,祭出一件师门重器的防御之宝护住自身四周。

至于那位被随手丢来的藻溪渠主,她收剑之后,根本懒得多看一眼。

修士厮杀,命悬一线,谁分心谁先死。

但是晏清突然心弦一颤,转头望去。一抹青色身形出现在那处翘檐附近,似乎是一记手刀戳中了何露的脖颈,打得何露砰然倒飞出去。然后那一袭青衫如影随形,一掌按住何露的脸庞,往下一压,何露轰然撞破整座屋脊,重重坠地,听那动静,身躯竟是在地面弹了一弹,这才瘫软在地。

不会死的,一定不会死的,何露身上穿了一件上品法袍的。晏清心神大乱,结果那人仿佛使了缩地成寸的神通,瞬间就来到了她身边。她刚要出剑,就被那人屈指一弹,正好击中剑身。她脸色微白，刚要有所动作，却发现那人已经与自己擦肩而过，一脚踩在刚刚清醒过来的藻溪渠主额头上，骤然发力，罡气如有风雷声。

又是一脚，藻溪渠主的脑袋和整个上半身都已深陷坑中。

陈平安依旧手持行山杖，站在大坑边缘，对晏清道："不去看看你的情郎？"

晏清刚要起身掠去，看到陈平安的动作，又停了下来，后退一步，伺机远遁。只要自己逃到了苍筠湖，就一定会与师门合力斩杀此獠！

陈平安望向杜俞，笑道："你眼瞎啊，这算什么狗屁金童玉女，天生的神仙道侣？"

晏清脸色冷若冰霜，那双灵秀眼眸中第一次浮现出如此浓郁的恨意和杀机。那个头戴斗笠的年轻野修只是轻轻一跺脚，将藻溪渠主弹出大坑，再一脚踹向大门方向，手持行山杖大步走去，大大方方地将后背朝向晏清，抬起手挥了挥："去看看吧。"

最终那人拽着藻溪渠主离开了府邸，应该是往苍筠湖走去？

杜俞弯腰弓背，屁颠屁颠跟在那人身后。

晏清呆立当场。

那条碧绿幽幽的藻溪大渠，水草密布，随水荡漾，如水鬼招手。市井诸多志怪小说和文人笔札上还有水鬼寻人替死的说法，大体上是冤冤相报的路数。只不过一旦阴阳相隔，生死有别，寻常溺死之鬼毕竟不是术法万千的修道之人，哪有如此简单的解脱之法，阴间鬼害阳间人是真，自救是假，不过是读书人的以讹传讹罢了。

离开了水神庙，陈平安拽着那位尚且晕厥的藻溪渠主掠向苍筠湖，当下身上还披挂神人甘露甲的杜俞依旧御风跟随。大概是与陈平安相处久了，耳濡目染，杜俞越发心细，询问了一句是否需要撤掉比较扎眼的甘露甲，免得害他失去先机。

陈平安说不用，杜俞稍稍安心，只不过下一句话就又让他一颗胆子吊到了嗓子眼。只听那位前辈缓缓道："到了苍筠湖畔可能要大打一场，到时候你什么都不用做，就当是再赌一次命，装聋作哑站在一边。反正对你来说，形势再坏也坏不到哪里去，说不定还能赚回一点老本。"

杜俞笑道："放心，兴许帮不上前辈大忙，但我保证绝不添乱。"

陈平安一笑置之。

杜俞瞥了眼藻溪渠主，只觉得恍若隔世，感慨不已。爹娘总说那大修士的道法高深，黄钺城城主也好，宝峒仙境祖师也罢，只要是有根脚有山头的，做人行事总有迹可循，万事好商量，所以未必可怕，怕就怕"世事无常"这四个纸上文字，因为轻飘飘，所以令人捉摸不定。杜俞以前不爱听这些，将这些虚无缥缈的大道理当作耳旁风，所以这一夜游历苍筠湖地界，感觉比那么多次走江湖加在一起还要惊心动魄。这会儿杜俞是懒得多想了，更不会问。这位前辈说啥就是啥呗，山巅之人的算计完全不是他可以理解的,与其瞎蒙,还不如听天由命。

这位行事云遮雾绕的外乡前辈有一点好,那就是真,所以一路上有问必答。杜俞干脆破罐子破摔,只管说那些自己的心里话。与其装傻扮痴抖机灵,还不如做人说话都实诚些,反正自己是什么鸟样什么德行,这位前辈想必都早已看得真切了。

陈平安似乎想起什么,将藻溪渠主丢在地上,骤然间停下脚步,却没有将她打醒。

杜俞正在神游万里,一个不小心就越过他十数丈,赶忙御风折返,环顾四周,按住腰间刀柄,问道:"前辈,有埋伏?要不要我先去探探虚实?"

"苍筼湖湖君和宝峒仙境老祖这么修为通天的,哪里需要埋伏你我?在湖边摆开阵仗,你瞧一眼就要心寒。"陈平安摇摇头,问了杜俞一个问题,"银屏国在内大小十数国,修士数量不算少,就没有人想要去外边更远的地方走走看看?比如南边的骸骨滩、中部的大源王朝。"

杜俞摇头道:"别家修士不好说,只说我们鬼斧宫,从涉足修道第一天起就有一条师门祖训传下来,大致意思是让后世子弟不要轻易远游,安心在家修行。我爹娘也经常对各自弟子说我们这儿天地灵气最为充沛,是难得的世外桃源,一旦惹来外边穷酸修士的觊觎就是祸事。可我不大信这个,故而这么多年游历江湖,其实……"说到这里,杜俞有些犹豫,止住了话头。

陈平安说道:"我的问题你已经老老实实回答了,其余的,可说可不说。你那点江湖破烂故事,我兴趣不大。"

杜俞立即懂了,挪了几步走近他,压低嗓音说道:"这是一桩怪事,我爹娘对我也算宠溺了,可是每当我提及此事,依旧讳莫如深,只说某些不该知道的事情便是无知即福。我自然不敢造次,便想了个折中的法子,借着江湖游玩的机会稍稍走远了些,每次都点到为止,将四面八方逛了一遍,最终还真给我稍稍琢磨出一点味儿来。"

陈平安笑道:"你倒是在江湖尝出不少滋味?"

杜俞嘿嘿一笑:"我这点稚童儿戏比不得前辈御风跨洲,大道逍遥,万里山河一步路。我到最后,发现好像十数国边境线存在着一道无形的天堑,那附近灵气尤其稀薄,好像给一位活在九霄云海中的山巅仙人在人间版图上画了一个圈,既可以庇护我们,又防止外乡修士闯进来逞凶,教人不敢逾越丝毫。"

陈平安轻声道:"类似崔东山飞剑画雷池的手段?图什么?"

他想了想,暂时没有头绪,便将这个念头搁浅。不过如果真跟随驾城异宝现世有关,属于一条草蛇灰线、伏行千里的潜在脉络,那自己就得多加小心了。所以接下来的苍筼湖之行,真要谈不拢,出现预料中最坏的形势,也不可只顾着酣畅出手,为求心中痛快而家底尽出。背后那把剑仙,必须留着压箱底。养剑葫内的飞剑十五在水仙祠现身过,侍女肯定会将自己说成一位"剑仙",所以可以看情况使用,不过需要叮嘱十五,一旦

第九章 压下一条线

203

厮杀起来，离开养剑葫的飞掠速度最好慢一些。至于手上那串核桃以及大源王朝云霄宫的三张符箓，在一些个看似"紧急险峻"的关头，可以拣选一二，拿出来晒晒这……月光。至于武夫境界和体魄坚韧程度，就先都压在五境巅峰好了。

先前在藻溪渠主的水神庙，先后对她和何露出拳，就是一种故意为之的障眼法，属于看似"已经倾力出手、不留半点情面"的泄露底细。有些事情，自己藏得再好，未必管用，天底下喜欢设想情况最坏的好习惯，岂会只有他陈平安一人有？故而不如让敌人"眼见为实"。

小心翼翼推敲再推敲，件件事情多想复思量。独自行走三洲江湖千万里，陈平安一直就是这么走过来的，无非是今天练拳更多，傍身物件也更多，也从一个泥腿子草鞋少年变成了早年的一袭白袍别玉簪，又变成了如今的斗笠青衫行山杖。

什么飞剑画雷池，杜俞假装什么都没听见，更听不懂。就像先前这位前辈随随便便让那喝空了的酒壶凭空消失，多半是收入了他爹娘嘴上经常念叨、眼中满是憧憬渴望的方寸物，杜俞一样假装没看见。

陈平安以手中行山杖敲地上藻溪渠主的额头，将其打醒。

她比先前那位芍溪渠主确实更加有城府，瘫在地上，没有半点起身的迹象，柔声道："冒犯了大仙师，是奴家死罪。大仙师不杀之恩，奴家没齿不忘。"

陈平安直截了当说道："我要杀你家湖君，捣烂他的龙宫老巢，你来带路。"

服侍华美、妆容精致的藻溪渠主神色不变："大仙师与湖君老爷有仇？是不是有些误会？"

陈平安皱眉道："少废话，起身带路。"

藻溪渠主恢复了几分先前在水神庙内的雍容气度，姗姗起身，施了一个风情万种的万福，不承想直接给陈平安一脚踹飞出去。她咬着牙一言不发，只是默默起身，心中恨极了这个杂种野修，连带着将杜俞也一并恨上了。

只不过她若没点察言观色、审时度势的能耐，也混不到今天的神位。一个被浸猪笼的溺死水鬼能够一步步走到今天，还排挤得那芍溪渠主只能荒废祠庙、搬迁金身入湖，与湖君麾下三位河神更是以兄妹相称，可不是靠什么金身修为，靠什么人间香火。她故作惊恐，颤声问道："不知大仙师是想要入水而游还是岸上御风？"

陈平安说道："岸上徒步而行。"

藻溪渠主虽然错愕不已，却不敢违背，只得拗着性子在前边缓缓行走。

世间野修果然都是贱种，到了藻溪渠道与苍筼湖的接壤处，就是此人跪地磕头之后依旧葬身鱼腹之际。

不过她难免有些狐疑，道法深邃的晏清仙子与黄钺城的天之骄子何露为何皆不见了踪迹？果然这些所谓的云上仙家客、林泉神仙人个个道貌岸然、心硬如铁，也不是什么好东西。

杜俞觉得贼有意思。先前在水神祠庙,这位藻溪渠主晕死过去,便错过了那场好戏。若是瞧见了那一幕,她这小小河婆这会儿多半肚子里便晃荡不起半点坏水了。

陈平安想起那芍溪渠主身边的某个侍女,再看看眼前这位藻溪渠主,转头对杜俞笑道:"杜兄弟,果然是命悬一线见品行。"

杜俞赶忙硬着头皮称呼了一声"陈兄弟",然后道:"随口瞎诌的混账话。"

陈平安不再言语,杜俞就跟着沉默,只是慢悠悠赶路。至于陈平安所说的杀湖君捣龙宫,杜俞是不信的,倒不是不信他有此无上神通,而是……这不符合他的生意经。

在水神祠庙中,前辈一记手刀就戳中了何露的脖颈,后者根本没有还手之力,直接砸穿了屋脊。由此可见,仙子晏清之所以还能站到最后,没像何露那般仰面躺地,也没像藻溪渠主那般脑袋钻地,是前辈怜香惜玉?自然不是,至于真正的缘由,杜俞猜不透。只是不知为何,杜俞总觉得这位神通广大的前辈对于容貌漂亮的女子,无论是修士还是神祇,一旦选择了出手,那是真狠。

陈平安随口问道:"先前在祠庙,晏清仗剑却不出剑,反而意图后撤,应该心知不敌,想去苍筠湖搬救兵。杜俞你说说看,她心思最深处是为了什么?到底是更想让自己脱险还是更想救何露?"

杜俞笑道:"晏清做了件最对的事情,自保和救人两不耽误,我相信就是何露瞧见了,也不会心有芥蒂。设身处地,想必何露会做出一样的选择。倒是江湖上,类似处境,许多英雄好汉哪怕明知是敌人的陷阱,依旧一头撞入找死,可笑也对,可敬……也有那么一些。"

陈平安思量片刻,似有所悟,点头道:"不是一家人不进一家门,何露晏清之流倒也能活得大道契合,心有灵犀。"

前边一直竖耳偷听两人说话的藻溪渠主心中冷笑:诈我?就凭你这个与杜俞称兄道弟的杂种野修,也敢说什么让晏清仙子自知不敌的屁话?不过她又微微心悸:万一,万一是真的呢?毕竟自己在这野修之前,如土狗瓦鸡一般孱弱可是千真万确的事实。

不管了,走一步看一步,只要到了苍筠湖,一切就都可以水落石出。天塌下来,有湖君和宝峒仙境祖师扛着。她还真不信有人能够挡得住那两位神仙的联手攻势,到时候她定要与湖君老爷求来一缕魂魄,就放在自家水神祠庙里边!

陈平安瞥了眼前边的藻溪渠主:"这种如同俗世青楼的老鸨货色,为何在苍筠湖这么混得开?"

杜俞试探性道:"大概只有这样,才混得开吧?"

陈平安笑道:"杜兄弟,你又说了句人话。"

杜俞忍了忍,终究没忍住,放声大笑,今夜是第一次如此开怀惬意。

陈平安见他有些得意忘形，扯了扯嘴角："这么好笑？"

杜俞好似给人掐住脖子，立即闭嘴收声。

陈平安沉默许久，问道："如果你是那个读书人，会怎么做？一分为三好了：第一，侥幸逃离随驾城，投奔世交长辈。第二，科举顺遂，榜上有名，进入银屏国翰林院。第三，声名大噪，前程远大，外放为官，重返故地，结果被城隍庙察觉，深陷必死之地。"

杜俞咧嘴一笑，陈平安这一次却不是要他直话直说，而是道："真正设身处地想一想，不着急回答我。"

人在屋檐下，不得不低头，杜俞便认认真真想了许久，缓缓道："第一种，我如果有机会知晓人上有人，世间还有练气士的存在，便会竭力修行仙家术法，争取走上修道之路，实在不行，就发奋读书，混个一官半职，与那读书人是一样的路数，报仇当然要报，可总要活下去，活得越好，报仇机会越大。第二，若是事先察觉了城隍庙牵扯其中，我会更加小心，不混到银屏国六部高官决不离京，更不会轻易返回随驾城，务求一击毙命；若是事先不知牵扯如此之深，当时还被蒙在鼓里，兴许与那读书人差不多，觉得身为一郡太守，可谓主政一方的封疆大吏，又是年轻有为、简在帝心的未来重臣人选，对付一些流窜犯案的贼寇，哪怕是一桩陈年旧案，确实绰绰有余。第三，只要能活下去，城隍爷要我做什么就做什么，我决不会说死则死。"

陈平安说道："所以说，我们还是很难真正做到设身处地。"

杜俞有些赧颜。应该是自己想得浅了，毕竟身边这位前辈才是真正的山巅高人，看待人间世事，估计才会当得起"深远"二字。

此后陈平安不再开口说话，杜俞乐得如此，心情轻松许多。自己这辈子的脑子，就数今晚转得最快最费劲了。

第十章
剑仙在剑仙之手

相较于先前水仙祠庙那条芍溪渠水,藻渠要更宽更深,许多原本沿水而建在芍渠附近的大村落,数百年间都不断开始往这条水势更好的藻渠迁徙,长久以往,芍渠水仙祠的香火自然而然就凋零下去,身后那座绿水府能够打造得如此富丽堂皇也就不奇怪了,神祇金身靠香火,土木府邸靠银子。

芍溪渠主输给同僚的原因是方方面面的,不然当年苍筼湖湖君就不是让藻溪渠主去处置那封密信,并且赐予湖君神主的令牌,让其能够离开藻渠水域辖境,一路过山过水,去往京城打点关系。杜俞对苍筼湖诸多神祇知根知底,按照他的说法,苍筼湖龙宫就是一座山上的脂粉窟,专门用来为湖君拉拢有钱又有闲的外乡权贵子弟。而那些艳名远播的龙宫妙龄美婢从何而来?自然是藻渠之外的其余三河一渠。那些地方洪涝灾害泛滥,早年又有过路仙师传授了一门破解之法,需要选取一个处子之身的二八佳人投水请罪,一些大旱时节,当地官员跑去城中湖君庙祈雨也颇为灵验,事后降下甘霖,亦需将女子投水报答湖君恩德。

杜俞说,这些谋划都是藻溪渠主的功劳。她会经常假扮妇人,如官员微服私访,暗中游历苍筼湖辖境各地,寻找那些修行资质好、容貌美艳的市井少女,等到她初长成之际,三河一渠便会暴降大雨,洪水肆虐,或是施展术法,驱逐雨云,造成大旱千里。几百年的老规矩遵循下来,各地官府早已熟门熟路,少女投水一事便是老百姓也都认命了,久而久之,习惯了一人遭殃苍生得救,且当作一件喜庆事来做,很是兴师动众,每次都会给被选中的女子穿上嫁衣,装扮得明丽动人,至于那些女子所在门户,也会得到一笔丰厚银子,并且市井巷弄的老人都说女子投水之后很快就会被湖君老爷接回湖底龙宫,然后可以在那水中仙境成为一位衣食无忧、穿金戴玉的仙家人,真是莫大的福气。

与京城和地方权贵子弟牵线搭桥,具体的迎来送往也都是藻溪渠主亲手操办,是个八面玲珑的主儿,所以深得湖君器重。只不过她唯独有一件事比不得品秩相当的芍溪渠主,那就是后者是一位从龙之臣,在苍筠湖湖君被银屏国封正之前就已经跟随在湖君身侧。

先前赶来藻渠祠庙的时候,杜俞说起这些,对那位传说中雍容华贵犹胜一国皇后、妃子的渠主夫人还是有些佩服的,说她是一位会动脑子的神祇,至今还是小小河婆,有些委屈她了,换成自己是苍筠湖湖君,早就帮她谋划一个河神神位,至于江神就算了,银屏国内无大水,巧妇难为无米之炊,一国水运好像都给苍筠湖占了大半。

距离苍筠湖已经不足十余里,陈平安却停下脚步。

藻溪渠主犹豫了一下,也跟着停下。她转过头,一双桃花眼眸天然水雾流溢。她貌似疑惑,楚楚可怜,一副想问又不敢问的柔怯模样,实则心中冷笑连连:怎么不走了?前边口气恁大,这会儿知晓前途凶险了?

杜俞已经打定主意,他只管看戏,这可是前辈自己说的。

陈平安转身望去,竟是那个晏清跟来了。何露没有尾随,也有可能在更远处遥遥隐匿,这个修道天才少年应该很擅长遁术或是藏身之法,就是身子骨弱了点,不然陈平安会觉得比较麻烦。

一袭白衣、头戴一顶凤翅金冠的宝峒仙境年轻女修御风而游,相较于陈平安身边这个杜俞,不可否认,无论男女修士,长得好看些,蹈虚凌空的远游身姿确实是要赏心悦目一些。

杜俞发现前辈瞧了自己一眼,似乎有些怜悯?咋的,前辈又要自己单枪匹马去苍筠湖踩陷阱?前辈,说好的让我袖手旁观凑热闹呢?您老人家口含天宪,这金口一开,再反悔不太好吧?

陈平安说道:"晏清追来了。"

杜俞顺着他的视线望去,果真有一粒白米似的小点儿出现在视野尽头。他愣道:"这晏仙子该不会是失心疯了,偏不信邪,想要与前……与陈兄弟掰掰手腕?"

陈平安笑道:"有些人的想法,我如何想也想不明白。"

藻溪渠主心中大定。晏清仙子一到,即便尚未走到苍筠湖边,自己也应该危险不大了。虽说不知为何双方在自家祠庙没有打生打死,可既然晏清仙子不依不饶跟来,就说明这杂种野修只要再敢出手,那就是双方彻底撕破脸皮的勾当。在绿水府邸厮杀起来,兴许会有意外,在这距离苍筠湖只有几步路的地方,一个粗鄙野修,一个本就只会讨好宝峒仙境二祖师的鬼斧宫修士,能折腾出多大的风浪?

晏清手持入鞘短剑飘然而落，与陈平安相距十余步而已，而且她还要缓缓前行。

自认还算有点见微知著本事的藻溪渠主更加畅快：瞧瞧，晏清仙子真没把此人当回事，明知道对方擅长近身厮杀，依旧浑然不在意。

杜俞看着这位名动四方的年轻仙子，都说她与何露是人中龙凤，天作之合。以前不管如何嫉妒眼红也要承认，今夜此刻再看，好像撇下何露不说，晏清仙子长得真是俊俏啊。这让杜俞有些心情不爽快：搁在嘴边却死活吃不着的一盘山珍海味，比给人按着吃上一口热乎屎更恶心人。

陈平安问道："还有事？"

晏清神色冷清，依旧向前走，眼神坚毅，那份修行之人细细打磨的道心显然已经涟漪消散、重归澄澈。

陈平安抬起行山杖，点了点她："可以停步了。"

晏清没有执意前行，果真站定。

杜俞偷偷嗅了嗅：不愧是被誉为先天道胎的仙子，身上这种打娘胎里带来的幽兰之香，人间不可闻。

晏清开口道："他好心劝阻，你为何偏要对他下此狠手？"

原本优哉游哉的藻溪渠主嘴角一抽。狠手？

境界高低的修道之人，临山傍水的大小神祇，哪有真正的蠢货。她的眼角余光瞥了一下近在咫尺的藻溪渠水，想要运转神通，化作水雾逃遁。

背对着她的陈平安手腕一抖，手中行山杖倒飞出去，刚好砸中她的额头，打得她眼冒金星，摇摇欲坠。

行山杖原路返回，被陈平安再次握在手中："晏清，你今夜在藻溪渠主的水神祠庙喝茶，好喝吗？"

晏清虽然年轻，可到底是一块心思通透的修道美玉，听出对方言语之中的讥讽之意，淡然道："茶水好，便好喝。何时何地与何人饮茶，俱是身外事。修道之人，心境无垢，哪怕身处泥泞之中，亦是无碍。"

陈平安摆摆手，懒得与她废话。晏清却道："你们只管去往苍筠湖龙宫，大道之上，各走各路，我不会有任何额外的举动。"

陈平安转过身，示意那个正揉着额头的藻溪渠主继续带路，晏清就跟在他们身后，他也不计较。

片刻之后，晏清又问道："你是故意以武夫身份下山游历的剑修？"

可惜那人只是沉默。

杜俞嘿嘿一笑，脚步轻盈。能够让晏清仙子跟在自己屁股后边吃灰，让人如饮醇酒。

又行出约莫一里路，晏清再问道："你为何执意要询问一件山下人间的陈年旧事？难道是获取那件异宝的一条关键线索？"

依旧有问无答。

晏清神色自若，还是问道："你姓甚名谁？既然是一位高人，总不至于藏头藏尾吧？"

杜俞没忍住，决定戏弄这位晏清仙子一番，一边走一边转头笑道："不敢瞒晏仙子，我这位大兄弟姓陈名好人，虽是一名散修，却最是侠义心肠，仗剑走四方，但凡人间有不平事，都要管上一管。我与陈兄弟相识多年，当初在江湖上属于不打不相识，交手之后，我对好人兄无论是修为还是人品那都是佩服得五体投地，每当夜深人静，总要扪心自问，世间为何有如此奇男子，我杜俞何德何能，竟然有幸结识？"

陈平安依旧听而不闻。

晏清斜了一眼那烂泥扶不上墙的杜俞，冷笑道："江湖相逢多年？是在那芍溪渠主的水仙祠庙中？你莫不是今夜给人打坏了脑子，这会儿说胡话？"

杜俞哈哈大笑，不以为意。

晏清眼神冰冷："这里相距苍筤湖可没几步路了，我宝峒仙境二祖师此次虽未下山，但是如果事后知道你杜俞有幸认识了这么个野修朋友，山上岁月悠悠，外来和尚走了，可庙还在，你真不怕祸从口出，患从口入？"

老子是两次从鬼门关转悠回阳间的好汉，还怕你个鬼！杜俞非但没有退缩，反而狠狠剜了一眼晏清的小嘴儿，然后笑眯眯不言语。

晏清微笑道："鬼斧宫杜俞是吧，我记住你和你的师门了。"

杜俞这才有些心虚，陈平安转头对他笑道："杜兄弟，你这得意忘形的坏习惯是要改改，山上仙子不比甲子白发的江湖女侠，记性长。"

杜俞小鸡啄米道："陈兄弟教训的是，一句金玉良言，如赠我万金钱财，以后我一定好好守住这份家当。"

命都赌过了，干脆就再豪赌一次。只要这位前辈今夜在苍筤湖安然脱身，不管是否结仇，别人再想要动自己，就得掂量掂量自己与之生死与共过的这位"野修朋友"。自己和鬼斧宫自然是不能挪窝，可只要前辈没死在苍筤湖，山上修士谁也不傻，不会轻易做那鱼钩上的鱼饵，当那出头椽子。

直到这一刻，杜俞才后知后觉，晓得了前辈起先为何说自己这趟苍筤湖之行说不定可以赚回点本钱。当然，凶险还是万分凶险，后患也无穷。只不过修行路上，除了晏清、何露这种凤毛麟角的存在，其余人等哪有躺着享福的美事，他杜俞不一样在山下几次险象环生？所以说晏清这小娘儿们比起前辈这种活了几百年乃至上千年的山巅高人还是道行浅了点，她那点眼窝子，如今还养不起蛟龙。

晏清在这之后不再言语，只是默默跟随在那一行人身后。

临近苍筠湖畔,视野豁然开朗,不愧是银屏国内最大的一片水域。

今夜月圆,碧波千里,水光潋滟,月色水色两相宜。

由于是藻溪渠水的入湖口,所以建有一座渡口,只不过这条水路是藻溪渠主专门用来接待京城贵客的,她不许市井俗子踏足半步。

站在渡口处,清风拂面,陈平安以行山杖拄地,举目远眺,问道:"杜俞,你说藻溪芍溪两位渠主,连同你在内,我如果一拳下去,不小心打死了一百个,会冤枉几个?"

杜俞眨了眨眼睛。这个问题真不好回答,也不太敢贸贸然开口,毕竟苍筠湖就在眼前。晏清那番威胁言语其实真不算故弄玄虚,山上的规矩就是如此,千百年来世世代代皆如此。

藻溪渠主见苍筠湖似乎毫无动静,便有些心焦如焚,站在渡口最前头,听那野修提出这个问题后,更是终于开始心慌起来。若是世上有那后悔药,她可以买个几斤一口咽下了。

之前在水神庙内,自己若是稍稍客气一些,应付敷衍那杂种野修几句,也不至于闹到这般你死我活的田地。不管怎么说,在祠庙之中,这野修来到自家地盘,先请了杜俞入内打招呼,随后他自己走入,一番当时听来可笑厌烦至极的言语,如今想来,其实还算是一个……讲点道理的?

晏清突然开口说道:"最好别在这里滥杀泄愤,毫无意义。"

陈平安缓缓向前,走到藻溪渠主身边,两人仿佛并肩而立,一起欣赏湖景。

陈平安双手以行山杖拄地,轻声问道:"那些孝敬纳贡一般被你送给湖君当丫鬟美婢的投水少女,有没有谁自己不情愿,誓死不从,然后被你以家族亲人要挟,才含泪披上嫁衣的?有没有她们的爹娘悲愤欲绝,郁郁而终的?有没有与她们青梅竹马的男子想要报仇,然后被你们一根手指头捻死了的?你老实回答,有没有?只要有一个,就是有。"

藻溪渠主浑身颤抖起来,咬紧牙关。

陈平安问道:"会改吗?可以补救吗?苍筠湖会变吗?"

藻溪渠主使劲点头,泫然欲泣道:"只要大仙师发话,奴家一定痛改前非……"

但是那个头戴斗笠的家伙只是道:"没问你,我知道答案。"

就在藻溪渠主就要膝盖一软下跪求饶的时候,她蓦然转头望向苍筠湖,两眼放光,心中狂喜,便立即直了腰杆。

杜俞缩了缩脖子,咽了口唾沫。

一个身穿龙袍的高大男子面如冠玉,头戴冠冕,出现在苍筠湖水面上,如被众星拱月,有那三河水神,还有那满脸快意笑容的芍溪渠主,以及大大小小数十个龙宫文武辅官精怪,气势汹汹。身后更远处,还有数百个虾兵蟹将,排兵布阵,各司其职。

其中又有一小撮气度不凡的仙家修士离那中年男子最近，更有一个身材不输龙袍男子半点的健壮老妇人，头戴一顶与晏清相仿的金冠，只是宝光更浓，月色照耀下，熠熠生辉。老妪身后还站着十余位呼吸绵长、浑身光彩流溢的修士。

中年男子正是苍筠湖湖君殷侯，他与宝峒仙境祖师范巍然携手离开了龙宫宴席，来见一见那个芍溪渠主所谓的外乡剑仙。

双方原本在那珍馐无数、仙酿醉人的豪奢筵席上相谈甚欢，直到那个狼狈而来的芍溪渠主说水仙祠那边来了个不知来历的强横之辈，竟然随便就打杀了鬼斧宫杜俞，还扬言要踏平苍筠湖龙宫，强掳龙女美婢作为玩物，更说那宝峒仙境的仙师算什么，若敢稍有阻拦，他便一并打杀了。

坐镇千里水运已千年的湖君殷侯又不是个痴子，熟稔这贱婢的那张破嘴，当场就一袖子打得芍溪渠主金身大震，倒地打滚哀号。随后，那个成事不足败事有余的芍溪渠主才不敢添油加醋，一五一十说了祠庙的事情经过。

宝峒仙境的那拨练气士只当是看个助酒兴的热闹，至于什么剑仙，自然是人人不信。据说是那芍溪渠主身边一个侍女亲眼所见，从一个酒壶里飞出了一把袖珍飞剑。可一个卑微贱婢的言语，能听个一两分真就很不错了。

范巍然始终一言不发。随驾城城隍庙那档子腌臜事早年她倒也听说过，当时不甚上心，只是后来出现重宝现世的迹象，这才着手让人查探，大致过程都已了然，两位下山办事的宝峒仙境修士甚至还与一拨想到一块去的银屏国本土仙家在当年京城收信人的后世子孙那边起了一点冲突，自然是对方吃了苦头，然后夹着尾巴灰溜溜离开。

范巍然皱了皱眉头："清丫头？"

晏清微微一笑："老祖放心，不打紧的。"

湖君殷侯眯起眼。果真是一位倾国倾城的绝妙女修，若是能够有幸与她颠鸾倒凤一场，最少可以增加自己百年道行。只不过可惜了，宝峒仙境对其视若掌上明珠，晏清这个细皮嫩肉的小家伙是范巍然这悍妇的心肝肉，苍筠湖动她不得。

藻溪渠主再顾不得什么，跃向苍筠湖，高声道："湖君救我！"

殷侯闻言大笑道："需要救吗？"

下一刻，那位气宇轩昂如同人间帝王的湖君殷侯勃然大怒。

只见那个心腹渠主在双脚即将触及湖面之际，被渡口斗笠青衫客伸手在头颅一抓，竟是倒飞回渡口岸边，七窍和身躯之内猛然绽放出无数条淡金色光线，转瞬间，一尊水神金身便被硬生生拽出了雍容妇人的皮囊。

藻溪渠主发出痛彻心扉的哀怜号叫，双手使劲拍打陈平安的手臂。陈平安骤然加重力道，藻溪渠主的金身头颅砰然粉碎，那副金身变作金光点点，不断消散在渡口。到底只是一个河婆，连一粒指甲盖大小的金身碎片都未能凝聚出来。

陈平安淡然道:"是不用救。"

杜俞抬头望月,只管装傻。看不见,我什么都看不见。

晏清此次心弦大震的程度犹胜之前,简直就是翻江倒海,被人以拳捶打心镜。

范巍然扯了扯嘴角,一闪而逝。这下子你这位苍筼湖湖君在众目睽睽之下当着自家人和别家人的面颜面尽失,可就由不得你不大动干戈了。

殷侯心中震怒,作为苍筼湖霸主,一位掌握着所有水运的正统山水神祇,靠近渡口的湖面开始兴起波涛,浪头拍岸之声此起彼伏。

然后那个一出手就惊世骇俗的青衫客说了一句肯定是玩笑的话:"想听道理吗?"

他看了一眼殷侯,再看了一眼神色玩味的范巍然,最后自问自答道:"看来不想。我喜欢。"

天地间出现死一般的寂静,而那月色自古无声。

杜俞只觉得心中豪气万丈:他娘的,以后哪天有这份气概,死也值了!当然最好还是给人打个半死,好歹留下半条命,再来这么一遭!他娘的,原来英雄豪杰还可以这么来?以前自己在那江湖上的小打小闹到底算个啥?

晏清心情激荡,神色复杂。她望着那个背影,好似一粒小小的芥子,茕茕孑立于天高地阔之间,不像是野修,更不会是山上的谱牒仙师,倒像是一位真正负剑远游山河的游侠,似乎还……有些孤单?

晏清为自己这份莫名其妙的念头恼火不已,赶紧平稳心神,默念仙家口诀。然后她便见到那人先摘下了竹箱,轻轻放在脚边,再摘了斗笠,又放在竹箱之上。他将手中行山杖戳地,插入渡口地下一小截,然后开始慢悠悠卷起一只袖子。站定后,他便只是背着剑,挂着酒葫芦。最后那人望向苍筼湖,缓缓道:"不用客气,你们一起上。看看到底是我的拳头硬,还是你们的法宝多。今天我要是临阵脱逃,就不叫陈好人。"

杜俞满脸纠结。话只说一半多好,前边那些言语多带劲,至于最后一句就没必要了吧?高人前辈,这很长他人志气灭自己威风啊。

只不过很快杜俞就觉得自己想多了,前辈果然是从来不会让自己失望的。因为说什么根本不重要,得看做什么。

负剑挂酒壶的青衫客竟然在殷侯还没撂下半句狠话的情况下就已经一脚将半座渡口踩得塌陷,岸边汹涌湖水随之倒退出去。

一位身披青色甲胄、手持长刀的河神出阵向前一掠迎敌。青衫客不过砰然一拳而已,河神连同甲胄、皮囊、金身在内,一并当场粉碎。

殷侯反而心如止水了,神色平淡。面对那个仿佛一骑凿阵的外乡人,他抬起手,双指并拢,一淡金、一碧绿两缕灵光分别凝聚如小蛇盘踞指尖,相互缠绕。殷侯轻轻一晃,以他为圆心的苍筠湖水面水雾升腾,青烟滚滚,瞬间笼罩住方圆百丈水面。

渡口那边,别说是杜俞,就是晏清运转气机凝神望去,视野所及都唯有雾茫茫一片,再无殷侯和苍筠湖诸多龙宫文官武将的身影。

自家老祖似乎驾驭起了那件师门重宝,一阵宝光若隐若现,护住了所有同门修士,然后缓缓后撤,应该是要将战场完全留给殷侯一方。

水雾边缘,一条淡金色大蟒和一条碧绿色大蛇盘旋不断,双方衔尾飞掠,如行云布雨的蛟龙之属,加重湖面水雾。

晏清只知道这是一位证得大道水神的本命神通之一,不单单是障眼法那么简单,而是一座类似符阵的牢笼,一旦将修士或是纯粹武夫拘押其中,就会分别消耗气府灵气和纯粹真气,是一种既可攻又可守的水磨之法。

杜俞始终站在原地,瞥了眼前边那一片狼藉的渡口,塌陷得一塌糊涂,唯独竹箱和行山杖附近的地面依旧完好如初。

前辈真是仙人手笔,这说明什么？这说明前辈那一脚踏地尚未全力尽出。

晏清一挥袖子,将渡口尘土拂散。只是她眼神始终凝视着苍筠湖湖面的动静,方圆百丈皆茫茫的水雾大阵骤然间如同被人拽起的一张渔网,变得只有十余丈大小,但是水雾也随之越发浓稠,淡金色大蟒与碧绿色巨蛇竟是直接一头撞入了阵法之中。

晏清心中叹息。到底是苍筠湖上之战,湖君殷侯占尽了天时地利,又有一位心腹河神用性命作为代价阻滞那人前冲势头,失了先手,想必那人的处境只会越来越不妙。湖君殷侯能够在银屏国屹立千年不倒,以水神身份与一国五岳山主平起平坐,也怪不得师门老祖选择龙宫作为随驾城之行的最后一处下榻之地。

晏清瞥了眼杜俞,见他一脸神色自若。

杜俞察觉到晏清的视线,转头一笑:"小小池塘,困不住我那位随便打个喷嚏就能翻江倒海的陈兄弟。"

晏清嗤笑不已。这种溜须拍马的恶心言语,大战落幕后,看你还能不能说出口。

宝峒仙境修士已经撤出战场百余丈外,祖师范巍然依旧没有收起那件镇山之宝的神通,头顶金冠有金光流溢,照耀四方。她身旁出现了一位好似挂像上的天庭女官,面容模糊,一身金光,身姿曼妙。这位虚无缥缈的金人侍女衣袖飘摇,伸手擎起了一盏仙家华盖,庇护住所有宝峒仙境修士。范巍然脚下湖面则已经结冰,如同打造出一座临时渡口,供人站立其上。

晏清松了口气。祖师看样子是不打算掺和今夜厮杀了。

殷侯依旧站在原地,但是仅剩两位河神已经分别带人远去,看方向,是打道回府了。芍溪渠主亦是如获大赦不说,似乎还因祸得福,满脸遮掩不住的雀跃神色,运转神通,化作一团水雾,飞快掠向自家芍渠方向。

晏清心知肚明，这是苍筠湖要兴师动众，对那人赶尽杀绝了。

殷侯还有闲情逸致对她微微一笑，她视而不见。

湖上异象横生。那座笼罩湖面的阵法牢笼蓦然出现一条金色丝线，然后水阵轰然炸裂，如冰化水，全部融入湖中。

陈平安一手负后，同样是双指并拢，面对殷侯，背对渡口，双指拈住了一张金色材质的仙家宝箓，才燃烧小半。

晏清疑惑不解。一张破障符而已？世间有如此威势巨大的破障符？不但以此破开了湖君殷侯的阵法，从晏清和杜俞这个渡口方向还可以看到那人负后之手轻轻握拳，露出了一淡金、一碧绿两条小蛇的尾巴。

殷侯见此异象并无半点惊讶，微笑道："一碟苍筠湖待客的开胃小菜，这位外乡仙师觉得味道如何？"

陈平安环顾四周。两位河神和芍溪渠主应该已经返回了各自辖境，从三条河渠源头起始不断往下游蓄势，帮助这位湖君布下真正的杀阵。

如果不是察觉到外边的动静，陈平安其实不介意待在阵法当中，就当是纳凉赏月了，毕竟那两条水运蛇蟒，小炼之后，可不是芍溪渠主拿出四两水运精华的寒酸手笔。他掂量了一番，至少各一斤重。不愧是一湖君主，底蕴远远不是小小渠主河婆能够媲美的。他便暂时放弃了彻底小炼了那两条水运蛇蟒的打算，背后手中那两抹光彩瞬间消逝不见，给他拘押入了水府门外。若真有后手算计，害得自己体魄神魂吃点小苦头，也算那位湖君的本事，他认个小栽。

人身小天地气府之内，两条水属蛇蟒盘踞在水府大门之外，瑟瑟发抖。

一头疯狂赶来的火龙高高扬起头颅，冷冷俯瞰着这两条蝼蚁不如的贱种。它一只爪子轻轻摩擦地面，如果不是它们身上带着一点熟悉的炼化气息，一爪下去也就没了。

水府大门瞬间打开，又猛然关闭。原来是两个绿衣童子扛起了金蟒、碧蛇就跑。由武夫纯粹真气显化的火龙挪动庞大身躯，缓缓转身，悠悠离去。湖君殷侯摊开一只手掌，是一粒金身碎片，正是暮寒河河神陨落后的全部遗物。

其余还有一块更大的，当初一拳过后，两块金身碎片崩散溅射出去，拇指大小的已经给那青衫客攥取入袖，如果不是殷侯出手抢夺得快，这一粒金身精华恐怕也要成为那人的囊中之物。

殷侯轻轻摇头，叹息一声。这位暮寒河河神虽然在三位河神当中战力最低，却是最为忠心耿耿的，跟随自己也早，既有芍溪渠主的资历，也有藻溪渠主的善解人意，就这么死了，有些可惜，死了之后只留给自己这么一粒金身碎片，更是可惜。若是加上那块稍大的，兴许才可以增加百年修为。他将手心那粒金身碎片没入掌心，打算大战之后再慢慢炼化。

不过话说回来，死了一位所谓的麾下大将算什么，回头再跟银屏国皇帝讨要一个诰命封正便是，反正这位河神的左膀右臂早已蠢蠢欲动，觊觎河神之位不是一天两天了，不然自己女儿闺阁中多出的那几件奇珍异宝是怎么来的？这位暮寒河河神在这百年间就私藏了两位资质不俗的美婢，金屋藏娇，龙宫真要计较起来，死不足惜，不过是他这位湖君大度，不愿寒了众将士的心罢了。

陈平安瞥了眼更远处摆明了是要坐山观虎斗的宝峒仙境修士，有些无奈。看来想要赚大钱有些悬了，这些谱牒仙师怎么就没点路见不平拔刀相助的侠义心肠？都说吃人家的嘴软，刚刚在龙宫宴席上推杯换盏，这就翻脸不认人了？随手丢几件法器过来试试自己的深浅，不算难为你们吧？

对于这拨仙家修士，陈平安没想着太过结仇，苍筠湖则不一样。山水神祇主动为恶、作祟一方，与修道之人不行善、漠视人间，是两种截然不同的情况。

殷侯见那人没了动静，问道："是想要善了？"

陈平安答道："等主菜上桌。"

殷侯纵声大笑："好好好，爽快人！"

陈平安眯起眼，想着殷侯坐镇苍筠湖千年水运，辖境大如北俱芦洲的那些小藩国了，想必这么多年下来，都是这么笑看人间的？成精得道封正，修成了水神手段，这辈子就还没掉过眼泪吧？

湖面上，没有溅起半点涟漪，殷侯身前却多出了一抹青色身影。殷侯犹豫了一下，没有选择躲避，打算试一试眼前"剑仙"拳头的斤两。

他伸出一手，挡在身前。身上那件龙袍名"姹紫"，是他耗费大量神仙钱、精心炼制的法袍，是一件货真价实的法宝，搁在黄钺城和宝峒仙境都是一等一的仙家重宝。

所谓的家底，仙家山头就得看门派中的法宝到底有几件，他这湖君和那些山岳正神则看手中攥着几个可以肆意安排心腹上位的正统神位。

好重的力道！法袍之上的一条游弋蛟龙竟是当场崩开。

殷侯借势倒滑出去数丈，心想：莫不是一位金身境的武学大宗师？所谓剑仙身份，只是故布疑阵的障眼法？

不过他依旧面不改色，再次抬手，又接下一拳。这次，身上两条水运蛟龙炸裂开来。不过何谓法袍？这件姹紫法袍便是那些灵气孕育而出的蛟龙，能够聚散随心，哪怕暂时碎去一两条，依旧可以如那神祇在不伤及大道根本的前提下瞬间重塑金身。如果仅是这两拳的力道，殷侯有把握让此人出拳百余下，到时候再看是自己这件法袍灵妙非凡，还是他一口纯粹真气更加绵长。

第三拳已至，法袍同时炸碎了两条游走于大袖上的蛟龙。

殷侯神色有些凝重起来，正要思量是否运转神通脱身。毕竟与其这般戏弄对方，两河一渠声势已成，三尊金身神祇即将携水涌入苍筠湖，完全无须他这位身份尊贵不输人间帝王的湖君亲身涉险。若非想要在那仙子晏清面前抖搂一番湖君风采，此人想要在苍筠湖水面上近自己的身是登天之难。

一直悬停湖面数尺的殷侯在被一拳打退后，一脚悄然踩在湖水中，微微一笑，满是讥讽。

一拳又至，一块仿佛冰雕的湖君神像砰然碎裂。

殷侯站在距离湖面数丈之下的远处水中，双手负后，抖了抖手腕，舒展筋骨一番。果真是位纯粹武夫，难怪敢为所欲为，胡乱打杀自家的渠主、河神。

突然，他后背心处如遭重锤，拳罡倾斜向上，打得他直接破开水面，飞入空中。

所幸只是碎去了姹紫法袍上的六条蛟龙，若是九龙同时崩散，法袍暂时就要失去作用了，这与兵家至宝甲丸化作的神人承露甲有异曲同工之妙。

当头一拳敲下，空中响起一声洪钟大吕般的声响，殷侯刚离开苍筠湖就再度撞入湖中，体魄虽未如何受损，却觉得这两拳真是生平大辱。

随后，湖底下如有一连串沉闷冬雷生发，湖水激荡。

只是大浪临近那个手擎华盖的金人侍女附近，便像被城池高墙阻拦，化作齑粉。浪花层层叠叠，纷纷被那层金色宝光阻拦，如无数颗雪白珍珠乱弹。

范巍然笑道："上岸观战。"

承载众人的脚下冰层悬空升起，风驰电掣去往渡口。

冰层在临近渡口后，没了范巍然的灵气驾驭，蓦然消散，化水入湖。

修士们随着范巍然一起飘然落地，来到近乎废墟的渡口上。

在这拨仙师临近渡口后，杜俞一咬牙，脚尖一点，掠向了那书箱和行山杖旁边，按住腰间刀柄。

范巍然只是瞥了一眼，便带人与他擦肩而过。

那个随侍一旁撑起宝盖的金人女子似乎心意相通，亦是看了杜俞一眼。

杜俞牙齿在打架，绷着身躯站在那根行山杖旁边，纹丝不动。

这个身材高大的老婆娘可是十数国山上修士中的第二把交椅，而且与那个坐第一把交椅的黄钺城城主实力相差无几。再者，范巍然是出了名的脾气暴躁，早些年还没当上宝峒仙境祖师的时候，只要是她带队下山游历，就没有哪次不死几个修士的，至于时运不济的江湖武夫，更是人数众多。范巍然还喜欢虐杀敌人，曾经有一个惹到宝峒仙境游历弟子的六境江湖宗师，被范巍然找上门去，以法宝打倒在地后，她就站在那家伙身边，一脚一脚踩下，将其踩成一摊肉泥。

范巍然抬起手指，轻轻一点头顶金冠，所有金光倒流回金冠，金人侍女与手中华盖便随之消散。

晏清躬身道："拜见祖师。"

范巍然神色慈祥，用手指轻轻戳了一下晏清的额头，佯怒道："你这小妮子忒大胆，敢与这种穷凶极恶的外乡人走一路。"

晏清赧颜无言，束手而立。

范巍然转身望向苍筼湖，以心湖涟漪告之晏清："好戏上场了。能够将殷侯打得人身幻象全毁，只得真身现行，必然是一位金身境宗师无疑。难得难得，山下十数国的江湖已经两百年不曾见到传说中的金身武夫了。清丫头，跟此人交手一定要注意一点，千万别被近身，别学那一味托大的殷侯，会吃亏的。放着仙术和法宝不用，赤手空拳与那武夫比拼气力大小，不是蠢吗？"

晏清点头，范巍然又道："何况那位湖君天生肉身强横，不是我们练气士可以媲美的。畜生嘛，皮糙肉厚。"

湖上猛然间出现一条身长百丈的巨大蟒蛇，已经生出四爪，高高抬起头颅，张开大嘴，朝湖面上吐出一道碧绿光柱。一袭青衫身影抬起一掌，竟是硬生生挡下了那道气势如虹的光柱。

那幅绚烂画面，如海上生明月，晏清默默将这幅画卷收入眼帘。

范巍然嗤笑道："金身境武夫大战金身神祇，不错不错，不虚此行。"

与此同时，两河一渠的入湖处同时出现了三条数十丈水龙，两条黄色水龙身形较大，那条墨黑色水龙则最为娇小玲珑。不仅如此，整座苍筼湖辖境的大小水脉都开始颤动扭转，为殷侯和三位金身神祇所用。今夜的苍筼湖上，现在才是真正的洪水泛滥，大浪滔天。

气势恢宏的战场不断远离渡口，往苍筼湖湖心挪去。范巍然的一名嫡传女弟子轻声笑道："师父，这个家伙倒是识趣，害怕水花溅到了师父一星半点，就自己跑远了。"

另外一名高大男修附和道："识时务者为俊杰，已经彻底惹恼了湖君殷侯，生死难料，再与老祖结仇，找死不成？"

如芒在背的杜俞像一根木头杵在渡口最前边，比那根青翠欲滴的行山杖还像行山杖。一个高不可攀的仙子晏清就能够让他和鬼斧宫吃不了兜着走，更别提范巍然这种术法无敌的山巅修士。她一脚踩在鬼斧宫头顶，那就是真正的山岳压顶。

范巍然转过头，开口笑道："清丫头，不用拘束，上前一步便是。"

恪守师门尊卑、辈分高下的晏清这才上前一步，与老祖并肩而立。

范巍然神色怡然，其实心中并没有表面那么轻松。

有些事情，哪怕是殷侯之流，修为已经不算低了，可只要不站在那个位置上，就还是睁眼瞎。唯有自己与黄钺城城主叶酣才能够看得见那一鳞半爪的异样光亮。所以师妹一直担心自己会对她的这位得意弟子晏清心怀芥蒂，甚至会暗中阻碍晏清的大道攀登，为此，防范自己这个师姐就跟防贼似的。

一个模样娇憨的少女突然轻声道："祖师婆婆，那人好像只是在练拳，故意用那些蛇啊蟒的来淬炼自己的体魄。"

范巍然招招手，少女蹦蹦跳跳来到她身边，扬起脑袋，天真无邪道："真的，祖师婆婆，不骗你。"

身材高大的范巍然微微弯腰，揉了揉少女的脑袋，低头凝视着那双淡淡莹光流淌的漂亮眼眸，微笑道："我家翠丫头天赋异禀，也是不错的，以后长大了说不定可以与你晏师姑一样有大出息，下山历练，不管走到哪里，都是万众瞩目的仙女。"

晏清对那少女微微一笑，少女看了眼晏清，双手扭缠在一起，低下头去，难为情道："我可没有晏师姑这么好看。"

范巍然哈哈大笑，少女越发羞赧。

晏清轻轻拧了一下少女的耳朵，这可是她难得流露出来的亲昵举动。

范巍然笑过之后，远眺苍筠湖，神色肃杀，沉声道："如此说来，得好好计较一番了。"

一座门派的衰败迹象，往往是从青黄不接开始的。这一点，黄钺城不差，毕竟还有个何露撑场面，但是自己的宝峒仙境更好。除了晏清，还有这个翠丫头，加上自己那个已经闭关十年的大弟子，都会是未来宝峒仙境的顶梁柱。

晏清心中大震。为何那人明明藏了拙，原本已经打定主意袖手旁观的范祖师反而动了杀机？

苍筠湖上，一座岛屿被殷侯的真身蛇蟒以大尾犁出一条巨大的沟壑。

那一袭青衫次次出拳只是退敌，自保有余，攻势乏力，瞧着已经没有任何还手之力。一拳打碎暮寒河河神的金身后，再将湖君逼出真身现世，应该是一鼓作气，再而衰，三而竭了。这让本来还藏藏掖掖的两河一渠三条水龙打得越来越酣畅淋漓，个个凶性大发。

苍筠湖远处响起殷侯的呐喊声："范老祖，只要你助我诛杀此獠，我便将那件姹紫法袍赠予宝峒仙境！"

范巍然微笑不语。

晏清举目望去，哪怕运转口诀，驾驭气府灵气，使得一双眼眸散发出紫色流光，已经呈现出"日月照炉、眼生紫烟"的术法大成气象，可仍是看得不太真切。那处战场终究还是离渡口太远，她只能瞧见蛇蟒汹汹扑腾的影子。

虽然翠丫头天生就能够看出一些玄之又玄的模糊真相，可晏清她还是不太敢信一位江湖传说中的金身境武夫能够在湖君殷侯的地界上，面对数位神祇的倾力围殴，犹然应付得游刃有余。若是双方上了岸厮杀，苍筠湖神祇没有那份地利，晏清才会稍稍相信。何况纯粹武夫，一口真气衰竭下坠，只要不给他随意换气的机会，那几乎就是必死无疑的惨淡结局。

双方这都搏杀多久了？还是说金身境武夫的体魄不但一口真气绵长如江河，或是真的达到了佛家不败金身的境界，可以随便硬扛下湖君和三条水龙的联手攻势？

远处又有殷侯的嗓音如闷雷滚滚传来渡口："范巍然！我再加一个暮寒河的河神神位送给你们宝峒仙境！"

范巍然高声道："如果我没有老眼昏花，似乎藻溪渠主也死了？"

苍筠湖上，除了惊天动地的巨浪滔天，殷侯再无言语传来。

晏清虽然不理红尘俗事，但是苍筠湖辖境不过三河两渠，交出一个河神神位已算诚意十足，如果再拿出一个藻溪渠水神之位，加上芎溪渠本就算是荒废了，若是殷侯真答应下来，简直就是在自己身上钉入了两颗眼中钉。一渠一河两位银屏国正统神祇，又有宝峒仙境作为靠山，殷侯就完全失去了随便打杀的权利。卧榻之侧岂容他人酣睡，这点道理，殷侯自然明白，何况还会涉及大道根本，瓜分掉苍筠湖的大量山水气运，换成晏清也绝对不会贸然答应下来。

晏清以心声询问道："老祖，真要一口气拿下两个苍筠湖水神位置？"

范巍然微微笑道："不这么抬抬价，殷侯即便乖乖交出了暮寒河神位，也会怨气难平。以他的城府和手腕，一定会打压得新河神沦为一个废物。我们宝峒仙境没有那么多闲工夫天天听一个别国地界的自家河神诉苦，到时候管还是不管？"

晏清点头道："老祖远见。"

范巍然抓起晏清一只白腻如藕的纤纤玉手，轻拍手背，感慨道："清丫头，这些俗事，听过了知道了就算了，你只管安心修行，养灵潜性证大道。"

晏清嗯了一声。

范巍然松开手，胸有成竹道："说不定比我预期的收成还要更好些。"

果不其然，不到半炷香工夫，殷侯再次高声道："范老祖，藻溪渠主之位一并给你！若是再不答应，得寸进尺，以后苍筠湖与你们宝峒仙境修士可就没有半点情谊可言了！"

这一次，他的嗓音再无先前的沉稳，咬牙切齿，显然有些气急败坏了。

范巍然微微一笑，朝晏清低声道："如何？"

晏清神色复杂，轻声道："老祖小心。"

"清丫头，你大概不知道十989国历史上，最后那位金身境武夫到底是怎么死的吧，回头返回师门，可以问一问你师父，那可是我那师妹与黄钺城城主的成名之战。"

说完，范巍然大笑着化虹掠去，晏清皱了皱眉头。

杜俞依旧老老实实站在原地，在心中默默求神拜佛。当头顶长虹挂空去往苍筠湖，他便觉得用处不大了，不过如果手头有三炷香的话，他还真会往地上一插。

一座几乎被削平的小岛屿上，殷侯的庞大真身绕着岛屿缓缓游弋。两条河神金身驾驭的水龙已经杀红了眼,在岛屿上疯狂扑杀那一抹青色身影。至于芍溪渠主掌控的那条墨黑色水龙,此时正浮在岛屿外边的湖面上,隐匿于龙宫中的渠主皮囊在一张蒲团上摇摇欲坠,脸色雪白,只觉得一身骨头都要被打烂了。附近两位河神都站在蒲团之上,闭眼凝神,金光流转全身,而且不断有龙宫水运灵气涌入金身之中。

他们只是皮囊在此,以便近水楼台汲取龙宫的充沛水运,真正的金身已经完全融入了三条水龙当中。

一条水龙以硕大头颅撞向陈平安,却被他一掌抵住,丝毫不得前移。

陈平安微笑道:"是不是有些累了?那就换我来?"

他拈出一张崇玄署云霄宫秘制的玉清光明符,早已默念完口诀,朝天空一掷而出,顿时大放光明,如有一轮大日耀炤幽冥。由于没有刻意追求范围广阔,那么针对这座岛屿的拘押压胜就越发坚不可摧。

陈平安掌中水龙想要甩头而退,他一步踏地,轻轻拧转手掌,以手刀向前,一线划开,将水龙开膛破肚。

当陈平安站定之时,手中多出一块稍大的金身碎片。龙宫之中,那副幻化人形的河神皮囊顿时枯萎,化作灰烬。

另外一条水龙先是茫然,然后疯狂逃窜。只是当它撞在那堵光耀刺眼的封禁墙壁上时,头颅当场砰然崩出几条裂纹。它忍着剧痛,想要刨地而遁。只要钻透了岛屿这点山根,一旦近水,就有逃出生天的机会。只是下一刻,它的头颅之上如遭重击,紧贴着岛屿地面向前滑去,硬是给它开辟出一条深沟来。

来到水龙头顶的陈平安一拳砸下,整座小岛都随之一颤,溅起无数灰尘,原本汹涌拍岸的湖水更是反向起浪。

又是一块河神金身碎片被他握在手中,再一看,殷侯竟然不见了。

这也正常,本就是各个击破的小手段,那位湖君若是闯入符阵范围,袖中还有一张更值钱的符箓等着,自己刚好还给苍筤湖一道主菜。

陈平安眼角余光瞥见那条浮在湖面上装死的墨黑色小水龙一个摆尾撞入湖中,溅起一大团水花。他一拍养剑葫,飞剑十五一掠而去。

陈平安望向一处,那是殷侯的逃遁方向。

背后那把剑仙自行出鞘两三寸,陈平安眯起眼,望向不断累积孕育的浓重云海,沉声道:"回去!"

剑仙铿锵归鞘,似乎还有些怨气。

陈平安身形向后微微一晃,不过他暂时也不与这把剑计较。

陈平安伸手一抓,将那张玉清光明符握在手中。绝大多数仙家符箓就是这点不好,开门不易关门难,符胆一开张,就只能眼睁睁任由符光流散天地间,修士只能减缓符胆碎裂和灵气流逝的速度，却无法完全终止一张上品符箓的燃烧。

不过这张符箓，关了门后，哪怕已经成为一座四面漏风的宅邸，只要不再祭出，撑过一旬光阴应该不难。

他自有法子让那位苍筠湖湖君乖乖上岸与自己做生意，就是需要稍稍耗费一点时日。不过更大的可能性还是湖君主动靠岸，活得久爬得高的坏人往往不会蠢，这是一件让人很无奈的事情。至于飞剑十五，只是尾随追踪那位芍溪渠主，不求杀敌。湖底龙宫的大致方位知道了，做买卖的本钱就更大。

陈平安转头望向空中，笑问道："老嬷嬷这是要赶来作甚？怕我不会凫水，无法返回渡口不成？"

范巍然满腔怒火：殷侯竟然跑了，拿自己顶缸！如果不是察觉到自己即将赶到，这个深不可测的年轻人绝对不会临时收手，放弃追杀殷侯。好嘛，先前还敢扬言要与宝峒仙境的修士不对付，以后百年，我就看看是你苍筠湖的水深，还是我们宝峒仙境子弟的术法更高。刚好自己那个师妹已经注定破境无望，就让她带人来此专程与你们苍筠湖这帮精怪畜生对峙百年！

范巍然御风悬停在岛屿与苍筠湖交界处，瞥了眼陈平安系挂腰间的朱红色酒葫芦，微笑道："果真是一位剑仙，而且如此年轻，真是令人惊讶。"

陈平安摘下养剑葫，喝了口水，抹了抹嘴，笑道："我那杜兄弟这一路上说了苍筠湖一大箩筐的龌龊事，提起你们宝峒仙境倒是由衷的恭敬佩服，所以今夜之事我就不与老嬷嬷你计较了，不然看这么一场好戏，是需要花钱的。"

范巍然心中冷笑，突然发现那人死死盯住了自己，缓缓道："所以，请滚吧。"

范巍然脸色阴沉，双袖鼓荡，猎猎作响，又蓦然一笑："来日方长，预祝这位外乡小剑仙一路游山玩水顺风顺水，如果愿意的话，可以去我们宝峒仙境做客。"

陈平安问了一个稀奇古怪的问题："你家祖师堂很结实？"

范巍然好歹听出这不是一句好话，但是她心意已决，便再无任何犹豫纠结，微笑道："将来小剑仙一见便知。"

她御风返回渡口，陈平安抬头看了眼尚未退散的漆黑云海。除了殷侯的真身撞击还算凑合，其余三条水龙的磕磕碰碰真是谈不上什么裨益体魄。

陈平安别好养剑葫，又站了片刻，这才脚尖一点，跃出岛屿地界，踩在苍筠湖水面上，身形化作一缕青烟，一次次蜻蜓点水，去往渡口。

当他跃上渡口，范巍然和宝峒仙境修士都已离开。杜俞依旧披挂神人甘露甲，一手按刀，站在原地给竹箱、斗笠还有那行山杖当门神。

陈平安笑道："这么讲义气？"

杜俞狠狠抹了把脸。这风吹雨打的，整张脸有些僵硬了。一抹过后，他挤眉弄眼，双手互搓,笑容灿烂起来。倒不是不想说几句奉承话,只是杜俞绞尽脑汁也没能想出一句应景的漂亮话,觉得腹稿中的那些个好话都配不上眼前这位前辈的绝世风采。

陈平安将那只卷起的袖子轻轻抚平,重新戴好斗笠,背好书箱,拔出行山杖。

杜俞刚要挪步,竟然有些腿麻。自己这尊鬼斧宫小门神当得也算兢兢业业,没有功劳也有苦劳了吧?前辈你是目光如炬的山巅老神仙,一定要稍稍挂念心头啊。

陈平安走在前边,杜俞赶紧收起了那件甘露甲,变作一枚兵家甲丸收入袖中,脚步如风,轻声问道:"前辈,既然咱们成功打退了苍筊湖诸位水神,又赶跑了宝峒仙境那帮修士,接下来怎么说?咱们是去两位河神的祠庙砸场子,还是去随驾城抢异宝?"

陈平安笑道:"咱们?"至于"打退"一说准不准确,他懒得解释。

杜俞笑呵呵,半点不难为情。只是火候分寸还是需要的,随后他便不再絮叨。只是走了一会儿,他还是忍不住问道:"前辈,咱们这是要去藻溪渠主的水神庙?"

陈平安点头道:"我要在那边歇几天,等着湖君上岸找我谈买卖。"

杜俞哦了一声,不敢多问什么。

原路返回水神祠庙,府上的婢女丫鬟和仆役都已树倒猢狲散。

陈平安将那块"绿水长流"匾额收入咫尺物当中。虽然藻溪渠主已经金身消亡,但是这块不同寻常的匾额还孕育有一些水运灵气,极有可能是这座祠庙最值钱的物件了。他摘下竹箱和斗笠,坐在最底层的台阶上,让杜俞在院中点燃一堆篝火,自己则开始练习剑炉立桩。

大战之后,调养生息必不可少,不然留下后遗症,就会是一桩长久的隐患。

再者,陈平安也要以内视之法去看看那两条没有完全小炼的水运金蟒、碧蛇,是否真的可以裨益水府。

杜俞盘腿坐在篝火一旁,小心翼翼瞥了眼那位前辈的坐姿,没啥想法。修炼仙家神通,可不是光有一个架子就行的。再说了,估计以这位前辈的身份,必然是一门极其高明的术法,便是一五一十传授了整套口诀,自己都一样学不会。

一抹流萤划破夜空,钻入那位前辈腰间的酒壶中。

杜俞默默告诉自己,千奇百怪,见怪不怪。

约莫过了一个时辰,杜俞发现当前辈睁开眼睛后,似乎心情不错,脸上有些笑意。

陈平安抬头看了一眼,几乎笼罩住整座苍筊湖地界的厚重云海已经散去,圆月当空。他问道:"杜俞,你说就苍筊湖这边积淀千年的风土人情,是不是谁都改不了?"

杜俞大大咧咧道:"除非从湖君到三河两渠的水神全部都换了才有机会。只不过想要做成这种壮举,只有像前辈这种山巅修士亲自出马,再在这边空耗最少数十年光阴死死盯着。不然按照我说,换了还不如不换。其实苍筊湖湖君殷侯还算是个不太涸泽而渔的一方霸主,那些个他故意为之的洪涝和干旱,不过是想为龙宫添加几个资质好的美婢,每次只死上几百个老百姓。碰上一些个脑子拎不清的山水神祇,连本命神通的收放自如都做不到,哗啦一下子,几千人就死了。如果再脾气暴躁一点,动辄山水打架,或者与同僚结仇,辖境之内那才是真正的民不聊生,饿殍千里。我行走江湖这么多年,见多了各地山水神祇、城隍爷、土地的抓大放小。老百姓他们是全不在意的,山上的谱牒仙师、开门立派的武学宗师、京城公卿的地方亲眷、有点希望的读书种子……这些,才是他们重点笼络的对象。"

陈平安瞥了眼杜俞,杜俞一脸无辜道:"前辈,我就是实话实说,又不是我在做那些坏事。说句不中听的,我在江湖上做的那点腌臜事都不如苍筠湖湖君或者藻溪渠主指甲缝里抠出来的一点坏水。我晓得前辈你不喜我们这种仙家无情的做派,可我在前辈跟前只说掏心窝子的话,可不敢欺瞒一句半句。"

陈平安笑了笑。

杜俞没顺杆子往上爬,不觉得自己真就入了这位山巅老神仙的法眼,然后便可以狐假虎威狗仗人势。前辈撑死了就是不会一袖子打杀自己而已,他这点眼力见儿还是有的。大概这才是真正的山巅人,是真正的大道无情。

杜俞其实先前仰头望月,也有些忧愁。不知为何,游历江湖那么多次,那么多年,生平第一次有些挂念爹娘。不过这会儿前辈一睁眼,他就又得打起精神,小心应付前辈看似轻描淡写的问话。

就当是一种心境砥砺吧,爹娘以往总说修士修心没那么重要,师门祖训也好,传道人对弟子的念叨也罢,场面话而已,神仙钱、傍身的宝物和那大道根本的仙家术法,这三者才最重要,只不过修心一事,还是需要有一点的。

杜俞壮起胆子问道:"前辈,在苍筠湖上,战果如何?"

陈平安笑道:"像你说的,打退了而已。和气生财嘛。"

杜俞总觉得不是这么一回事,不过已经再无胆气去刨根问底:老子这后半辈子的胆识气魄,都快被今天一晚上给用完了,还要我怎么英雄气概才算好汉嘛?

随后,陈平安便又开始专心练习剑炉立桩。杜俞则开始以鬼斧宫独门秘法口诀缓缓入定,呼吸吐纳。

拂晓时分,陈平安站起身,开始练习六步走桩,对赶忙起身站好的杜俞说道:"你在这渠主水神庙找找看有没有值钱的物件。"

杜俞点点头,就要去碰运气,看能否给前辈找出一件法器或是几枚小暑钱。

但是陈平安突然来了一句:"我所谓的值钱,就是一枚雪花钱。"

杜俞愣了一下,误以为自己听错了,小心翼翼问道:"前辈是说一枚小暑钱吧?"

陈平安无奈道:"就你这份耳力,能够走江湖到今天,真是难为你了。"

杜俞恍然醒悟,开始搜刮地皮。有前辈在自己身边,别说是一座无主的河婆祠庙,就是那座湖底龙宫,他也能挖地三尺。

陈平安闭上眼睛,只是走桩。

一直到晌午时分,杜俞才扛着两个大包裹返回。

陈平安说道:"值钱的那一袋子归我,另外一袋归你。"

杜俞哭丧着脸:"前辈,可是我哪里做得不对了?"

陈平安依旧走桩不停,缓缓道:"修行有修行的规矩,走江湖有走江湖的规矩,做买卖有做买卖的规矩,听懂了吗?"

杜俞其实没懂,但是假装听懂了。不管如何,提心吊胆收下其中一袋便是。

不过杜俞想了想,打开两个袋子,将属于自己袋子里边的几件值钱物件放入了陈平安那只袋子里边,陈平安也没拦着。

他停下拳桩,掠上一栋最高建筑的屋脊上,远望随驾城方向。随后就在一座座屋脊之上练习走桩。

杜俞就纳了闷了,怎么咋看咋像是江湖中人的拳架,而不是什么仙家术法?但他随即又大为佩服:这位前辈行事果然是与众不同,返璞归真了。

第二天黄昏,杜俞又点燃起篝火,陈平安说道:"行了,走你的江湖去,在祠庙待了一夜一天,所有的旁观之人都已经心里有数。"

杜俞有些尴尬。自己这份小心思,果然难逃前辈法眼。

若是在渡口那边,双方立即分别,杜俞都怕自己没办法活着走到随驾城。

他思量一番,觉得该见好就收了,便要扛起那只麻袋去往随驾城。

陈平安突然说道:"你再待一会儿。"

杜俞听命行事,放下麻袋,大大方方盘腿坐在地上,小声问道:"前辈,其实我还会一道师门祖师堂秘传符篆,不比雪泥符和驮碑符逊色太多。"

陈平安笑着摆摆手,道:"先前命悬一线,你做这种缺德勾当也就罢了,这会儿既然性命无忧,再拿师门规矩来为自己锦上添花,不太好。修行路上,成仙先做人。"

杜俞愣在当场,瞥了眼地上那只麻袋,似乎直到这一刻,才隐约间抓到一点蛛丝马迹。他双手握拳,安静无语。

陈平安站起身,杜俞下意识就要起身,被陈平安伸手虚按。

杜俞转头望去,片刻之后,一个熟悉身影闯入视野。

真是怎么看怎么好看,不愧是晏清仙子。

陈平安皱着眉头,杜俞有些心惊胆战:前辈,求您老人家别再辣手摧花了,这么俊俏的仙子死翘翘了,前辈您舍得,晚辈我揪心啊。

晏清问道:"既然都一鼓作气打杀了三位河神渠主,为何要故意放跑湖君?"

杜俞一个没坐稳,赶紧伸手扶住地面。

陈平安问道:"是谁给你的胆子一而再找我?"

晏清微笑道:"一个担心云海落下会殃及百姓的剑仙真是滥杀无辜之辈?我晏清第一个不相信。"

陈平安说道:"你信不信,关我屁事?最后劝你一次,我耐心有限。"

晏清却径直走向篝火。

杜俞早已挪了屁股,刚好既可以打量到前辈的神色变化,又可以欣赏到月下美人的风姿,然后他就一点一点张大了嘴巴。

一抹青烟掠向了那位可与月色争辉的白衣仙子,然后晏清好似小鸡崽儿给人提起悬空,与青烟一同掠上了一座屋脊。

那一袭青衫在屋脊之上身形旋转一圈,白衣美人便跟着旋转了一个更大的圆圈。

嗖一下,晏清仙子便不见了。陈平安跳下屋脊,返回台阶坐下。

杜俞抹了一把嘴,咽了一口唾沫。陈平安挥挥手:"你可以走了。"

杜俞正要恭恭敬敬告辞一声,只见那位前辈突然露出一抹懊恼神色,拔地而起,整座祠庙又是一阵类似渡口那边的动静,好一个地动山摇。

杜俞有些为难,自己到底是走还是不走?招呼都没打,不太好。可若不走,万一那位前辈突然怜香惜玉起来,与那位娇娇柔柔的晏清仙子携手返回,月夜又好,美人更美……杜俞给了自己一耳光,背起麻袋就开始跑路。

陈平安落在渡口那边,眯起眼。

那个让人腻歪的宝峒仙境年轻女修已经被自己砸入苍筠湖中,谈不上伤势,顶多就是窒息片刻,有些狼狈而已。但是一想到苍筠湖湖君极有可能就在附近,他只好赶来。果然,那女子坠湖之后,已经不见踪迹。

陈平安双指拈出玉清光明符就要掷出,苍筠湖水面破开,走出那位身穿绛紫色龙袍的湖君殷侯,身边还站着似乎刚刚挣脱术法牢笼的晏清,她盯着陈平安,满脸怒容。

殷侯向前伸出一只手掌,微笑道:"方才是本君担忧晏清仙子的安危,情况紧急,便小小施展了一门术法,试图卸去仙子入湖的那股冲劲,多有得罪,晏清仙子只管上岸。"

晏清神色冰冷,震散身上所有残余水气,御风飘落在渡口上。

如果那个罪魁祸首没有赶来,晏清无法想象自己的下场。

陈平安看了她一眼:"还不走?藻溪渠主的茶水好喝,我是没办法帮你了,可你要是觉得苍筠湖的湖水也好喝的话,我倒是可以帮忙。"

晏清冷哼一声,御风远游。

陈平安望向神色戒备的殷侯,笑道:"你应该很清楚,我如果铁了心要杀你,不难。"

殷侯点头道:"确实如此。所以我很奇怪,剑仙为何手下留情?"

陈平安环顾四周,默不作声。

殷侯双足始终没入水中，不但如此，整座苍筠湖和所有辖境水域的上空又开始乌云密布。

陈平安问道："当年那封随驾城太守寄往京城的密信，到底是怎么回事？"

殷侯毫不犹豫道："信的内容并无新奇，剑仙想必也都猜得到，无非是希冀着京城好友能够在他死后帮他继续翻案，至少也该找机会公之于众。不过有一件事，剑仙应该想不到，那就是那位太守在信上末尾坦言若是他的朋友这辈子都没能当上朝廷重臣，就不着急涉险行此事，免得翻案不成，反受牵连。"

陈平安凭空取出一壶酒，揭了泥封，缓缓而饮。

殷侯继续笑道："我在京城是有一些关系的，而我与随驾城的恶劣关系，剑仙清楚。我让藻溪渠主随行，其实没其他想法，就是想要顺顺利利将这封密信送到京城。不但如此，我还交代藻溪渠主，只要那人愿意翻案，我就会帮他在仕途上走得更顺遂一些。其实试图真正翻案是休想了，我不过是想要恶心一下随驾城城隍庙与那座火神祠罢了。但是我怎么也没有想到，那位城隍爷做得如此干脆利落，直接杀死了一位朝廷命官，并且半点耐心都没有，都没让那人离开随驾城。这其实是有些麻烦的，不过那位城隍爷想必是狗急跳墙了吧，顾不得更多了，斩草除根了再说。后来不知是哪里走漏了风声，知道了藻溪渠主身在京城，城隍爷便也开始运作，命心腹将那位半成的香火小人儿送往京城，交予那人，而那位当时尚未补缺的进士二话不说便答应了随驾城城隍庙的条件。事已至此，我便让藻溪渠主返回苍筠湖，毕竟远亲不如近邻，暗中做点小动作无妨，撕破脸皮就不太好了。"

陈平安突然问了一个风马牛不相及的问题："以你的湖君身份，一旦相中了某个资质不错的市井女子，何须如此麻烦？"

殷侯微笑道："一来百姓无知，畏威不畏德。二来，可不是我龙宫需要美婢，三河两渠同样需要，我手下的手下也会需要。苍筠湖地界上，如果今天少一个女子，明天少一个女子，长久以往，畏威过多，也是坏事。老百姓还好说，只能认命，可那些能够让家族长脚跑路的书香门第、富贵人家便会口口相传，一年到头担惊受怕，之后会如何做？自然是纷纷搬迁他处。久而久之，年复一年，苍筠湖的风水气数便要一直向外流泻。可若是苍筠湖订了这么一个双方心知肚明的规矩，就更容易安抚人心了，加上龙宫还算对岸上人家补偿丰厚，不瞒剑仙，许多有钱人恨不得自己的女儿、孙女被龙宫瞧上眼。"他停顿片刻，唏嘘道，"天底下的好买卖从来不是一本万利的骤然富贵，只会是年年月月的细水长流，剑仙以为然否？"

陈平安用拇指擦了擦嘴角，微笑道："这么好的道理，从湖君嘴里说出来，怎么就变味了呢？"

殷侯笑着不言语，等着对方开价。不管心中有多恨眼前此人，既然技不如人，对方能够在自家苍筤湖横着走，自家龙宫就只能哑巴吃黄连。

及时止损，比那错上加错要好太多了。前者至少可以让人留得青山在，不愁没柴烧，后者往往会牵一发而动全身，大厦倾塌于朝夕间。

陈平安收起酒壶入咫尺物，问道："随驾城城隍爷的金身腐朽一事？"

殷侯今夜可谓坦诚，想起此事，难掩幸灾乐祸，笑道："那位太守不但出人意料地早早身负一部郡城气数和银屏国文运，而且份额之多远远超乎我与随驾城的想象。事实上，若非如此，一个黄口小儿如何能够只凭自己便逃离随驾城？再者，他还另有一桩姻缘。当初有位银屏国公主对此人一见钟情，毕生念念不忘，为了逃避婚嫁，当了一位苦守青灯的道家女冠，虽无练气士资质，但到底是一位深得宠爱的公主殿下，她便无意中将一丝国祚纠缠在了他身上，后来在京城道观听闻噩耗后，她便以一支金钗戳脖，毅然决然自尽了。两两叠加，便有了城隍爷那份罪过，直接导致金身出现一丝无法用阴德修补的致命裂缝。"

陈平安最后问了一个问题："随驾城的下场可能是什么？"

殷侯望了一眼随驾城方向，摇头道："很惨。摊上这么个希冀着让一郡百姓帮他分担因果、承受天劫的城隍爷，也算家家户户祖上都没积德。过不了多久天劫就会落地，凡夫俗子多半都会死绝吧。所以那些去往随驾城的练气士都会在那之前离开，哪怕无法获取异宝，都不敢停留。"

殷侯本以为今夜还要讨价还价一番，不承想那年纪轻轻的青衫剑仙竟然转身走了，这反而让他不安，可是又不敢上岸去，只好忍着恨意与怒火，以及一份惴惴不安，运转神通，辟水返回湖底龙宫。

陈平安回到藻溪渠主水神庙，却发现不但杜俞返回，连晏清也在。只是这一次，他没有说什么，走到篝火旁蹲下，伸手烤火取暖。

杜俞蹲在一旁，说道："我先前见晏清仙子返回，一想到前辈这一麻袋天材地宝留在院中无人看守便放心不下，赶紧回来了。"

晏清进了祠庙后就一直站在台阶上看着杜俞。以前对此人没什么印象，只听说过一两次，还是因为此人爹娘是一对山上道侣的缘故。只知道他是个欺软怕硬的货色，喜欢在江湖上浪荡。

晏清开口道："我只问一个道理，问完就走。"

陈平安却只是凝望着篝火，怔怔无言。

晏清沉默片刻："为何要对何露出手？你若说从杜俞那边听闻一些苍筤湖的污秽事，故而出手狠辣，随心行事，这也正常，可是你不该见过何露才对。"

杜俞翻白眼做鬼脸：哎哟喂，还是为那个小白脸情郎来喊冤叫屈了，活该被前辈丢入苍筤湖喝水。

晏清其实都已经做好心理准备，那人会一直当哑巴，但是没想到他竟然缓缓道："何露开口劝阻的第一句话不是为我着想，是为了请你喝茶的藻溪渠主。"

晏清不傻，自然知晓此事。

陈平安继续道："因为当时觉得我是一位比藻溪渠主修为更高的修道之人。"

晏清想要多听一些，便犹豫了下，打算坐在台阶顶端，结果被那人斜眼望来，立即停下动作。

陈平安突然收回视线，继续凝视着篝火，重新沉默下来。

分明话没说完，却没有了言语的想法。

晏清倍感羞愤：我就如此不值一提，连让你多说几句话都难？

她心弦一震，再无犹豫，迅速御风离去。

杜俞犹豫了一下，也起身告辞。

陈平安点点头，盯着篝火。

道理不只在强者手上，但也不只在弱者手上。

道理就是道理，不因为你强就更多，也不因为你弱就没有。

但好像这只是他陈平安的道理，不是杜俞的，也不是那个名叫晏清的年轻女修的，也不是那个天之骄子何露的。

在梳水国的江湖，还有宋雨烧。

在乌烟瘴气的书简湖，还有那名愿意向同僚拔刀的鬼物将领。

在白骨累累鬼魅横生的鬼蜮谷，还有那剑客蒲禳、宗主竺泉。

在这银屏国和苍筼湖，暂时没能遇到一个半个。

陈平安正是因为想到了这一点，才沉默下来。

他知道这个简单的道理，为何在他们身上就不是道理，因为不会带给他们半点利益好处，相反，只会让他们觉得在修行路上拖泥带水，觉得行事为人不痛快，所以他们未必是真不懂，而是懂也装不懂，毕竟大道高远，风景太好，人间低下，多有泥泞，多是那些他们眼中无足轻重的生死离别、悲欢聚散。

确实，许多无关自身的事情，知道了脉络，探究细微处，不总是好事。

例如陈平安都不用跟殷侯询问为何银屏国朝廷不疏散一城百姓，因为人逃得掉，因果还在。对于银屏国皇帝而言，哪怕对随驾城异象的前因后果都已心知肚明，也会选择沉默。与其被那些四散逃离的老百姓搅乱别郡风水气数，以至于牵连一国气运，还不如在随驾城来个干干净净的了断，所以才会使得随驾城的官员和富贵人家至今仍然一个个都被蒙在鼓中，依旧有那扬鞭纵马的纨绔子弟出城快意游猎。

清晨时分，会有卖炭牛车的车轱辘声，月色下应该也会有那捣衣声。

修道之人，远离人间，避让红尘，不是没有理由的。

陈平安就那么蹲在原地,想了很多事情,哪怕篝火已经熄灭,仍旧保持伸手烤火的姿势。

一直到天亮时分,陈平安站起身,将那只麻袋收入咫尺物,戴上斗笠,背好竹箱,手持行山杖,去往随驾城。

不去城隍庙,也不去火神祠,而是去那座荒废多年的城中鬼宅看一看。看完之后,就得做点事情了。

在一个夜幕中,一袭青衫翻墙而入随驾城。

城中有夜禁,陈平安独自来到那栋鬼宅,站在夜深人静的大门外。上次入城在香火铺子,问过此处遗址。

他望着那腐朽不堪的大门,早已没有那门神,也无春联了。

那个读书人至死都没能为爹娘翻案报仇,那我泥瓶巷陈平安呢?!

一个早已不再脚穿草鞋、更早已无须上山采药的年轻人摘了下斗笠,一些个早早潜伏、隐匿或是扎根于这栋鬼宅附近的各路练气士,几乎就连那最迟钝、修为最低的练气士都悚然一惊,一个个毫无征兆地心境慌乱起来。

一个肩头蹲着小猴儿的老人站在远处一座屋脊上,皱眉不已。上次在城门口竟然是自己眼拙了,完全没能看出这小子的道行。老人抬起一只手,轻轻按住那只暴躁不已的宠物。

至于那些个都已经没来由感到窒息、灵气不畅的废物更是没人胆敢露头去见一见到底是何方神圣。

大街之上,大门之外,那一袭青衫双袖无风鼓荡飘摇,身形瞬间消逝不见。

当他凭空消失后,老人开始后退数步。

一抹青烟划破夜幕,最终落在了城隍庙之外。

城隍庙那边出现一位身披铁甲的魁梧武判官,沉声道:"来者何人?!"

那年轻剑客只是一抬手,背后剑仙缓缓出鞘,轻轻旋转,被那人轻轻握在手中。他横剑在前,一手握剑,一手双指轻轻抹过剑身,缓缓移向剑尖。每抹过一寸,原本就金光浓稠似水的光亮剑身的金光便再暴涨一寸。

那人眯起眼,只是凝视着手上璀璨剑光,喃喃道:"因果也好,天劫也罢,我泥瓶巷陈平安,都接下了。"

图书在版编目(CIP)数据

剑来15：天地无拘束 / 烽火戏诸侯著.—杭州：浙江文艺出版社,2021.1（2025.5重印）
ISBN 978-7-5339-6364-4

Ⅰ.①剑… Ⅱ.①烽… Ⅲ.①长篇小说—中国—当代 Ⅳ.①I247.5

中国版本图书馆CIP数据核字（2020）第264511号

选题策划	柳明晔
责任编辑	徐 旼
营销编辑	俞姝辰　宋佳音
封面绘图	温十澈
责任印制	吴春娟

剑来15：天地无拘束

烽火戏诸侯 著

出版	浙江文艺出版社
地址	杭州市环城北路177号
邮编	310003
电话	0571-85176953（总编办）
	0571-85152727（市场部）
制版	浙江新华图文制作有限公司
印刷	杭州杭新印务有限公司
开本	710毫米×1000毫米　1/16
字数	280千字
印张	14.75
插页	2
版次	2021年1月第1版
印次	2025年5月第15次印刷
书号	ISBN 978-7-5339-6364-4
定价	40.00元

版权所有　侵权必究
（如有印装质量问题，影响阅读，请与市场部联系调换）